櫻《はな》の艦《いくさぶね》 下

北村信

昭和19年10月　レイテ沖海戦（シブヤン海）で対空戦闘中の戦艦「大和」

アメリカ海軍歴史・遺産本部蔵

昭和20年4月　戦艦「大和」の最後（坊ノ岬沖海戦）

アメリカ海軍歴史・遺産本部蔵

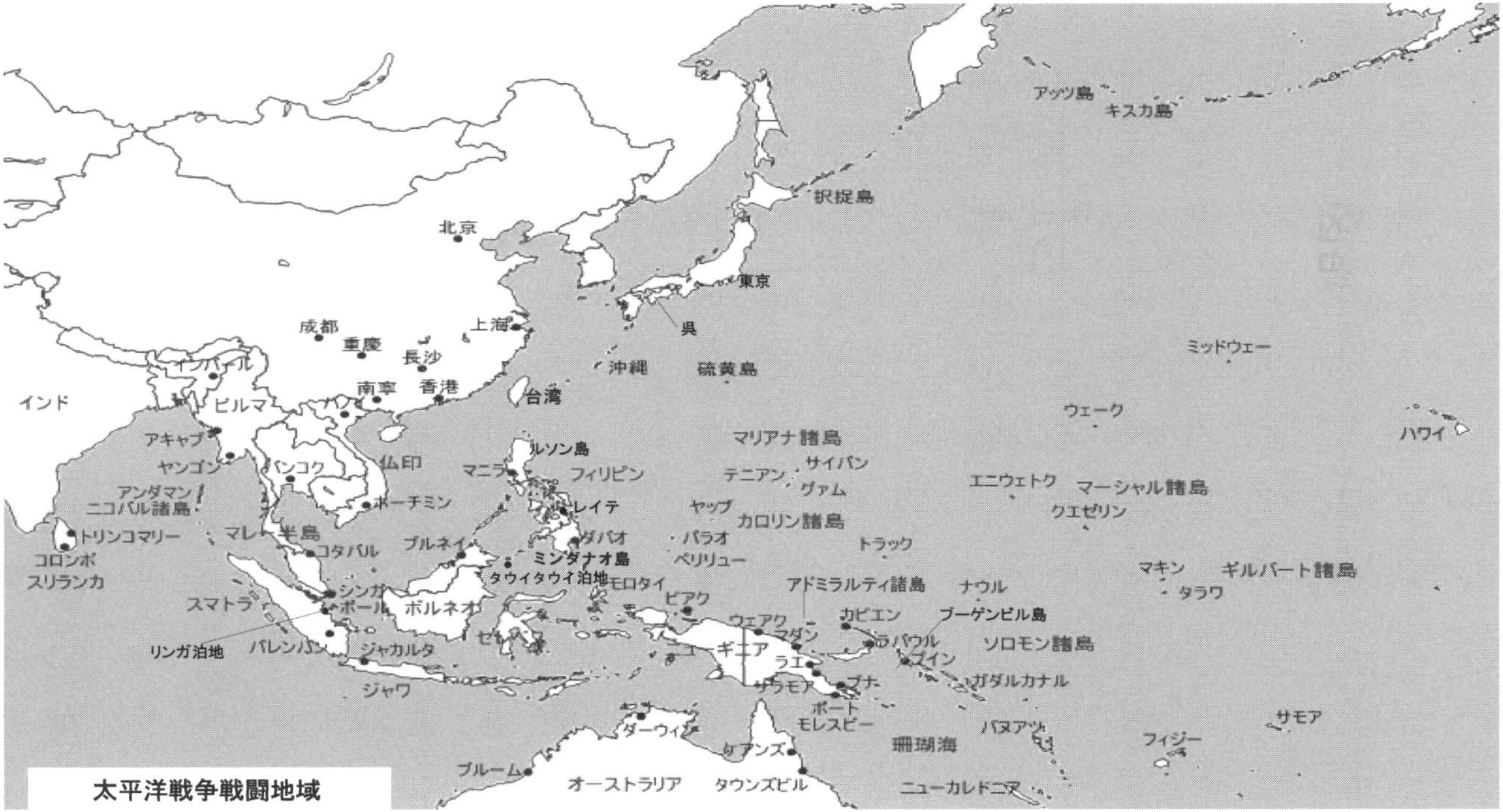

太平洋戦争戦闘地域

地図提供：ビボネット趣味の歴史（一部加筆修正）

レイテ沖海戦　略図

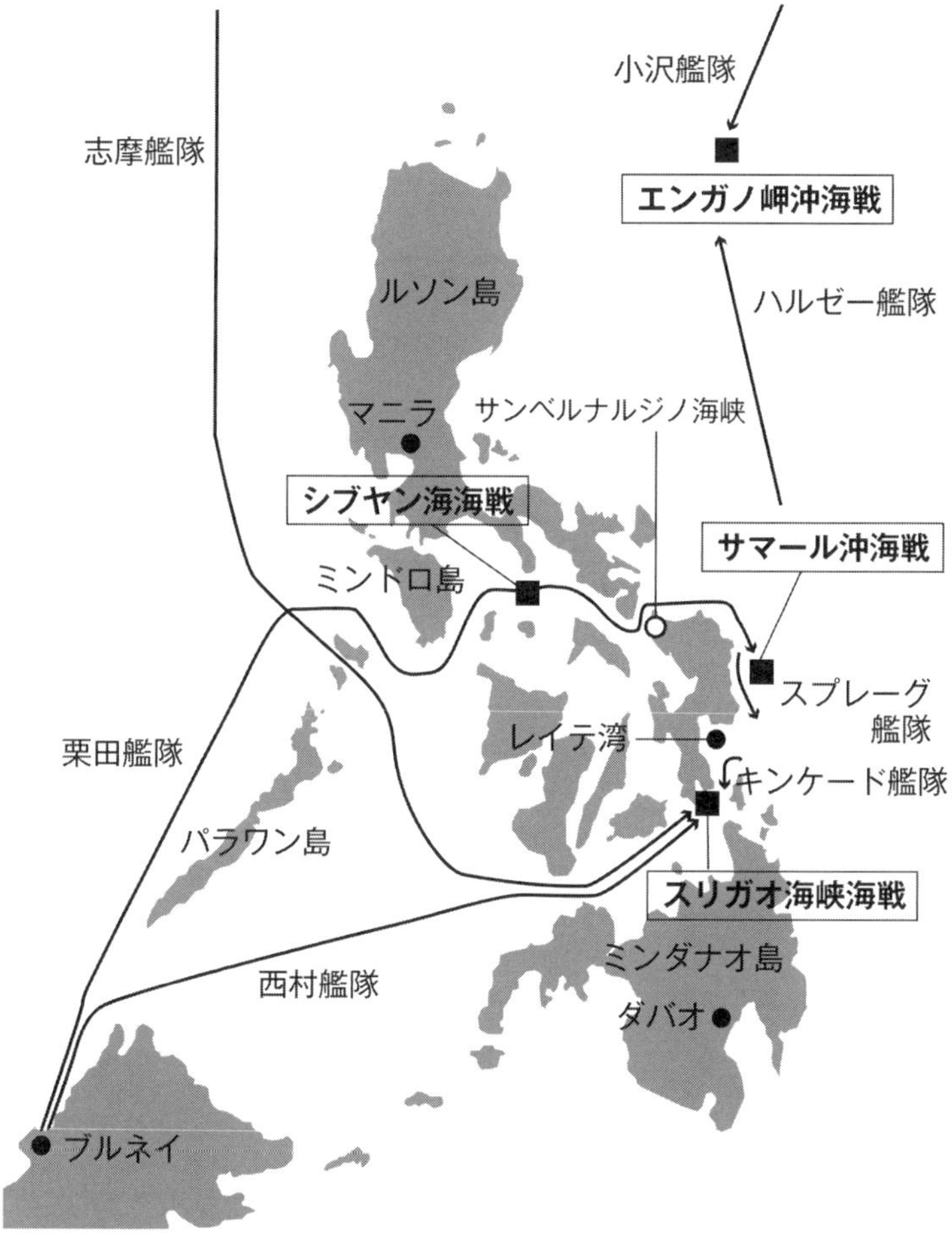

小沢艦隊
志摩艦隊
エンガノ岬沖海戦
ハルゼー艦隊
ルソン島
マニラ
サンベルナルジノ海峡
シブヤン海海戦
サマール沖海戦
ミンドロ島
スプレーグ
艦隊
レイテ湾
キンケード艦隊
栗田艦隊
パラワン島
スリガオ海峡海戦
ミンダナオ島
西村艦隊
ダバオ
ブルネイ

櫻《はな》の艦《いくさぶね》　下

目次

題字　佐藤泰範
切絵　佐賀市「唐人やかた」
藤井敏彦

第五章　マリアナ沖海戦

思いと想い

昭和十九年二月にトラック島が壊滅し、太平洋戦線が逼迫《ひっぱく》の度合いを増していたしていた三月上旬、伊藤は副官の黒木を伴って、呉海軍工廠を訪れた。

それは、伊藤が一度ゆっくり「大和」を見ておきたいと言う希望から始まった。

「次長、今回の訪問の目的は、『大和』だけなのですか」

同道を求められた黒木には、とてもそれだけの理由とは、思えなかった。

「黒木くん、新たな艦隊編成は知っているな」

「はい、二月二十五日付けで第一艦隊を廃止し、第一戦隊を第二艦隊に編入しました。これで、第二艦隊第一戦隊は、戦艦『大和』『武蔵』『長門』の三隻体制となります」

「ああ、そしてこの第一戦隊の司令官は宇垣くんだ。彼はこれまで山本長官と共に『大和』にあった。最も『大和』の実情に詳しい一人だ。今度、彼が『大和』を訪れると言う情報があったので、一度話をしてみたいと思っている。まあ、その他にもやりたいことがある」

そう聞いて黒木は、納得がいった。軍令部次長と第一戦隊司令官の話は、とても興味深いと思った。「大和」のこともそうだが、これからの戦いの考え方についても、東京と現場の感覚のずれを少しでも修正できればと期待した。

「大和」は、損傷部分の修理のため大型船渠に、その巨体を現していた。

黒木は、その案内役に作業主任の西島を指名した。

船渠に降りて「大和」の全貌を初めて目にした伊藤も、さすがに感嘆の声を上げた。

「私は、山本司令長官が戦死された時、トラック島の『武蔵』を訪れたことはあるが、その時は長官のことで頭が一杯で、『武蔵』を見る余裕が無かった。こうして下から艦全体を見るとさすがに世界最大の戦艦だと実感できるな」案内役の西島が、得意げに鼻《ふく》を膨らませた。

第一艦橋では、森下艦長以下の士官が伊藤を出迎えた。

森下は、西島の顔に目を遣りながら「呉工廠が、修理と改修に最大限の努力をしてくれておりますので、四月中旬には戦地に向かうことができます」と言い、伊藤は「これからは、戦艦の出番も多くなると思う。『大和』をよろしく」と声をかけた。

暫くして、宇垣が司令官公室に到着したと言う報告があり、伊藤と黒木そして森下艦長が、階下に向かった。その途中で伊藤が足を止めると「君も一緒してくれ」と西島に声をかけた。西島は一瞬驚いた顔をして黒木に目を向けた。技術屋の自分がなぜと思ったに違いない。黒木がうなずくと「お供します」と一緒に司令官公室に向かった。

公室の前で、宇垣が一行を出迎えた。まだ少し足を引き摺《ず》っているようだった。それで公室で待っていたのかと黒木は納得した。

伊藤を上座に案内すると「皆、適当に掛けてくれ」と促《うなが》した。

「トラック島以来ですが、傷はどうですか」と伊藤が声をかけた。

宇垣が、顔を歪《ゆが》めたままで、低い声で答える。

「山本長官を喪《うしな》ったことは、連合艦隊参謀長であった私の失態であったと、今も後悔しております。肩と腰はまだ痛みますが、それより生きていて良いのかと自問自答する毎日であります」

伊藤は、そんな宇垣の様子を見ながら、話し始めた。

「宇垣さん、山本長官のことは、誰も責めることはできません。あなたは、これまで幾多の戦いを経験している。その経験値がこれからの海軍には必要と思います。様々な場面でのあなたの判断を期待しています」

伊藤の口調は、何時にも増して語りかけるかのように穏やかだった。

黄金仮面と揶揄《やゆ》されることもある冷静沈着な宇垣が、思わず唇を震わせた。

伊藤が、公室の皆に目を巡らせる。

「ここに集まっているのは、全て『大和』との関わりの深い人たちです。私は『大和』に乗ったのは今日が初めてだが、開戦前からこの戦艦が、海軍に与える影響を危惧《きぐ》していました。それは単純に、『大和』があるなら戦争をしても勝てると言う雰囲気です。今となっては仕方の無いことなのだが、私は米国との戦争は避けるべきだと思っていた。だが、この『大和』と言う戦艦が、その術《すべ》を私から奪ってしまったのです。そんなことから私はこの艦の存在そのものが許せなかった。ところがある人の話を聞いて少し考えが変わったのです。その人は言いました。『大和』は誇り高く凛《りん》とした美しき艦《ふね》であると……。『大和』と言う艦名も日本の国を彷彿《ほうふつ》とさせますが、日本の国であればこそ生まれた艦なのだと言われたのです」

誰もが、ただ黙して伊藤の話を聞いていた。

「西島さん、私はある時期、こんな艦を造り上げた技術や技までも恨みました。『大和』を建造した人たちこそが、戦を始めた根源であるとさえ思いました。この艦の生みの親でもある貴方は、何を思ってこの艦を造られたのですか？」

突然の問いかけに、西島が横の黒木に目を向けた。黒木がうなずいたので立ち上がろうとしたが、伊藤がその儘《まま》でと手で制した。西島が両の拳《こぶし》をきちんと膝の上において話し始めたのを見て、黒木はこの男でもわきまえるべきは分かっているのだと、ホッとしていた。

「私がこの『大和』をどんな思いで造ったかと言うお尋ねですが、一言でお答えすることは難しいと思います。そしてこの艦を造ったのは私ではありません。呉海軍工廠に務める幾千の市井《しせい》の工員たちが造り上げたものです。皆が無名の工員たちです。物を作る技を生業《なりわい》とする者は、誰でもその物を百パーセントの完成物にしようとします。百パーセントの物を作るには、強い自己犠牲が求められます。技を高めることもそうですし、日々の弛《たゆ》まざる改善なども考えなければなりません。私は、百パーセントの物が作れるとは思っていませんが、その心意気が無ければ良い物は作り出せません」

西島は、自分の話していることが、質問の的を得ているのか心配だったが、誰も口を挟もうとはしなかった。

「私は、良い物を作るには、その技の割合は六十パーセントで、残りの四十パーセントは心意気だと思っています。この艦は、起工から竣工まで四年数ヶ月を要しました。その長い間に、人の気持ちは大きく揺れ動きます。技術の壁に阻《はば》まれることもあり、環境の変化や体調の変調を来すこともあります。しかし、これだけの艦を造ろうとすれば、それらの事を全て乗り越え、四年数ヶ月の間、常に前に向かって行く信念がなければなりません。この工廠の工員たちは、その四年数ヵ月の間、同じ心意気を保ち、技を磨き、新たな技法を取り入れ、何事にも負けない強靭《きょうじん》な精神力で臨んだからこそ、『大和』の完成を見ることができたのです」想いが募るのか、西島の声に憂いが宿る。

「そこには海軍も階級も、皆さんの考えられる戦略や戦術もありません。ただ自分たちが手がけたものは、誰がどこから見ても世界最大で最強、そしてそれは誇り高くあれば良いと信じていたからなのです。そして、日本人としての国を想う心と勤勉さが、その後押しをしてくれただけなのです。」

隣の黒木が、小さく息を吐いた。

「おそらく、黒木さんも私と同じ考えだと思います」

西島の言葉に、黒木がうなずくのを見て伊藤が笑を浮かべた。

「宇垣さん、今の西島くんの話し如何でしたか」

宇垣も笑を浮かべると、額に手を当てて言った。

「私は、一年数ヵ月この艦と共にありましたが、西島くんの話を聞いて感慨新たなりと感じております。私が第一戦隊司令官と言われた時に、何の理屈もなく『武蔵』ではなくこの『大和』を、旗艦にしようと思った訳が分かったような気がします」

伊藤が、また西島に目を向けた。

「君の話だと、誇り高きは『大和』と言うことだが、姉妹艦の『武蔵』との違いはどこに有るのかね。何かに惹《ひ》かれて宇垣さんも旗艦に選んだのだと思うが……」

「はい、『大和』も『武蔵』も同じ設計で造られておりますので、形態や性能、機能の異なる所はほとんどありません。建造期間も何ヶ月か『武蔵』が長いだけですが、その工数は倍近い違いがあります。大雑把《おおざっぱ》に言えば『大和』が二百万工数、『武蔵』は四百万工数であり、『大和』は二万二千トンの戦艦『陸奥』の倍以上の大きさでありながら、『陸奥』と同じ工数で完成したことになります」

皆が驚愕《きょうがく》の表情を浮かべた。「大和」と「武蔵」の工数の違いは、公にはされていなかった。西島が続ける。

「この工数の差こそが、その艦の背負いたる生い立ちの差だと思います。『大和』は一番艦であり、正に世界初の超弩級戦艦でありますが、『武蔵』は二番艦と言う順番に縛《しば》られてしまいます。工数の違いは、工員の質、工場の設備など色々な要素がありますが、やはり一番艦と言う誇りのもたらす要素が大きいと考えられます。実際に鋲を打つ工員も溶接を行う工員も額に汗しながら、その胸の中に秘めた心意気と誇りが、作業を円滑に、かつ迅速に進めさせたのだろうと思います。黒木さんが次長にお話しされたのだと思いますが、工員達の技と心意気を纏《まと》った『大和』は、その分誇り高き艦になっているのだと思います」

今度は、皆が大きく息を吐いた。伊藤が黒木に聞いた。

「黒木くん、君はどう思うか」

「『大和』の誇り高さは疑いようもありませんが、工数の話は今でも語り草となっている呉工廠の伝説の二人、設計の牧野と現場の西島に負うところが大だと思います」

伊藤がうなずくと森下に言った。

「森下艦長、感想を聞こうか」

「いやー、こんな話を聞いてしまうと、操艦が難しくなりますな。心を新たにして預からせていただきます」と頭を下げた。

　そして、伊藤が感慨を込めて言った。

「今日ここに来て初めて思う。この艦が、桜の国に生まれてきたことに感謝しよう。もし海軍が『大和』の竣工をもって開戦を決意したとするならば、この艦は、その運命の中に戦争を終わらせる何かを秘めているのかも知れない……。これからも私は、その何かを探し続けて行くことになるような気がしている」

　伊藤の言葉は、この部屋の一人一人に、それぞれの解釈と感銘を与えるものであった。

しばらくは誰もが無言でいたが、伊藤が「少し話は変わるが」と話題を振った。

「宇垣さん、連合艦隊は敵機動部隊との決戦を考えているが、戦艦部隊をどう使う」

「はい、新Z作戦として、三群の機動部隊を編成しております。前衛の丙部隊には軽空母三隻と戦艦『大和』『武蔵』『金剛』『榛名』の四隻を配置し、主力の正規空母三隻を甲部隊、そして小中空母三隻に戦艦『長門』を配して乙部隊としております。無論この他にも『扶桑』や『山城』などの戦艦がおりますが、速力の不足から機動部隊としての使用は、見送られております」

「確かに、米国も防空機能が強化され速力の速い新型戦艦は、空母を含む機動部隊に配置され、旧戦艦群は、上陸時の艦砲射撃にと機能分担をしているようだ。ところで宇垣さんは、機動部隊決戦はどこで行われるとお考えですか」

　宇垣が、腕を組むと「うむー」と唸《うな》った。

「私の個人的な意見としては、これまでの中部太平洋方面軍は、マリアナ諸島に向かうのが定石《じょうせき》と思いますが、我が機動艦隊の燃料補給は逼迫《ひっぱく》した状況にありますので、西カロリン方面の方が戦い易いとの意見も強固であります。ただ古賀司令長官は、進攻は二方面の内どちらかと考えていらっしゃるようです」

「やはり小笠原諸島、マリアナ諸島、西カロリン方面の縦線の防御では、荷が重いかもしれませんね」

　宇垣が腕を解くと、また額に手をあてた。

「一方で、ニューギニア方面軍の比島進攻に中部太平洋方面軍も協力するのではと言う観測もありますし、ここは考え所と思っています」

「大本営海軍部も私のところの軍令部も西カロリンと言っているのだが、私と中沢くんの個人的意見としては、マッカーサーとミニッツが手を取り合うことは無いと判断して、マリアナ諸島と考えていた。その矢先に二月二十三日のマリアナ諸島空襲があり、これで私の考えは強固になったと思っている。これは、マーシャル諸島攻略戦の支援の側面はあるが、何か意図的なものも感じている」

「その空襲で、マリアナ諸島の海軍航空兵力は、ほぼ壊滅したと言って良いでしょう。折角、決戦用に揃えた島嶼航空機を百四十機も失いました。新Z作戦の島嶼航空隊の再建を急がなくてはなりません」

　伊藤が顔を曇らせたので、黒木が対米情報を管轄する軍令部第五課の分析を紹介した。

「第五課は、これまでの戦闘におけるマッカーサー、ミニッツの戦略傾向や性格までも分析し、中部太平洋方面の次の目標は、マリアナ諸島と判断しております」

伊藤が宇垣に尋ねる。

「それでも、やはりカロリンなのか」

「次長、ラバウルそしてトラック島、今度のマリアナ空襲と基地航空隊は各個撃破されています。戦力の大量投入が出来ぬ以上、より有利な海域で戦いたいとなるのは仕方が無いのかも知れません」

伊藤の目が、鋭さを増した。

「そんな希望的観測で、肝心の航空艦隊決戦で後手を踏んだらどうするのだ。ここで敗れれば、日本海軍の明日はないぞ。いや、この国の明日がなくなるのだ」

宇垣が視線を落とした。

公室に沈黙が訪れると、工事の騒音が耳につく。

「あの作業をしている工員さんが、羨《うらや》ましく思えるな。彼らはこの艦の戦いは知らない。ただひたすら、この艦の活躍を祈って鋲を打っているのだろう。それはとても幸せなことなのかも知れない。国民が無事に生活を送れることに軍の存在意義がある。だから軍は、もうこれ以上国民を苦しめてはいけない。宇垣さん、我々も、もう一度原点に立ち戻って作戦を考えましょう。それが国を守ることに繋がります……。お陰で今日は良い意見交換ができたと思います」

そう言って伊藤が立ち上がった。皆が立ち上がると宇垣が「私も久しぶりに良い時間をいただきました。次長の心情確《しか》と承《うけたまわ》りました」と最敬礼した。

黒木は、その時自分の行くべき道が見えたような気がした。

――どこまでもこの人に付いて行こう……と。

一方、艦長の森下は、この後「大和」乗組員に対し「『大和』は、世界最大、最強の戦艦であるが故に、その能力を最大限発揮して戦況を好転させるのが、その使命である。諸君の奮闘を期待する」と訓示を行った。

「大和」の視察を終えた伊藤と黒木は、呉工廠の公用車で宿舎に向かっていた。工廠の正門を出ると伊藤が運転手に「鎮守府に寄ってくれないか」と声をかけた。

「鎮守府の誰かとお会いになるのですか」

黒木が尋ねたが、伊藤は「行けば分かるよ」と言葉を濁した。

車が鎮守府の正門に近づいた時、伊藤が「ここで止めてくれ」と言って、視線を道路の反対側へ向けた。そこには二人の男女がこちらを見つめていた。

「次長！」思わず黒木が声を上げた。

道向こうには、今は鎮守府の参謀となっている平田と、死んだ佐川の妻香代子が立っていたのだ。

「私が君の話を聞いて、平田くんに段取りをするよう頼んだのだ。呉工廠の近くでは不味《まず》かろうとここにしたのだ。さあ行きなさい。私は平田くんと先に宿に帰って酒でも頂くことにする」

「しかし、次長どうしてこんな事を……」

「黒木くん、女性を何時までも待たせて置くのは、海軍士官としては失格だ。君の気持ちを素直に話せば良い。おそらく香代子さんもそれを待っているはずだ……。私は今でも妻のことを愛《いと》おしいと思っている。女性はそう想われていると分かれば、どんな事にも耐えて行けるのだ。さあ、行ってあげなさい」

黒木は、伊藤の言葉に押されるように車を降りると、二人の所に歩いて行った。自分が混乱していると自覚していた。平田が「お久しぶりであります。副官ご就任おめでとうございます」と敬礼をした。黒木は敬礼を返すのも忘れて「平田、貴様！」と声を荒げたが、平田は笑を浮かべると「次長のお守《も》りは任せて下さい」とさっさと車へ向かってしまった。

平田を乗せて車が動き出すと、香代子と二人きりになった。黒木が会話の緒《いとぐち》を探していると、見かねた香代子が口を開いた。

「私のことお聞きでは無かったんですね。私も先ほど平田さんからお聞きしたばかりです。仕事の途中で上司に、鎮守府へ行けとだけ言われました」

香代子は、工廠の仕事場からここに来たのだろう。襟を閉じた白いシャツにズボン様のものを履き、短めの上着を羽織っていた。

「私が、上官の軍令部次長に奥さんの話をしていたので、この機会にと画策《かくさく》されたのでしょう」

そう言いながら黒木が、ゆっくりと歩きだした。鎮守府の先には呉の港が広がっている。

軍服姿の黒木は人目を避けているのだろうと、香代子は思った。

黒木に半歩遅れて歩きながら、香代子は自分のことを上官に何と言ったのか気になっていたが、話題にしてくれていたことが嬉しかった。

「上官の方には、私のことを何と話されたのですか」

俯《うつむ》向《む》きぎみに尋ねると、黒木は足を止め肩ごしに香代子に目を遣《や》った。直ぐに言葉は出てこなかった。

「亡くなられた優秀な工員さんを支えておられた奥さんと……」

「そうですか……。それだけですか？」

黒木は返事をせず、また歩き始めた。もう岩壁の傍まで来ていた。寄せる波の音が密やかに聞こえた。

香代子が歩を半歩縮めて、黒木の横に並ぶと「何時もお心遣いをいただき、感謝しております」と頭を下げた。

今度は黒木が尋ねる。

「……それだけですか？」

その言葉で香代子は、自分の頬が上気して行くのを感じた。あのことを聞かれているのだと、身体の全ての感覚が示していた。

――やはりこの人は、あの櫛に自分の想いを込めて送ってくれたのだ。

胸の鼓動が高まって行くのを受け止めながら、香代子はあの櫛を貰った時、自分の気持ちに素直になろうと決めたことを思い出していた。一瞬の躊躇《ためら》いはあったが、はっきりと口にできた。

「あの櫛は、肌身離さず……持っております」

黒木がうなずきながら「良かった、ありがとう」と言って笑を浮かべた。

それから長い間、二人は何も語らずに海を見つめていた。

こうして二人だけで波音に心を委《ゆだ》ねられることが、望外の喜びだった。

その時、春風の悪戯《いたずら》か、突風が岩壁を吹き抜けた。

思わず身を揺らした香代子の肩を、黒木の逞《たくま》しい腕が抱きとめた。

黒木の胸に抱かれた香代子は、咄嗟《とっさ》にその胸に置いた手に力を入れようとした。

だが、黒木の身体の暖かさを感じると、そっと指を伸ばしてその胸に添えた。

黒木は香代子の髪の香を感じながら、耳元に顔を寄せた。

「奥さん……、これから香代子さんと呼んでも良いですか」

香代子が、黒木の胸に顔を埋めると、軍服の胸を叩きながら子供のように泣きじゃくった。

黒木は、ただじっと香代子を抱きしめていた。

夕暮れの迫る海に最後の煌《きらめ》きが広がり、二人の影を際立たせていた。

あ号作戦

伊藤が「大和」を訪れて二十日が過ぎ、桜も見頃となった四月一日、軍令部次長室に中沢が血相を変えて飛び込んで来た。

「次長、大変なことが起こりました！」

何時もの冷静さを完全に失っている。

伊藤が立ち上がって「中沢、落ち着け！」と一喝すると、副官の黒木が驚いて顔を覗《のぞ》かせた。

「パラオから、比島のダバオへ向かっていた古賀司令長官の飛行艇が遭難しました」

そう言うと中沢は「ふー」と大きな息をついて腰を下ろした。

「昨夜午後十時ごろパラオを飛び立ったそうですが、長官機は、まだ到着しておりません」

「飛行艇は、二機と聞いていたが」

「はい、もう一機はセブ島付近に不時着したのを確認しておりますが、福留参謀長以下九名はゲリラの捕虜になった模様です」

伊藤が、いつもの席に座ると「山本長官の戦死から、まだ一年も経っていないのに連合艦隊は、また最高指揮官を失うのか」と瞑目《めいもく》した。

「現地では全力で捜索を続けておりますが、絶望的としか言えません。参謀長については、現地守備隊の独立混成三十一旅団が、ゲリラ掃討戦を行っているとのことであります」

「パラオの空襲は終わったのか」

「はい、昨日まで二日間にわたって行われておりますが、『武蔵』以下の艦隊は、事前にダバオに向け避難して無事でしたが、また多くの給油艦や輸送船が被害を受けております。航空機の被害も百数十機と報告が上がっております」

「今回のパラオ空襲は、マッカーサーのニューギニア方面軍のホーランジア攻略に、ミニッツが協力した格好だな。まあ、ミニッツにとっては、マリアナ諸島攻略の前哨戦でもあるからな」

「我が軍も各島嶼の基地航空隊を合わせれば、それなりの数はあるのですが、敵機動部隊の大兵力と機動力に翻弄《ほんろう》されているようです」

中沢が、情けない顔をした。

「今回の空襲も、敵空母は十隻以上のようです。艦載機だけで七百機にはなるでしょう。機動部隊を持たぬ戦《いくさ》では、島嶼戦は惨《みじ》めなものになってしまいます」

「とにかく、司令長官の安否と参謀長以下の救出に全力を挙げるよう指示してくれ。古賀司令長官が居なくなれば、航空艦隊決戦の作戦指導にも影響してくるだろう。今月中に連合艦隊司令部、大本営との調整をしっかりとやらなければ、持ちこたえられないかも知れない」

だが、それから日が経っても古賀司令長官機の行方は、杳《よう》として知れなかった。

ゲリラの捕虜になっていた福留連合艦隊参謀長らは、ゲリラ側が現地守備隊の掃討戦に耐え切れず、四月十一日解放された。

空席の連合艦隊司令長官は、二月に軍令部総長を兼ねていた嶋田海軍大臣が兼務することになった。

伊藤は、航空艦隊決戦のための検討会を四月中に四回開催し、これを連合艦隊司令部が取り纏めて「あ号作戦」とした。

最後の検討会に、伊藤は黒木を伴って参加した。

「あ号作戦の艦隊編成は、前衛を丙部隊とし軽空母三隻に戦艦四隻、重巡八隻、軽重一隻、駆逐艦九隻とする。指揮は栗田第二艦隊司令長官が行う」

連合艦隊参謀長の草鹿が、力強く説明する。

「また、主力の正規空母三隻には、重巡二隻、軽巡一隻、駆逐艦十隻を配置し、これを甲部隊とする、乙部隊は小中空母三隻に戦艦一隻、重巡一、駆逐艦九隻の布陣とし、甲、乙部隊は、第一機動艦隊小沢司令長官の直卒《じきそつ》とする。前衛部隊は、本隊より約百浬先に進出し、敵機を迎え撃つと共に、迅速なる航空攻撃を敢行し、併せて敵残存艦艇や輸送船の攻撃を行うものとする。本作戦は、我が航空機の長大な航続距離を最大限活用し、敵機動部隊との距離を三百五十浬（約六百五十キロ）以上空けることによって、敵の偵察機、艦載機の到達を困難となし、先手必勝、かつ敵の攻撃を必然的に回避するアウトレンジ戦法を基本とする。さらに第一航空艦隊を主力とする基地航空隊の偵察や側面からの波状攻撃を行い、戦果をより確実なものとするものである」

すでに、数度の検討会で議論された作戦ではあるので、異論は無いと思われたが、大本営航空参謀の源田が声を上げた。

「前回の会議でも申し上げましたとおり、搭乗員の限界は、通常においても二百浬（約三百七十キロ）であります。ほぼ実戦経験のない搭乗員に片道三百五十浬以上の飛行を行わせ、敵を攻撃して帰って来いと言うのは無謀であります。片道二時間半から三時間の飛行ですよ」

「あ号作戦は、期日の決まっている作戦ではない。敵が来るまでの間に練度を上げるしかない」

草鹿が、分かっている事を何度も云わすなと少し目付きを鋭くした。

中沢が、二人の間に入るかのように発言した。

「この作戦計画では、パラオ、西カロリンを主戦場としているが、マリアナの線も考えておく必要がある。したがって、連合艦隊にあっては、主戦場がはっきりするまで、基地航空隊すなわち第一航空艦隊の配備状況に細心の注意をお願いしたい」

草鹿が、今度は中沢に鋭い目を向けた。

「軍令部も、パラオ、西カロリンで了解したのじゃないのか。マリアナはその後だと言ってるだろう」

会議室の雰囲気が、険悪なものに変わった。皆が視線を手元に落とした時、伊藤が口を開いた。

「草鹿くん……」

草鹿が、声の主を見て驚いたように姿勢を正した。草鹿は、兵学校で伊藤の二期下である。後輩の面倒見の良かったこの上官を、草鹿は当時から好ましく思っていた。伊藤が何時も通りの落ち着いた声色で言った。

「私が、口を挟む所では無いかもしれないが、敵の航空艦隊が、何時、何処に来るかは、誰にも分からないことだ。君らの言う通りパラオ、西カロリンかも知れないし、あるいは、マリアナかも知れない。中沢くんの言ったのは、その時にマリアナは無理ですと言われては困ると言うことだ。私、個人の意見としては、マッカーサーのフィリッピン攻略の手助けをニミッツはしないだろうと言うことだ。マリアナの線を捨ててはいけない。その点を皆が頭のどこかで、認識しておいて欲しいのだ」

草鹿が「確と肝に銘じておきます」と頭を下げた。

その返答に、伊藤が笑を浮かべてうなずいた。


「連合艦隊指令長官に、五月三日付けで豊田大将が就任したが、前線には行かぬ積もりらしいな」

伊藤と中沢の話である。

「はい、東京湾の巡洋艦『大淀』に将旗を上げておられます」

「彼は、艦政本部や鎮守府などの内務関係の仕事が多かったので仕方がないが、これで司令長官が第一線で指揮を執ることも無くなるるな」

中沢が、首を傾《かし》げる。

「艦隊の連中が、どう思いますかね。気持ちとしては、連合艦隊指令長官直卒《じきそつ》の方が士気は上がるでしょうが」

「そうだな、しかしその為に二人の司令長官を失った事を思えば、やむを得ないのだろう。しかもこれだけ戦線が拡大すると、一つの前線で指揮を執るのも矛盾が出てくる。意外と理に適っているのかも知れん。ところで、福留参謀長がゲリラに捕らえられた時、機密文書を持っていたと言うが、これが敵の手に渡ったようなことは無いな」

「はい、てっきり味方が救助に来たものと思われていたようで、処分もせずカバンごと取り上げられたようです。しかし、相手が現地のゲリラなので、その心配は無いと報告が上がっております」

伊藤が思案顔をして目を閉じた。

「私は、我が方の暗号が解読されているのではないかと思ったことが二度もある。一度目はミッドウェー海戦、二度目が山本長官の戦死だ。何れもあまりにも敵に都合よく出来ている。その機密文書には新Z作戦も含まれているようだが、今回のあ号作戦とそう大差はない。これが敵の手に渡ると取り返しが付かないぞ」

中沢が、真顔になって「再度、確認を行います」と言った。

「あ号作戦も結局は、油槽船の問題でパラオ、カロリン諸島で押し切られてしまった。すでに決戦作戦として発令されているが、やはり私は、マリアナだと思う」

伊藤が目を開けると強い口調で言った。

「中沢くん、マリアナの線を進めるとすれば、決め手は油槽船を揃《そろ》えることだ。目先を変えてやらなければ、マリアナが危ない」

「はい、油槽船の調達は進めておりますが、三月初めから約一ヶ月で行ったマリアナやパラオ向けの陸軍輸送送作戦で、サイパンの兵力が増強されておりますので、陸軍は難攻不落と胸を張っております。そうなるとマリアナの線は、ますます薄くなってしまいます」

「現在のマリアナ諸島の兵力は、陸海軍合わせて六万数人、ただ、民間人は二万を超えているだろう。その人たちを巻き添えにはできん。何としても上陸前に敵機動部隊を叩かねばならない。全ての場面でマリアナだけは、堅持する方針でいてくれ」

中沢が「承知しました」と背筋をのばした。


しかし、福留参謀長が奪われた極秘書類は、ゲリラの幹部に日本語の分かる者がいたことで、思わぬ展開をもたらした。書類は直ぐに潜水艦でマッカーサーの元へ届けられたが、マッカーサーの手には負えず、ニミッツの太平洋方面情報センターに急送されたのである。

センターでは不眠不休の解読と翻訳《ほんやく》が行われ、そのコピーが各艦隊へ飛行機で届けられた。無論、スプルーアンスもそのコピーを入手した一人である。

「戦いの前に、敵の作戦の概要を知ることが出来ることは、この艦隊にとっては僥倖《ぎょうこう》であり、敵の艦隊にとっては災厄《さいやく》だな」と情報戦の成果に感謝した。


四月二十一日、戦艦「大和」は修理と改修を終え、呉を後にした。

「大和」が呉の船渠を出た後には、パラオ撤退の際に敵潜水艦の雷撃を受けて傷ついた戦艦「武蔵」が、修理のため入渠した。呉工廠の工員たちは「さすがは姉妹艦だ」と変なところで感心していた。

五月一日、「大和」は連合艦隊の新たな拠点になったリンガ泊地に到着、四日には宇垣が仮の旗艦としていた戦艦「長門」から移乗して、「大和」は第一戦隊旗艦となった。

宇垣が「大和」の司令官室の扉を開けた。そこは以前、山本連合艦隊司令長官が長官室として使っていた室と同じである。宇垣は後ろ手に扉を閉めると、姿勢を正して一礼した。

顔を上げて室内を見渡したが、全てがあの当時と同じ装いだった。

「おう、宇垣くんか、入れ」と言う声が聞こえたような気がした。

宇垣は思わず「長官」とつぶやくと、黙して胸の内を語った。

——不肖《ふしょう》、宇垣纒《まとめ》。戦艦「大和」「武蔵」を率いることになりました。この上は死する覚悟で戦う所存です。ご照覧あれ。

ゆっくりと歩を進めると元司令長官の椅子に座った。本来であれば、光栄と思う瞬間なのだが、その室の主となった意識からか、やはりどこか異なる佇《たたず》まいが宇垣を当惑させた。

「武蔵」とは調度品が若干違うだけなのだが、そこには……これが誇り高き艦の所以《ゆえん》なのか……と思わずにはいられない何かがあった。

それは、限界まで張り締めた細い糸に触れるような緊張を強《し》いるものだった。

宇垣はゆっくりと息を吐くと、延二百万工員の血汗《けっかん》と血涙《けつるい》の成せる業かと呻いた。

そして、伊藤の言った「大和」の戦争を終わらせる運命も、この艦ならどこかに秘めているのかも知れないと思い始めていた。

リンガ泊地は、シンガポールから南に八十浬、スマトラ島の東に位置しており、艦隊が余裕を持って訓練できる広さがあった。また、水深が浅く潜水艦の心配がなく、前線から遠いため空襲の危険も無かった。また、近くには油田や製油所のあるパレンバンがあり、燃料も潤沢なのだが、最大の欠点は前線までの距離だった。

しかし、油の補給に汲々《きゅうきゅう》としていた各艦艇にとって、燃料を気にせず走り回れることは爽快《そうかい》である。

宇垣は陣頭指揮を執り、第一戦隊の各艦と共に訓練に明け暮れた。主砲や対空機銃を撃ちまくり、対潜航行や雷撃回避運動、さらには艦隊連携行動とやれることは何でもやった。

要は機動艦隊としての練度を上げることが、少しでも勝利に近づく道だった。

だが、あ号作戦は、こちらから仕掛ける作戦ではない。あくまでも想定の海域に敵が進攻して来た時、それを速やかに補足して撃滅しなければならない。何時までも待ての体制で、想定海域の遠くに離れている訳には行かない。

五月十一日「大和」は、フィリッピンの西端に位置するミンダナオ島からボルネオ島に伸びる列島沿いにある、タウィタウィ島の泊地へ向けて碇を上げた。到着は十四日だった。

その翌日には、同じくリンガ泊地で訓練していた第一航空戦隊の正規空母「大鳳」「瑞鶴」「翔鶴」が到着し、翌十六日には内地で訓練していた第二航空戦隊の空母「隼鷹《じゅんよう》」「飛鷹《ひよう》」「龍鳳《りゅうほう》」、そして第三航空戦隊の空母「千歳」「千代田」「瑞鳳《ずいほう》」が到着した。さらに呉で修理をしていた戦艦「武蔵」も合流した。

ここに「あ号」作戦に参加する全艦艇が集結を終えたのである。

空母は、旗艦となった最新鋭艦「大鳳」以下九隻、戦艦五隻、重巡洋艦十一隻、軽巡洋艦二隻、駆逐艦三十八隻、その他の補給艦を合わせると六十数隻の大艦隊である。しかも空母九隻、搭載艦載機四百三十九機は、日本の航空艦隊史上最大の布陣である。

否が応でも決戦の気運が高まるところなのだが、そう簡単には行かなかった。


「この泊地に進出したのは良いが、ここは狭いな」

司令長官の小沢が額に皺《しわ》を寄せた。

「はい、赤道直下でありますので、風もほとんどありませんし、空母が艦載機を飛ばすほどの速力を出す場所もありません。このままでは、搭乗員の練度の低下は歪めません。元々訓練期間も充分ではありませんので、発艦や着艦も心許なくなってしまいます」

航空参謀が、唇を噛んだ。

「泊地の外での訓練も考えましたが、外には敵の潜水艦が網を張っているようです。昨日も空母『千歳』が、泊外での訓練を試みましたが、直ぐに二本の魚雷を受けました。幸い不発でしたので難を逃れましたが、泊外に出るのは危険が伴います」

作戦参謀の言葉に航空参謀が噛み付いた。

「では、搭乗員の飛行訓練は出来ぬと言うことですか。一航戦にはベテランの搭乗員を集めましたが、それも大した数ではありません。二航戦、三航戦に至っては数ヵ月の訓練しか受けておりません。何とか使い物にするには、まだ三ヶ月の訓練期間が必要であります」

「そんな悠長《ゆうちょう》な事を言っても、敵は待ってはくれんぞ」

参謀長の吉村が、吐き捨てるように言った。

極秘文書の解読で、こちらの目論《もくろ》みを知った米海軍は、泊地の外に常時多数の潜水艦を配置していたのである。

「潜水艦を駆逐艦で追い払えぬのか」小沢が作戦参謀に尋ねた。

「敵潜水艦は、高性能の電探を装備しており、また集団行動などの戦術によりその戦闘能力は飛躍的に向上しております。こちらもある程度の損害を覚悟する必要があります」

「しかし、搭乗員には日常的な訓練が必要であり、ベテランでも少し搭乗の間隔が空くと飛行技術に狂いが生じます。速成の搭乗員たちは尚更《なおさら》のことであります」

さすがに、このままでは埒《らち》が開かないと思ったのか、吉村が「第三艦隊と第二艦隊の駆逐隊に対潜掃討を検討させましょう」と小沢に進言した。

「搭乗員の練度が下がるようでは話にならん。すぐに検討させてくれ」

小沢の声には、苛立《いらだ》ちが混ざっていた。

だが、その後行われた四日間の潜水艦掃討戦で、味方駆逐艦は毎日一隻合計四隻が撃沈される結果となり、第一機動艦隊は、まさに袋の鼠《ねずみ》状態となった。

五月二十日、豊田連合艦隊司令長官は「あ号作戦」開始を発令、それを受けて小沢第一機動艦隊司令長官は、旗艦「大鳳」に各隊の指揮官を集めて訓示した。

「あ号作戦に臨み、要点を四つのみ伝える。其の一は、本作戦は最後の航空艦隊決戦である。例え攻撃を受け味方の損害が出ても、これを省みることなく戦闘を継続する。其の二は、戦闘の流れの中で必要とあらば、一部の部隊を犠牲としても作戦を強行する。其の三、もし旗艦の損傷など連携に問題ある時は、司令官の独断専行を許可する。其の四は、言うまでも無いが、本作戦の目的が達成できぬ場合は、如何に水上艦艇が残ろうともその存在の意味は無いものとして、戦いに挑んで欲しい。本作戦が、最終決戦であることを忘れるな――」

この訓示は、積極作戦を好む宇垣も大いに満足し、第一戦隊の参謀たちにも「積極性に溢れ、良い訓示だった」と語った。しかし、待つことは思ったより長く感じるものである。

しかも、作戦開始命令が出ると、各艦は六時間以内に出撃できる体制を常時賢持しなければならない。これも長くなると気持ちを苛立たせる。錨《いかり》を打ったままでの射撃訓練だけでは気の晴れるはずもなく、赤道直下の強烈な日差しを、恨めしげに見上げる日々が続いていた。

渾作戦

「昨二十八日米軍がビアク島へ上陸を開始しました」

軍令部次長室での会話である。

「あの島は、絶対国防圏から外れているはずだが」

ビアク島は、ニューギニア北西部にある東西九十キロ、南北四十キロの島である。

「それが、連合艦隊が反応しております。増援部隊の逆上陸支援とあ号作戦用の第一航空艦隊の投入を考えているようです」

伊藤が、腕を組むと小さく息を吐いた。

「一航艦は、動かすなと検討会でも言ってあるじゃないか。なんで急にそんなことを考えるのだ」

「はい、おっしゃるとおりですが、どうもビアク島には、飛行場に適した場所が多くあり、ここを取られるとパラオから比島南部までが、制空の範囲に入ってしまうとの懸念があるようです」

伊藤が、語気を荒げた。

「そんな事は、前々から分かり切ったことだろう。それなら事前にきちんと防衛策を講じるべきであって、今更大騒ぎしてどうするのだ」

「黒木くん、一航艦の配備はどうなっている」伊藤が、隣室の黒木に声をかけた。

黒木が地図を持って来ると、伊藤の前に広げた。

「現在、一航艦はその兵力を三群に分けております。第一群がサイパン、テニアン、トラック方面であり、第二群がパラオ、ヤップ、ペペリュー、ダバオ方面、そして第三群がニューギニア、セレベス方面であります。当初は、一千数百機の計画でありましたが、今年二月からのトラック島、マリアナ諸島、パラオなど一連の空襲により、現有機は五百程度まで減少しております」

中沢が言いにくそうに続けた。

「すでに連合艦隊は、本作戦を渾《こん》作戦として、昨日第二群にニューギニア西端のソロンへの移動を命じたようです。陸軍も乗り気のようですので、追随するしか無いのかも知れません」

「一航艦の移動は、第二群だけか」

「いや、第一群もニューギニアに近いハルマヘラへの移動が考慮されております」

「それでは、マリアナ諸島の陸上航空機は無いも同じですよ」

黒木が叫ぶように言った。

伊藤が、腕組みをしながらため息をついた。

「示し合わせた訳では無いだろうが、敵の陽動作戦に、はまったのかも知れんな」


五月二十九日、陸軍の同意を得て「渾作戦」が発令され、戦艦「扶桑」重巡「青葉」「妙高」「羽黒」に軽巡一、駆逐艦八隻が増援部隊の護衛として六月二日に出撃した。対する連合軍は、重巡一、軽巡三、駆逐艦十隻であり、戦力的には日本艦隊が優っていたのだが、偵察機がこの敵艦隊を空母二、戦艦三の機動部隊と見誤ったため退却が命じられた。その後増援は、駆逐艦にて行われることになったが、やはり敵艦隊の妨害によって目的達成とは行かなかった。

六月十日連合艦隊は、ビアク救援のためには敵艦隊の排除が必須と考え、この作戦に戦艦「大和」「武蔵」の投入を決めた。


「この作戦に『大和』『武蔵』を入れるとのことだが、その真意はどこにある」

「渾作戦」に批判的な伊藤の口調が厳しくなる。

「連合艦隊司令部は、大型艦の投入によって敵機動部隊を誘き出せないかと考えているようです」

伊藤が首をひねる。

「中沢くん、幾ら『大和』『武蔵』が世界最大の戦艦と言っても、敵に近づかなければ脅威は無い。小沢機動艦隊が出撃するのなら敵も考えるかも知れないが、虫の良い話にしか聞こえないな」

だが、出撃命令を受けた第一戦隊は驚いた。最終決戦に臨もうとしていたものが、突然ビアク行を命ぜられたのだ。

「司令、なぜ本艦と『武蔵』だけが、ビアク行きなのですか」

何時《いつ》もは、宇垣の言動に従順な先任参謀の鼻息まで荒くなる。それが「大和」「武蔵」の兵たちの心情であることを宇垣も良く分かっている。

「ビアク進攻が伝えられた時、パラオの制空が難しくなれば、あ号作戦も困難となる。このため機動艦隊を出撃させ、敵機動部隊を誘導すべきと小沢長官に直談判したんだ。こちらから出撃を具申《ぐしん》した手前、『大和』『武蔵』だけとは言えど、この出撃を拒絶するのは理屈に合わんかも知れんな。皆の気持ちは良く分かるが行くしかあるまい」

「しかし、敵機動部隊との最終決戦が、小規模の艦隊と陸上部隊の攻撃では、士気が上がりません」先任参謀が、口を尖《とが》らせた。

「気持ちは分かると言ってるだろう。文句を言う暇があれば出撃準備にかかれ」

宇垣の剣幕に、先任参謀が飛び出して行った。

——俺だって行きたくないんだ。

宇垣が、気合を入れるように自分の頬を両の手で叩いた。

十一日午後、戦艦「大和」は、ハルマヘラ島のパチャン泊地を目指して出港した。

一方頃スプルーアンスは、第五艦隊司令長官として、マリアナ諸島攻略部隊と機動部隊を率いて、マーシャル諸島のエニウェトク環礁を六月六日に出撃していた。スプルーアンスが、第五艦隊司令長官となったが四月だったが、この艦隊はハルゼーとの交代勤務であり、ハルゼーが指揮を執る時は、第三艦隊と呼ばれることになっていた。

攻略部隊は海兵隊を中心に十二万七千人に上り、ミッチャー率いる第五八任務部隊は、空母だけで十五隻（艦載機八百九十一機）を擁し、その他艦艇は戦艦七隻、重巡八隻、軽巡九隻、防空巡洋艦一隻、駆逐艦六十四隻の強大な陣容であり、補助艦艇を含めた総数は五百数十隻にまで膨れ上がった。

米海軍は、セブ島で入手した極秘文書から、新Z作戦の全貌を読み解き、約一ヶ月かけって、それに対抗し得る戦力を揃えていたのである。

「参謀長、欧州戦線のノルマンディー上陸作戦の成功の報告が届いているが、これを各船団に届けて上陸部隊の兵士たちに伝えたら、士気も大いに上がるんじゃないか。欧州と太平洋で、この戦争の道筋の見える大作戦が行われるのだ」

「それは、良い方法と思います。早速手配いたします」

「ところで、小沢艦隊だったかな。ビアクにマッカーサー軍が上陸したので、戸惑っているのではないか」

参謀長が、作戦参謀に目を遣《や》って側に呼んだ。

「敵艦隊の同静は？」

「タウィタウィ島の潜水艦からは、大きな動きの報告は来ておりませんが、本日大型戦艦らしきもの二隻を含む戦隊が南に向かったそうです。それとここ数日マリアナ諸島、カロリン諸島の基地航空機の移動が激しくなっているようです」

参謀長が、頬に手を当てて考えていたが、スプルーアンスに顔を向けて笑を浮かべた。

「ひょっとすると、ビアクに……」

「ああ、別に期待はしていないが、上手く行けばビアクが思った以上の役割をしてくれるかも知れない。……参謀長、敵の戦闘機も手薄のようだし、ミッチャーに計画通りマリアナ諸島空襲を指示したまえ。マッカーサーもたまには気の利いたことをしてくれるじゃないか」

スプルーアンスは、そう言って笑を返すと片眼を瞑《つむ》って見せた。


「大和」は、「武蔵」と共に十二日には、パチャン泊地に到着し、待っていた艦隊と合流した。

到着してすぐに、出撃に向けての給油や上陸作戦用の大発の積み込みに追われていた。

司令官室に、先任参謀が報告に来た。

「司令、サイパンの中部太平洋方面艦隊からの情報では、十一日よりマリアナ諸島は、連日敵機動部隊の空襲を受けております。また、捕虜となった敵攻撃機の搭乗員は、空母の呼出符号を携帯しており、供述によるとその数は十五隻とのことであります。またテニアンの航空隊の偵察では、敵は三群の機動部隊のようです」

「機動空襲の可能性もあるが、やはり太平洋からの進攻はマリアナかも知れんな」

宇垣は、さり気なく答えたが、心中は穏やかでは無かった。

……こんな所で、大発を積んでいる場合か。

だが、連合艦隊からの指示が無ければ、勝手な行動が許される訳でもない。宇垣は、司令官室の中を、動物園の熊のように歩き回っていた。その間にも中部太平洋方面艦隊からは、敵は明日若しくは明後日、サイパン上陸の公算大との通信を傍受していた。

その夕刻のことである。

「一航艦の緊急電を傍受いたしました。それによると敵艦の砲撃が始まり、目標は海岸陣地や飛行場であり、敵駆逐艦が海岸線を掃海中とのことであります」

宇垣は、艦砲射撃と海岸線の掃海が始まれば、サイパンの上陸作戦は近いと確信した。

ここで決断せねば、最終決戦に乗り遅れるかも知れない。今こそ「大和」を使う時だ。

目を閉じると、山本長官の声が聞こえる。

——宇垣くん、「大和」を使えんかね。

そして、伊藤次長の声も聞こえた。

——宇垣さん、敵の目標はマリアナだ。

宇垣は、目を開けると決然として立ち上がった。

「直ちにビアク出撃準備を中止、第一戦隊は出撃目標を変更し、速やかにマリアナ諸島海域へ向かう」

突然の変更命令に、先任参謀が驚いて目を見開いた。

「司令、渾作戦の変更は、まだ届いておりません。……場合によっては命令違反になります」

宇垣が、にやっと笑を浮かべた。

「この俺に意見する気か。……渾作戦などくそくらえだ。いいか、大和は決戦場に有るべき艦なのだ。さっさと準備にかかれ！」

先任参謀が「了解しました」と大きな声で返答したが、その目には生気がみなぎり、足取りは軽やかなものに変わっていた。

艦内にマリアナへの出撃が伝えられると、そこかしこで雄叫びが上がった。

出撃準備に追われる艦橋で、森下艦長が「よく腹を決められましたね」と自からの腹の辺りをさすりながら声をかけた。

「ああ、『大和』の運用については、山本司令長官と散々やりあったからな。何度も自分に意気地なしとつばを吐いたよ。そんな昔があったから決められたのかも知れない」

森下が、真剣な表情でうなずいた。

「君は反対しないのかね」

「私は、この艦が思う存分に戦えるのなら、どこへでも行きますし、どんな事でもやります。それが、この艦を動かす者の責務であると、呉で思い知らされました」

宇垣も遠くを見る眼差しになった。

「そうだな、延二百万人の血と汗の結晶だからな……」

その時、艦橋に通信参謀が駆け上がってきた。

「連合艦隊より緊急電であります！　あ号作戦決戦用意です」

宇垣の目が鋭さを増した。

「あ号作戦開始は近いぞ。もはや何も考えるな！　何も躊躇《ちゅうちょ》するな！　決戦に遅れぬよう出撃準備を急げ！」

艦内の喧騒《けんそう》が一段と激しさを増したが、ただならぬ熱量がその活気を物語っていた。

そして、その数十分後「渾作戦」は中止され、「大和」には原隊復帰が命ぜられた。

「俺もよくよく悪運が強いな。命令違反が反古《ほご》になった」

宇垣の独り言に、森下が笑いを堪えるかのように下を向いた。

六月十三日夜、「大和」は「武蔵」以下の艦艇を引き連れてパチャン泊地を出港した。

島影が、夜の闇に溶け込んで行く。

ふと、宇垣が呟《つぶや》いた。

「ビアクの陸軍部隊は、さぞや落胆《らくたん》することだろうな」

その呟きを聞きつけた森下が、一歩身体を寄せて来た。

「簡単には割り切れませんが、これが戦争なんでしょうね」

「ああ、これが戦争だ。……ビアクの連中には、あの世で謝るしかないな」

森下がさらに身体を寄せた。

「その時は、私もご一緒させてください」

宇垣が「そうだな」と真顔になって首を縦に振った。

この会話が、ビアクの守備隊に届いたとも思えないが、僅か四千五百の守備隊は三万の米軍に対し、玉砕戦ではなく徹底抗戦を貫き通した。このため敵が、ビアク島の飛行場を使用可能としたのは六月も末のことであり、マリアナの最終決戦に間に合わせることは出来なかった。そして、米軍がビアク攻略戦の終結を宣言したのは、さらに二ヶ月後のことである。その奮闘は、米軍をして「北のアッツ、南のビアク」と言わしめたのである。

そして、この島でも兵士たちは、「大和」が助けに来るぞ……連合艦隊が来るぞ……を合言葉に、儚《はかな》い希望を繋ぎながら最後まで戦ったのである。

無論、「大和」も「連合艦隊」もビアクの沖に姿を見せることは無かった。

発動

「次長、連合艦隊が、あ号作戦決戦用意を発令しました」

「当然のことだろう。何か問題でもあるのか」

「軍令部内では、敵の輸送船団が未だ見つからぬことから、機動空襲ではないかとの見方も残っています」

伊藤が、珍しく苛立ちを見せた。

「軍令部と連合艦隊が歩調を合わせねば、決戦発動の時期を逸する。それが機動艦隊の命取りになるやも知れん。速やかに内部の意思統一を図ってくれ。そして決戦発動を急がせるんだ」

中沢が室を出てゆくと、伊藤は黒木を呼んだ。

「君はこれまで、島嶼防衛や輸送作戦を考えるのが仕事だったが、現在のサイパンの状況はどうなのだ。東条総理は陛下に対し、サイパンは確保できると胸を張ったそうだが、君の見解を聞かせてくれないか」

「正直なところを申し上げてよろしいですか」伊藤がうなずいた。

「重要な問題点は、敵の来攻時期であります。陸海軍ともマリアナはパラオの後であり、その時期は早くても十九年秋で年末が定説となっています。これほど急速な来攻は、誰も想定しておりません。このため防衛陣地の構築は進んでおりません。無論、物資の不足もありますが、如何せんこれまで前線から遠くはなれ、事態が押し迫っている認識が希薄であります。いくら兵隊の頭数を揃えても今の状況では、防衛戦は負けとしか言い様がありません」

伊藤が、腕を組むと小さく何度も首を振った。

「やはりそうか。そうなると最期は航空艦隊決戦が、命運を決めることになるのだな」

「はい、あ号作戦の成功のみが、サイパンを救う唯一の手立てであります」

そこに作戦課長が、電文を握りしめて駆け込んで来た。

「一航艦及び中部太平洋方面艦隊からの報告を総合しますと、十一日から始まった敵機動部隊のマリアナ諸島の空襲は、十二日も続き、サイパン、グアム、テニアンは、延一千四百機の襲来を受けております。すでに一航艦は渾作戦により第一群、第二群をビアク方面に展開しておりましたので、マリアナ諸島の陸上機はわずか二百機足らずであり、この空襲で大きな被害を出していま す」

参謀の報告に黒木は息を呑んだが、伊藤は先を急かせるかのように尋ねた。

「ビアク方面に展開した航空群は、どうしたのだ」

「連合艦隊は直ちに原隊復帰を命じましたが、ビアクでの戦闘や故障、事故、また搭乗員のマラリア蔓延《まんえん》などにより、復帰できたのは僅かであり、暫時《ざんじ》消耗しているようです」

伊藤が額に皺を寄せた。

「あ号作戦は、第一機動艦隊と第一航空艦隊による挟撃《きょうげき》を目論んでいるのだ。一航艦が戦力を消耗したとすれば、すでにこの時点で一部破綻《はたん》を生じていることになる」

——小沢さんが、どこまで頑張れるだろうか。

伊藤が、目頭を押さえながら歎息《たんそく》をもらした。

だが、敵輸送船団が姿を見せぬことが疑心暗鬼に拍車をかけ、大本営も連合艦隊も作戦発動をためらっていた。

この頃、小沢機動艦隊は、航空機の発着も儘《まま》ならぬタウィタウィ泊地を出て、より訓練にも適したフィリッピン南部のギマラス島へ移動していた。出港直後より航空機の訓練を行ったが、発着艦の失敗が相次ぎ、一時は「大鳳」から黒煙が上がる始末だった。そんな混乱の最中《さなか》に決戦用意の命令を受け、然《さ》しもの小沢も憮然《ぶぜん》たる面持《おもも》ちで立ち尽くすしか無かった。一ヶ月におよぶタウィタウィ泊地での待機期間中に、航空機の訓練を行ったのは、僅か二回でしかなかった。

六月十五日、米軍の艦砲射撃が早朝より始まり、サイパンの沖には上陸部隊の大輸送船団が姿を現した。

そして、米軍はサイパン島への上陸を開始した。


「あ号作戦発動であります」

そう言われても伊藤の顔色は優れなかった
「もう敵は上陸を開始しているのだろう。第一機動艦隊がギマラスを出て決戦海域までは？」

「おおよそ四日ほど見る必要があります」黒木は立ったままで答えた。

「上陸から四、五日経つと、サイパンの戦況はどうなるのだ」

「恐らく勝ち負けが、分かる頃になると思います」

伊藤は、遠い所を見ているかのように、無表情だった。

「十一日の空襲が始まった時に作戦を発動しておれば、もう艦隊決戦が始まり、上陸も阻止できたかも知れないのに、全てが後手だな。……黒木くん、私が今、何を思っているか分かるか」

黒木は、伊藤の質問の意味を考えたが、答えは浮かんでこなかった。

伊藤が、最初からマリアナにこだわり続けていたことは知っているが、まさか恨み言でもあるまい。

「申し訳ありません」小さな声だった。

伊藤がその声を聞いて、ふと笑を浮かべた。

「気にすることはない。人の胸の内を読めと言う方が間違っているのだ。私が思うことは、ただひとつ……サイパンの守備に関する君の見解が、全て外れて欲しいと言うことだけだ」

そして、伊藤は沈黙した。


同日午前七時、第一機動艦隊旗艦「大鳳」の艦橋に次々と報告が入る。

「全艦、給油完了しました」

そして、連合艦隊からは、次の命令が入る。
一、敵は十五日朝よりサイパン、テニアンに上陸を開始。
二、連合艦隊は、マリアナ方面に来攻の敵機動部隊を撃滅し、次いで敵上陸部隊を殲滅《せんめつ》せんとす。
三、あ号作戦決戦発動

この作戦発動命令を受けると、小沢は直ちに出撃を命じた。

「第一機動艦隊は、これよりマリアナ海域の決戦場へ向かう。全艦出撃せよ」

あまたの艦艇の機関音が高まり、錨を上げる音や出港ラッパの響きが重なり、朝のギマラス泊地は時ならぬ喧騒《けんそう》に包まれた。

騒音に驚いた夥《おびただ》しい数の鳥たちが、ジャングルから一斉に飛び立って空を覆った。

第一機動艦隊は、艦列を整えサンベルナルディノ海峡を目指してフィリッピンの内海を進んでいた。

「対潜警戒、艦内哨戒第二配備！」艦内に緊張が走る。

この時、通信参謀が艦橋に駆け上がってくると、小沢の前で姿勢を正した。明らかに顔が上気している。

「連合艦隊から入電、読みます——皇国の興廃此の一戦に在り、各員一層奮励努力せよ——Z旗であります」

小沢が静かに目を閉じた。

いよいよこの時が来たのかと思った。

帝国海軍がZ旗に特別の意味を持たせて、これを掲げたのはこれまで二回しか無い。日露戦争の日本海海戦とこの戦争における真珠湾奇襲作戦時だけである。何れも国運を賭けての決戦であった。

それは、敗れれば国が亡びるぎりぎりの戦いだった。

バルチック艦隊を迎え撃った東郷元帥そして真珠湾に奇襲攻撃を仕掛けた山本元帥、この二人の名将と同じ心境を、いま味わっているのだと心が震えた。

だが、今回の作戦はこの二つの戦いとは、異なったところがある。それは擁する戦力、技量が、相手に比べると各段に落ちると言うことである。それを補うためにアウトレンジなどと言ってはいるが、突き詰めれば机上の空論である。

だが、そんな自分の胸の内を分かっている男がいた。

軍令部次長の伊藤である。

「そんな戦い方しかないのは、良く分かっております。もし敗れれば、この国は破滅への道を転げ落ちるでしょう。しかし、勝利を得られれば、この命をかけて戦争を終わらせようと思っています。寡兵《かへい》であろうが勝ってもらわなければなりません」

——勝つために戦ってくれ。

この伊藤の単純な思いが、小沢の背中を押していた。

目を開けるとすっくと立ち上がった。

「各艦に信号文を伝達、マストにZ旗を揚げよ」

その声には、もう微塵《みじん》の迷いも無かった。

旗艦「大鳳」のマストに、Z旗がひるがえった。

「大鳳」は、公試排水量三万五千トン、全長二百六十メートル、飛行甲板には五百キロ爆弾に耐えうる装甲を施し、竣工したのは僅か三ヶ月前である。まだ船体の色も真新しい最新鋭空母に掲げられたその旗は、戦人《いくさびと》たちの血を滾《たぎ》らせずにはおかなかった。

Z旗は、旗の対角線で四分角され、それぞれの三角形は上部が黄色、右側が青、下部が赤そして左側が黒に塗り分けられている。アルファベット文字の旗の中では、唯一《ゆいいつ》四色が使われているので、一番艶《あで》やかな色調と言って良いだろう。

そのZ旗をはためかせて、第一機動艦隊は戦速を上げた。

十六日、「大和」以下の第一戦隊は、フィリッピン海の洋上で機動艦隊と合流した。補給部隊からの給油を受け、十七日の早朝には、全ての艦艇が揃い、全ての準備が整った。

小沢は、先制攻撃と敵攻撃機の吸収及び艦隊砲撃戦に備え、戦艦、重巡が主力の前衛部隊に第三航空戦隊を編入し丙部隊とし、主力である第一航空戦隊基幹の甲部隊、第二航空戦隊基幹の乙部隊の順に隊列を整え、それぞれに輪形陣を組ませた。

輪形陣は中央に空母を置き、その周りに戦艦や巡洋艦の大型戦闘艦を配し、さらにその外側を駆逐艦が取り囲む形態である。米機動部隊は、開戦当初より導入していたが、実は世界に先駆けて機動部隊と言う戦術に着想したのは、他ならぬ小沢であった。しかし、戦艦による艦隊決戦に固執していた日本海軍は、その運用が立ち遅れてしまった。

だが、フィリッピン海を東進する小沢艦隊は、新たな機動部隊としての陣形を整えて、強大な米機動部隊に対し乾坤一擲《けんこんいってき》の決戦を挑もうとしていた。


「そろそろ、日本の機動部隊が近づいて来るころだな」

スプルーアンスが、参謀長に声をかけた。

「はい、タウィタウィ島からギマラス島へ向かい、十五日夕にはサンベルナルディノ海峡を通過して、東に向かっているところまで、報告が上がっております。また同日ビアク方面に向かったと思われる戦艦部隊が北上しているとの報告もあります」

「恐らく機動部隊と合流して、こちらに向かうのだろう。日本艦隊も総力戦だな。だが、こちらの強みは、敵に倍する航空機と作戦の意図を知っていると言うことだ。さて……」

スプルーアンスが、少し考える様子を見せたが「明日か、明後日か」と呟いた。

夜半になって、日本艦隊の新たな情報がスプルーアンスの手元に届いた。

「サイパン島西方海域の潜水艦『キャバラ』からの報告であります。敵大艦隊を発見であります」

「やはり、出てきたか。解読した作戦計画のとおりだな。参謀長、明日から忙しくなるので、君も今夜は早く眠りたまえ」

「よろしいのですか」

スプルーアンスが、面倒そうに手を振った。

「敵の作戦は分かっている。まずはお手並みを拝見してからだよ。……おやすみ」

索　敵

「敵はこちらの動静を把握しているようだな」小沢が尋ねる。

「はい、サンベルナルディノ海峡を出てから本日まで、敵潜水艦が発信したと思われる電波を数回傍受しております」

「これだけの艦隊で奇襲攻撃ができるとも思えないし、まあ、想定内のことだろう。問題は敵艦隊との距離を今後どう保つかだな」

「敵の偵察機や攻撃機の及ばぬ距離を保つには、まず敵艦隊の位置を把握しなければなりません」

作戦参謀が、机上の海図のサイパン島周辺を鉛筆で囲った。

「敵の索敵機は、おおよそ二百七十浬（約五百キロ）が限界ですが、我が索敵機は四百五十浬（約八百キロ）は行けます。索敵はもちろん攻撃との両面で、この差を活かさなければなりません」

「明十八日の索敵計画を確認しておこう」参謀長の吉村が海図の囲みを見ながら言った。

「〇五：〇〇、前衛部隊の三航戦より十六機の第一段索敵機を発出、一一：〇〇及び一一：三〇の第二段索敵に十五機を投入予定であります」

「長官、よろしいですか」吉村が尋ねると、小沢は黙ってうなずいたが、思い直したのか口を開いた。

「皆、分かっていると思うが、ミッドウエーの二の舞はご免だ。あの海戦の敗因は、索敵の不備によるものと言っても過言ではない。第一段索敵しかせず、偵察機の発進も遅れ、しかもその数は、僅か八機でしかない。その結果が敵空母発見の遅れに繋がったのだ。航空艦隊戦は、先制攻撃を旨とすべきであり、最後の五分より最初の五分と言われる所以である。心して当たってくれ」

十八日〇五：〇〇　明けやらぬ南国の海は、まだ灰色のベールに覆われていた。その静寂《しじま》を破るように第三航空戦隊旗艦、空母「千歳」から九七式艦攻が、轟音を響かせて飛び立った。各空母から十四機、重巡から水上偵察機二機の合計十六機の第一段索敵である。続いて一一：〇〇と一一：三〇には、一航戦、二航戦から十五機の第二段索敵機が発進した。
戦艦「大和」艦橋の宇垣は、空母から発艦してゆく索敵機を見ながら、密かに胸の内で激を飛ばしていた。

――いいか、この戦いには日本の命運がかかっているのだ。早く敵を見つけて帰ってこい。見つからぬ時は、すまんが燃料が尽きるまで飛んで探してくれ。骨はこの俺が必ず拾ってやる。

しかし、敵の艦載機や飛行艇などの索敵機とは遭遇の報告があるものの、敵機動部隊発見には至らない。索敵には、空母の戦闘機、攻撃機、爆撃機、艦隊の水上機そして陸上の爆撃機なども投入されるが、その目的は敵艦隊の発見である。場合によっては敵の索敵機と搭乗員の顔を目視できる距離ですれ違うこともあるが、滅多《めった》なことでは空戦は起こらない。

敵の索敵機が飛んできた方向に、艦隊がいるはずだとの思いが優先するからなのだが、その思いが敵味方共通であることが、その懸命さを物語っている。

無論、小沢機動艦隊に接触する敵索敵機も、今の所皆無である。

宇垣は、後ろに控えている先任参謀に声をかけた。

「おい、敵艦隊は何処に行ったのだ。まさかすでに逃げ出した訳でもあるまい」

「はい、敵は名にし負う第五艦隊であります。サイパンを捨てて行くことは無いと思います」

宇垣もそうは思っていたが、黙って海を見ていると、その水平線から突然敵の攻撃機が現れるような不安な気分に襲われるのだ。俺もまだまだだなと苦笑が浮かんだ。

一方、小沢は「大鳳」の艦橋で、時間の経過に身を任せていた。

吉村が呟く。「まだか――」

その呟きに、小沢がゆっくりと振り返った。

「参謀長、そう急かせるな。敵もまだこちらには接触していない。有効な距離が保たれていると言うことだ。敵には見つけられない距離かも知れないが、味方にはこれからの距離だ。待つことも戦の内だ」

そして、計画通り機動艦隊の索敵機が先手を取った。

午後二時過ぎから三時にかけて、三機の索敵機から「敵空母発見」の報告が届く。

「敵機動部隊は三群のようです。位置はサイパンの西南西三百浬（約五百五十キロ）、敵艦隊との距離は三百八十浬（約七百キロ）、正にアウトレンジ圏内であります」

作戦参謀の声が上ずり、顔も紅潮していた。

「三航戦旗艦『千歳』から報告、攻撃隊発進準備中」

「長官、攻撃を仕掛けますか？」

吉村が声をかけたが、小沢は返事をしなかった。そうする内に、千歳からは「攻撃隊、発艦準備完了」の報が届く。その時、小沢の口が動いた。

「これからの発艦で、敵機動部隊への到着は？」

「二時間若しくは三時間と考えますと、早くて薄暮、悪くすれば日没後の攻撃になります」

「やはり帰ってくるのは、夜間になるか」再び小沢の口が閉じた。

「長官、航空艦隊戦において、先制攻撃は唯一無二の戦術であります。直ちに攻撃隊を――」

作戦参謀の言葉を吉村が、手を上げて制した。そんなことは誰でも分かっているとその目が語っていた。作戦参謀が肩を落とした。

艦橋の時計が、刻一刻と時を進めてゆく。

「大和」の艦橋で、この推移を見守っていた宇垣は、ミッドウェー海戦における山口第二航空艦隊司令官の進言を思い出していた。

――あの時、敵空母発見の第一報を聞いた南雲艦隊は、ミッドウェー島第二次攻撃のために魚雷を陸用爆弾に交換していた。だが陸用爆弾では、艦船攻撃の効果は薄く、再度魚雷への兵装転換が求められていた。その際、山口が南雲司令官に進言したのが「直ちに攻撃隊発進の要ありと認む」であった。航空艦隊戦の鉄則である「先手必勝と攻撃は最大の防御」を促《うなが》したのである。それは陸用爆弾で空母の甲板を使用不能にさえすれば、撃沈せずとも空母の存在意義が失われることを意味していた……。


攻撃隊発進の命のない状況に、宇垣は少し苛立ちながら先任参謀に声をかけた。

「何を迷っているのだ。ミッドウェーと真逆のことが起こっているのに」

話を振られた先任参謀も戸惑いを見せ「さあ……」と言うばかりである。宇垣は腹を決めた。

「通信参謀、機動艦隊司令部に進言。直ちに攻撃隊発進の要ありと認む」

そう命じてから宇垣は、全身に悪寒《おかん》が走るのを感じた。

果して攻撃隊は、これから三百浬の洋上を飛び、夜間に敵艦隊を見つけられるだろうか。その公算は決して高くはない。会敵もできず夜間の帰路は、考えるだけでも悍《おぞ》ましい。

敵艦隊を発見できなければ、味方の空母を見つけられる保証もない。

ましてや、搭乗員の多くが初陣で練度も未熟である。夜間攻撃や夜間着艦の訓練さえ受けてはいないのだ。

それらの事柄は、攻撃隊の全滅を指し示していた。

宇垣は、駆け出した通信参謀を呼び止め「今の命令を取り消す」と言うと、肩で大きく息を吐いた。

——小沢さんの悩み所か。やむ得まい……。

結局、小沢はこの日の攻撃を行わなかった。その理由は、宇垣が考えていたのと同じことだった。

……明日も敵の索敵機に先んじて敵艦隊を見つけるのは、まず間違いない。それなら先制攻撃に変わりはないのだ。今日無理をして大きな危険を犯し、戦力を消耗させる必然性はない。

ちょうど同じ頃、第五八任務部隊のミッチャーは、スプルーアンスに日本艦隊攻撃の許可を求めていた。

「今夜のうちに西進し戦艦、重巡部隊で先制攻撃をかけ、その間に空母部隊が距離を縮め、夜明けと共に航空攻撃で敵を殲滅させるべきです」

ミッチャーと小沢の考えは、驚く程似通っていた。もし、ミッチャーの進言が認められれば、明日の未明には戦艦同士の砲撃戦が展開されることになる。これこそ日本海軍の望むところである。巨大戦艦「大和」と「武蔵」の四十六センチ砲の咆哮《ほうこう》が、フィリッピン海に轟《とどろ》き渡るはずであった。

だが、ミッチャーはまだ日本艦隊を見つけてはいないし、敵が航続距離の長さを利用して作戦を立てていることは想定していた。また、テニアンやグアムの陸上基地も目障りである。こちらが敵の作戦に乗っかる必要はないと、スプルーアンスは、全く別の戦略を立てた。

「ミッチャーくん、この艦隊の使命は、サイパン、グアム攻略であり、敵艦隊の撃破はあくまでも副次的なものだ。もしサイパンを遠く離れれば輸送船団が襲われる可能性もある。それにあの極秘文書の解読により、我々は敵に倍する戦力を揃えて来ているのだ。何もがむしゃらに敵艦隊を追いかけることはない。敵の出方を見て対応すればよい。したがって、回答は、ノーだ」

ミッチャーが受話器を床に叩きつけようとしたが、皆の目が自分に注がれているのに気が付くと「アイアイサー」と惚《とぼ》けながら受話器を戻した。

そして、まるで当て付けのように、艦隊をサイパン近海に向けた。


同日夕、「大鳳」の搭乗員室で、艦爆隊中隊長の向井中尉と小隊長の今村飛曹長が、話し込んでいた。

「今村、俺らも長くなったな」「真珠湾からもう三年になりますよ」

向井が腕を組むと少し声を落とした。

「この頃思うんだ。そろそろ俺らの番かも知れんとな」「そうですね。私もそんな気がしておりました。しかし私はあの子達を見てから考えを変えました」

二人が視線を移した先には、搭乗員が七、八人かたまって座っていた。まだ、皆若い。中には少年のような顔をしている者もいる。全員が今回が初陣である。機動艦隊の航空参謀が、まだ三ヶ月の訓練期間が必要と言っていた連中である。明日が出撃と思ってか、皆の顔には緊張が張り付いている。会話も進んでいるようには見えなかった。

「そうか、彼らだけでは、とても五百浬（約一千キロ）を飛んで帰るのは無理だろうな」

「はい、ですから我々が是が非でも生き抜いて、彼らを連れて帰らねばなりません。中隊長、死ぬのは何時でもできます。しかし、今回はただ一人の死ではありません。私が八機、中隊長は二十四機、それと同数の若者の命を預かることになります」

「そうだな、良く分かった。今村、お前が落とされたらお前の部下は俺が必ず連れて帰る。だから俺が落とされた時には、俺の部下をたのむぞ」

向井がにっこり笑って「心得ております。お任せください」と胸を叩いた。

その時、部屋のスピーカーが鳴った。

「『翔鶴』所属の索敵機より母艦の位置不明の報告あり、手空きの者は爆音に注意せよ」

向井が帽子を鷲掴《わしづか》みにして「今村、行くぞ」と部屋を飛び出した。今村は、若い搭乗員たちに「お前らも来い」と声をかけて、飛行甲板への階段を駆け上がった。

すでに日はとっぷりと暮れて、あたりは闇に覆われていた。広い飛行甲板のあちらこちらに人影が見えた。皆が声を殺して聞き耳を立てている。

「今村、何か聞こえるか」「いえ、何も」

今村は若い搭乗員に指示を出した。

「お前らも集中しろ。爆音が聞こえたら報告しろ。いいか……仲間を助けるんだ」

その頃、艦橋では小沢が苦悶の表情を浮かべていた。

「索敵機から入電……位置知らせ……」電文を握り締めた通信参謀の拳が震えていた。

「本日、最初に敵空母を発見した索敵機であります」その参謀の声も震えている。

「燃料の限りまで敵空母に接触を続けて報告しておりました。その為に帰艦が遅くなったものであります」

吉村がうなずきながらも「みすみす敵にこちらの位置を教えるようなものだ。電波は出せん」と断言しが、その視線は力なく床に向けられていた。

「はい、分かっております が、……不憫《ふびん》であります」

小沢が、唇を噛み締めた。

――小を捨てて大に就くか。それでも割り切れんな……。

その時「飛行甲板より報告、爆音あり」と伝令が伝えた。　皆が一斉に耳を欹《そばだ》てる。

確かにそれらしき音はしたが、次第に遠ざかって行く。

甲板の兵たちが「お～い、こっちだ。戻って来～い」と叫んでいるのが聞こえた。

小沢が椅子から立ち上がると、窓に顔を寄せた。

「参謀長、探照灯を点灯せよ！」

吉村が悲鳴のような声を上げた。

「長官、敵機はいないとしても敵潜水艦が狙っているかも知れません。危険であります」

「短い時間だ。直ちに点灯せよ！」

「大鳳」の甲板に探照灯の光りが流れる。再び兵たちの声が上がった。

「お～い、今のうちだ早く見つけろ。母艦はこっちだぞ～」

だが、その光りもその声も索敵機に届くことは無かった。

艦橋に通信士が駆け込んでくると、泣きながら電文を読んだ。

「われ燃料なし、今作戦のご成功を祈りつつ、これより自爆す……」

小沢の脳裏に海面に激突する索敵機の姿が浮かんだ。

後ろで「探照灯を消せ」と声がした。

小沢はその声にも振り向くことなく、じっと外を見つめていた。

決戦を前の小事と思おうとしたが、不覚にも視界が滲んだ。恰度《ちょうど》その時、探照灯が消え辺《あた》りは再び闇に覆われた。

小沢は姿勢を正すと、音のせぬように両の踵《かかと》を合わせて静かに目を閉じた。

気持ちの切り替えは早かった。目を開けるとそのままの姿勢で命じた。

「明日の最終戦闘隊形を組む。前衛艦隊に連絡、本隊の前方百浬（約百八十キロ）に進出せよ」

攻　撃

翌十九日、第一機動艦隊の動きは素早かった。〇三：三〇には十六機の第一段索敵機が発進、さらに一時間の間に約三十機の二段、三段索敵機を飛ばした。

天気は上々である。

小沢は、昨日の攻撃中止を正解だと思っていた。この天気なら攻撃隊は必ず敵艦隊にたどり着ける。あとは索敵機の報告を待つばかりである。アウトレンジの第一段、敵の届かぬ遠距離からの索敵は成功しつつあった。

敵艦隊発見の報は、〇六：三〇頃であった。

「敵艦隊発見、大型空母一、戦艦四、その他艦艇多数、位置『七ィ』」

そして、三十分後には、別の索敵機から「空母を含む機動部隊発見」の報が届き、さらに、最初に空母を見つけた索敵機からは、「別に空母四隻あり」との報告がなされた。

「先日の米搭乗員尋問の情報では敵空母は十五隻、さらに基地航空隊の報告でも三群の機動部隊を確認しております。『七ィ』に機動部隊の一群がいるのは間違いありません」

小沢は、直ちに攻撃隊の発進を命じた。

「〇七：三〇、前衛の三航戦より『七ィ』に向け六十四機の攻撃隊発進、天山艦攻七機、戦爆四十三機、零戦十四機であります」

「航空参謀、三航戦の攻撃機五十機に対して、零戦十四機は少なくないか」

編成として攻撃機を多くするのなら、護衛の戦闘機もそれに合わせて増やさなければならない。敵の迎撃機を排除し、敵艦を狙える所まで攻撃機を護ってやるのが戦闘機だ。

「戦爆が四十数機入っておりますので、これらは爆撃を終えると戦闘機にも使えます」

「そうじゃ無いだろう」と思わず口にするところを何とか堪えた。

戦爆と呼ばれる攻撃機は、戦闘機である零戦に二百五十キロ爆弾を積んだだけのものである。正規の天山や彗星と言った新鋭機は、補充が十分では無かった。そのために攻撃に重点を置くとすれば、零戦の攻撃機としての活用も仕方無かったが、ただその為に護衛の戦闘機の割合が減少するのは理に合わなかった。三航戦の攻撃隊も戦闘機の数だけで言えば、六十四機の内五十七機になるのだ。

……重たい爆弾を抱えた零戦は、戦闘機ではない！

と小沢は心の中で叫んだ。

だが、そんなことを斟酌《しんしゃく》している余裕はなかった。

主力の一航戦からは、彗星五十三機、天山二十四機、零戦四十八機合計百二十八機が、発進を始めていた。

〇八：一〇、彗星艦爆隊の向井機が発艦し、次は今村の隊である。これまでの所、各隊とも順調に発艦を行っている。

今村は、車輪止が外されると一気に出力を上げ、あっという間に艦橋を過ぎて空中に躍り出た。

「よーし、エンジン快調」と笑が浮かんだ。

高度を上げながら右へ旋回し、「大鳳」の上空で編隊を組むために後続を待つ。自分の隊の最後尾の機が何とか発艦に成功したのを確認した時、今村の目は海面の非日常の現象を捉えていた。

そこには明らかに人為的な二本の白い線が引かれていた。その白線は間違いなく「大鳳」の針路と交差する。笑を浮かべた顔が一瞬で凍り付いた。

「魚雷だ！」そう思った時には、反射的に操縦桿を倒していた。

今村は、後部座席の偵察員に叫んだ。

「大鳳を守る！　すまん一緒に行ってくれ！」

その時上空の向井は、今村の小隊が編隊を組み始めたのを視界に捉えていたが、突然その小隊長機が機首を下げたのだ。向井は思わず「今村！」と声を上げた。てっきりエンジンの不調かと思ったが、その機は、はっきりと自分の意思を持って海面に向かって急降下していた。向井の目にも白い雷跡が見えた。

向井は思わず「今村！　お前が先なのか」と叫んできつく目を閉じた。

「大鳳」の艦橋が騒《ざわ》めく。

「彗星小隊長機、操縦不能……墜落する！」皆が右舷海面に突っ込む彗星に目をやった。だが、海面に激突した機体は、猛烈な爆発を起こすと艦橋を超えるような巨大な水柱が上がった。その時になって通常の事故では無いと分かったが、すでに遅かった。

「右舷魚雷、近い！」「取舵一杯、急げ！」

それらの叫び声とほぼ同時に、右舷前部に魚雷が命中した。

小沢は「大鳳」の舷側に、魚雷が触れた音が聞こえたような気がした。

「カッツーン」

そして爆発音が轟《とどろ》いた。

だが、さすがに最新鋭の巨大空母である。

「被害状況報告！前部昇降機、零戦を乗せたまま故障！」

「航行に異状認めず、現在二十六ノット、戦闘継続に支障なし」

小沢は、「大鳳」の強靭さに胸を撫で下ろしたものの、またも強烈な自己犠牲で戦う兵士の散り様を見せつけられ、唇を強く噛み締めた。

「大鳳」の上空で編隊を組んだ向井は、中隊の指揮を二番隊の隊長機に任せると、今村の小隊の後方に回り込むみ、一機ずつ追い抜きながら「俺について来い」と風防越しに合図を送った。

小隊長を失った搭乗員の顔に生気が戻った。

――今村、お前の部下は約束通り、この俺が必ず連れて帰ってくるぞ。

その間にも敵艦隊発見の報が続く。〇八：四五にはサイパン島南南西の「十五リ」に一群、〇九：〇〇には、サイパン島の北西「七ィ」の後方「三リ」でも敵空母艦隊が発見された。

第一機動艦隊司令部は、この発見された三群の機動部隊が、ミッチャーの十五隻の空母艦隊と判断し、二航戦の攻撃隊四十九機を「三リ」に向かわせた。

第一次攻撃隊は、一航戦百二十八機、二航戦四十九機、三航戦六十四機で、その総数は二百四十一機となり、太平洋戦争が始まって最大の攻撃隊となった。

「大和」の艦橋に、電探室からの報告が響く。

「後方より大編隊近づいて来る。百機以上、高度三千！」

宇垣が双眼鏡を目に当てた。視界一杯に広がる大編隊である。

「編隊を組んでいるからは、敵ではあるまい」

宇垣のつぶやきに先任参謀が、頭を捻《ひね》りながら答える。

「識別信号も出ておりませんし、味方なら翼を振るところですが」

「確かに編隊にも何の動きもないな。それが味方の動きと言えばそうなのだが……」

その時、併走していた重巡が高角砲を撃った。

「味方識別の合図要求です。味方ならバンクするはずです」

それでもその編隊は、悠然《ゆうぜん》と近づいて来る。

「振らんな。まさか敵か？」宇垣の言葉に、艦橋に緊張が走る。

「距離一万五千、さらに接近中」

宇垣も少し不安を感じ始めていた。「万一を考えて緊急回頭しますか」

先任参謀の意見は当然の措置だった。ここは戦場である。宇垣がうなずくと直ちに指令が飛ぶ。

「第三戦速、左四十五度緊急一斉回頭！」

発光信号が点滅しマストには旗旒《きりゅう》信号が上がる。

「大和」は、身震いをするように速力を上げると、急角度で回頭した。「大和」に随走する全ての艦が同じ角度で急旋回する。これは、迫り来る編隊が敵であることを示す艦隊避難行動である。敵機来襲の警報もなく対空戦闘の命令が出た訳でもないが、各艦の高角砲が一斉に射撃を開始した。

宇垣が、慌てて大声を出した。

「誰が撃てと言った。すぐに発砲を止めさせろ」

「もう無理です。一斉回頭で戦闘開始です」

だが、この発砲で編隊側が気づいた。味方の大艦隊に近づくと、艦隊に閃光が走った。そして少し遅れて周りが爆発音と弾幕に覆われたのだ。

「なぜ、味方を撃つ？」

指揮官機が慌てて大きく翼を振る。列機もさかんに翼を振ったが、一度始まった砲撃を止めるのは、至難の技である。

「編隊機がバンクしています。味方です。味方の編隊です」

「全艦砲撃中止！　急げ！」

発光信号に旗旒信号も上がり、艦内では一斉放送が砲撃中止をがなり立て、砲術参謀が伝声管の前で絶叫した。だが、それでも各艦の射撃は収まらず、第二射で二機の艦爆が黒煙を噴き、さらに零戦二機が後方に下がると編隊から脱落した。

射撃が止むと、宇垣は大きな音を立てて床を蹴った。

「味方識別も発信せず、しかも戦闘配備の艦隊上空を飛ぶ馬鹿がどこにいるか！」

「これからと言う時に、とんだ茶番ですな」

艦長の森下がうんざりした顔で呟いた。

——大事の前の小事で済めば良いが……。

同仕打ちで気勢をそがれた大編隊を、誰もが不安顔で見送った。

しかし、アウトレンジで戦う小沢作戦は、遠距離からの索敵そして先制攻撃とほぼ完璧な立ち上がりを見せていた。


スプルーアンスは、旗艦「インディアナポリス」の艦橋で、朝のコーヒーを口にしていた。

「参謀長、今日は忙しくなりそうだな」

「はい、八時にはグアム島へ戦闘隊が発進します。敵機の掃討と制空を行います」「ミッチャーは、何か言ってきたかね」

「いいえ、何も聞いておりません」

「そうか、昨夜敵艦隊への攻撃を却下されて、島の近海へ移動したようだが、私の言った攻略優先への当て付けなのかな」参謀長が苦笑いを浮かべた。

「お陰でグアム制圧が便利になっただけだ。ところで、ミッチャーの艦隊配置はどうなっている」

作戦参謀が打ち合せ用の海図を広げた。スプルーアンスはコーヒーを持ったまま移動してきた。

「空母艦隊は三群に分かれております。空母を中心に六キロの輪形陣を組み、各空母艦隊同士は約二十キロの距離を取ってあります。そして、この三群の前方に戦艦部隊が配置されています」

「参謀長、何か問題があるか」「いいえ、適切な陣形と思われます」

スプルーアンスは自分の席へ戻ると視線を真っ直ぐ外に向けた。

「ミッチャーは今日中には敵艦隊を見つけられまい。敵はその距離を上手く生かしている。したがって、今日は防空戦に徹するしかない。その第一段がグアムの陸上基地を叩くことだ。そうすれば後は敵の艦載機に対応するだけだ。ミッチャーの戦闘機は何機ある？」

「F六Fヘルキャットが四百五十機であります」スプルーアンスが満足そうにうなずいた。

「敵戦闘機の二倍以上の戦力だ。参謀長、使いきれないのじゃないか」

参謀長が「油断は禁物です」と答えたが、それは穏やかな口調だった。

「敵の来襲予想は？」

「六時過ぎには敵索敵機の接触を確認していますので、第一波が十時前後と思われます」

スプルーアンスが立ち上がった。

――敵の作戦はアウトレンジの攻撃だが、その攻撃さえしのげれば、空母は沈めなくても敵の戦力を無力化できる。空母に搭載する飛行機が無ければ、それは鉄の箱に過ぎないのだ。徹底的に敵の艦載機を叩くだけだ。すでに敵の目論《もくろ》みは丸裸なのだ……。

スプルーアンスは振り返って参謀長に命じた。

「ミッチャーに命令、全攻撃機を上空退避とし、全戦闘機を以て敵攻撃隊を殲滅《せんめつ》せよ。なお、一部艦爆隊は、敵艦載機の基地利用を阻止すべく、グアム島滑走路の空爆を実施せよ」

スプルーアンスは命令を伝え終えると、お代わりの熱いコーヒーを貰い、ゆっくりと口に運んだ。

「私の今日の仕事はこれで終わりだ。後はミッチャーがやってくれる」


軍令部会議室には、早朝から関係者が顔を揃えていた。

「サイパンの戦況に変わりはないか」伊藤の問いに、中沢は苦しげに答えた。

「十七日の総攻撃も失敗しており、水際での防衛は瓦解《がかい》したものと考えます。現在部隊毎の攻防戦は続いておりますが、守備隊を統合した組織的な作戦は望むべくもありません。このままでは、防衛線は各個撃破され極めて重大な局面を迎えることになります。ただ、敵機動部隊を排除しなければ、援軍を送ることもできません」

「昨夜、陛下より守備隊に対し、その善戦の労《ねぎら》いとサイパンを確保せねばならぬとの御言葉が伝達された。しかし、もはやサイパンを救う道は、本作戦が成功することしか残されていないのだな」

伊藤の言葉で、部屋全体が沈黙に包まれた。

機動艦隊からの連絡は、ここ数日全く絶えていた。すでに戦闘海域にある艦隊が電波を出す訳がない。当然所在不明だが、昨日も味方索敵機の敵空母発見の報は把握していた。昨日攻撃隊発進の報告が無かったことは、決戦が今日であることを示しているのだ。

その時、長い沈黙を破り、大きな音を立てて会議室の扉が開いた。

「味方索敵機の電波を受信しました。〇六：三〇敵機動部隊発見です」

部屋に歓声が響いた。中沢も白い歯をこぼしている。まずは最低条件の一つ、先に敵を見つけることは出来たようだ。伊藤は……意外と上手く行くのでは……と思いたがる自分の気持ちを、まだ関門は多いと冷静に抑えていた。そして後ろの席に控えていた副官の黒木を呼んだ。

「サイパンとの時差は？」

「一時間ありますが、事の推移は同時進行と考えて良いかと」

「そうか分かった。君に頼みがある。五課に行ってスプルーアンスの情報がないか聞いてきてくれないか。彼もどこかで必ず動くはずだ」

黒木が傍を離れると、伊藤は目を閉じた。

伊藤が駐在員として米国へ渡ったのは昭和二年のことだった。もう十七年も前の話しになる。そして、その時の日本大使館付駐在武官が山本であった。その山本もすでに亡く、いま、日本の命運をかけてマリアナで戦っている相手こそが、その時親交を深めたスプルーアンスであった。

「物静かで口の重いタイプだ」とお互いを認識し合っていたのだが、似た者同士の気安さからか意気投合した。米国を離れる時「日本は、米国の挑発に乗ってはいけませんよ」と忠告してくれた相手でもある。

彼の性格ならば、見栄えの良い派手な作戦は有り得ない。小沢艦隊何するものぞではなく、小沢の作戦に合わせて戦うことを選択するはずだ。その選択は何なんだ。

「次長」黒木の声で我に返って目を開けた。黒木が横に屈《かが》むと声を落とした。

「第五課の情報では、サイパン沖の敵艦隊同士の通信は極めて少ないそうです。したがって、艦隊の急速展開もなく、どちらかと言えば、満を持して待つ姿勢ではないかと言っています。それと敵通信文の単語で一番多く引っかかるのは、戦闘機だとも言ってました」

伊藤は、自分の想像したスプルーアンスの作戦と五課の分析が、一致していたことに満足したが、黒木の言った最後の単語が妙に気になっていた。

七時半を回った頃、攻撃隊発進の報が伝わった。

黒木が「現地時間、〇八：三〇です。先制攻撃開始です」と補足した。伊藤は黙ってうなずいたが、中沢に向き直って聞いた。

「全力攻撃だと思うが？」

「はい、第一次攻撃隊は、機動艦隊の実動機数の六割と想定されますので、約二百四十機は出ていると思われます。真珠湾の第一次攻撃隊が約百八十機、ミッドウエー島の攻撃隊が、百八機ですので、帝国海軍最大の攻撃隊であります」

中沢の話を聞いていた関係者の頬が緩んだ。先制攻撃でこれだけの大攻撃隊なら、もはや勝利は間違いない。そんな空気が当たり前のように部屋を覆った。

伊藤もそれを信じようとしたが、胸の奥の微《かす》かな蟠《わだかま》りが引っ掛かっていた。

「黒木くん、敵の艦隊に動きはないと言ったな」

「はい、満を持して待つのでは、とのことであります」

十五隻の空母が、何もせずに待つのか？

何かがおかしい。

――いや、違う！

伊藤が目を大きく見開らいた。

「中沢くん、敵空母の艦載機は？」

「おおよそ……九百機はあると思われます」

答えた中沢が突然目を泳がせた。待つことの意を覚《さと》ったのだろう。

「戦闘機を防御だけに使うとすれば、F六Fヘルキャットは四百機を超えます」

それを聞いて伊藤は静かに目を閉じた。

――またあの猫か。

スプルーアンスは、小沢艦隊の接近を無視するようにサイパンに張り付いている。恐らくこちらの戦力を読み切っているのだ。考えてみるとタウィタウィ島にも敵の潜水艦が張り付いていた。さらに攻撃の一翼と期待した基地航空隊も、いつの間にか各個撃破され、結局機動艦隊だけで戦う羽目になっている。そして、アウトレンジに対しては、彼はただ待つだけの戦術を選んだ。それは待つだけでも十分勝てる戦力を、用意してきたと言うことなのだ。

やはり米国は「新Z作戦」の機密書類を、入手していたのだ。

伊藤は、閉じた両目の奥が、痛みを伴って疼くのを感じていた。

――手の内を知られては、小沢さんもスプルーアンスに勝てないかも知れない……。

七面鳥

「大鳳」艦橋で参謀長の吉村が、艦長の説明を聞いていた。「参謀長、魚雷被弾による前部昇降口の損傷は、材木などで塞ぎ発着艦を可能としておりますが、重油タンクにひび割れがあるようで、揮発性のガスが漏れております。あらゆる開口部を開放して、修理を続行しております」

「ガスは面倒だぞ。十分に注意して作業してくれ。……さあ、次は第二次攻撃だ」

そう吉村が言って小沢に目を遣った。小沢が張りのある声で「第二次攻撃隊は、攻撃目標を三群目の『十五リ』とする。乙部隊は用意出来次第発進せよ」と命じた。

これを受けて乙部隊、二航戦より報告が入る。

「第二次攻撃隊は、九九艦爆二十七機、天山三機、零戦二十機の合計五十機、一〇：〇〇より発艦を開始する。さらに別途彗星隊として、彗星九機、零戦六機計十五機を一〇：一五に発艦予定」

小沢が、作戦参謀に尋ねる。

「二航戦の第二次攻撃隊は、九九艦爆が主体だが、足は大丈夫か」

「おおよそ三百五十浬（六百五十キロ）離れておりますので、九九艦爆には荷が重いと思われます。このため攻撃後はグアムに降りるよう指示してあります。グアム島を拠点とすれば反復攻撃も可能であります。なお、本隊一航戦の第二次攻撃は、戦爆十機、天山四機、零戦四機が一〇：二〇に発進予定であります」

第一機動艦隊が、第一次、第二次攻撃隊に注ぎ込んだのは三百二十四機である。それは全搭載機数の七十四パーセントに達し、実動機数で数えれば九十パーセントに近く、正しく全力攻撃と言えるものであった。

〇七：三〇に発進した三航戦の第一次攻撃隊六十四機は、二時間後の〇九：三〇には米機動部隊「七ィ」まで二十浬（約三十七キロ）の地点に到達していた。しかし、三航戦とそれに続く一航戦の攻撃隊は、すでに百五十浬（約二百八十キロ）手前で、米機動部隊のレーダーに捕捉されていたのである。

「迎撃体制に抜かりはないな」ミッチャーが幕僚に確認する。

「第一波に対しては約四十キロ先に防御線を張ります。第二波が主力と思われますので念のため九十キロ先を防御帯としております。全戦闘機を発進させますが、半数を防御線上の高高度に配備し、残りの半数は数段階に分けて機動部隊の前面に配置します。また、レーダー情報を解析し、電波によって敵進路に誘導する仕組みも、今回初めて実戦運用いたします」

「電波のとおり進めば会敵できると言うやつか。肉眼で敵機を探す手間も省け、戦力を集中させるにはお誂《あつら》え向きだな」

ミッチャーがニヤリと笑を浮かべると、持っていたマイクのスイッチを入れた。

「よーし、野郎ども手ぶらで帰って来るんじゃないぞ。さっさと行って獲物を咥《くわ》えてこい！」

甲板上にずらりと並べられたヘルキャットが、一斉に叫び声のようなエンジン音を響かせた。

この日の天気は上々であった。真っ青な海に点々と雲の影が浮かぶ、南の海の穏やかな風景が広がっていた。

すでに発艦して二時間が経過し、三航戦攻撃隊が敵艦隊まで十分を切った頃、それは突然に始まった。

先頭で編隊を組んでいた天山艦攻隊の二機が、一瞬で火達磨《ひだるま》になった。高高度で待ち構えたヘルキャットが、一斉に逆落としをかけたのである。直掩戦闘機が慌てて機首を上げようとしたが、それも叶わず瞬く間に二機三機と黒煙をあげる。

二百五十キロ爆弾を抱え、自らその敏捷《びんしょう》さを封印した戦爆の零戦も、為す術《すべ》もなく撃ち落とされ、このヘルキャットの最初の一撃だけで二十数機が撃墜された。

波状攻撃を仕掛けるヘルキャットを躱《かわ》しながらも、一部の編隊は米艦隊に接近した。

だがその艦隊は、日本機の攻撃を吸収するために、一番西寄りに配置された戦艦部隊であった。九隻の戦艦と三隻の重巡、十四隻の駆逐艦からの対空砲火は凄まじく、近接信管を装備した機銃弾は、機体を覆い尽くすかのように爆発した。一機、また一機と火を噴いた。上空からのヘルキャットの攻撃と艦隊からの強力な弾幕に阻《はば》まれ、三航戦攻撃隊は一発の命中弾を与えることも出来ず、至近弾などで戦艦と重巡を小破させただけであった。

攻撃を終え、帰投するためにバラバラに組んだ編隊に集まったのは、零戦が六機、戦爆十一機、天山五機の僅か二十三機でしかなかった。攻撃隊の三分の二に当たる四十一機が失われていた。ヘルキャットの損失は、たったの六機だった。


一〇：三〇、一航戦の主力攻撃隊百二十八機が、ヘルキャットの迎撃を受けたのは、米機動部隊の九十キロ手前であった。

向井の左前方を飛んでいた彗星隊の数機が、突然火を噴くと錐揉《きりも》みになって墜ちた。

「直上敵機、突っ込んでくる」偵察員の下川の叫び声と同時だった。

「全機退避！　各自退避行動とれ！」

向井は僚機に指示をだすと咄嗟《とっさ》に操縦桿を斜め前に倒して、機体を横滑りさせながら急降下した。機体の横を敵の曳光弾が流れて行く。

「今村の小隊は、付いて来てるか」

向井の問いかけに下川が、周囲に顔を巡らせた。

「三機被弾の模様、現在四機ついてます」

「くそ、三機もやられたか。海面まで降りるぞ」

爆撃機が戦闘機から逃《のが》れるには、ひたすら逃《に》げるしか無い。火力も速力もそして小回りも全てが戦闘機の方が優れている。戦闘機への対処法で有効なのが海面近くを飛ぶことだった。高速であるが故に戦闘機の速度制御は難しく、上空からの攻撃の際、一瞬の手違いで海面に激突する危険性が生じるのだ。

「他の隊は、どうなっている」海面と水平を保ちながら、向井が聞いた。

「中隊長！」「どうした」

「どの機も明確な退避行動を取っていません！　編隊のまま水平飛行を続けているのと同じです」

そんなやり取りの間にも、上空からはヘルキャットの強襲が続き、緩慢な飛行を続ける攻撃機は、次から次へと火を噴いた。

「ばかやろう！　なぜ逃げないんだ」下川が悲鳴のような叫び声を上げた。

「下川、あの連中は逃げることは教わっていないんだよ……。彼らが習ったのは、発艦することと爆弾を落とすことだけなのだ」

「中隊長、それじゃ死ねと言うのと同じですよ」

その声には、何時しか泣き声が混ざっていた。

「下川、もういい。俺らはこの編隊で敵艦を攻撃する。そしてこの四機を必ず連れて帰る……やる事はそれだけだ。分かったか、もう泣くな！」

だが、そう言う向井にも計器が滲んで見えていた。

周りには幾十もの黒煙の柱が立ち並び、しかも刻々とその数を増していた。第一撃で撃墜されたのは四十二機を数えた。

それなのにヘルキャットの攻撃は、一向に収まらない。回避行動も思うに任せぬ攻撃機を撃ち墜とすのは、ヨタヨタ歩きの雛鳥《ひなどり》を大型の猫が襲うのと同じであった。幾重にも重なった黒煙の帯が、さらに数十本、晴れ渡った空に引かれていった。

「くそっ！……くそっ、今に見てろ！」やりきれなさが、向井の胸を潰していた。

それでも向井の率いる彗星五機は、海面近くを飛び続け敵艦隊を目視できる距離に到達した。

「中隊長、あれは戦艦部隊です」

「空母はまだ後ろか。戦艦は無視だ、迂回する」

向井の機が方向を変えたその時、戦艦部隊の砲門が一斉に火を噴いた。どこか別の編隊が辿《たど》り着いたのだろう。

上空に凄まじい弾幕が広がると、味方の艦攻が長い炎の尾を引いて堕ちて行った。それが、二機三機と続く。

「味方艦攻また落ちる」

下川の声に、向井は直ぐにでも攻撃に加わりたい衝動に駆られていた。しかし、あの猫どもに一泡吹かせるには住処《すみか》の母艦を叩く以外に方法は無いと、歯を食いしばってその誘惑に耐えた。

そして遂に空母艦隊を捉えた。

「よーし、このまま低空で後方から接近し、直前で急上昇、急降下だ」

「後続機が付いて来れますかね」

「ここまで来たんだ、付いてくるさ。下川、派手にやるぞ。機動艦隊へ発信……彗星艦爆隊これより敵空母へ突入す……」

「大鳳」の艦橋で、吉村が腕時計を見ながら「遅過ぎる」とつぶやいた。

「すでに、三航戦攻撃隊の到達予定時刻も大幅に過ぎておりますし、一航戦の攻撃も始まっている時間帯であります」

これまで三航戦の攻撃隊からは何の報告もなく、状況を掴めぬ艦橋には、沈鬱《ちんうつ》な空気が漂っていた。

「何か手違いでもあったのか」

言ってから吉村が、慌てて自分の言葉を否定するように頭を振った。

そんな中に、待望の第一報が飛び込んで来た。

「一航戦、彗星艦爆隊より入電……これより敵空母へ突入す……であります」

「よし、始まるぞ」艦橋に初めて活気が湧いた。眉間に皺を寄せた小沢の顔も、心做《こころな》しか生気が戻ったように見える。攻撃が始まれば、次は戦果の報告である。誰もが「空母撃沈」の第二報を期待していたが、それっきり入電が絶えた。

三百五十浬先の戦場で何が起こっているのか、軽々しく想像を口にすることは憚《はばか》られる。誰もが口を開こうともせず、再び艦橋が重苦しい空気に包まれて行った。

その時「大鳳」の艦橋の空気が、僅かな風圧を受けて二度、三度と震えた。

「何事か！」小沢の声が艦橋に響いた。

輪形陣を組んだ第一航空戦隊は「大鳳」を中心に、左右に空母「瑞鶴」「翔鶴」を配置している。その距離は、おおよそ三キロである。その三キロを伝わってくる風圧は、爆風以外には考えられなかった。敵機の届かぬ距離にいる艦隊を攻撃出来るのは、やはり潜水艦だった。

「やられたのは『翔鶴』か、『瑞鶴』か？」

「『翔鶴』に黒煙！　火災発生のもよう……」

すぐさま「対潜警戒」が発せられ、艦隊は之の字運動を開始した。この時「翔鶴」は、艦隊直掩機を収容するために、風上に向けて直進していたのだ。

「この陣形で、同じ日に二隻も魚雷を食《くら》うとは、どう言うことだ！」

参謀長の吉村が艦隊参謀を睨《にら》みつけた。駆逐艦が手薄なのは吉村も分かっていた。その意味では、自分への叱咤《しった》でもあった。

「タウィタウィ島で五隻を失なった付けが回ってきたのか」

小沢が「翔鶴」に目をやりながらポツリと呟いた。

「大鳳」が就航するまでは、第一機動艦隊の旗艦は「翔鶴」だった。それだけに思い入れは大きい。

「爆風は三発だったな。助からんかも知れんな」

小沢が、少し寂しげな目をした。

向井が見つけた機動部隊は、第五十八任務部隊の第二機動群であった。この艦隊は、大型空母「バンカーヒル」と「ワプスⅡ」、そして軽空母二隻に軽巡三隻、駆逐艦十二隻で構成されていた。

向井は、敵艦隊の後ろ側へ大きく回り込むと、二隻の大型空母を狙うため編隊を二機と三機に分けた。ここまで来れば、後は急上昇して急降下するだけである。向井は自分の僚機に一機を選ぶと、残りの三機に右の艦を狙えと指示した。

艦隊の外側を警戒していた駆逐艦の上を飛んでも攻撃は無かった。

「下川、敵は完全に油断している。このまま行くぞ」「了解」それが合図だった。

思い切り操縦桿を引くと機首がグンと上を向く。そのまま上昇を続けたが、さすがに敵も気付いて対空射撃が始まった。米軍が特殊な信管を付けた機銃弾を使うと聞いていたので、無理して高度を取ることを止め、素早く急降下に移る。凄まじい弾幕に包まれ機体が大きく揺さぶられ、弾の破片が当たる金属音が絶え間なく響く。高度は一千を切り、もう空母の甲板が大きく見えた。

向井は、五百を切るところまで粘りたかったが、初陣の後続機のことを思えば、そんな曲芸飛行は無理である。

「下川、撃つぞ」「照準ヨーソロー」

飛行甲板が視界一杯に広がった。

「野良猫どもめ、住処《すみか》は俺が貰った。思い知れ！」屈辱を晴らすための渾身の一撃だった。

フッと機体が軽くなる。操縦桿を一杯に引いたが、機体は空母の艦橋をかすめていた。

突っ込み過ぎたかと後続を心配したが、下川が「二番機、投下」と叫んだ。

四方八方からの弾幕の煙と音に混じって、二度爆発音が聞こえた。

「目標火災発生、命中！　命中！」下川が叫んだ。

戦果を確認したかったが、長居をすればこちらが危ない。直ぐに分かれた編隊と合流したが、三機が二機に減っていた。下川の見立てでは、彼らも至近弾を与えていると言う。

結局は端《はな》からの負け戦であり、今村から引き継いだ小隊も三機に減ってはいたが、敵空母に一矢報いたことで気持ちの整理は付いていた。

「下川、機動艦隊に発信……敵空母一隻炎上中、一隻に命中弾……でどうか」

「中隊長、通信装置敵弾で破損、全く使い物になりません」

「そうか、じゃあ帰ってからの報告とするか……。帰りも三百五十浬、また長い旅になるぞ」

向井の機に三機が翼を寄せてきた。編隊の呼吸がぴたりと合うのが分かる。

向井は、今村が「こいつらのために生きる」と言ったことを思い出していた。

――今村、お前の部下は、今日一日で立派な飛行機乗りになったぞ。褒《ほ》めてやれよ。

この一時間あまりの戦闘で、戦果と呼べるものは、向井らが攻撃した「バンカーヒル」の至近弾による火災と「ワプスⅡ」への至近弾による小破のみであった。

その戦果に比べると一航戦の第一次攻撃隊の損失は致命的であった。

この日、味方空母に辿《たど》り着いたのは、僅かに三十一機でしかなかった。

一航戦からの総出撃機数百二十八機の実に八割近い九十七機が、マリアナの空と海の間《はざま》に散って行った。そしてヘルキャットの被害は、僅かに十七機に過ぎなかった。

その損失機数を聞いたミッチャーが肩をすくめて言った。

「まさか、猫たちが獲物の取り合いで、内輪揉めしたんじゃないだろうな」


一方、「三リ」を目指した二航戦の一次攻撃隊四十九機は、訓練不足のため母艦上空で編隊を組むことに失敗し、二十九機の本隊と二十機の別動隊に別れて行動することになった。

だが「三リ」に敵機動部隊はいなかった。本隊は止む無く「七ィ」に目標を変更したが、敵戦闘機の急襲を受け七機を失って引き上げた。また、別動隊も敵艦を見つけることはできず帰投したが、途中の空戦で同じく七機を失っていた。

また、「十五リ」に向かった九九艦爆主体の第二次攻撃隊は、三百五十浬の洋上を飛行し目標の海域に到達したが、そこにはただ青い海が広がっているだけであった。

この攻撃隊は、当初の計画通りグアム島に降りて反復攻撃を企図したが、島の上空には、ミッチャーの制空戦闘機隊が待ち構えていた。

味方の直掩戦闘機零戦は二十機だったが、三十機を超えるヘルキャットが襲い掛かった。

空戦で二十六機が撃ち墜とされ、難を逃れた残りの機は島への着陸を強行した。しかし、朝からの空襲で滑走路は無残に破壊されており、無事に着陸できた機は皆無だった。

ここでもスプルーアンスの陸上基地無力化の戦略が、功を奏することになった。

また、別動の彗星隊も敵機動部隊と巡り合うことはできず、超遠距離飛行に伴う未帰還機は合わせて十九機を数えた。

昼を過ぎる頃になると、三航戦の「千歳」「千代田」「瑞鳳」から飛び立った第一次攻撃隊が帰ってきた。

「大和」の艦橋からその様子を見ていた宇垣が「うーん」と唸り声を上げた。編隊もバラバラで、何せその数が少ない。攻撃開始や戦果の連絡も無く、良い結果を期待する方が無理だった。

「相当叩かれてますね」森下が双眼鏡を覗きながら言った。

「ああ、編隊に勢いがない。こんな時は負け戦だな」

「一航戦の彗星からは、突入の連絡が入りましたが、二航戦の攻撃隊からも何も言って来てません。今日は煙草の量が増えそうですな」森下も心配そうに眉間に皺を寄せた。


その頃一航戦では、瀕死の傷を負っていた「翔鶴」が、数度の爆発を起し最後を迎えていた。

「『翔鶴』、沈みます」

真珠湾からインド洋、珊瑚海から南太平洋と日本機動部隊の中核として戦ってきた歴戦の空母の最後である。艦橋の皆が敬礼で見送る。その時、どこからともなく「葬送」のラッパが鳴り渡った。哀愁を帯びた曲が、別れの悲しみを纏って波間にこだました。「翔鶴」の艦首が、名残を惜しむかのように一度海面から大きく伸び上がって見せたが、運命を悟ったのか崩れ落ちるように海中に没した。

「『翔鶴』ほどの空母の最後としては、見せ場の無いことが無念だろう。姿の見えぬ潜水艦の一撃では救われんな」

小沢の言葉は、突き放したようにも聞こえたが、心情は戦闘艦としての「翔鶴」に対する慈愛に満ちたものであった。

悲しみや悔しさを振り払うかのように、小沢は殊更《ことさら》大きな声で命じた。「『翔鶴』を失い、攻撃隊の収容や新たな攻撃機の準備を『瑞鶴』のみで行うのは困難である。本艦は未だ修理中ではあるが、まずは実戦対応として攻撃隊の収容を行う」

それから三十分後のことである。

「味方艦爆帰ってきた」「何機だ」「今の所四機のみです」

吉村が怪訝《けげん》そうな顔をしたが「四十二機出したのだぞ。これで終りではあるまい。着艦させろ」と指示をした。だが「大鳳」の飛行隊は、すでにその四機以外には存在してはいなかった。

「大鳳」の上空に辿り着いたのは、向井が率いた四機だった。「大鳳」が風上に艦首を振った。まず今村の隊の三機を先に着艦させることにして、一機目が着艦態勢に入る。

向井は、それを見守りながら今村に話しかけた。

――今村、お前の部下は約束通り連れて帰ってきたぞ。もっとも三機に減ってはいるが、今日の戦いならこれでも御の字だ。とにかく約束は果たしたからな……。

一機目が「大鳳」の船尾から飛行甲板に進入すると、甲板に横に張られた着艦制動用のワイヤーに機体のフックを引っ掛けた。思わず下川が「上手い」と声を上げるほど、完璧な着艦だった。

だが、彗星の機体のフックが「大鳳」の甲板に擦《こす》れると、その周りから青白い火花が飛んだ。そして次の瞬間、甲板は凄まじい火炎と爆発音に包まれた。この爆発により彗星は「大鳳」の飛行甲板もろともに吹き飛んだ。爆発は格納庫に続き弾薬庫や機関室などにも広がって行った。

あらゆる開口部から炎と黒煙が吹き出し、「大鳳」は瞬く間にその戦闘機能を喪失した。

重油タンクの亀裂から漏れた揮発性のガスが、出口を失って到るところに充満していたのである。そして二時間後には「大鳳」もその勇姿を海中に没した。小沢機動艦隊は、僅か二時間半の間に、大型空母と最新鋭空母を失ってしまった。

小沢は「大鳳」を離れることを拒んだが、吉村の「日本海軍のために恥を忍んで」と言う説得を受け入れ、重巡「羽黒」にその将旗を移し、機動艦隊に対し「本職羽黒において作戦を指揮す」と発信した。

戦艦「大和」艦橋の宇垣は、軽巡「矢矧《やはぎ》」からの「『翔鶴』沈没す、我人員救助中」の通信に絶句し、重巡「羽黒」からの「我『大鳳』の通信を代行す」の通信で、がっくりと肩を落とした。

「今日の戦いは、敵艦隊をいち早く見つけ、先制攻撃隊を発進させ、敵攻撃機からは手の届かぬところで待つ、正にアウトレンジの定石通りの展開であったが、思わぬ伏兵に足をすくわれたな」

「作戦としては完璧な台本でしたが、おそらく敵の対応は、その上を行っていたのではないでしょうか。本当の結果を聞くのが恐ろしいような気がします」

森下の言葉に、宇垣もうなずかざるを得なかった。


重巡「羽黒」に移乗した機動艦隊司令部は、潜水艦の雷撃によって「翔鶴」「大鳳」を失ったものの、航空攻撃は完全な成功と思っていた。

「まだ全体的な戦果の集計は出来ていないが、あれだけの攻撃隊だ。敵艦隊にもそれなりの損害を与えたものと思われる」

吉村の発言に航空参謀が言葉を続けた。

「『瑞鶴』に降りた『大鳳』飛行隊の報告では、敵大型空母一隻火災、一隻小破と言っているようですし、戦艦、重巡の小破の報告もありますので、他にも戦果が出てくるかと思われます」

その時、小沢が口を開いた。

「航空参謀、『大鳳』の飛行隊は、結局『瑞鶴』には何機降りたのだ」

「はい、『大鳳』着艦時に一機損失しましたので、最終的には三機のみであります」

「帰ってきたのは、やはりあれだけだったのか」

吉村が驚いて尋ねた。

「『瑞鶴』に降りた数ですので、二航戦や三航戦に降りたかも知れません。また、状況によっては、二航戦の第二次攻撃隊五十機と同様グアム島基地に降りている可能性もあります」

「そうだな。至急戦果確認と基地航空隊を含めた現有戦力を集計してくれ。それと参謀長、「七イ」には敵艦隊が居たが「三リ」と「十五リ」に艦隊はいなかった。索敵機から報告の状況も含めて原因調査を頼む」

軍令部も断片的な情報しか掴めず、夜になっても作戦の成果は皆目見当《かいもく》が付かなかった。

「中沢くん、なぜこんなに情報が少ないのかな」

「はい、普通ならもっと色んな情報が出てくるのですが……。もし今回の戦いが次長の危惧《きぐ》される展開になったとすれば、まず敵戦闘機隊の急襲による混乱が起こります。そして圧倒的戦力差による壊滅も有りうる話しです。あるいは遠距離攻撃に伴う安否不明も数多くあるのかも知れません。さらに、先ほどの『矢矧』や『羽黒』の電文によると『翔鶴』『大鳳』は沈没したものと推測せざるを得ません。それも間違いなく潜水艦の雷撃です。機動艦隊司令部自体の混乱も影響しているのでしょう」

「そうだな。一体マリアナで何が起こっているのだ……」

伊藤は、自分の推測が当たらぬことを願った。

その時、黒木が耳元でささやいた。

「総長が、玄関に着かれたようです。じきにお見えになります」

「何で今頃」伊藤が眉間《みけん》に皺《しわ》を寄せた。海軍大臣と軍令部総長を兼務する嶋田は、海軍内での評価は芳《かんば》しくなかった。一つは海軍大臣になって開戦に舵を切ったこと、二つ目が陸軍東条首相への追従であった。山本とは兵学校の同期だったが、大臣になって不仲となったため、親山本派の一部からは「東条の副官」とまで揶揄《やゆ》されていた。

会議室の扉が、勢いよく開くと嶋田と大臣官房の連中が入ってきた。嶋田は皆が立ち上がろうとするのを片手で制しながら、伊藤の横に腰を下ろすと「マリアナはどうなっておる。何の連絡もくれぬとはどう言うことだ」と大声を上げた。

「まだ、はっきりした状況が掴めておりません」と中沢が答える。

「分からぬなら聞けば良い。伊藤くん、君は聞いたのか」

「総長、艦隊は現在も戦闘中であります。無用な介入は控えねばなりません」

伊藤が軽くいなそうとしたが嶋田は少し酒でも入っているのか、さらに大きな声を上げた。

「軍令部総長の命令だ。小沢に直ぐに報告しろと言え」

これにはさすがの伊藤も顔色を変えた。伊藤がすっくと立ち上がると、島田が怯《おび》えたかのように腰を引いた。伊藤は構わずさらに近づくと島田の耳元に、何かを二言三言ささやいた。

聞いた嶋田が目を丸くして「帰るぞ」と連れに声を掛けた。

あたふたと出て行った嶋田を横目に、中沢が「総長に何と……」と聞いてきた。

「本当の事を言っただけだ。『大鳳』が沈み、現在小沢長官は海を泳いでおられますが、それでも総長命令を発しますか……。あながち嘘でもあるまい」

何時もなら爆笑の起こるところだが、笑える者は誰もいなかった。

日付の変わった頃、黒木が目を閉じていた伊藤に声をかけた。

「次長、第五課からの情報です。米本土の報道では、昨日の戦闘をマリアナの七面鳥撃ちと言っているそうです」

「七面鳥？」

「はい、七面鳥です」

伊藤が「やっぱり、そうか」と肩を落として落胆を顕《あらわ》にした。

中沢が拳を固め「クソッ」と机を叩いた。皆が驚いて中沢を見る。

「米国の俗語だよ」中沢が吐き捨てるように言った。

「七面鳥は動きが遅く、容易《たやす》く狩りができる」

伊藤が中沢の言葉を引き取ったが、その口調は自からの気持ちの動揺を収めるかのように、殊《こと》更静《さら》かだった。

「だから米国では、簡単にできることを七面鳥撃ちと言う。……赤子の手を捻《ひね》るのと同じ意味だ。

昨日のマリアナの戦闘では、日本の攻撃機をいとも簡単に仕留めたと言うことになる」

そう言いながら伊藤は、目の前が真っ暗になるのを感じていた。

——これでサイパンは落ちる。これから日本はどうなるのだ……。

帰結

機動艦隊司令部は、重巡「羽黒」の通信機能が脆弱《ぜいじゃく》なため、戦闘の全貌を把握しきれていなかった。

十九日夜の時点で、機動艦隊の全可動機数は百機足らずしかなかったが、グアムやロタ島に相当数が降りたものと判断し、二十日に燃料の補給や地上基地の航空機を復帰させて、再度決戦を挑むことにした。

しかし、実際には陸上基地に残存機は無く、空母の搭載機数がその全てであるとは夢にも思っていなかった。

機動艦隊は、「翔鶴」「大鳳」の沈没による搭載機を含めると、この日だけで三百機近い航空機を失っていた。

また、小沢が疑問視していた索敵機の「三リ」と「十五リ」の敵機動部隊発見の報告は、位置情報の誤りによるものと判明した。敵の三群の機動部隊は同じ「七イ」の海域にいたのである。

その原因はタウイタウイ泊地の長期停泊のため、航空機の磁気羅針儀の調整が出来なかったことにあった。

その報告を聞いて小沢は「全攻撃機を『七イ』に向けていれば」と唇を噛んだ。

一方、スプルーアンスは、戦闘機の集中運用の成果に満足していた。

「参謀長、今日の戦闘で敵の艦載機は、ほぼ全滅したと言って良いだろう。このまま放って置いても何の脅威にもならない。日本艦隊は、航空艦隊としての機能を失った」

参謀長が、うなずくと「それで、何をお考えですか」と聞いた。

「航空戦では勝ったが、ミッチャーは敵の艦船を沈めてはいない。きっと欲求不満を起こして騒ぎ立てるだろうから、こちらは先に鈴を付けた方が得策だ。ミッチャーにマリアナ制圧の一群を残して、敵艦隊を追撃せよと命じたまえ」

「了解しました。ミッチャーの嬉しそうな顔が浮かびますよ」

参謀長は、笑いを堪えるのに必死だった。

夜を徹して追撃を続けたミッチャーの索敵機が、小沢艦隊を発見したのは二十日も日が傾き始めた頃であった。

「敵機動部隊との距離は？」

「おおよそ三百十マイル（約五百キロ）で、到達距離としてはギリギリのところであります」

「これからでは、攻撃は日没直後、帰還は夜間になってしまいます」航空参謀が苦渋の色を浮かべた。米軍の搭乗員も夜間の発着艦の訓練までは受けていなかった。

参謀たちは、ミッチャーの決断に注目した。

「諸君、昨日の戦闘で我々は、食べきれないほどの七面鳥を獲った。少し腹ごなしが必要と思わないかね。三百マイルは恰度良い運動になるだろう。それに、あの退屈な司令長官がやっと首輪を外してくれたんだぞ。俺がそれでもお座りしている犬だと思うか。――諸君、攻撃開始だ！」

　ミッチャーは十隻の空母から、戦闘機八十五機、急降下爆撃機七十七機、雷撃機五十四機を出撃させた。あの騒がしい猫どもも、昨日の戦闘の興奮覚めやらぬままに飛び立ったが、次第に暗くなる海上を飛ぶうちに、置かれた現実に引き戻されていた。

　これまで飛んだこともない距離への重圧、薄暮の索敵の難しさと攻撃の熾烈《しれつ》さ、そして何よりも闇夜の母艦の発見と着艦への不安が、攻撃隊の気持ちを萎《な》えさせていた。昨日の日本機の二の舞になる恐怖を抱えながらも、米攻撃隊は西へ向かって飛び続けた。


　この日、小沢機動艦隊も朝早くから索敵機を飛ばし、旗艦を「羽黒」から空母「瑞鶴」に変更した。昼前から燃料の補給を開始したが、まだ敵艦隊を捕捉できてはいない。

「ペペリュー島の基地哨戒機より、敵機動部隊発見の報告です」

「我が艦隊の索敵機からの報告が無いところを見ると、大方我が艦隊を敵と誤認したのではないか」

　艦隊の幕僚たちが、漫然とそう判断している頃「大和」艦橋では、宇垣が参謀に命令を伝えていた。

「丙部隊栗田長官に意見具申。基地航空隊哨戒機の報告のとおり敵艦隊接近の恐れあり、直ちに燃料補給を中止し西方へ退避の要あり」

　宇垣は、敵艦隊が追いに追ってくると直感的に感じていた。栗田は宇垣の意見を聞くと機動艦隊司令部への具申を行ったが、給油が中止されることはなかった。

業を煮やした宇垣は、栗田に再考を求めた。

「給油は戦隊司令部の所管と判断し、第二戦隊は給油作業を中断、本海域を離脱するが、如何に？」

栗田が直ぐに決断する。

「丙部隊各艦は直ちに給油を中止し、速やかに北西に向け本海域を離脱せよ」

その一時間後、甲、乙部隊がやっと給油を中止した。その時丙部隊はすでに数十キロ先の西方海域にあった。


戦艦「大和」は、空母「千歳」と輪形陣を組み、その右舷後方には空母「瑞鳳」に戦艦「武蔵」、左舷後方には空母「千代田」に戦艦「金剛」と「榛名」が、それぞれに輪形陣を組み、この三群で「大和」を頂点とした三角形の陣形を形成していた。

一七：一五、やっと索敵機が敵機動部隊を発見、小沢は直ちに薄暮雷撃隊を発進させたが、その数は先発索敵機三機と天山七機に過ぎなかった。続いて小沢は、前衛の丙部隊に夜戦を準備を下命し、空母部隊には、翌朝全力をもって敵機動部隊を攻撃することを伝えた。

だがその直後、「大和」の電探は敵の大編隊を捉えていた。

「敵大編隊、南の一航戦、二航戦に向かう」

「こちらが早めに行動し、各艦隊も北西へ向いたので、結局本隊がしんがりの格好になったようだな。敵の攻撃を吸収してやれぬのは気の毒だが、やむ得まい。敵さんはこちらにも来るぞ」

宇垣が戦闘帽のあご紐を締め直した。

森下艦長が、防空指揮所へ上がると「対空戦闘用意」を命じた。

一七：三五、前衛艦隊上空にも敵の艦載機が飛来した。「敵機来襲二十機以上」「距離二万四千」

先任参謀が双眼鏡を目に当てながら「敵機は左舷の『千代田』へ向かっています」と言った。

宇垣が不満げに「ちっ」と舌を鳴らした。

「目標は、あくまでも空母か、ならばその空母を守らにゃなるまい。左主砲戦用意！」

宇垣の命令で主砲発射を知らせる一度目のブザーが鳴り響く。

「主砲三式弾……目標敵艦載機、距離二万三千、方位三十五度、仰角……」

様々なデーターが入力されると、三基の砲塔が左に旋回し、三連装九門の砲身が中空を睨《にら》んだ。

「大和」は、昭和十六年十二月に竣工して二年半を経たこの日まで、敵に対して一発も主砲を撃ったことは無かった。無論、高角砲や機銃にしても同じなのだが、数日前の味方攻撃隊に対する誤射を、実戦と見るのか否かの判断を、誰も下そうとはしなかった。

ともかく、主砲の実戦使用は初めてであり、艦橋にも緊張が走った。

「射ち方用意よし！」砲術長の報告に森下艦長の声が続く。

「射ち方始め！」

二度目の発射ブザーが短く泣くと、初見参の敵機に対して、九門の主砲が轟音と共に火を噴いた。その炎は、夕闇に沈む海面を一瞬で真昼のように輝かせた。

主砲の三式弾の有効射程は、敵機の飛行速度を考えるとそう長くはない。「大和」はその間に、敵機に対して三回の斉射を浴びせた。九門の斉射が三回と言うことは、二十七発の三式弾が、数万発の焼夷《しょうい》弾子を敵の前面に飛散させたことになり、その効果は絶大かと思われた。

しかし、今の米攻撃隊にとっては、一刻も早く爆弾を投下して速やかに帰路につくことが最優先であり、そのため攻撃は統制もされず、隊形もバラバラの状態であった。このいい加減さが逆に功を奏したのか、何機かは確かに黒煙を上げたものの、主砲の成果と断定するものは無かった。

この攻撃で前衛部隊は、空母「千代田」と戦艦「榛名」重巡「摩耶」が被弾したが、小破に止まった。

一方、しんがりとなった小沢本隊は、百機を超える攻撃を受けることになり、旗艦「瑞鶴」が五百キロ爆弾の直撃を受けたものの消火に成功、小破で食い止めることができた。だが、二航戦の空母「飛鷹」は、またも敵潜水艦の雷撃を受けて沈没し、「隼鷹」が命中弾二発を喰らい中破した。

米攻撃隊は一八：三〇には引き上げ、淡白な攻撃に助けられて被害は最小限に抑えられたが、前衛部隊の「大和」以下の戦闘艦は、米機動部隊と対峙《たいじ》すべく全速で東進を開始していた。

「敵機動部隊との距離は」宇垣の問いに「おおよそ二百浬（約四百キロ）です」と参謀が答えた。

その返事に森下が首を捻《ひね》った。

「艦隊が二十五ノットで走り、本艦の主砲の射程距離内に到達するには、八、九時間掛かります。今からですと会敵は明日の夜明け前になります」

宇垣も夜戦という割には、浮かぬ顔をしていた。

「あくまでも、敵が動かなければの話しだな。今日の攻撃でそれなりの戦果も手にしているし、これ以上追っては来ない気がするな」

「私も同感です」と森下がうなずいた。その時宇垣が「どうせなら」と言って口を噤《つぐ》んだ。

森下が「どうせなら？」と聞き返す。

「我々が出張《でば》るよりも、慌てて帰っていった敵の攻撃隊の尻に、彗星を十機でも忍ばせた方がよっぽど効果的だったかも知れない。……だが、戦いには思わぬ展開が付きものだ。それを信じて行くしかあるまい」

宇垣が、真っ暗な海を見つめながら言った。


ミッチャーは、艦橋の外に立って艦隊の様子を眺めていた。空母は飛行甲板の照明はもとよりあらゆる灯りを点灯し、護衛艦は夜空に向かって煌々《こうこう》とサーチライトを照らし、照明弾を打ち上げて受け入れ態勢を整えていた。潜水艦の標的となる脅威は感じたが「え〜いままよ」と腹を決めた。

だが、闇夜の長距離を飛び、やっとの思いで母艦に辿り着いたものの、初めての夜間着艦を強いられた攻撃隊は、ある意味集団的錯乱状態に陥《おちい》っていた。

ある者は母艦の「待て」の信号を無視して着艦を強行し、先に降りていた僚機に激突した。また、着艦に失敗して艦橋に衝突したり、海上に落ちたりする事故が続発し、二機同時に着艦して互いを破壊する者まで現れた。そして、最後には燃料切れを起こして多くの機が海上に不時着した。

ミッチャーは、自分の眼前で繰り広げられる惨劇に、茫然《ぼうぜん》と立ち尽くしていた。これが昨日マリアナの七面鳥狩りを演じた同じ飛行隊とは到底思えなかった。たった一日の間で入れ替わる「天国」と「地獄」に声を失った。

——これが、戦争か……。

この日ミッチャーの攻撃隊は、薄暮攻撃で二十機、夜間の帰路、着艦の過程で八十機を失った。

だが、小沢の機動艦隊も、この日の迎撃戦で零戦二十三機と薄暮雷撃隊の十機を失い、沈没した「飛鷹」の搭載機も海中に没した。

「現在の稼働機数は、残念ながら約四十機程度であります。各基地航空隊に降りた艦載機は僅かでその殆どが損傷を受けており、戦力になり得ません」

作戦参謀の説明を小沢は黙って聞いていた。

「間違いないか」吉村が確認すると、参謀は小さな声で「はい」と言って下を向いた。

吉村が「長官……」と声をかけた。

小沢は、長官席の椅子に身体を預けると「明日の攻撃は無理か」と呟いた。

そして、前衛艦隊への命令を伝えると「……負けだな」の一言を残し、悄然《しょうぜん》として艦橋を去った。

……夜戦の見込なければ、速やかに北西方面に避退せよ。

その電信が、マリアナ沖における海戦の終焉《しゅうえん》を告げたのである。

この海戦で日本の機動艦隊は、主力の空母九隻の内、三隻沈没、一隻中破、三隻小破の損害を受け、艦載機は搭載総数四百三十四機に対し約四百機近くを失った。ここに一年有余をかけて作り上げた最終決戦用の航空艦隊は、事実上壊滅したのである。これに対し米機動部隊は、空母二隻の小破に止どまり、艦載機の損失も百三十機でしのぎ切った。

戦艦「大和」「武蔵」は、沖縄を経て六月二十四日柱島泊地に帰還した。

この結果、米第五艦隊によるマリアナの制空権、制海権は磐石となり、サイパン島は孤立無援のまま、その最後の時を迎えていた。

昭和十九年七月七日、サイパン島守備隊は、総攻撃を敢行し玉砕した。

「次長、サイパン島守備隊が玉砕しました。中部太平洋方面艦隊司令長官南雲中将の決別の訓示であります……」

中沢が、震える手で握り締めた電文を差し出した。

伊藤は、その電文を自分の目で読むことを躊躇《ちゅうちょ》した。そして目を閉じると中沢に言った。

「すまんが、読んでくれないか」

中沢が「はい」と言って読み始めたが、二言、三言で口を噤《つぐ》んだ。そしてその口からは必死に堪えていた嗚咽《おえつ》がもれた。

隣の部屋で様子を伺っていた黒木が「私が」と中沢と代った。そして、静かに文字を追った。

一語、一語に文字が滲み、声が震えた。

「今や止まるも死、進むも死……、生死すべからくその時を得て帝国男児の真骨頂あり……。今米軍に一撃を加え、太平洋の……」ここまで読んで、さすがに黒木も声を詰まらせた。

「黒木くんか、続けなさい。この現実の直視と悲しみに耐えることも軍人の務めだ」

伊藤の握り締めた指の先も色を失っていた。

「今米軍に一撃を加え、太平洋の防波堤として、サイパン島に骨を埋めんとす……」

読み終えて、黒木ががっくりと膝を折った。

伊藤が、やっと目を開けると「これが大航空艦隊を率い、ハワイ奇襲攻撃を成功させた名将の散り様なのか」と大きく肩で息を吐《つ》いた。

日本軍守備隊の戦死者は陸海軍合わせて約三万、これに約一万の民間人が道連れとなった。ただ、米軍の死傷者も一万五千を超える激戦であった。

伊藤は、サイパンのような島嶼戦は、これから日本本土に近くなるほど、民間人を巻き込む場面が多くなることを憂いていた。さらに、マリアナ諸島を失うことによって始まる長距離大型爆撃機の本土空襲は、民間人への犠牲を強いる近代戦の新たな局面を向かえることになる。

「もはや、時間がない」

そんな伊藤の思いが届いたのか、七月十八日東条内閣が倒れた。やはりサイパン島の陥落が致命傷となった。

次の内閣では、総理は陸軍の小磯大将であったが、戦前に総理や海軍大臣を務めた米内大将が、海相と副総理格を担当することになった。米内は日独伊の三国同盟の際、海軍大臣として海軍次官の山本五十六と軍務局長井上成美と共に反対を唱え「条約反対の三羽ガラス」と言われていた。米内はこの井上を海軍次官に据え、軍令部総長に中学校の後輩でもあった及川大将を充てた。

伊藤は、この人事が、戦争終結への希望を繋ぐものとして期待した。

だが、日々の戦いは続いており、さらにサイパン陥落後の作戦を考えねばならなかった。

「捷号作戦であります」

中沢の説明に伊藤は、口を挟まなかった。乾坤一擲《けんこんいってき》の最終決戦に負けた以上、これに変わる妙手があろうはずもない。

やはり、新たな作戦は、手持ちの戦力を総動員して、来襲する敵に挑むだけのことだった。もし敵が比島に来れば「捷一号」、台湾、西南諸島であれば「捷二号」、本州、四国、九州であれば「捷三号」、北海道なら「捷四号」となるだけである。

絶対国防圏は、設定してから僅か一年足らずで瓦解《がかい》したのである。

第六章　レイテ沖海戦

捷一号作戦

サイパンが陥落してから半月後の七月二十五日、軍令部会議室には連合艦隊司令部の参謀が、新たな作戦の説明に訪れていた。

「先のマリアナ沖海戦により第一機動艦隊の空母艦載機が壊滅状態となったことから、今回の作戦は、航空戦においては、一航艦、二航艦の基地航空隊が主力とならざるを得ない。そして最終的には、戦艦・巡洋艦を主力とした第一遊撃部隊をもって敵上陸地点へ突入し、上陸部隊を粉砕することを目的とする。また、空母を主体とした機動部隊本隊は、敵の強大な機動部隊の牽制を行い、戦艦・巡洋艦部隊の突入を支援する」

連合艦隊の説明を、伊藤は少し距離を置いた気持ちで聞いていた。

「あ号」作戦でも同じような説明と検討が行われ、必勝を期して実行されたが、結果は大敗であった。今回はその決戦における主力が空母から戦艦、巡洋艦に代わっただけで、戦力的には一歩も二歩も後退していると言わざるを得なかった。

「艦載機の搭乗員の育成には、少なくとも半年の月日が必要となります。ただ、基地航空隊の要員は、ある程度急速錬成が可能であることから、当面はこの方向で戦力の拡充をおこないます」

連合艦隊神作戦参謀の言葉を聞きながら、伊藤は大きな矛盾を感じていた。

「敵の次の目標は、何処だと考える」

「比島、すなわち捷一号作戦と思われます」

「捷一号作戦として、敵の上陸部隊の撃滅を主眼とした理由は」

「比島を敵に抑えられれば、南方資源地帯からの輸送が止まります。日本全体が干上がる状況を阻止するためには、どうしても上陸部隊を叩かなければなりません」

「ならば聞こう。敵上陸部隊には強力な護衛艦隊が付いているが、その対応は如何に」

「敵護衛艦隊と遭遇すれば、それを排除し最終的には上陸地点に向かわなければなりません」

「すると、この遊撃部隊は、敵の機動部隊を避けるか、あるいはそれと戦いつつも、一方で敵護衛艦隊を撃滅し、さらに上陸部隊を壊滅させると言うことになるが、一つの艦隊でそのような芸当が可能と思うのか」

作戦参謀の神が口を噤《つぐ》んだが、意を決したように「それをやってもらわなければ、比島は守り切れません」と断言した。

それを聞いて伊藤は、この作戦が無理に無理を重ねたものだと理解した。最初から成功はおぼつかないのだ。

——だからこそ和平なのだ。

と口にしかけて、伊藤は辛うじて言葉を飲み込んだ。

これ以上現場の参謀を追い詰めても得ることはないと思ったが、最後に聞いておかなければならないことが残っていた。

「この作戦は、お互いの撃滅戦であると理解したが、それで良いか」

神が「仰るとおりであります」とうなずいた。

このやり取りを聞いていた中沢は、伊藤が、マリアナ沖海戦の敗北により勝ちを拾っての和平から、ただ一途《いちず》の和平へと考えを改めたのだと感じていた。

伊藤が問う。

「遊撃部隊は、敵機動部隊、敵護衛艦隊、敵上陸部隊との戦闘を続ければ、恐らく万に一つの生還も無い。すなわち連合艦隊は、ほぼ全ての艦隊を失うことになる。連合艦隊最後の艦隊決戦で良いのだな」

神が「豊田司令長官も同様のお考えであります」と姿勢を正して言った。伊藤が静かに「ならば、了解した」と答えたが、最後に付け加えた言葉は、神や中沢の魂を震わせた。

「この戦争が始まってから、我が海軍は多くの提督を太平洋の戦場に失ってきた。山本、古賀両元帥そして近くはサイパンの南雲中将……。だが、米国はまだ誰も失ってはいない。比島の敵上陸地点には、間違いなくマッカーサーがいる。神くん、遊撃部隊の司令長官にしかと伝えて欲しい。帝国海軍最後の戦いであるからには、是が非でも最終目的の敵上陸地点に突入してもらいたい。そして、マッカーサーの首を取れとな――」

中沢は、いつも穏やかな伊藤から、こんな激しい言葉を聞くのは初めてだった。

何とか戦争を終わらせたい願いを持ちつつも、海軍最後の作戦を指導しなければならない矛盾が、激情となって現れたのだ。

中沢は、伊藤の心中を推し測り唇を噛んだ。

八月に入るとテニアン、グアムも陥落し、マリアナ諸島は米軍の手に落ちた。

それから一月後の八月中旬、伊藤は海軍大臣室にいた。

「伊藤くん、少し痩せたのじゃないか。もっともこの戦況では、気の休まる暇もあるまい」大臣室での米内の第一声がこれだった。

「本日は、大臣にお願いがあって参りました」伊藤が単刀直入に切り出した。

「ぜひ、終戦の……」米内の突然の咳払いが、伊藤を遮《さえぎ》った。

米内が顔を寄せると、声を落す。

「伊藤くん、大臣室と言えどもそれは禁句だ」

そして、身体を起こすと、わざと大きな声を出した。

「君も軍令部は、随分と長くなったな。どこか鞍替えでも希望か？……そうか、分かった、分かった、考えて置くよ」

そして、また素早く顔を寄せて囁やいた。

「君には一言だけ言っておこう。その話は私と井上に任せておけ。……抗戦派には注意しろ」

伊藤は、この言葉で終戦への歯車が回り始めたと安堵したものの、海軍大臣が自室で声を殺さねばならぬほどの難しさを、改めて認識させられたのである。

その二日後、海軍省軍務局の二人の将校が、陸軍の将校を連れて次長室に押しかけた。

いずれも若手の将校である。副官の黒木が入室を拒んだが、伊藤が中から声をかけた。

「構わん、入れ」

三人が入室すると黒木は、陸軍の将校が軍刀を佩《は》いていたのが気になり、自分の物入れを開けた。

「次長は、この戦争で我が国が負けると言われたと聞きましたが、本当ですか」

勢い込んで軍務局の将校が尋ねた。伊藤はそれには答えず、何時もと変わらぬ静かな声色で尋ねた。

「こちらの方は？」聞かれた陸軍の将校は「近衛第三師団」とだけ答えた。黒木がその無礼を咎《とが》めようと一歩踏み出したが、伊藤が止めた。

「君も同じ質問か」陸軍の将校が、落ち着き無くうなずく。

「私は、負けるとは言っていないが、現状では勝つのは難しいと言ったことはある」

軍務局の若手が、さらに迫る。

「軍令部の次長として、それが軟弱な言動とは思われませんか」

「君らも、海軍省で生の戦況をつぶさに感じられる立場にいながら、それでも現状の分析はそうなのか」

伊藤の正論に若手の舌鋒《ぜっぽう》が鈍る。

「分かってはいますが、これからの国体護持のためには、それを超える精神力が必要とされます。わが神州に、敗北の二字は存在しません」

「では聞くが、ミッドウェー、ガタルカナル、ニューギニア、アリューシャン、ギルバート、マーシャルそしてマリアナの戦いは、何だったのか」

若い将校が顔を見合わせて、唇を噛んだ。その時、陸軍の将校が立ち上がって叫んだ。

「それは、みな海軍の戦いだ。陸軍はまだ敵と本格的な会戦は行ってはいない」

「ならば、陸軍に聞こう。ビルマのインパール作戦は、失敗ではないのか。八万六千の兵を投入し、この七月の作戦中止までに七万四千の兵を失った。中国大陸もサイパンも然《しか》り。これ以上どこで戦うと言うのか」

「本土決戦こそが、陸軍の求める最終決戦である」

それを聞いて、伊藤も思わず立ち上がった。

「馬鹿者！　軍は、国民を巻き添えにする戦いを行うべきではない！」

その言葉に陸軍将校が顔色を変えた。震える手が腰の軍刀にかかる。軍務局の将校たちが慌てて止めようとしたが、すでに遅かった。

「奸賊《かんぞく》め！　死ね！」罵声と共に白刃が浴びせられた。

その瞬間、伊藤はどこかで死と冷静に向き合っている自分がいることに、初めて気が付いた。これが自分の死に様なら、それも良しとするか。

陸軍将校の振り下ろす刃音が、間近に聞こえた。だが、不意に足元から生じた凄まじい切り上げの斬撃《ざんげき》により、その刃《やいば》は伊藤には届かなかった。

刃を刃が弾《はじ》く音で伊藤は我に返った。そこには片膝を付いた黒木が、白鞘を持ち抜身を頭上にかざして残心の姿勢をとっていた。跳ね上げられた軍刀が、ゆっくりと落ちてくると、音を立てて床に転がる。陸軍将校は、我が身に起きたことを理解できぬのか、軍刀の消えた手を茫然《ぼうぜん》と見つめていた。

黒木が立ち上がると、若い将校たちが怯えたように身を引いた。

「次長、彼らをどうされますか」

「黒木、切れ！」

「承知！」

黒木が「ヒュン」と抜身を鳴らした。少し間合いを詰めると、将校達が顔を恐怖に引きつらせて、息をのんだ。

その様子を見ていた伊藤が、おもむろに手を上げて黒木を制すると、何時もの穏やか声に戻って諭《さと》した。

「黒木くん、これくらいで良いだろう。……いいか肝に銘じておけ。ここが戦場なら、もう君らの首は、胴体から離れているんだぞ。これからは現状を直視するんだな」

将校たちが、われ先にと扉に駆け寄ったが、黒木が「忘れ物だ」と言って、拾い上げた軍刀を投げた。それは乾いた飛翔音と共に、彼らの頬を掠《かす》めて扉に突き刺さった。

彼らには、もはや歩くことさえも適《かな》わなかった。騒ぎを聞きつけて集まった部員に「肩を貸してやれ」と黒木が命じた。

辺りが静まると、伊藤が礼を言った。

「お陰で助かった。……居合か」

「はい、昔は下町の道場で師範代を努めたこともあります」

「そうか、私は一瞬だが死を覚悟したよ」

「今は何としても生きて頂かねばなりません……。次長は、見極めねばならぬ大きな命題をお持ちであります。一つは日本の行く末であり、二つ目は、それと交わるあの『大和』の生き様であります。まだ戦いの帰趨《きすう》も見えず、そして大和は今も健在であります。この二つの運命は、未だ定まってはおりません」

「そうだな、確かにまだ何も見えてはいないな」

伊藤は納得した素振りを見せたが、その一方で、あのまま切られた方が良かったと思いたがる自分を、辛うじて押さえ込んでいた。

その頃「大和」は、リンガ泊地にあった。

マリアナ沖海戦の後、六月二十四日に呉に戻り、再び陸軍将兵をシンガポールへ運ぶと、七月十六日戦艦「武蔵」と「長門」と共にに泊地に到着していた。この時点では、今後の作戦計画は示されておらず、内地にただ居座るよりも、燃料の豊富なリンガ泊地で訓練を積みながら時を待つとの考えであった。だが、この間にサイパンやグアムなどのマリアナ諸島の玉砕が続き、それを救えなかった第二艦隊の将兵は、その無念さを奥歯を噛み締めながら耐えなければならなかった。

八月四日、連合艦隊は「捷号作戦要領」を発令した。

数日後、マニラにおいて連合艦隊神参謀から、第一遊撃部隊小柳参謀長及び大谷作戦参謀がその概要の説明を受け、第一遊撃部隊の司令官、艦長に伝えられた。

「捷号作戦の発令は、恐らく比島すなわち捷一号作戦となる公算大であります。捷一号における艦隊編成は、機動部隊本隊と第一遊撃部隊そして第二遊撃部隊で構成されております。機動部隊本隊は、マリアナ沖海戦を戦った正規空母『瑞鶴』、大型の改装空母『隼鷹』、小型改装空母『龍鳳』『瑞鳳』『千歳』『千代田』を中心に、竣工間近の中型空母『天城《あまぎ》』『雲龍《うんりゅう》』そして十月竣工予定の大和型戦艦三番艦を改装した超大型空母『信濃《しなの》』の投入も考えられており、空母の隻数においては、マリアナ沖海戦時と遜色の無い体制が整えられるかも知れません」

作戦参謀の説明に、誰かが「信濃か」と呟いた。皆が……そうか、まだ「信濃」もあったのか……と目を輝かせた時、参謀長が吐き捨てるように言った。

「ただ、搭載する飛行機が無いそうだ。機体はかき集めても、搭乗員が揃わぬ」

参加者は、マリアナの七面鳥打ちと呼ばれた敗け戦が、口中に苦々しく蘇《よみがえ》えるのを感じていた。

「そのため、この機動部隊本隊は、あくまで敵の機動部隊に対する牽制役であり、本作戦は我が第一遊撃部隊が主力となり、敵の間隙をぬって上陸地点へ突入し、上陸部隊を殲滅することが最終目標であります」

目標が敵の上陸部隊と聞かされて、作戦会議室にどよめきが起こった。これまでの大きな作戦では、攻撃目標は敵の機動部隊や戦闘艦隊であり、上陸部隊と定められたことは無かった。

「『大和』艦長の森下です。敵上陸部隊の撃滅と言うことは、敵の輸送船を攻撃すべしとの命令ですか」

「そのとおりです」

「困りましたな。『大和』の主砲の徹甲弾は、敵の輸送船を砲撃しても装甲が薄いので、そもそも砲弾が爆発しません。ただ突き抜けるだけなので、輸送船も簡単には沈みません」

森下の話は、誰もが分かっていることであり、徹甲弾を通常弾に変えれば済むことだったが、あえてそれを話題にすることで、本当に輸送船の攻撃に、これだけの艦隊を使うのかと言う投げかけであった。

「今回の作戦は、あくまでも敵上陸部隊の撃滅にあるとの確認を取っております」

その回答に、宇垣は作戦参謀をぎょろりと睨みつけた。

「軍令部も連合艦隊も、敵に比島は渡さない覚悟で言っているのだろうが、輸送船などいくら沈めても次から次にやって来る。それをやって来れないようにするのが、作戦だろう。敵の主力艦隊を叩くことこそが、上陸部隊を近づけぬ最良の方策ではないのか」

会議室の皆が、我が意を得たりと頷いた。

「宇垣司令のご懸念は最もであります」と参謀長が話を受けた。

「私どももその点を神参謀に聞きましたが、強大な敵機動部隊を叩くには、我が機動部隊の航空兵力が整わなければ実現は不可能であり、その間に敵が比島に襲来した場合は、比島基地航空隊の支援のもとに第一遊撃部隊をもって、これを撃退するしか方法がないとのことであります」

「参謀長、敵の上陸部隊には護衛艦隊が付いているが、まさかそれも回避して行けと言うのではあるまいな」

「はい、上陸地点へ突入するのに排除すべき艦隊との戦闘は、当然とのことであります」

宇垣が、少しムッとした顔をした。

「本当に、こんな作戦が成り立つのか？　まず敵の機動部隊を牽制すると言うが、それが本当に可能なのか。それができなければ第一遊撃部隊は、敵艦載機の空襲で途中で壊滅する可能性もある。

さらに、敵護衛艦隊との戦闘を経て、上陸部隊の攻撃を行うとすれば、上手く行ったとしても、この艦隊の半数も生き残れまい。連合艦隊は終わるぞ」

会議室が、沈鬱な雰囲気に包まれた。確かにこの作戦を成功させるには、敵の全ての部隊と戦うことを想定しなければならない。どんなに楽観的に考えても、成功はおぼつかない話しだった。

宇垣の言った「連合艦隊は終わるぞ」の言葉が、妙に真に迫って聞こえた。

その時、それまで沈黙していた第二艦隊司令長官の栗田が、初めて口を開いた。

「宇垣くん、誰が考えてもこの作戦は、連合艦隊最後の艦隊決戦になる。軍令部も連合艦隊もそれを承知と言うことであれば、我々に他の選択の道はない。その時は、行くしかあるまい」

宇垣も栗田に言われなくても、今の連合艦隊には、こんな戦い方しかできないことを良く分かっていた。

「長官が、腹を括られたのであれば、我々は従うのみです」

栗田が、ふと笑を浮かべた。

「小柳くんが連合艦隊の神参謀に耳打ちされたらしい。あの温厚な伊藤軍令部次長からマッカーサーの首を取れと言われたとな」

会議室の雰囲気が一瞬にして変わった。

伊藤の過激な言いまわしは驚きだったが、やはり命令として敵の総大将の首を取れと言われることの方が、軍人の感性としては受け入れ易い。

「マッカーサーの首ですか――。何か久しぶりに単純明快な命令を聞いた気がしますな」

その言葉が皆の心情を現していた。

宇垣は、ここらが頃合と感じた。

「伊藤次長の心中察するに余りありか。長官、お供します」

「艦隊編成を発表します。第一遊撃部隊は栗田司令長官が直卒、第一部隊として重巡『愛宕』を旗艦とし『高雄』『摩耶』『鳥海』の第四戦隊に、第一戦隊の戦艦『大和』『武蔵』『長門』、そして第五戦隊の重巡『妙高』『羽黒』『最上』に十六戦隊の重巡『青葉』、軽巡『鬼怒』、さらに第二水雷戦隊の軽巡『熊代』に駆逐艦十二隻とします」

「第一遊撃部隊第二部隊は、第三戦隊の戦艦『金剛』『榛名』、第七戦隊の重巡『鈴谷』『熊野』『利根』『筑摩』に第十戦隊軽巡『矢矧』と駆逐艦八隻であります」

「また、第二遊撃部隊は、内地の志摩中将率いる第五艦隊を基幹とし、重巡『那智』『足柄』、軽巡『阿武隈』に駆逐艦七隻を予定、さらに戦艦『山城』と『扶桑』で新たな第二戦隊を編成し、第一遊撃隊への編入も検討されているようです」

戦艦「山城」の名を聞いて参加者からは驚きの声が上がった。「山城」が竣工したのは大正六年のことであり、約三十年を経た旧式戦艦は速力も二十ノットどまりで、今年からその役目を練習艦としたばかりであった。

戦艦「山城」や「扶桑」などの老朽艦まで網羅した今回の艦隊は、正しく連合艦隊に残された最終の艦隊であった。

戦艦七、重巡十四、軽巡四に駆逐艦を加えた五十数隻は、マリアナ沖海戦の時とそう大きくは変わっていない。マリアナ沖海戦で、敵が空母艦載機の壊滅を優先させたために、戦闘艦艇への被害が少なかったのである。

「この艦隊が、敵の機動部隊や護衛艦隊を排除しつつ、上陸艦隊を襲うためには、並外れた戦闘能力が求められることになる。その訓練は如何に」

宇垣の問いに作戦参謀が答える。

「上陸部隊強襲のためには、投錨艦船への攻撃法の習熟が必要であります。また、敵機動部隊の航空兵力に対抗するための対空戦闘訓練や夜間戦闘のための夜戦訓練も必須と考えます。さらに魚雷や爆弾を避ける操艦訓練や大艦隊ゆえの艦隊運動などの訓練も計画しております」

「敵の総大将の首を取るためだ。訓練をやり残して後悔するな。月月火水木金金の始まりだ」

宇垣の激に栗田は苦笑いを浮かべたが、これはマリアナ沖の後悔を断ち切るためのお題目となり、第一遊撃部隊の猛訓練は、赤道直下の南海を舞台に果てしもなく続くことになる。

参謀長が解散を告げようとした時、宇垣が口を挟んだ。

「参謀長、先ほどの艦隊編成で第一遊撃部隊の旗艦は、第四戦隊の重巡『愛宕』と言われたが、これだけの大艦隊を指揮し、さらに各方面との連絡調整を行うためには、通信設備の充実した第一戦隊の『大和』を旗艦とすべきと思うのだが」

「しかし『大和』には、戦隊指令の貴官がいらっしゃるが?」

「第一戦隊には『武蔵』もあり、戦隊の指揮はそちらでも一向に構わぬので、検討の要ありと考える」

参謀長が、栗田に目を遣ったが栗田は反応を示すことなく、結局解散となった。

森下が「なぜ、旗艦が巡洋艦なのかが良く分かりません」と首をかしげた。

「栗田は元々水雷屋なので、戦場を高速で動き回ることを本分としている。マリアナの時もそうだったが、今度は全体の指揮を執る立場なので、無用な拘《こだわ》りは捨てて欲しいのだが」

「栗田長官の方が、司令より先任でしたね。結局、此の期に及んでも海軍は適材適所さえ満足にはできないのかと思ってしまいます」

「私も自分を含めた海軍上層部の官僚化による弊害が、今の戦況に繋がっているとは思っているが、まあ、それは言わぬことだ。……私は伊藤次長の言われたマッカーサーの首を取ることに、全てを賭けようと思っている。それにには君の力が必要だ。頼むぞ」

そう言って笑を浮かべた宇垣の風情に、森下は軍人の覚悟を見たような気がした。

前哨戦

「黒木くん、第五課の情報はまとめられたか」

「はい、すでに七月の段階で米大統領を含めた陸海軍の首脳会議の情報を入手し、直ちに比島攻略戦近しの警戒電を発しております。この内容については、未だ決定的な判断はなされていないようですが、マッカーサーは、モロタイ、タラウド諸島そして比島のミンダナオからレイテを経てルソン島、海軍のニミッツは、ペリリュー、ヤップを経て台湾方面と依然として両者折り合ってはいないとの観測です。現在のところ九月にモロタイ、ペリリュー、ヤップ、十月タラウド諸島、十一月からミンダナオそしてレイテは十二月の予定で、その後のルソンか台湾かは棚上げになっている模様です。」

「ミンダナオ、レイテが年末になれば、こちらの準備を整える期間も得られるが、そう簡単には行くまい。すでに欧州ではパリが解放され、独軍は敗退を続けている。欧州戦線の兵力がこちらに転用される日も近いかも知れない。中沢くん、基地航空隊の整備はどうなっている」

「比島の一航艦、内地の二航艦で準備を進めております。十月初めには、九州、台湾、比島でおよそ千三百機を揃える予定であります。また、今回の編成にあたって敵の行動が制限される夜間及び悪天候を利用して攻撃を仕掛ける、T部隊の新設も行われております。予定どおり千三百機が整備されれば、捷一号作戦の実施が現実味を帯びてきます」

伊藤が小さなため息を吐いた。

「それまで敵が、じっとしていればの話か」

「そうですね。比島の上陸支援は、海軍の戦艦部隊中心の第七艦隊が担当すると思われますが、あの強力な機動部隊も間違いなく掩護として、戦況に一番の影響を与えることになります。問題の機動部隊を擁する第三艦隊は、現在スプルーアンスからハルゼーに代わっておりますが、どちらかと言えば行け行けのハルゼーの方が、隙を突き易いかも知れません」

「そんな気もするが、どこまでもこちらの希望的観測でしかない。最近は全てがその方向で動いている気がする。もう現実を見てはいられなくなってしまったのだろう。早くしないと本当に本土空襲が始まってしまう」

そこで伊藤が、急に声を落とした。

「井上次官の情報では、すでにソ連への和平仲介依頼や重慶の国民政府との和平交渉も極秘裡に動き出してはいるが、進展の見込み立っていないようだ――今の所は比島における海軍最後の艦隊戦で時間を稼ぐしかない……」

その頃、米第三艦隊は伊藤の危惧していたとおり、比島攻略の前哨戦として周辺の日本の軍事拠点の弱体化を図るべく行動を開始していた。

ハルゼーは、戦艦「ニュージャージー」にその将旗を翻していたが、麾下の第三十八任務部隊もまたマリアナ沖の時と同様の戦力を保持していた。その第一群は正規空母三隻、軽空母二隻に重巡五隻、そして軽巡二隻と駆逐艦二十一隻の陣容であり、その一群だけで日本の空母艦隊に匹敵する強力なものであった。第二群は四隻の空母に二隻の戦艦が加わってハルゼーの旗艦部隊となり、さらに第三十八任務部隊司令官のミッチャー直卒の第三群と第四群が同様の規模で構成されていた。その総兵力は、空母十八、戦艦九、巡洋艦十六、駆逐艦六十四で総艦艇数は百隻を超える強大な機動部隊であった。

このハルゼーの第三艦隊は、八月末には日本近海の硫黄島、小笠原諸島を空爆、九月に入るとパラオ諸島や比島のミンダナオ島が標的となった。ミンダナオ島では、一航艦の司令部のあるダバオが、敵上陸地点の第一候補と目されており、連日の空襲を受けていた。

しかし、一航艦では戦力の整備拡充に重点が置かれていたため、反撃を控えてその温存に努めていた。

そのような状況下の九月十日早朝、ダバオの南に位置する見張所から「上陸用舟艇多数見ゆ」との急電報告があり、さらにダバオ海岸の見張所からも「敵水陸両用戦車ダバオ第二基地に向かう」との緊急電も発信された。一航艦司令部は、空襲は受けていても艦砲射撃もなく上陸作戦が行われるとは考えていなかったが、現地からの報告はその後も続き、午後になって遂に「敵ダバオに上陸を開始せり」と連合艦隊を始め関係部署に発信した。

この報告を受け連合艦隊は、直ちに「捷一号作戦警戒」を発令した。

だが、このダバオからの情報は、全くの誤報であった。

敵上陸地点の有力候補地と目され、それに加えての連日の空襲は、最前線を実感させるには十分過ぎるものであった。何時しか芽生えた恐怖心は、兵たちの平常の神経を狂わせていたのである。

「敵だ！」と思えば、波頭も上陸用舟艇の舳先に見え、遠くに霞む漁船さえも水陸両用戦車に姿を変えることになる。しかもその情報を鵜呑みにして海岸に目をやれば、何時もの岩場も上陸用舟艇の集団にしか見えないのである。夕刻にこの報告は「上陸の事実なし」と取り消されたが、影響は思わぬところに生じていた。

敵上陸の報を受けて一航艦は、航空戦による反撃を企図し、ダバオ基地の航空機も含めてセブ島に集結させていた。だが、誤報と分かり分散させるまでの間に、敵艦載機の強襲を受け、約百機を喪失してしまった。

これらの比島侵攻作戦の前哨戦で、ハルゼーは日本軍の反撃力の弱さを敏感に感じ取っていたし、日本軍が比島防衛の主眼をルソン島に置いており、レイテの防御が脆弱であるとの情報も掴んでいた。このためハルゼーはニミッツに対し、ヤップ及びパラオの侵攻作戦の取り止めを進言した。同じ頃、マッカーサーからもミンダナオ島を迂回する案が提案されたことから、九月十五日米統合参謀本部は、これらの島々の侵攻作戦を中止し、直接レイテ攻略を行うこととし、二ヶ月早い十月二十日を実施日に設定した。

そして新たな方針が決定されたその日、マッカーサー軍がモロタイ島へ、米海軍主体の中部太平洋軍が、パラオ諸島のペリリュー島に上陸を開始した。

モロタイ、ペリリューの上陸作戦を支援した第三艦隊は、その後小笠原やヤップそしてマニラや沖縄を空襲し、二百機以上を撃破した。この時点で「捷一号作戦」の主体となる比島の一航艦は、約二百機の航空機を失い、実動機数は僅かに五、六十機に減少し、協調する比島陸軍航空隊も大打撃を受けていた。


九月下旬、伊藤は黒木を連れて、懇意にしていた新橋の料理屋を訪れていた。このご時勢では、派手なことはできないが、何かある時には重宝していた。

この日の客は、兵学校で同期の西村である。階級も同じ中将であり、伊藤にとっては数少ない親友と呼べる友であった。

会って開口一番、伊藤は「今回の人事は、至らなかった」と頭を下げた。

西村は「お前のせいではあるまい。大方連合艦隊あたりからの横車《よこぐるま》だろう。気にするな」と穏やかな笑を浮かべた。

西村は、九月十日付けで第二戦隊司令官となり、捷一号作戦参加のためリンガ泊地に向かうことになっていた。

「お前のこれまでの経歴を見れば、艦隊指令官が順当なところだ。それを急遽編成した第二戦隊に回すとは、俺はまだ不承知だ」

伊藤がこれほど自我を現すことは珍しく、同席していた黒木は、よほど仲が良いのだろうと感じていた。

「伊藤、もう言うな。今日は飲もう。ところで連合艦隊司令部が陸《おか》に上がるのは本当か」

「ああ、近々軽巡『大淀』から横浜市にある慶應義塾大学日吉構内の地下壕に移転する。これだけ戦線が拡大すれば、とても艦艇の司令部では役に立つまい。時代の趨勢だな」

「そんなものなのか。まさに明治は遠くなりにけりか」

だが、酒が入っても場が盛り上がることもなく、第二戦隊の話しから脇道に逸れることはなかった。

「伊藤、俺はな、第二戦隊が第一遊撃隊に組み入れられたのは、別の意味があると思う。『山城』や『扶桑』の足では、『大和』や『武蔵』に付いてゆくのは難しい。恐らく主力とは別の約割が振られる気がする」

「黒木くん、西村の言う別の役割をどう見る」

唐突な振りだったが、今回の作戦は事前の綿密な検討によって組み上げられている。西村の言う第一遊撃隊における第二戦隊の有り様も、幾種類も検討されていた。黒木は、その中で最も現実的な一例を口にした。

「今回の第二戦隊の新設は、大口径の主砲による攻撃力確保にあると思いますが、指令の言われるように、速力の違いは艦隊編成としては矛盾しております。従って、一つには速力、航続距離を考慮した別動隊の編成が考えられます」

西村がうなずきながら言った。

「そうだな。足が遅く距離の稼げない艦隊は、最短の経路をとるしかない」

「はい、給油地をブルネイとすれば、そこから直接上陸地点を目指すことになります」

「早くから敵の制空圏内に飛び込むことになるが、その時の本隊の想定経路は？」

「まず、パラワン水道を北上し、ミンドロ島の南端から内海に入り、シブヤン海からサンベルナルジノ海峡を経由してミンダナオ島方面に南下するものと思われます。敵の制空圏の端々を回ることになります」

「だが、ハルゼーの大機動部隊が健在なら、どこを通ろうが比島全体が敵の制空圏内になってしまう」

　伊藤が西村に酒を注ぎながら言った。

「そこを小沢さんに、やってもらわなければならないのだ」

　西村が顔を歪めた。

「目眩《めくら》ましか。小沢機動部隊を囮に使うとは豪勢な話だが、飛行機が無いのか？」

「無い！」伊藤が苦しげに吐き出した。

「そうか……。小沢さんも辛い役回りだが、それなら私の役割も読めなくは無いな」

「西村、それは考え過ぎだろう。第一遊撃隊は東回りで、第二戦隊と第二遊撃隊は西回りで、上陸地点に同時に突入するだけだ」

　そう言った伊藤を西村はじっと見つめていたが、小さく首を振ると黒木に顔を向けた。

「君の上司は、言いづらそうなので、君に聞こう。君はこの作戦の立案にも関わって来たはずだ。駒は海上だけでも敵機動部隊と囮の機動部隊本隊、敵の護衛艦隊に第一遊撃隊と第二遊撃隊、そして私の第二戦隊だ。軍令部に席を置く君ならば第二戦隊をどう使おうとするのか、意見を聞かせてくれないか」

西村の質問に、黒木は伊藤に目を向けたが、伊藤は黙って腕組みをしたままだった。

黒木はその様子を黙認の合図と理解して口を開いた。

「この作戦の最も難しいのは、先ほど次長の言われた二方向からの同時突入であります。敵の潜水艦や艦載機の攻撃を躱《かわ》し、場合によっては敵護衛艦隊との交戦も有りうるとすれば、それが味方のどの駒に、何時どのような規模で起こるのかによって、状況は激変してしまいます。したがって、レイテへの同時突入は不可能と考えねばなりません……」

「君の答えはそんなものなのか。状況が読めないので分かりませんでは、次長の副官は務まるまい」

その時、伊藤が「しょうがないな」と言いながら、徳利を手にした。

「黒木くん、君の存念を話したまえ。彼はそれを誰かに言ってもらいたいのだ。本当はよく分かっているんだよ」

それから西村の顔の前に、徳利を上げて小さく振った。

「同時突入が難しいとなれば、戦力の小さな艦隊は、陽動作戦の駒として考える以外に手はありません」

ここで西村がニッと笑うと伊藤の酌を受けた。

「やはり、小沢さんと同じ囮か……。よし、了解した。栗田艦隊の囮だな」

大きくうなずいて猪口の酒を一気に飲み干した西村だったが、ふと胸を過《よぎ》る感情にとらわれると声を落とした。

「これも何かの縁だな。……今度の戦場は、よりによって息子の死んだ比島だ」

そして、遠くに想いを寄せるかのように、静かに目を閉じた。

昭和十六年開戦当初、西村は第四戦隊司令官として比島のルソン島上陸作戦を支援し、一人息子も同じルソンで海軍大尉として従軍していたが、爆弾の暴発事故により戦死していた。

享年二十四歳、海軍兵学校を主席で卒業した自慢の息子だった。

時が過ぎて宴もこれまでと立ち上がった時、酔った西村は黒木の額に自分の人差し指を押し付けた。

「おい副官！　お前の言う通り、俺は何時でも囮の役を果たしてやる。何の心配もいらんぞ。この役目は俺にしかできんからな」

そう言って指を丸めると額を小さく弾いた。

それから西村は伊藤の肩を抱いた。

「伊藤！　貴様に会えて腹が決まった。俺の戦ぶりを見ておれ。……俺は、この作戦で息子のところへ行くことにする」

伊藤は、喉まで出かかった言葉を辛うじて飲み込んだ。

夭折《ようせつ》した息子への想いを胸に、苛烈な戦場に向かおうとする指揮官の心情に比べると、「死ぬな」の一言は、あまりにも薄っぺらで侮蔑的《ぶべってき》ですらあるように思えたのだ。

九月に入ると、ハルゼーはフィリッピン攻略のため、フィリッピンや沖縄、小笠原諸島などの航空基地の空襲を繰り返していた。

「レイテ侵攻が二ヶ月も前倒しになり、いよいよフィリッピン攻略戦が本格化しますが、問題は敵の基地航空兵力への対応であります。これまでの前哨戦でそれなりの成果を上げてはおりますが、敵は、九州から沖縄、台湾を経てフィリッピンへの戦力供給を行っております。ここはもう一度同地区における基地航空部隊を叩く必要があります」

作戦参謀の説明を遮るように、ハルゼーが立ち上がると大声で命じた。

「敵の基地航空部隊を叩き潰せ。特に台湾の戦力は目障りだ。何時でもフィリッピンの戦力に変わりうる。台湾を集中して叩け。その際に敵水上部隊が食いついてくれれば、これも合わせて地獄へ送ってやろう。さあ、もう一度あの下等な猿どもの尻を、蹴り上げるぞ」

ハルゼーの激に、ミッチャーはまた始まったかと辟易《へきえき》していた。この調子では、空母艦隊の指揮も自分でやると言いかねない。スプルーアンスは、堅実で面白味は無いが、部下の使い方はきっちりと弁《わきま》えていた。このブルにはそんな芸当ができるはずもない。

ミッチャーは、この上司の我侭《わがまま》を遠に諦めており、暫くは黙《だんま》りを決め込むことにした。

第三艦隊は、レイテ上陸作戦の陽動と日本の基地航空戦力の弱体化を図るため、十月十日の沖縄空襲を手始めに十一日比島各地、そして十二日からは台湾方面と空襲を激化させ、彼我の航空機による大航空戦が展開されていた。

「明後日発表予定となっている十月十五日までの、台湾沖航空戦の戦果のまとめであります」

伊藤は副官の黒木が置いた応接机の上の書類に目を遣った。

「これまでの発表どおりか？」

「はい、昨日と本日の追加分がありますので、さらに大きくなっています」

伊藤の目に、撃沈四十五隻の文字が写った。

「敵空母は十九隻が撃沈され、米太平洋艦隊の約六十パーセント、実に五十万トンの艦艇が喪失したことになります。連日の大戦果で街はお祭り騒ぎになっております」

「ああ、陛下の勅語も下された」

そこで伊藤が、胸に溜まった懸念を口にした。

「黒木くん、我々は以前にも同じような経験をした記憶があるよな。ブーゲンビル島やギルバート島沖航空戦だ。まさか今回もその二の舞ではあるまいな」

一瞬、黒木の目に不安げな影が過《よ》ぎった。

「何か情報を掴んだか……」

黒木が居住まいを正した。

「第三課の情報では、連日の大本営の戦果発表で、米国の株価が暴落しているそうです。それに対する対応ではないかも知れませんが、ハルゼーがニミッツに宛てた電報が話題になっているとのことです」

「それは、何と？」

「東京のラジオが全滅したと言う第三艦隊の船舶は全て引き揚げられ、現在敵に向かって撤退中……とのことであります」

伊藤が首を傾げて聞いた。

「全滅した艦艇を全て引き揚げたと言うことは、何も沈んではいない、東京のラジオは嘘を言っているということか」

「その通りであります」

「敵に向かって退却中とは？」

「皮肉混じりの電文なので確証はありませんが、第三艦隊は恐らく比島かどこかの上陸地点に向かっているとの意味があるのではと言っています」

黒木は、伊藤の目の憂いが濃くなって来るのを感じていた。

「もし、その情報が本当であれば、これは大変なことになるぞ」

すでに国民にも発表され、陛下にも報告の上がったものを、どうすれば良いのか伊藤にも見当が付かなかった。

二人が黙り込むのを見計らったかのように、中沢が飛び込んで来た。

「次長、先ほど比島東方海域に、壊滅したはずの四群の敵機動部隊が確認されたとのことです」

――やはり、敵機動部隊は健在なのか……。

伊藤は黒木の情報を聞いていたので意外と冷静に受け止めたが、それにしてもなぜと疑問は広がって行った。

「敵機動部隊が見つかったと言うことは、これまでの大本営の発表は、全て誤りなのか？」

「全てではありませんが、精々水増ししても空母四隻損傷と言うところでしょうか」

「これまで第二航空艦隊には、新たに荒天用に編成したT部隊、更には当面空母の作戦投入は起こらないとして機動部隊本隊の艦載機までも転用したのに、それでもその成果なのか」

中沢が、苦しげに唇を噛み締めた。

「マリアナ沖海戦から、まだ三ヶ月しか経っておりません。僅かな訓練期間で搭乗員の技量が上がることはありません。ましてや燃料の枯渇は、逼迫《ひっぱく》の度を増しております。マリアナの頃よりも状況はさらに悪化しております。そして、戦闘機を含めた敵艦隊の防空能力は、ますます堅固なものになっております。……ここでもマリアナの七面鳥撃ちが行われたと考えるべきであります。報告された大戦果もすべては搭乗員の未熟さが招いた誤報であります」中沢が苦しげに言葉を繋ぐ。

「十月初めの段階では、九州、台湾、比島に約一千数百機の戦力を保有しておりましたが、この台湾沖航空戦を含めた我が方の損害は、おおよそ八百機に上ると考えられております。このため、捷一号作戦に使用できる台湾、比島の航空戦力は僅か三百機足らずしかありません。捷一号作戦における航空戦略は、すでに崩壊したと言わざるを得ません」

「と言うことは、もし敵の上陸作戦が始まると、第一遊撃部隊には航空機の支援無しの突撃を命ずることになるのか」

「何とか小沢さんの機動艦隊が、敵の機動部隊の注意を引き付けることぐらいしかありません」

伊藤が深く息を吸った。この状況では何をか言わんやであるが、連合艦隊最後の決戦場は比島以外には有り得ないのだ。

――栗田さんが、本気でマッカーサーの首を狙う腹を決められるかだな。

中沢の説明が、どこか遠いところで聞こえていた。

……敵機動部隊撃滅の報を受け、残敵掃討のため内地から台湾沖に向かっていた第二遊撃隊にも中止命令が出ております……

特攻

その頃、比島の一航艦では、ダバオ誤上陸事件で前任者が更迭され、新たな司令長官に大西中将が命ぜられた。大西は戦局打開には特攻もやむ無しとの考えを持っており、米内大臣にも「特攻は、比島をこの戦争の最後の戦場とするためのものである」と語り黙認と言う承諾を得ていた。その大西が令総長に面会を求めたのである。八月に軍令部総長となった及川は、大西の来訪が単なる挨拶ではないと感じて、伊藤と中沢を同席させた。

「比島の第二十六航空戦隊有馬少将のことは、御存知と思いますが――」

伊藤が答えた。

「私と中沢で、捷一号作戦の打ち合せをマニラで行った時に会ったばかりだ」

中沢と有馬は同期であり、腹を割って話ができた。中沢が顔を歪めながら口を開いた。

「有馬は、もはや通常攻撃では敵艦隊を撃滅することは不可能である。ただ撃ち落とされるだけの攻撃なら体当たり攻撃を考えるべき、同じ死に方でもまだ救われると言っていました」

大西が声を落として続けた。

「有馬は、先日それを自ら実行しました。彼の口癖は……若い者だけを死なせてはいけない。特攻を行うなら年寄りと上級指揮官が先頭に立つべき……でした」

総長室が重い沈黙に包まれる。

十月十五日、有馬は台湾沖航空戦に際し、幹部に対して特攻の実践を提唱したが、応える者がいないと見るや、自らが率先して一式陸攻に搭乗し敵機動部隊に突入して行った。

「……若者に無駄な死を命じ続けることはもう耐えられない。有馬の最後の言葉が今でも耳に残っています」中沢が思いを馳せるかのように、目を閉じた。

それを聞いて、大西は及川に向き直ると決然として言った。

「すでに事態は、ここまで来ていると考えます。海軍でも人間魚雷「回天《かいてん》」や小型特攻艇「震洋《しんよう》」、滑空特攻機「桜花《おうか》」などの検討がなされており、特攻の必然性は醸成されつつあります。私はこれらの兵器を決して良しとは思っておりませんが、敵の侵攻を比島で食い止めるつもりなら、航空機による特攻の実施は不可欠と考えます。やっと単独で飛べるような搭乗員に、攻撃を命ずるのは単に死ねと言うことと同じです。マリアナの惨劇が繰り返されるだけです。それならば、無駄死にではない方法を考えてやるのも我々の責務であります」

及川が口を閉じたままなので、中沢が聞いた。

「現状では、敵機動部隊に対して攻撃隊の七割から八割が失われていますが、もしこれを特攻とした場合に、どれほどの効果があるとお考えですか」

「中沢、私は確率の話をしているのではない。敵と戦う手段の話をしているのだ。台湾沖においても連日数百機の攻撃隊を出撃させながら敵の損傷は僅かでしかない。これが通常攻撃における我が軍の実力だ。もう敵とはまともに戦えないのだ」

「だから兵に、君は死ねと命ずるのか！」

伊藤は、無性に腹が立っていた。有馬の死もそうだが、兵に死ねと命ずる行為を海軍の中枢が議論していること自体が、許せなかった。

「大西くん、それは作戦ではない。それは人として許されることなのか」

自分でも声が震えていると認識していた。

「次長、残念ながら戦争とは何人の敵を殺すかで勝敗が決まります。一機の特攻機が敵の艦船に命中すれば何百人、何千人もの死傷者がでます。……それが戦争の仕組みです。外道の道ですが、もはや代わるべき手は無いと心得ます」

大西は、山本連合艦隊司令長官から真珠湾奇襲の構想立案の依頼を受け、詳細計画を源田に検討させその原案を作成した航空戦の専門家である。自らが構想した真珠湾奇襲作戦が、米国を本気にさせることになると、山本を止めた一人でもあった。

その大西が説く特攻に、伊藤は理詰めで切り返すことはできなかったが、軍令部としての機関決定だけは避けなければと考えていた。

後は決定権を持つ及川が、一言「ならぬ」と言ってくれれば済むことである。

伊藤は、及川の口元を注視した。

「大西くん、特攻は作戦ではない以上、命令することはできない。しかしそれが現場における自発的な意思の現れであれば、それを止めることはできない」

伊藤が思わず声を出した。

「総長！」

及川は、ゆっくりと伊藤を手で制しながら続けた。

「良いか、これは命令ではないぞ」

大西が背筋を伸ばしたが、伊藤はがっくりと肩を落した。

総長室の前の廊下で、先に出た大西が待っていた。

「次長、大変無理なお願いをいたしました。比島でこの戦争を終わらせるための究極の作戦とお考えください」

――決して軍令部から何も指示されませんように。

最期の一言に力を込めると、大西は敬礼をしてその場を去った。

伊藤は、大西の態度から恐らく死を覚悟した上での談判だったのだろうと思った。

「誰もやりたくないことを、やらなければならない運命の人もいるんですね」

中沢が、感極まったように言った。

伊藤は、廊下の天井にゆっくりと目を遣った。廊下からは光が失われ、まるで真っ暗なトンネルの中のように思えた。

「出口の無い修羅の道か……」

伊藤の呟きに、中沢がしゃがみ込むと両手で顔を覆った。


次長室に戻ると、中沢が憑き物が落ちたような、スッキリした顔つきで訴えた。

「次長、ここに居ても、もはや私には考えられる作戦はありません。どうか前線に送って下さい」

「中沢くん、私とて同じ気持ちだよ。しかし、やはり残された唯一の手段は、あれ以外には無いのかも知れない」

――本当ならそんな凄惨な戦いを行う前に、戦をやめねばならないのだが……。

しかし、そんな伊藤の気持ちを逆なでするかのように、すでに米軍はレイテ島に迫りつつあった。

十月十七日、米軍はレイテ湾の沖合百キロに浮かぶ小島スルワン島に上陸し、空母艦隊の艦載機が比島各地の航空基地を空爆している間に、上陸部隊がレイテ湾に侵入を始めていた。

スルワン島の見張り所から敵上陸の連絡を受けたものの、生憎の悪天候により現地軍も航空基地も、上陸部隊を確認できなかった。敵の比島侵攻経路は、あくまでもミンダナオ島のダバオからと考えられており、また、台湾沖航空戦で米艦隊は壊滅的敗北を被ったと発表され、この時期の侵攻は有り得ないと見られていた。そして何よりもダバオの誤報事件が、現地の判断を躊躇させていた。

だが、一方で比島周辺には、敵の機動部隊や別動の艦隊も確認されており、豊田司令長官は「捷一号作戦警戒」を発令した。

そして、翌十八日、天候の回復したレイテ湾は、敵の艦隊に埋め尽くされ、艦載機の空襲と艦砲射撃に見舞われた。台湾沖航空戦で敵機動部隊を殲滅したと思っていた大本営は、米軍がこの敗北を隠すために強引な攻略作戦を企画しているものと判断していた。

一方、連合艦隊は「捷一号作戦発動」を下命、第一遊撃隊に二十二日のレイテ突入を指示した。

作戦発動の報を受け、第一遊撃隊は十八日リンガ泊地を出発、ブルネイにて給油後、レイテに出撃することになった。

十月二十日昼過ぎに、第一遊撃隊はブルネイに到着した。

「油槽船の到着がまだ不確定であり、給油計画が混乱しています。当初設定の二十二日のレイテ突入はもう有り得ませんが、もし、今日にでも給油が始まったとしても、最短でも二十四日か二十五日になってしまいます」

作戦参謀が、頭を抱えながら言った。

「問題は、敵の上陸が何時始まるかだ。敵上陸部隊を叩くのなら上陸開始直後を狙わなければならない。だが、油の関係で突入が最短で二十五日とすれば、上陸開始はせめて二十二日頃でなければ意味が無くなるぞ」

宇垣の懸念は、連合艦隊も同じだった。やはり敵の上陸開始を二十二日と読み、二十四日に陸上基地航空部隊の総攻撃を行い、二十五日に艦隊がレイテ湾に突入すると言う作戦を立て午前中に打電した。

だが、もはやこの時期の海軍の状況判断は、怒涛《どとう》の進撃を続ける米軍の侵攻速度とは掛け離れたものになっていたのである。

十月二十日午前十時、マッカーサーは、二十万の大攻略部隊を率いて、レイテ島に上陸を開始した。レイテの日本軍はわずか一個師団二万足らずであり、後方抵抗線構築の作戦導入もあって、水際での抵抗をほとんど受けることなく、午後には約十万の兵力を上陸させた。

そして、マッカーサーはレイテ島タクロバンに上陸すると、二年半前「私は必ず戻る」と比島脱出の際に宣言したとおり、「私は戻ってきた」と誇らしげに放送して、面子を保ったのである。

「また、後手を踏んだか」

「大和」艦橋で、宇垣は米軍の上陸開始を知った。

「二十五日払暁《ふつぎょう》の突入としても、上陸からは五日後になる。兵員や物資の陸揚げがどうなっているか、作戦としては微妙なことになるな」

顔を曇らせていた宇垣が、新たな入電に気色を取り戻した。

「小沢さんが出撃した。果してハルゼーの鼻を明かせるかな」

「機動部隊本隊は、今回は完全な囮役でしたね」

艦長の森下が、気の毒そうな口振りで言った。

「ああ、本来なら小沢さんが栗田よりは先任なので、彼が全艦隊の指揮をとるべきなのだが、今回の作戦の主体は第一遊撃隊にありと、指揮官を譲られた。マリアナでの敗戦が尾を引いているのかも知れんな。ただ、小沢さんの犠牲的精神に甘えてばかりではいかん。その意味からも、この艦隊は、是が非でもレイテへ行かねばならん」

「しかし、機動部隊本隊も当初の計画に比べると随分縮小されましたね」

「恐らく載せる飛行機が無いのだろう。台湾沖にも抜かれたからな」

「そうですね、『隼鷹』や『龍鳳』が外れたのはそのせいでしょうし、『天城』や『雲龍』は竣工したばかりですから、この日程では無理でしょうね」

「結局、空母は四隻だけか」

小沢の機動部隊は、正規空母は僅か「瑞鶴」一隻のみ、あとは小型改装空母の「瑞鳳」「千歳」「千代田」であり、これにやっと百機程度の航空機をかき集めて搭載していた。この空母群を航空戦艦の「伊勢」「日向」と軽巡三隻、そして駆逐艦八隻が護衛していた。

宇垣が、遠くを見る目付きになった。脳裏に浮ぶのは、すでに昔日のものとなった機動部隊の勇姿だった。

「まさか空母が囮役になり、敵陣に戦艦が切り込む戦をすることになるとはな……」

「しかも敵機動部隊は、未だ強大な戦力のままです。それを考えると正に最終決戦の駒組ですな」

「ああ、全滅も辞さずの水上特攻作戦だよ」

宇垣が思わず口にした特攻の言葉は、単に状況を形容するだけのもので、深い意味を持たせた訳では無かったが、時を同じくして比島では航空特攻作戦の計画が進行していた。

二十一日朝、宇垣は一航艦大西司令の発した電文を読み、激情に身体を震わせた。

「艦長、もはや、我々に恐るる敵はいない……」

回わされた電文に、森下は絶句した。

「第二〇一航空戦隊は、志願せる搭乗員二十四名を以て体当たり攻撃隊を編成せり。本攻撃隊を『神風特別攻撃隊』と称す。捷一号作戦の必勝を期す」

大西は、特攻隊員を前に「祖国は未曾有の危機に瀕している。この危機を救えるのは大臣でも大将でもない。それが出来るのは君ら若者の純真さだけである。私は一億の国民に代わって君らにお願いする。祖国を、日本を救ってくれ」と訓示した。

死することで成り立つ作戦を発動する指揮官の胸中は、察するに余りある。大西は溢れる涙を拭こうともせず、一人一人の手を取って握手を交わしながら胸の内で叫んだ。

――お前たちだけを死なすんじゃない。必ず俺もゆくからな。

自ら外道と吐き捨てた大西捨て身の作戦が、いま始まろうとしていた。

蹉跌《さてつ》

同日、第一遊撃隊では、旗艦「愛宕」にて最終打ち合せが行われた。

「給油の関係で出撃が遅れているため、第一遊撃隊全艦でのレイテ突入を変更する」

小柳参謀長の発言を大谷作戦参謀が説明する。

「第一遊撃隊の編成を変更する。第一部隊を第一、第四、第五戦隊と第二水雷戦隊とし……」

発表された編成替えはこうである。

第一部隊は、戦艦が「大和」「武蔵」「長門」の三隻、重巡は「愛宕」「高雄」「摩耶」「鳥海」「妙高」「羽黒」の六隻、軽巡「能代」に九隻の駆逐艦が従う。

第二部隊は、戦艦「金剛」「榛名」に重巡「熊野」「鈴谷」「利根」「筑摩」の四隻と軽巡「矢矧」に駆逐艦六隻となり、新た編成された第三部隊は、戦艦「山城」「扶桑」に重巡「最上」と駆逐艦四隻の構成である。

小柳が続ける。

「第一、第二部隊は、明朝〇八：〇〇に出撃、パラワン水道からサンベルナルジノ海峡を抜け、二十五日黎明レイテ湾タクロバン方面に突入、第三部隊は、その速力や航続距離を勘案し、明日十五：三〇に出撃、最短経路のスリガオ海峡を通過して同時突入を図るものとする。なお、第二遊撃隊も第三部隊と協調して作戦を実施する予定である」

作戦の詳細説明にもほとんど質問は無かったが、航空支援が期待できないことを知らされると、さすがにため息が漏れた。一航艦の企図する航空特攻とこの艦隊の突入作戦は、ほぼ同じ線上にある。ただ、その違いは、死ねと言われるのか言われないのかの僅かな差でしかなかった。すでに日本の戦況は、陸海軍が対峙する全ての局面において、生か死かの選択を迫られる、極限の水準にまで到達してしまっていたのである。

昭和十九年十月二十二日、〇八：〇〇、給油を終えた第一遊撃隊第一、第二部隊は、レイテに向けて一斉に碇を揚げた。

「第二水雷戦隊先行します」

「旗艦『愛宕』以下第四、第五戦隊の重巡出港します」

「第一戦隊、行くぞ！」

宇垣の声で、息を潜めていた艦内が一斉に動きを始める。

「『大和』、出港します」

森下が宇垣に顔を向けると、宇垣は唇を引き締め無言のままでうなずいた。

「出港用意！」

森下の声が艦橋に鳴り響くと、短く出港ラッパが鳴った。

「錨揚げ！」「両舷前進微速」立て続けに指示が飛び、復唱する声が交錯する。

少しの間を置いて機関音が高まり、船尾の水面が盛り上がると、ゆっくりと大和の巨体が滑り出した。

「第一戦隊、『武蔵』『長門』続きます」

第一遊撃隊第一部隊は、対潜警戒陣形として、旗艦の重巡「愛宕」を先頭に「高雄」「鳥海」が続き、その後ろに戦艦「長門」を配した左列と重巡「妙高」「羽黒」「摩耶」に戦艦「大和」「武蔵」が続く右列の二列編成とし、その真ん中と両側を駆逐艦が取り囲んでいた。

第二部隊も重巡と戦艦を組み合わせた同様の隊形を組むと、約六キロ後方から続いた。

天気は薄曇りで凪はあるものの、海原の白いきらめきと、点在する島々の密林の緑が、戦場であることを忘れさせるほどの絶景を作り出していた。

比島南端のパラワン水道に向けて北上する艦隊は、確かに開戦当初の連合艦隊主力の勇姿には及ばないとしても、超弩級戦艦二隻を含む五隻の戦艦、そして世界最高水準と謳われる重巡洋艦十隻を擁する三十二隻の大艦隊であり、波を蹴立てて疾駆する勇姿は、この作戦の持つ悲劇的な意味合いもあって、船上の兵士達の魂を滾《たぎ》らせていた。

「このパラワン水道を無事に抜けられるか、まずは敵潜水艦との手合わせだな」

宇垣の呟きに森下が、口を挟んだ。

「せめて燃料が潤沢なら高速で突っ切る手がありますが、一応昼間でも十八から二十ノット、夜間は十六から十八ノットと枠がはめられていますので、水上航行で付きまとわれると振り切ることができません。この海域の海中には、もう何隻もが息を殺して潜んでいるでしょう」

艦隊は対潜行動として、随時之字《のじ》運動（ジグザグ航行）を行っていたが、日中には数回潜望鏡発見の旗旒信号が揚がり、夜になると信号弾が打ち上げられ、その度に方向転換や緊急一斉回頭を行わなければならなかった。

だが、その日は何事もなく過ぎたが、日付が翌二十三日に変わった頃、パラワン水道に配置されていた二隻の敵潜水艦が第一遊撃隊を発見した。

二隻は、東西二方向からの攻撃を示し合わせて追尾を始め、緊急電を発信した。

「敵艦隊スリガオ水道入口付近にて発見、少なくとも戦艦を含む大型艦艇十隻以上の大艦隊」

この緊急電で、第三艦隊のハルゼーは、第一遊撃部隊の出撃を知った。すでに、二十日には、日本本土から空母艦隊が南下していることも聞いている。ハルゼーは、舌なめずりをしながら、艦隊参謀に言った。

「敵の連合艦隊を一挙に壊滅させるチャンスだ。この戦いでフィリッピンの海が彼らの墓場になるだろう。もう一度各隊の配置を確認しておこう」

「はい、機動部隊はフィリッピンの東岸に沿って配置する予定であります。まず、ルソン島の東海上には、ミッチャー司令官とシャーマン少将率いる第三十八任務部の第三群、そして、敵戦艦部隊が通過すると思われるサンベルナルジノ海峡付近には、このボーガン少将の第二群、さらにレイテ沖にはデヴィソン少将の第四群を配置いたします。なお、マケイン中将の第一群は補給のためウルシーに向かっておりますが、配備予定の三群だけでも正規空母六隻、軽空母六隻の合計十二隻となります。また、この三群には、六隻の新鋭戦艦と九隻の巡洋艦、そして四十数隻の駆逐艦が配備されており、これらの戦艦群だけでも、敵艦隊と互角に戦える戦力であります」

「マッカーサーの上陸部隊に預けているキンケイドの第七艦隊の配置は？」

「第七艦隊のオルデンドルフ少将率いる第七十七任務部隊の第二群が戦艦、巡洋艦部隊であます。その陣容は戦艦六隻、重巡五隻、軽巡四隻、駆逐艦二十九隻となっております」

「真珠湾で散々叩かれた旧式戦艦か」

「はい、六隻の内二隻は大破して着底した代物であります」

「なーに、穴さえ塞いでいれば、戦艦に変りはあるまい。中々の戦力じゃないか。それだけか？」

「戦艦部隊は、レイテ湾内を遊弋《ゆうよく》していますが、湾外には護衛空母群が三群あります。西からの日本艦隊を避けるため移動したものですが、引き続き上陸部隊の支援や制空権の確保を行っております」

「あのブリキの空母か？」

　ハルゼーが、あからさまに軽蔑《けいべつ》したような口調で言った。確かに護衛空母と言えば聞こえは良いが、そのほとんどが貨物船や油槽船の改造であり、小型、低速で鋼板も薄いことからブリキの空母とかベビー空母と嘲《あざけ》られていた。しかし、三十機程度の艦載機を搭載できることから、輸送船の護衛や上陸作戦支援には、大きな効果をあげていた。

「レイテ湾口の南と東そして北東に、護衛空母六隻と駆逐艦三隻、さらに小型の対潜、対空用護衛駆逐艦六隻が一セットとなった集団が三セットあり、これらが七十七任務部隊第四群第一集団から第三集団であります。タフィ一からタフィ三のコードネームで呼ばれております。この十八隻の護衛空母が搭載する艦載機は、四百機程度であり、戦力としても十分に活用できるかと考えられます」

　参謀が説明を続けたが護衛空母の話になった時点で、明らかにハルゼーは興味を失っており、最期は「もういい」と言って横を向いた。

同じ頃軍令部次長室では、黒木の持ち込んだ比島周辺の日米艦隊の戦力分析を見て、伊藤が思わず「ああ……」とため息を洩らした。

「軍令部第一課及び第三課の米軍情報も加味して集計して見ました」

「もはや、戦力の差は被い難いほどになっているのだな。こうなると、やはりマリアナが最後の好機だったのか」

唇を噛んだ伊藤だったが、気持ちの上では、抵抗なくその現実を受け入れていた。

「機動部隊の比較では、空母の隻数で十七対四となり、艦載機は一千機対百機であります。戦艦部隊の主力を比べても、戦艦が十二隻対九隻、巡洋艦は二十五対十九、駆逐艦に至っては百対三十と言ったところです。さらに周辺の護衛空母や陸上基地の航空機を加えると……」

伊藤が、小さく片手を上げて黒木の説明を遮《さえぎ》った。最後の決戦として、連合艦隊が全力を傾けた陣容がこの有様なのである。

「黒木くん、もういいよ」

伊藤の声は、小さくそして沈んでいた。

ハルゼーの「もういい」は、有り余る戦力に興味を失ったものだったが、伊藤の「もういいよ」は、絶望以外の何物でも無かった。

――私の望んだマッカーサーの首を、遮二無二《しゃにむに》狙いに行く覚悟を決めなければ、恐らく連合艦隊はこの戦いで壊滅する。

伊藤は、背筋を這い上がってくる悪寒と懸命に戦っていた。

「総員配置に付け！」

二十三日早朝、各艦内に号令が鳴り響き、第一遊撃隊は、航海中の日課である早朝訓練を開始した。

戦艦や重巡の砲塔が旋回し機銃群の銃身も軽やかに動きを始める。駆逐艦の魚雷発射管や爆雷投射機までもが起動して、艦隊の全ての艦、そして全ての部署が一斉にその機能を始動させていた。

「大和」の艦橋に上がった宇垣は、まだ明けやらぬ暗い海に目を遣りながら、森下に話しかけた。

「昨夜は、何事も起こらなかったが、この水道は要注意だな」

「はい、何せ未調査のところも多くありますので、緊急事態時の艦隊運動には、大きな危険が伴います。これが約三百浬（五百五十キロ）も続くのですから、細心の注意が必要になります」

訓練が始まって十五分後の〇五：三〇、旗艦「愛宕」からの「対潜警戒訓練！」の指示により、艦隊各艦が之字運動を開始した。だがその数分後、「愛宕」は右舷艦首付近から轟音と共に巨大な火焔と水柱を噴き上げた。

「『愛宕』に魚雷命中！」

艦橋の誰もが双眼鏡に「愛宕」の姿を捉えた瞬間、二発目、三発目が立て続けに命中し、船体は水柱に覆われた。「大和」は約七キロ離れていたが、爆発の衝撃が低く「ズン」「ズン」と足元から伝わった。

宇垣は旗艦損傷を瞬時に察知し、全艦に対して「青々」（緊急右四十五度一斉回頭）を命じた。しかし、森下の言う通り、狭い水道内での極端な方向転換は、座礁の危険性も伴う。

宇垣が再度針路修正を行おうとした時、左列二番艦の「高雄」にも二本の水柱が上がった。一方、四発の魚雷を受けた「愛宕」は、急激に傾斜が拡大し、艦隊司令部は駆逐艦に移乗する羽目になる。

その後艦隊は、針路を修正し、乙字運動を繰り返していたが、「愛宕、沈みます」の報に、「大和」艦橋は沈鬱な空気に包まれた。

宇垣が悔しそうに唇を噛み締めたが、感傷に浸る間もなく、矢継ぎ早の急報に目を剥《む》いた。

「左舷前方雷跡多数！」

「距離三千！」

森下が間髪を入れず「取舵一杯、急げ！」と指示を出す。

第一部隊右列の「大和」の前方には、重巡「妙高」「羽黒」「摩耶」が先行しており、この魚雷は発射角度からして、明らかにこの三隻を狙ったものだった。「大和」の前を行く「麻耶」は、僅か千五百メートル、目と鼻の先である。

すでに「大和」の舳先は回頭を始めていたが、森下が「麻耶」の動きを見て「舵が遅い」と呟いた。そしてその不安は的中した。

次の瞬間「麻耶」は、艦首、中央部、船尾部に四発の魚雷の直撃を受けた。艦全体を包み込むような命中時の水煙が消えると激しい炎と黒煙に覆われた。そして僅か数分後には、断末魔の叫び声のような汽笛を響かせながら、三百三十六名の兵士と共にその巨体を海中へ没した。

「愛宕」が魚雷を受け「麻耶」が沈没するまで、僅か約三十分の間に日本海軍の誇る重巡洋艦二隻が沈没し、一隻が大破して駆逐艦二隻に付き添われて戦列を離れた。

狭い水道内での魚雷攻撃に、艦隊の陣形は乱れ混乱したものの、夜明けとともに従来の隊形に組み終えた。

「よりによって、三隻とも重巡か」

森下の呟きが、宇垣の耳に届いた。

「ああ、潜望鏡で覗けば重巡は、立派な戦艦に見えるのだろう。危惧していたことが大きくなってしまった。序盤から五隻減では、先が思いやられるな」

南国の陽光を受けて、海の青さと島の緑が一際《ひときわ》鮮やかに見えたが、第一遊撃隊にそれを感じる余裕はなかった。

「艦隊司令部より連絡、旗艦を『大和』に変更するとのことであります」

先任参謀の報告に、森下が宇垣の横で声をひそめた。

「以前の作戦会議で、指令の旗艦変更の意見を無視して置きながら、今になって厚かましい話だ」

「艦長、まあそう言うな。栗田もまさか自分の艦が真っ先に沈められるとは、思ってもいなかったただろうからな」

「しかし、この艦橋に艦隊司令部と戦隊司令部が同居るとすれば、どう考えても居心地が良いとは言えませんね。お互いがやりにくいことになりそうです」

宇垣は、腕を組むと考える素振りを見せたが、直ぐに顔を上げた。

「やってみなければわからん。艦隊司令部のお手並みを拝見することにしよう。私は補佐役に徹するよ」

森下が懸念したとおり、栗田と宇垣の関係は微妙である。

年齢は栗田が二歳年上なので、兵学校の卒業も二年先輩である。しかし、宇垣が海軍大学甲種であるのに対して、栗田は乙種である。海軍の人物評価の基準は、兵学校の卒業年次と席次が基本となるが、出世するためには海軍大学の甲種であることも必須条件であった。このため、栗田が少佐になったのが大正十一年で、宇垣は大正十三年と二年の開きがあったのだが、大佐そして少将に昇任したのは同時であり、宇垣が栗田に追い付いたことになる。昭和十三年宇垣が少将に進級した時の役職は軍令部第一課長であり、一方の栗田は第一水雷戦隊司令官である。これを分りやすく例えれば、中央省庁の課長と地方の出先の課長ほどの差になると言えるかも知れない。だが昭和十七年に中将になったのは、栗田の方が半年ほど早かったのだが、この時も宇垣が連合艦隊参謀長であり、栗田は第七戦隊司令官で相変わらず宇垣の役務が優っていた。

「栗田長官が、先任となったのは二年前ですね」

「ああ、ミッドウェーの前だったかな。……あの頃は、私も連合艦隊へ行ったばかりで、参謀長はお飾りみたいなものだったからな。山本長官も良くは思われていなかったのだろう」

山本の評価と聞いて森下も驚いたのだろう、声を改めた。

「ここで話すようなことではありませんでした。大変失礼しました。……しかし、やはりやりにくい状況に変りはありません」

宇垣は小さくうなずいたものの返答はしなかった。

その後も潜望鏡や雷跡の誤報が相次ぎ、艦隊司令部の「大和」移乗は、結局その日の夕刻となった。

「栗田司令長官、到着されました」

艦橋の全員が、姿勢を正して出迎える。

栗田が参謀長の小柳や作戦参謀の大谷らを従えて、右舷前方の座席に付いた。この席は司令官用であり、これまでは宇垣が座っていたところである。左舷の座席は通常は艦長用であるが、今はその席に宇垣が座っている。

栗田に席を譲った宇垣は、さり気なく彼らの身なりに目を遣った。艦橋に入ってきた時から気になっていたのだが、彼らの軍服は士官用ではなく兵員用の防暑服だった。旗艦「愛宕」が撃沈されて移乗したのが駆逐艦であれば、士官服が間に合わなかったのも分かるが、その様はまさしく敗残兵の如き趣《おもむ》きであった。

世界最大の戦艦から「連合艦隊」最後の決戦艦隊を指揮する者が、兵員服で良いはずがない。艦隊司令部の無神経さに腹が立ったが、宇垣は傍の戦隊参謀に着替えを用意するように命じた。


二十四日早朝、第一遊撃隊はミンドロ島の南端を回り、タブラス島に挟まれた海峡に達していた。だが、前夜には米潜水艦に視認されており、その情報は逐一ハルゼーに報告されていた。

「これで敵艦隊が、フィリッピンの内海に入り、シブヤン海を経てサンベルナルジノ海峡からレイテを目指すことがはっきりとした。二、三、四群を所定の位置に、第一群もすぐに呼び戻せ。明日を日本帝国海軍の終焉の日にするのだ」

ダブラス海峡を通過中の第一遊撃隊は、対潜陣形で航行していたが、シブヤン海に入ると対空陣形の輪形陣を組むことになっていた。

第一部隊は、戦艦「大和」を中心に据え、その二キロ外側を戦艦と重巡の六隻で囲み、その一・五キロ大外を七隻の駆逐艦が取り囲むことになる。第二部隊も十キロ後方で戦艦「金剛」を中心に十三隻で同様の輪形陣を組む手筈である。

この陣形で中央の艦を狙うとすれば、二重の輪形の対空砲火をくぐり抜けなければならない。このため対空戦闘における輪形陣は、内側に行くほどその防御効果が高くなることになる。第一部隊の配置で言えば「大和」の前には重巡「能代」、前方左右に重巡「妙高」と「鳥海」、そして後方左右を「武蔵」と「長門」が固め、後は重巡「羽黒」が守ることになる。これが第一輪形だが、さらにその外側を第二輪形の駆逐艦で固めるのだ。

宇垣は、この配置に違和感を感じていた。第一部隊の「大和」「武蔵」は、どこから見てもずば抜けて巨大であり、攻撃目標の中心にならざるを得ない。そうならば、この配置は「武蔵」にとって甚だ不利な状況に置かれることになるのだ。確かに「大和」「武蔵」「長門」で第一戦隊を構成しているのであれば、同じ部隊で行動することが求められる。だが、「武蔵」を後方十キロの第二部隊の「金剛」の位置に据えたとすれば、そこにも目立つ目標が出来ることになり、敵の攻撃も第一、第二の二方面に分散されることになり、対空戦術としてはそれなりの効果が得られることになる。

宇垣は、戦隊の先任参謀にこの陣形変更の意見具申を、艦隊参謀長に伝えるよう命じた。

本当なら自分が栗田に言えば済むことなのだが、栗田が「ああそうか」と耳を貸すとは思えなかった。無用な軋轢を避けるためには、参謀に任せた方が良いと判断してのことであったが、やはり回答は「否」であった。

先任参謀が、「マリアナの時は、『大和』と『武蔵』で別々の陣形を組んだのに」と不服をあらわにしたが、宇垣が小さく頭を振るのを見て口をつぐんだ。

この日の天候は晴れ。艦隊司令部からの気象図を見ても今日一日天候の崩れる兆候はない。南国の空と海はどこまでも青く、島々は木々の深い緑に溢れていた。

「まずいな」

宇垣のつぶやきに、森下が頷いた。

今日も早朝から索敵機を飛ばしているが、これまでの情報からもルソン島東海上に複数の敵機動部隊が存在していることは間違いない。さらにこの天候であれば、艦載機にとっては、絶好の攻撃日和と言える。

「今日は航空機が、うるさそうですね」

「ああ、全ては君の操艦にかかっているが、別に私は心配していないよ」

宇垣は、当然のように答えたが、やはり心配は「武蔵」だった。

「大和」艦長の森下は、海軍屈指の操艦の名手と言われており、「大和」艦長経験も九ヶ月を超え、マリアナ沖での実戦やリンガ泊地での猛訓練で、さらにその腕を磨いていた。一方の「武蔵」艦長の猪口は、乗船して僅か三ヶ月であり、この巨大戦艦の操船を熟知したとは言い難い。

それが宇垣にとって、「武蔵」の輪形陣の配置場所と共に不安材料の一つであった。

艦艇における艦長は、操艦はもとより艦の運用に関する全ての権限を有しており、第一戦隊司令官の宇垣と言えども、艦長の命令無しには僅か一度の舵を切ることすらできない。

ましてや、対空戦闘における操艦に口出しなどできるはずもなく、現実には艦長を信頼するしかなかった。

通常艦長は、第一艦橋で指揮を執るのだが、対空戦闘となれば第一艦橋の上部に設置された防空指揮所が定位置となる。この防空指揮所は、艦橋のほぼ最上階で水線から三十七メートルの高所であるが、航空機との戦闘となれば、上空からの爆撃、急降下による攻撃、海面近くからの雷撃とあらゆる状況を、目視しながら対応しなければならず、全周が見えるように吹きっさらしの露天になっている。指揮所中央には操艦のための羅針儀、全周を網羅するための八基の二十センチ望遠鏡が据えられており、艦長の他に高射長や見張り長さらには見張り員や伝令員などの兵員を加えると二十名近くが配置に付く。

宇垣は、白い波を蹴立てて進む艦隊に目をやりながら、この時間から敵艦載機が発着しづらくなる夕刻までに、果して何隻が浮いていられるのかと危機感を募らせていた。

その結果の全ては、小沢機動部隊と基地航空隊の動向にかかっていた。


この頃、小沢機動部隊は予定どおりに南下を続け、索敵を開始していた。また、二航艦も二十三日の索敵には失敗したが、航空総攻撃と定められた二十四日早朝、ルソン島東部洋上に遊弋するミッチャーの第三群を発見していた。

一方、二十五日黎明にレイテ湾突入を図る第一遊撃隊第三部隊の西村艦隊は、パラワン島の西端からスールー海に入り前進を続けており、台湾沖航空戦での掃討戦に合わせて出撃した志摩中将率いる第二遊撃隊は、二十四日未明比島コロン湾を離れ、西村艦隊の後を追った。

この日、彼我の全ての戦闘部隊が、比島を東西から挟みこむように、それぞれの作戦に法《のっと》って行動を起していたが、誰もが感ずる肌を刺すような緊張感は、すでに戦機の熟したことを示していた。

シブヤン海

最初に攻撃の狼煙を上げたのは、この作戦のため台湾から比島に進出していた福留の指揮する二航艦の基地航空隊であった。

〇六：三〇、発見した敵の機動部隊第三群に対して第一次攻撃集団として零戦百五機、爆装零戦六機、紫電二十一機に九九艦爆三十八機、合計百七十機を発進させ、さらに単機奇襲攻撃用の彗星十二機を順次離陸させた。

次に動いたのは、ハルゼーの機動部隊だった。

〇八：一〇、索敵機から第一遊撃隊第一、第二部隊を発見したとの報告が入る。

「敵艦隊発見、ミンドロ島を過ぎシブヤン海入口を東進中。その数戦艦四、重巡八、駆逐艦十三、繰り返す敵艦隊発見……」

この時期すでに米海軍は、対空無線を実用化しており、叫び声にも似たその報告は、リアルタイムでハルゼーの耳に届いていた。ハルゼーは満足げにうなずくと、無線のマイクを手に取り、自からが指揮する二、三、四群の機動部隊に対する司令を、大声で怒鳴った。

「準備出来次第攻撃せよ！　敵艦を一隻たりとも生かして帰すな。ただ、攻撃あるのみ！　行け、行け！」

○九：一〇、ハルゼー座乗の戦艦「ミシシッピー」に同行する第三十八任務部隊のボーガン第二群から、第一次攻撃隊として戦闘機二十一機、爆撃機十二機、雷撃機十二機の四十五機が発進した。だが、ルソン島に一番近いところにいた第三群は、攻撃どころか迎撃戦に追われていた。二航艦の第一次攻撃集団が近づいていたのである。

そして戦機は、スールー海を進む第一遊撃隊第三部隊の西村艦隊にも、確実に訪れていた。スールー海の制空権、制海権共に米軍の手の内にあれば、当然の成り行きであった。

○八：五五、旗艦「山城」の艦橋に甲高い声が響き渡った。

「右舷前方、敵機発見！」

すかさず「総員配置！対空戦闘用意！」の号令がかかった。

この西村艦隊に牙を剥いたのは、第三十八任務部隊の第四群だった。

日本軍の主力は、シブヤン海の艦隊ではあったが、レイテに一番近づいて哨戒網に掛かった艦隊を見過ごす訳には行かなかった。

最初の戦闘は、二航艦の攻撃隊にシャーマン第三群の迎撃戦闘機、おおよそ二百機が襲いかかって始まった。それはこれまでの幾多の戦闘と何ら変わることはなかった。レーダーによる早期探知と迎撃戦闘機や近接信管装備の対空砲火により、攻撃隊は数発の至近弾を浴びせるのがやっとだった。

空母「レキシントン」で戦況を見守っていたミッチャーも、何時もどおりの戦況の推移に満足そうに頬を緩めると、参謀に声を掛けた。

「ハルゼー司令長官に報告。敵基地攻撃隊約二百機を撃退、我が方の損傷極めて軽微なり」

だが、その参謀は艦橋から動くことができなかった。

○九：一八、「レキシントン」に併走していた軽空母「プリンストン」に、時間差奇襲攻撃の彗星が急降下をかけ、飛行甲板に二百五十キロ爆弾を叩きつけた。

装甲弾は格納庫を突き抜け、船体内部で爆発した。「プリンストン」に立ち上る炎と黒煙を見てミッチャーは、唇を噛み締めた。

――何と言うことだ。この一発の爆弾は、私からあのブルの我儘に対抗する全ての術《すべ》を奪い取ってしまった。

○九：四〇、スールー海の西村艦隊は、第四群から二十機の攻撃を受けたが、戦艦「扶桑」と駆逐艦が各々一発の命中弾を受けたのみで、進撃に影響はなかった。

西村艦隊に対して再度攻撃隊を準備していた第四群のデヴィソンに、ハルゼーの怒鳴り声が降ってきた。

「スールー海の雑魚は、放っておけ！　敵はシブヤン海だ！」

そして、レイテにいる第七艦隊のキンケイドを呼び出して言った。

「我々はシブヤン海が忙しいので、スールー海は君に任せる。敵は旧式の戦艦二隻と重巡一隻だ。君の戦力でも十分お釣りが来るはずだから、泣き言は聞かんぞ」

ハルゼーの指示をため息混じりで聞いたキンケイドは、戦艦部隊のオルデンドルフを呼び出した。

「ブルが、吠えまくっているぞ。スールー海はこちらでやれとさ。自分は美味しいところを頂くそうだ」

今度は、オルデンドルフのため息が、受信機から溢《こぼ》れた。

一〇：〇五、「大和」の大型電探が敵を探知する。

「敵編隊、方位八十、距離八十五キロ、近づいて来る」

森下の「対空戦闘用意！」の下命と、艦隊司令部の「艦隊速力二十四ノット」の指示がほとんど同時だった。すでに八時過ぎの敵索敵機発見で「総員配置」はかかっていたが、檣楼《しょうろう》にひるがえる敵機発見と艦隊速力を知らせる旗旒信号、さらには艦内放送とラッパのけたたましさが、戦いの時を告げていた。

「司令、上にあがります」

森下が気負うことなく言い、宇垣が「おう、頼むぞ」と答えた。

何気ないやり取りだが、戦闘指揮の全てを無条件で艦長に託す信頼の現れがその短さに現れていた。

防空指揮所に上がった森下は、鉄カブトのあご紐を固く結んだが、防弾チョッキは邪魔だと取り合わず、火を付けたくわえタバコのままで羅針儀の前に立った。

海峡通過中の艦隊が対空陣形でないことが気になったが、相手さんのあることだからと腹を括った。

水線上から三十七メートルの高所から見る景色は、「大和」の巨大さを実感できる異次元の世界である。周りを取り囲む戦艦や重巡でも小型の水上艦艇にしか見えず、大外の駆逐艦に至っては水雷艇かと見紛《みまご》うほどである。当然のことながら敵の攻撃機の目標はこの「大和」と「武蔵」になる。

航空機による攻撃は、爆撃機による水平爆撃もあるが、空母艦載機であれば急降下爆撃と雷撃が主流である。

急降下爆撃は、目標の艦艇上空から五、六十度の角度で急降下すると、高度五百から九百メートルで爆弾を投下する。それから機体を引き起こして離脱するのだが、その命中率の高さが評価され、特に甲板に構造物の無い航空母艦などの攻撃に効果を発揮する。一方雷撃は、目標の約一〜二キロ手前で海面高度五十〜百メートルから航空魚雷を投下する。この魚雷は、小型の駆逐艦なら一発で轟沈させることもでき、その破壊力は爆弾をはるかに上回っていた。

通常の艦艇がこのような攻撃を受ければ、避けるのは困難と思えるのだが、実は攻撃する航空機も、応戦する艦艇も高速で動いていることが、不可能を可能とする力学を生み出すのである。

操艦する艦長は、見張り員の「急降下！」や「右九十度雷跡！」などの報告に対し、「面舵」や「取舵」さらには速度の微調整をかけて、爆弾や魚雷を回避する。その回避を正確に行うためには、攻撃機が急降下に入る直前、あるいは魚雷を投下した直後の状況把握が最重要となる。このため攻撃機の動きを逐一観察する見張り員は、防空指揮所を初め艦上各所に百名近くが配置されていた。

操艦は「艦尾より急降下接近！」の報を受けても、直ぐに舵を切る訳ではない。直進すると見せかけておいて、攻撃機が方向を決めて急降下に移る瞬間、「取舵一杯、急げ！」と命じて左に急旋回をかける。一方の攻撃機は急降下を始めるとその速度は四百キロを超え、瞬時に方向を変えることは不可能になる。急降下する間にも目標の艦艇は左へ左へと急速に方向を変えて行き、数十秒後に投下された爆弾は、虚しく海水を叩くことになる。

　雷撃の場合もほぼ同様であるが、攻撃側は距離や魚雷の速度だけでなく、高速で移動する目標の到達予想位置までも想定しなければならない。加えて防御側の艦艇からの激しい対空砲火も回避しながらのことであり、攻撃の最適地点に到達することも、また至難の技なのである。

　一〇：二五、ボーガン第二群の第一次攻撃隊は、航空機の掩護の無い第一遊撃隊の上空で悠々と高度を確保すると、巨大な戦艦のいる第一部隊に殺到してきた。

「射ち方始め！」の号令を受けて、「大和」「武蔵」「長門」の戦艦と「妙高」「鳥海」「羽黒」「能代」の重巡そして七隻の駆逐艦群の全ての高角砲と対空機銃、おおよそ二百の砲口が一斉に火を噴いた。静かだったシブヤン海が瞬時に轟音と硝煙に包まれ、第一遊撃隊の上空には、対空砲火の弾幕よる灰色の空が出現した。

　そして「大和」に敵爆撃機が迫る。

「船尾上空、急降下二機接近！」

　見張り員の報告に、森下はくわえ煙草の煙りを吐きながら、機影を確実に視野に入れると「まだよ。まだまだ」と呟いたが、爆撃機が機首を下げた瞬間、「面舵一杯、急げ！」と命じる。「おもかーじ、いっぱーい！」と復唱する声がつながり、操舵室の舵輪が回る。「大和」の巨体は、舵が効き始めるまでに時間がかかるが、回り始めると以外に俊敏である。すでに爆撃機の急降下の方向とは誤差が生じ始めていたが、降下中の方向修正が叶うはずもなく、最下点に達するとやむなく胴体下の爆弾を放り投げた。

放物線を描いた爆弾は、微妙に方向をずらされたために船体を飛び越すと、右舷の海中で爆発して巨大な水柱を上げた。

森下は、何もなかったかのように「もどーせー」と、盛大に煙草の煙りを吹き上げる。

だが、敵の攻撃は息をつく暇さえも与えない。

「左九十度、雷撃機、魚雷投下」「距離一万五千」

「取舵一杯、急げ！　黒一〇」

今度の命令には、舵の方向だけでなく速度の変化が加わった。黒はプロペラの回転数を上げる指示であり、一〇がおおよそ一ノットの増速となる。したがって黒一〇は、プロペラの回転数を一〇回転上げることによって、現在の速度二十四ノットを二十五ノットに微調整することを意味している。

この指示は、逐次機関室に伝えられ、微妙な速度の増減により艦の自在な運動を生み出し、それが敵の攻撃を柔軟に回避する操艦方法の一つとなるのである。

左に回頭した「大和」の船尾を、魚雷の航跡が掠めて行った。

横にいた砲術参謀が「フー」と大きく息を吐いたのを見て、森下が「まだまだ」と笑を浮かべた。

攻撃は際限なく続く。

急降下と雷撃に時間差があれば、回避のための操艦もどちらか一点に絞ることができるが、意図せずに同時攻撃となることがある。

「右六十度、雷跡！」「直上、急降下！」

こうなると、それぞれの方向や到達時間などの異なる要件を瞬時に把握し、回避に最適の方向と速度を選択しなければならない。

――挟み撃ちじゃ避けきれない。

周りの兵たちに動揺が走る。

こんな時兵たちは、決まって森下に答えを求めるかのように、視線を向ける。

森下は、相変わらず煙草を咥えたまま羅針儀に片手をかけ、一方の手で腹を撫でていたが、「ぽーん」と腹を叩くと「おもかーじ、六十度」と煙と一緒に声を上げた。不安げな目をしていた兵たちは、森下の腹ぽんと操艦命令が出た時点で平静を取り戻す。「大和」を自分の手足のように自在に操る操艦技量と、戦闘中であっても日常と変わらぬ泰然自若とした立ち振る舞いが、兵達の絶大な信望を不動のものとしていたのである。

それは、艦橋で見守る宇垣や栗田も同様であった。もとより宇垣はその技量や人品を愛して止まなかったが、初めて戦闘中の「大和」の操艦を見た栗田も「ウムー」と唸るしかなかった。

攻撃は約二十五分で終わったが、集中攻撃を受けた第一部隊は、無傷では済まなかった。

対潜陣形右列で「大和」の前方を固めていた重巡「妙高」は、「大和」を狙う攻撃機の矢面に立たされ、魚雷一発を受けて戦列から脱落した。

「大和」の真後ろで右列の最後尾に位置していた「武蔵」には、右舷側から敵攻撃機が殺到した。まず、急降下により爆弾一発が一番砲塔に命中したが、分厚い装甲はびくともしなかった。続いて雷撃により三本の魚雷が白い雷跡を引いて接近して来たが、その内二本は回避したものの一本を右舷中央部に受けてしまった。ここは分厚い甲鉄に覆われた防御区画であったが、爆発の威力は凄まじく約二千トンの浸水を生じた。だが、直ちに左舷側の注水区画に海水を入れ傾斜を復旧すると、速力を落とすことなく戦列に戻った。

最初の空襲が終わり、狭い海峡からシブヤン海に入った第一遊撃隊第一部隊は、隊形を「人和」を中心に置いた対空陣形の輪形陣に組み直した。

戦闘配置のまま昼食の握り飯が配られ、第一艦橋でも誰もが黙って口に運んだ。

「今日は、航空総攻撃の日なんですが、我が軍の飛行機は何処に行ったんですかね。比島のど真ん中を航行しているのに、星印の飛行機しか見えませんね」

第一戦隊の参謀の言葉に、艦隊司令部の面々が険しい顔を向けた。

「そうだな。これだけ比島や戦力の状況が変わっているのに、捷一号作戦は当初計画からほとんど手が入れられていない。あるだけの艦艇をかき集めて上陸地点に突っ込ませる、ただそれだけの作戦でしかない」

宇垣は、司令部の視線を無視しながら続けた。

「この海の左側には、目と鼻の先にルソン島がある。ルソン島の主要な海軍航空隊の基地は十箇所を超える。各陸上基地の戦闘機が、せめて十機でも二十機でも交代で上空直掩をやってくれれば、もっと楽に戦えるのだがな。それくらいの配慮がなければ、成功はおぼつかない。敵機はルソン島を越えて来るんだぞ」

宇垣は、艦隊司令部に言う言葉では無いことを承知していたが、丸裸の艦隊を思うと口に出さざるを得なかった。

「宇垣くん、それくらいでいいだろう」

艦橋の空気を察してか栗田が口を挟んだ。

「しかし長官、これから掩護要請しても遅くはありませんよ」

宇垣の返答に、栗田が眉を吊り上げたその時「右舷前方五十キロ、編隊感度有り」と電探室からの報告が入る。防空指揮所の森下からの「対空戦闘用意」を聞きながら、宇垣は慌ててにぎりめしの残りを頬張った。


同じ頃、早朝より索敵を続けてきた機動部隊本隊の旗艦「瑞鶴」に、米機動部隊発見の報が飛び込んで来た。

「敵艦隊見ゆ、空母四、戦艦二、その他艦艇多数」

それはミッチャー直卒のシャーマン第三群であり、その位置は、レイテ島のマニラから北東に僅か百数十キロの洋上であった。

小沢は、直ちに攻撃を命じた。

「稼働全機を以て先制攻撃を行う」そしてこう続けた。

「母艦はこれから敵の攻撃を甘んじて受けことになる。それが今回の作戦だ。だから飛行隊は攻撃が終われば、どこでもいいから比島の航空基地へ降りて戦い続けろ。間違っても母艦に帰ってきてはならん。それを徹底してくれ」

そして連合艦隊と関係部隊に対し、敵機動部隊への攻撃開始の報告を指示した。

参謀が、一瞬眉をひそめたが、小沢に「敵に位置を教えるのも囮の使命の一つだろう」と諭されると、寂しげな表情をして頷いた。

しかし、小沢も兵たちの気持ちは良く分かっていた。

発着艦も心許ない搭乗員もいる寄せ集めの飛行隊、さらには艦隊そのものも戦果を期待されぬ囮と言う建て付けであれば、その悲哀は当然なのかも知れない。だが、誰に何と言われようと、兵たちがこの戦いに命をかけ、そしてこの艦隊こそが帝国海軍最後の機動部隊であることは間違いないのだ。

――ならば、その誇りはある。

小沢は、通信室へ行こうとしていた参謀を呼び止めると、声を張って命じた。

「Z旗を揚げよ。……我々は皇国の命運をかけて戦う」

「瑞鶴」のマストに、鮮やかな四色のZ旗がひるがえった。

人は古来より、その集まりの目的や意義を表すために旗を用いてきた。その最たるものは国旗であるが、軍隊ならば軍旗、会社には社旗があり、学校には校旗がある。その旗には、そこに集う者たちの目的と誇りが凝縮されている。Z旗は、単にアルファベットのZを現す旗であるが、日本海軍においては、明治以来の国の存亡をかけた海戦の折々に掲げられたものであり、その旗の持つ意味はこの海よりも深い。

瞬時に士気が上がるのが分かる。

旗を見つめる兵たちの目には光が宿り、整列した搭乗員の背筋も真っ直ぐに伸びていた。

――ハルゼーよ、帝国海軍機動部隊、見参！

小沢は心の中で吠えた。

一一：五八、「瑞鶴」以下四隻の空母から五十七機の攻撃隊が発進した。

それは、同じZ旗を掲げて望んだ真珠湾攻撃の三百五十四機、マリアナ沖海戦の二百四十一機に比ぶべくもない悲しい現実だった。

一二：〇六に始まった第一遊撃隊に対する第二次攻撃も、ボーガン第二群の三十三機だった。ミッチャーのシャーマン第三群は、比島基地航空隊の対応に追われていたし、デヴィソンの第四群は、西村艦隊に攻撃隊を向かわせていた。

「どいつもこいつも役に立たぬ連中ばかりだ。ボーガン急げ、急げ」

肩を並べた旗艦「ミシシッピー」からハルゼーに尻を叩かれ続けて、あたふたと飛び出した攻撃隊だった。

敵の編隊が「距離二万一千」と報告があった時点で、「大和」の甲板にブザー音が響き渡り三連装三基九門の主砲が、ゆっくりと旋回した。

「主砲三式弾、射ち方始め！」

砲術長が声が裏返えるほどに叫んだ。すでに主砲射撃盤には、全ての情報が入っている。次の瞬間、艦橋が揺れ、耳を聾《ろう》する轟音と共に凄まじい砲煙が吹き上がり、第一艦橋もその粉塵にまみれた。

宇垣は軽く肘掛を握る手に力を入れたが、「大和」主砲の斉射を初めて体験した栗田は大きく身体を揺らし、司令部の面々も衝撃に足を取られてよろめいた。続いて艦の後方からも轟音が聞こえた。

「武蔵です」の声に重なるように、またブザー音が響く。

「第二斉射、始め」の号令が掛かると、「大和」はまるで何かの生き物のように、その巨体を振るわせながら、再び炎と煙を吐き出した。

はるか彼方の敵編隊の前面に、三式弾の巨大な弾幕の輪が広がった。それは「大和」「武蔵」の四十六センチ砲が咲かせた、直径約五百メートルにもなる大輪の花である。

両艦の主砲十八門の二斉射を受けては、さすがの堅牢な米機もたまらず、数機が黒煙を上げたが、すぐに編隊を解くと第一遊撃隊に襲いかかった。

敵の狙いはやはり「大和」と「武蔵」である。距離が縮まると「長門」や重巡の主砲、「大和」「武蔵」の副砲が一斉に射撃を始める。そして高角砲が火を噴き、さらに接近すれば対空機銃が唸り声を上げた。

「大和」は、敵の執拗な爆撃と雷撃を受けるも、命中弾を与えることなく回避していたが、二発の至近弾を受けていた。至近弾は直撃弾と違い、直接船体に当たりはしないが、海中で爆発した爆弾の威力も凄まじいものがある。爆発による多数の弾片は装甲の薄い水線下に破口を生じさせ、また爆発の水圧で外板に破損やめくれを生じることもある。このため、小型の艦艇では至近弾で沈没に到ることも珍しくない。

一方「大和」の右舷後方に位置していた「武蔵」は、宇垣が危惧していたとおり格好の目標にされていた。その大きさと配置位置ゆえのことである。「大和」は、輪形陣の中央にあって守られていたが、「武蔵」は左舷こそ「大和」や第一輪形の戦艦「長門」、重巡「羽黒」が楯にはなるものの、その右舷を守るのは対空兵装の脆弱《ぜいじゃく》な第二輪形の駆逐艦だけである。しかもその数は、輪形陣全体でも七隻、右側に限れば僅か三隻でしかない。それは「武蔵」の右舷側が無防備であることを示していた。

対空戦闘中にも、「武蔵」の状況を知らせる声が聞こえる。宇垣が「随時、『武蔵』を見張れ。何かあれば報告せよ」と命じていたのである。

「『武蔵』に艦首、艦尾より急降下！」

「艦首付近に直撃弾命中、右舷に至近弾！」

たまらず宇垣は、第一艦橋を飛び出し後方の「武蔵」に双眼鏡を向けた。

「武蔵」の艦首に近い左舷外板が大きくめくれ上がり、波に逆らっていた。不規則に盛り上がった白波が、前甲板を洗っている。「まずいな」思わず口にした時、「武蔵」が右舷からの雷撃を避けるため取舵を切った。艦が左に左にと大回りしてそれをかわしたが、続けて右舷から六機編隊で突っ込んできた雷撃機に、左舷の横腹を晒すことになってしまった。

「司令、外は危険です」先任参謀が腕を引いた。

「直上！　急降下！」直後に敵の機銃掃射の弾があちこちで弾けた。

「右舷百二十度、雷跡！」

「武蔵」のことは気になったが、「大和」も戦闘の真っ只中である。

第一艦橋の定位置に腰を下ろすと、伝声管から森下の何時もどおりの声が聞こえた。

「取舵一杯！　黒二〇」

宇垣はつい口元を緩めたが、「武蔵」の状況は好転しなかった。

「武蔵に魚雷命中」「二発目、三発目も命中」

「これでの分を合わせると直撃弾二発、魚雷は右舷に一発、左舷に三発か。……まずいな」

宇垣が再び弱気な言葉を洩らした時、遠くで「射ち方やめー」の声が聞こえた。

敵機の影が消えると、これまでの喧騒が嘘のように収まる。

「ふっ」と皆が肩の力を抜いた束の間の静寂の中、「武蔵」からの損傷報告が届いた。

「『武蔵』より報告、被雷により左傾斜五度、注水により復旧するも艦首二メートル沈下、なお第二機関室損傷により左内軸使用不可、現在三軸にて航行、全力運転するも速力二十二ノット」

宇垣は、後方の先任参謀を呼んだ。

「『武蔵』をどうするか艦隊司令部と協議しろ。このままでは艦隊行動の足かせになりかねん」

だが、その協議の結論を得る間もなく、一二：五四には電探が新たな編隊を察知する。

「何時までこの攻撃が続くのだ」

「基地航空艦隊や機動部隊は何をしているのだ」

際限なく続く攻撃に業を煮やした艦隊司令部からの声を受け、栗田も関係部隊及び機動部隊本隊に対する発信を許可した。

「敵艦上機の雷爆撃が継続。貴隊の接触情報、攻撃状況を至急知らせ」

しかし、二十分後には、新たな敵が姿を現した。ミッチャー直卒のシャーマン第三群である。

午前中の比島第二航空艦隊の空襲を排除し、万を持して送り出した八十三機である。

この攻撃隊は、第三十八任務部隊の精鋭である。その統率された攻撃は、一波二波に別れて行われた。第一部隊での狙いは、やはり「大和」「武蔵」である。入れ替わり立ち代り攻撃の手を緩めない敵機に、然しもの「大和」も右舷前部に直撃弾を浴びる。火柱が上がり、轟音と爆風が艦橋を襲った。

森下が「腕の良い飛行隊だな」と感心しながらも「二度は食わんぞ」と言い切った。

直撃をわずかに躱《かわ》して林立する至近弾の水柱をくぐり、艦首、艦尾を掠《かす》めた幾多の雷跡を見送る。直撃弾の火災も直ぐに消し止められた。

この三次空襲で左右転舵すること数十回、その間の速度調整を加えると夥《おびただ》しい指示が飛んだことになる。この転舵や速力変更は全て記録として残さねばならず、艦長の側にはそのための記録員が控えていたが、結局その全てを筆記することはできなかった。

その記録員は、途中で一行だけ書き加えると以後手を動かそうとはしなかった。

「回避運動適宜《てきぎ》」

……この戦闘における回避運動は、艦長により全て適切に行われた……。


だが「武蔵」は、そう上手くは行かなかった。

元々防御の手薄い位置にあり、艦隊速度は「武蔵」に合わせて二十二ノットに落としていた。「武蔵」を襲った今回の攻撃隊は、第一波が十数機、第二波は二十機を超えた。精強な飛行隊は、統率の利いた編隊のまま急降下爆撃と雷撃の同時攻撃をしかけてきた。

第一波の六機の急降下爆撃は、何とか躱したものの三発が至近弾となり、右舷を狙った六機の雷撃は、その一本が一番砲塔の前辺りに命中した。息つく暇も与えず第二波の急降下四機が、艦首の右舷側から突っ込むと三発が左舷の前甲板に命中、さらに一発は右舷艦橋横の甲板を直撃した。これらは露天の甲板を突き破り、船体内部で爆発した。

さらに右舷側面には四機の雷撃機が接近、猛烈な対空機銃の上げる水柱をものともせず魚雷を投下する。一本は回避したものの主砲と副砲付近に二本、そして第一次空襲で被雷した煙突後方部にも命中した。雷撃は執拗で、一番砲塔付近の左舷にも命中を見る。

この艦前部に集中した雷撃と爆撃により、すでに沈下していた艦首部は急速に浸水が進み、傾斜復旧のための注水により全ての防水区画が満水となる。

これまでの三次にわたる空襲で受けた被害は、魚雷九本、直撃弾七発、至近弾十六発を数えた。艦首の沈下は四メートルに達し、全速二十ノットを割り込むと、ずるずると艦隊から落伍して行った。

「武蔵、行き足止まった。隊列より脱落！」

宇垣は思わずきつく目を閉じた。

この「大和」の姉妹艦が傷ついて喘いでいるのだ。見ずともその様子は分かる。連合艦隊旗艦として宇垣は山本と共にその艦で過ごし、山本戦死の折には、その遺骨を共に運んだ。

――「武蔵」よ、離れるな。「大和」について来い！

この叱咤が届くとは思えなかったが、密集隊形から離れた損傷艦の末路を考えると、ただそう祈るしかなかった。


第三群の攻撃隊が、第一遊撃隊と熾烈な戦闘を繰り広げていた同時刻、ルソン島東方海上にあった米母艦群も慌ただしい動きに包まれていた。

旗艦である空母「レキシントン」のミッチャーに、空母「エセックス」のシャーマンからの切羽詰った声が届いた。

「レーダーが敵と思われる編隊を捉えました」

「また、フィリッピン陸上基地の攻撃か」

「いいえ、今度の編隊は、西からではなく北東からです」

「と言うことは、……敵の機動部隊か」

「まず、間違いありません」

ミッチャーは敵機動部隊が現われたことよりも、その位置が不明であることの方を憂慮した。ブルに報告すれば「敵空母はどこだ」「今まで何をしていた」と怒鳴られるのは、目に見えている。当然第三群も索敵はしていたが、今日の戦いの主体はシブヤン海の艦隊と厳命を受けているので、索敵に回す機数も少ない。

何を言っても怒鳴られるのなら腹を括るしかない。

「敵の攻撃隊には、何時もどおりの対応をしろ。それより敵機動部隊を探せ」

第三群は、午前中の基地航空隊の攻撃で軽空母一隻が大破炎上したが、残る正規空母二隻と軽空母一隻の戦力は強大である。午後から第一遊撃隊への攻撃隊を送り出しても、迎撃戦闘機は充分な数が確保されていた。

小沢機動部隊を発進した攻撃隊は、「瑞鶴」の二十四機と「瑞鳳」を主体とした三十三機の二隊に別れて進撃したが、瑞鳳隊は第三群を見つけられず、瑞鶴隊のみの攻撃となった。

結果は、強大な迎撃戦闘機と強力な対空砲火で撃退され、わずか数発の至近弾を浴びせて終わった。

しかし、この攻撃はシブヤン海に向けられていた米機動部隊の視点を、多方向に分散させる効果を生み、小沢機動部隊の囮としての真価が問われる局面となった。

第一遊撃隊の上空から機影が消えると、第一部隊はまるで「武蔵」の合流を促すかのように艦隊速度を十八ノットに落とした。

だが、しばらくすると「大和」艦橋の宇垣の眉が上がった。

――海がざわめいている。また、敵がくるぞ。

静けさの戻ったシブヤン海だったが、「大和」のマストには、すぐに四度目の旗旒信号が上がった。

……右三十度、敵編隊三十機、距離二万五千……

「対空戦闘用意！」

「艦隊速度二十二ノット」

懸命に第一部隊を追っていた「武蔵」だったが、またも追いつく事は叶わず、その後方には第二部隊が近づいていた。

第四次の空襲は、午前中にスールー海の西村艦隊を攻撃したデヴィソン第四群の第一波だった。この隊は何故か脱落した「武蔵」は狙わず、「大和」と「長門」が標的となった。

「長門」は直撃弾二発、至近弾数発を受けたが何とか持ちこたえ、「大和」も前甲板に直撃弾を受け浸水したが、注排水機能が効果的に働き、傾斜も艦首沈下も軽微だった。

「第二部隊指揮官より重巡『利根』艦長の意見具申送達」

第四次の空襲を凌いだばかりの「大和」艦橋が、ざわつく。

栗田が「読め」と促した。

「第二部隊にて『武蔵』を掩護《えんご》しつつ作戦続行は如何《いかが》」

栗田が、宇垣に思案顔で目を向けると「どうする」と訪ねた。「武蔵」が第一戦隊の所属なので宇垣の顔を立てたのだろう。

宇垣は、第二部隊から「武蔵」掩護の話が上がってきたことが、涙が出るほど嬉しかった。今の心情からすれば、たとえこの「大和」一隻ででも「武蔵」を守りに行きたかった。

だが、これまでの空襲で、全ての艦が血みどろになって戦い、その多くが傷ついていた。心情に流されて、戦ができるはずがない。

宇垣は、しっかりと前を見据えながら、はっきりと言った。

「二十ノットも出ない損傷艦を隊列に抱えれば、その隊は早晩《そうばん》全滅の憂き目に会うことになります。ここは『武蔵』を外すべきと思います……。ただ、『利根』艦長の進言は、第一遊撃隊全将兵の心情でもあると心得ます」

栗田が、意を得たりと大きく頷いた。

「第二部隊指揮官へ同様の意見を伝達。なお『武蔵』は駆逐艦『清霜』とともに、コロンを経由して台湾馬公へ回航すべし」

「『利根』はどうしますか」作戦参謀の大谷が聞いた。

「それは第二部隊の考えることだ」

それから暫くして、利根が「武蔵」の援護に回ったことが伝えられると、「たった一隻では何もできんだろう。どうやら『利根』は貧乏籤《びんぼうくじ》を引いたようだな」と栗田が気の毒そうに言い、今度は宇垣が小さくうなずいた。

シブヤン海は、四度《たび》静寂を取り戻していた。

第一遊撃隊は十八ノットで進撃を続けていたが、馬公回航を命ぜられた「武蔵」は、護衛の重巡「利根」と駆逐艦「清霜」を連れて、これまできた航路を戻らねばならない。戦線離脱の命令は、将兵の闘気を砕き、熱き血潮さえも冷めさせる。

沈鬱な空気が艦上を覆《おお》おうとしたが、「武蔵」には、そんな刹那さえも与えられなかった。

十四：四五、「武蔵」の電探が、敵編隊を捉えた。

「右四十度、編隊感度あり」

しかも捉えた編隊は、一つだけではなかった。

「感度複数、何れも大編隊！」

それは、デヴィソン第四群の第二波四十数機と、またまたハルゼーに尻を叩かれたのかボーガン第二群の三度目の攻撃隊、約五十機だった。

これらの攻撃隊の大半は、第一部隊と第二部隊の間で孤立していた「武蔵」に襲いかかった。

護衛の「利根」「清霜」が、「武蔵」の左右を併走しながら、全ての砲口から絶え間なく火を放ったが、いかんせん二隻では微力過ぎた。

「武蔵」自身の高角砲や対空機銃もその多くが損傷しており、急降下爆撃や雷撃のための位置取りも敵の思うがままになっていた。さらに悪いことに、この攻撃の早い段階で防空指揮所の右舷側に直撃弾が命中し、その衝撃で飛散した鉄片に付近の将兵が負傷し、猪口艦長も重傷を負った。

遅延信管が組み込まれたこの爆弾は、艦橋内部に潜り込むと深いところで爆発した。このため第一艦橋のほとんどの将兵が死傷した。

艦の頭脳である防空指揮所と第一艦橋が壊滅した「武蔵」は、一時的に艦の全ての指揮命令系統が遮断された。

魚雷を避ける術もなく対空砲火の集中運用さえも叶わず、戦闘艦としての機能を喪失したのである。

左右両舷に十数本の魚雷が迫り、取舵で左急旋回して躱《かわ》そうとしたが、数本がその脇腹を抉《えぐ》った。防空指揮所が直撃弾を受けたのもこの時である。

左旋回を続ける「武蔵」に、さらなる雷跡が寄りすがる。

「舵を戻さねば、当たるぞ」

第二艦橋の副長が叫んだが、どこからも転舵の指示はなかった。

「直上急降下！」それでも艦は、左旋回を続けている。

悲鳴にも似た絶叫が響く。

「防空指揮所、第一艦橋、何れも応答なし！」

――何処からも転舵の指示が無い訳だ。もしかして艦長は……。

副長は、瞬時に腹を決めた。

「第二艦橋が指揮をとる。……取舵一杯！」

爆弾が舷側の海面を叩き、魚雷が舷側を掠めて走り去った。猪口が身体を支えられて第二艦橋へ降りてきたのは、それから暫く経ってからだった。

敵の強襲は続いた。護衛の「利根」「清霜」は、ヘルキャットのロケット弾による対空戦闘要員の損傷が著しく、その隙に直撃弾を浴びた。護衛の艦艇が苦戦を強いられれば、目標の艦に到達することは容易く、さらに注排水区画一杯の海水を飲み、動きの鈍くなった巨艦へ狙いを絞ることは造作もないことだった。

これまでの空襲で最大規模となった百機近い猛攻を一身に引き受け、「武蔵」は孤独な戦いを続けていた。

敵戦闘機の執拗《しつよう》な機銃掃射に迎撃戦闘の将兵は薙《な》ぎ倒され、急降下の直撃弾にその身体は四散し、甲板は鮮血に染まった。そして両舷に命中する魚雷の巨大な水柱は「武蔵」の姿を覆い隠し、崩れ落ちる海水は奔流となって、死傷者の身体もろとも鮮血を洗い流した。

「武蔵」は、この空襲で魚雷十数本、直撃弾十発を受け、艦首はさらに四メートル沈下し、機関の損傷も著しく四軸あったプロペラは、一軸のみが回転を続けていた。

しかし、その一軸を回す微かな機関音の響きは、「武蔵」の鼓動であり、生きている証しであった。すでに艦首の菊の紋章から一番砲塔までの前甲板は、波に洗われようとしていたが、それでも「武蔵」はゆっくりと前へ前へと進んでいた。

朝の十時頃から始まったこの日の空襲は、十五時を過ぎて一段落したように見えたが、五次にわたる攻撃に参加した米空母の艦載機は延三百機近くにも達していた。十月のマリアナ沖海戦で、日本機動部隊が放った攻撃隊の総数をはるかに超えるものであった。

「機動部隊本隊の攻撃はどうなった？」

「基地航空隊は、朝の攻撃から何をしているのだ」

第一遊撃隊には、機動部隊本隊の攻撃隊発進の情報と基地航空隊の敵空母に命中弾の報告しか届いていなかった。朝からの切れ目ない波状攻撃を考えると、優勢な敵機動部隊は健在であり、機動部隊本隊の囮作戦も基地航空隊の総攻撃も未だ功を奏していないと判断せざるを得なかった。

第一遊撃隊司令部は、このままシブヤン海を進めば、敵艦載機が飛行可能な夕刻までに狭隘な水道を通過しなければならず、防空戦闘に適した輪形陣を解いた単従陣でのぞむ戦闘では、被害が増大するものと考えていた。

二日前ブルネイを出撃した三十二隻の艦隊は、この段階で進撃可能な艦艇は二十三隻にまでに減っている。

さらに、敵艦載機の波状攻撃を受け続けている状況は、逐次発信しているにも関わらず、今日一日艦隊上空に日の丸の機影を見ることはなかった。

――このままでは、レイテに行くまでに全滅の憂き目を見るのかも知れない……。

誰もがそう思ってもおかしくない状況であった。

艦隊司令部は一時的に反転する策を栗田に具申した。

「宇垣くん、どう思うかね」

栗田の問いかけに、宇垣は「水道内での戦闘を避けるのは常道で、日没までの様子見の反転は上策」と答えたが、気持ちの内には「武蔵」が浮かんでいた。

一五：三〇、第一遊撃隊は西に向けて一斉回頭した。

宇垣の座る左舷前方に傷ついた「武蔵」が近づいてきた。

同じ西方向を向いて航行しているのたが、その速力の差は歴然としており、後ろから見ても喘ぐような進みだった。輪形陣の大外から「大和」まで三・五キロ離れており、宇垣は「武蔵」の様子を確認するため、防空指揮所から降りていた艦長の森下に「武蔵に出来るだけ近づいてくれ」と頼んだ。

「とーりかーじ、二十度」森下の声が響いたが、栗田も艦隊司令部の参謀も何も言わなかった。見るまに「武蔵」の右舷に並びかけたが、その姿を目にした宇垣は声もなく立ち尽くした。気が付くと横に栗田が並んでいた。

「随分とやられたな」

双眼鏡を覗きながら栗田が呟いた。

「これほどとは」と宇垣が唇を強く噛む。

前甲板は波に洗われるように沈下し、端正だった艦橋はささくれ立って見えるほどに崩れ、甲板上の建造物は、全てがまるで業火に焼かれた後のように色を失っていた。

ただ、煙突から細々と立ち上る僅《わず》かな煙が、「武蔵」の必死に生きようとする意志を示していた。

思わず口にした宇垣の言葉が、艦橋の将兵の胸を打つ。

「『大和』なら『武蔵』を曳いて行けるのに……」

リンガ泊地で行なった相互曳航訓練が思い出される。

宇垣の気持ちを察したのか、隣りの栗田が大きくうなずいた。

栗田は、海上勤務一筋の叩き上げである。それだけに僚艦の損傷を憂える気持ちを誰よりも理解していた。

「無理な注文か……」宇垣が静かな口調で聞いた。

「ああ、無理だな」

栗田が宇垣の肩を軽く叩いた。

そして、宇垣が頼んだ増援を駆逐艦「島風」に命じた。

小沢の機動部隊本隊は　米第三十八任務部隊第三群への攻撃隊を発進させたが、以後敵との接触もなく攻撃隊からの戦果報告も届くことはなかった。ただ、第一遊撃隊が敵の猛攻を受け続けている情報は受信されており、米軍の目がまだこちらを向いていないことは明白だった。小沢は、敵の目を引くために麾下の航空戦艦「日向」「伊勢」を主力とする四航戦を前衛部隊として南下を命じた。

戦艦「ミシシッピー」の艦橋で、ハルゼーが艦隊参謀の報告に目を剥いた。

「シブヤン海の敵艦隊が反転しただと。高速戦艦群を再偏した三四任務部隊をリーに指揮させて、海峡出口で止めをさすつもりだったのに、なぜだ……」

「これまでの五波の攻撃戦果を集計しますと、敵戦艦一隻は沈没確実、その他の戦艦も中大破しており、巡洋艦、駆逐艦も数隻を撃沈し、ほぼ全てが甚大な損害を受けております。このような艦隊には、もはや戦闘能力はありません」

確かに第一遊撃隊は、「武蔵」が大破し他の艦艇も少なからずの損傷を受けていたが、米攻撃隊の報告のような途方もないものではなかった。戦果の報告がどうしても過大となるのは万国共通の流れである。

「そうか、それで尻尾を巻いての退散か。……まだ日没には時間がある。よし、追撃をかけて全滅だ。各部隊に攻撃の指示を出せ！」

ハルゼーの大声の残響が消えぬ艦橋に、新たな情報がもたらされた。

「ミッチャー司令から報告、ルソン島東方三百キロに敵機動部隊あり、空母四、戦艦、駆逐艦多数」

「やっと見つけたか！　これこそが敵の本隊だ。これより第三艦隊及び第三十八任務部隊一、三、四群は、直ちに敵機動部隊に向かう！」

ハルゼーが鼻息荒く命じたが、それをミッチャーの第二報が遮った。

「ミッチャー司令より、敵機動部隊の航空機はすでにその多くを撃破しており、シャーマンの第三群だけで対応可能。第二群及び第四群は敵戦艦部隊の再反転に備えられたしとのことであります」

ミッチャーの意見具申を聞いたハルゼーの顔色が変わった。

「壊滅同然の戦艦部隊など、私はもう興味はない。もし再反転してきてもキンケイドの艦隊で十分だ。ミッチャーに第三艦隊麾下の第三十八任務部隊の最高指揮官が、私であることを教えねばならんな。今日の戦いで被害を出したのは彼奴《きゃつ》だけだ。問答してる暇はない！　これは、私の命令だ、全軍北上せよ！」

ハルゼーは、あの山本提督の跡を継ぐ日本海軍のエースが率いる艦隊こそが、本隊であると信じて疑わなかった。それを囮と切り捨てたところが、この作戦の白眉であった。

ハルゼーは、正規空母一隻と軽空母三隻を基幹とした十七隻からなる小沢機動部隊本隊に対し、正規空母だけでも六隻、これに軽空母五隻を合わせて十一隻、さらに六隻の戦艦に巡洋艦、駆逐艦を加えると六十八隻に上る大艦隊を率いて、奔馬の勢いで北へと突っ走ったのである。


夕暮れが迫り島々が赤く染まり始めても、「大和」の上空に敵の艦載機は姿を見せなかった。

「敵の空襲が続かないのなら、この機を逃すことはない。再反転してレイテを目指す」

一七：一四、栗田艦隊は、再度方向を転換し進撃を開始した。

そして、再び「武蔵」と巡り合った。

日は沈んだばかりで、海はまだ茜色に染まっていた。数時間前と比べても艦首の沈下が進み、一番砲塔は波に洗われ離れ小島のように海上に浮かんでいた。防水や排水作業が懸命に行われていたが、すでに人力の及ぶところではなかった。

刻一刻と水量が増し、傷ついて耐え切れなくなった防水壁の鋲が弾け飛ぶ。

次々と起こる破断や崩壊によって、構造物の全てに不具合が生じると、それらは絶え間ない不気味な軋み音となり、まるで生き物の悲鳴のように辺りの海に響き渡る。

もはや沈没は時間の問題であった。

宇垣は紅の海に浮かぶ「武蔵」に語りかけた。

――やはり大声を上げてでも、「武蔵」を第二部隊の輪形陣の中心に据えるべきであった。だが、あれだけの空襲を受けながら、「大和」やこの艦隊が、未だに戦闘部隊として存在しうるのは、「武蔵」が被害担当艦となり敵の攻撃を引き付け、自からの犠牲を待って掩護してくれたことに尽きる。それに報いるためにも我々はレイテを目指す。そして明日は我が身と覚悟を決めよう……。

「『武蔵』に信号、全力で艦の保全に努め、もし遠距離移動能《あた》わざる時は、付近の島に艦首をのし揚ぐるもやむ無し」

宇垣はそう命じてから、二度と「武蔵」を振り向かなかった。

別れの時は終わったのだ。

暫くすると「武蔵」の警護を命ぜられていた重巡「利根」艦長から、再び艦隊司令長官と第二部隊司令官あてに、意見具申が届いた。

……決戦に参加させて欲しい。

それは武人としての切なる願いであった。

「武蔵」を護ることも任務であったが、今や「武蔵」には戦うべき敵はなく、自からを守るべき相手は海水であった。そこには戦闘艦としての「利根」の出番はない。

栗田は「『利根』を連れてゆきましょう」と言う宇垣の助言を聞き入れ、司令長官の権限で艦隊への合流を指示した。

「武蔵」は五次に渡る空襲で、魚雷二十数本、爆弾十七発、至近弾二十発以上を受けたが、幸いにも魚雷が左右両舷に均等に命中し、均衡を保てたことで転覆を免れていた。

だが、おおよそ一時間後、傾斜の復旧が不能になると、艦長の猪口は「総員退艦」を命じ、旗旒甲板から将兵を見送った。

「武蔵」は、ゆっくりとその身を横転させると水中で二度の爆発を起こし、艦首から海中へと没して行った。最後に艦尾が海面に立ち上がると、四基のプロペラがまるで別れを告げるかのように、己の姿で金色色の大輪の華を咲かせて見せた。

「武蔵」の爆発の火柱を、軽巡「矢矧」が遠くから目撃したと報告が入った。

覚悟はしていても現実の知らせは、宇垣の胸を波立たせた。

きつく口を結んで平静を装ったが、誰かが洩らした嗚咽によって周りが滲んだ。

―よくぞここまで耐えた。ああ、我、半身を失えり……。

薄紅色を残していた西空が、宇垣の心中を察するかのように、瞬く間にシブヤン海の闇に同化していった。


「連合艦隊からの指示と第一遊撃隊からの反転の報告であります」

第一部長の中沢が、隣りの席から電文を滑らせてきた。軍令部作戦会議室である。

「連合艦隊の指示は……天佑を信じ全軍突撃せよ……か」

伊藤は電文を手に取ると、厳しい顔つきを変えずに言った。

「この反転報告に対する返答か」

「いいえ、連合艦隊は敵の空襲の最中にめげずに進めと発信したもので、反転報告を受けてからの指示ではありません。しかし、着信時間のずれによって、結果的には反転に対する返答になっているかと思われます。反転報告では苦戦の要因として比島基地の航空攻撃の成果が見えず、これかの攻撃もさらに厳しくなるとの観測が入っております。そこには作戦計画と実際の戦況との乖離《かいり》に問題ありとの認識が示されています」

「反転の回答にすれば、尻を叩いても理屈が合うということか」

中沢が眉間に皺を寄せた。

「本来であれば、第一遊撃隊を援助する何らかの策を講じなければなりませんが、全ての作戦は計画どおりに運用されております。ただ、ルソン島の東海域は視界不良で味方の偵察機や攻撃隊が索敵に苦労し、逆にシブヤン海は好天で我が艦隊が絶好の標的にされると言う、運、不運も作戦の推移に少なからず作用しております」

伊藤は、目を半眼に閉じて中沢の説明を聞いていたが　それが終わると中空に視線を移した。

「機動部隊本隊の先制攻撃も失敗したようだし、囮作戦もまだどうなるのか分からん。あの『武蔵』さえも失ってしまった。栗田が悩むのも当然だろう。だが、今回の作戦は比島攻防戦の鍵だ。比島を守りきるためには、連合艦隊の全滅もやむ無しの二者択一の作戦なのだ。ここで連合艦隊が一歩引けば、比島は落ちる。何があってもレイテ上陸部隊を叩く条件で、この作戦を承認したのだから行ってもらうしかない。……したがって、艦隊への厳しい指示も当然のことなのだ」

そこで伊藤が何かを思い出したように、中沢を見た。

「ところで私の願いは、栗田には届いているのかな」

中沢が驚いたように伊藤の顔を見返して言った。

「――マッカーサーの首を取れ……ですか？」

スリガオ海峡

伊藤の元には、その後も時間の経過と共に新たな情報が集まり、これからの最終決戦の構図がおぼろげながら浮かび上がってきた。

……機動部隊本隊より入電、一七：一五、敵索敵機の接触あり、敵は我が機動部隊を認識したものと推察さる……

「これで囮作戦も発動開始です。明朝大きな動きがあるやも知れません」と中沢が期待を持たせる言い方をした。

一方反転をした第一遊撃部隊本隊は、二時間足らずで再反転を行っていたが、その報告は発信されていなかった。

「突撃指令を出したのに、なぜ再反転の連絡がない」伊藤の疑問に中沢が答える。

「おそらくは、再反転の情報を敵に知られないためかと思います。これから狭い海峡通過が待っていますので」

「しかしこれでは、本当に再反転を行ったのかも分からん」

「ご心配には及びません。連合艦隊は最初の突撃指令の後、一九：五五に『反転報告受領、先の命令のとおり突撃せよ』と改めて通知していますので、栗田艦隊は、すでに再反転してサンベルナルジノ海峡に向かっているはずです。明日はいよいよレイテであります」

「そうか、これで小沢と栗田は作戦計画に添った動きに戻ったと言うことだが、第三部隊の動きはどうなった？」

老朽艦を寄せ集めただけの第三部隊に、これまで関心を示す者はいなかったが、伊藤は司令官の西村ことが気がかりでならなかった。

新橋での別れの夜、西村はこの作戦で死んだ息子のところへゆくと、胸の内を吐露した。あの時伊藤は、西村の覚悟を貶《けな》すような気がして「死ぬな」と言う言葉を飲み込んだが、戦いが近づけば近づくほどその後悔は募る。

「第三部隊は、今朝ほど敵艦載機の攻撃を受けましたが、これを排除して順調に進撃しております。十四時頃にはこの旨を第一部隊へも発信しているようです」

「このままでは第三部隊……会話の中では数字の部隊名は混乱するな。……西村艦隊で良いか。西村艦隊のレイテ突入時間は？」

「第三……いや西村艦隊のレイテ突入は、作戦計画どおり二十五日黎明時で間違いありません」

「では、栗田本隊はどうなる」

「シブヤン海の戦闘と反転、再反転でこれまでに六時間遅れており、レイテの突入地点へ達するのは、明日昼頃になるかと思われます」

本来の作戦計画では、レイテの東西両方向から同時に突入することになっていたが、栗田と西村の艦隊では、その計画の達成度合がまるっきり違っていた。このままでは西村の艦隊は単独で強大な敵の第七艦隊とぶつかることになる。

伊藤は、後ろに控えていた黒木を振り返って声をかけた。

「黒木くん、君が集計した第七艦隊の戦闘部隊の陣容は？」

黒木が直ぐに資料を見ながら説明する。

「第七艦隊の第二群が支援射撃部隊と呼ばれる戦艦群であり、その戦力は戦艦六隻、巡洋艦八隻、駆逐艦は約三十隻で総数は四十隻を超え、さらに高速の魚雷艇部隊約四十隻が加わるものと考えられます」

伊藤が、急《せ》き込んで聞く。

「西村の艦隊は！」

冷静な伊藤の感情の乱れを、黒木は当然のことと理解していた。自分もあの別れの席に同席していたのだ。黒木は殊更に静かな口調で答えた。

「西村艦隊は、戦艦二隻、重巡一隻、駆逐艦四隻、合計七隻であります」

伊藤は片肘を付いて両のこめかみに手を当てていたが、ついには全身の力が抜けたかのように椅子に身体を預けた。

「中沢くん、栗田と西村にレイテ突入の時間調整を……」

伊藤は、全てを言い終えることなく自から口を閉じた。そこには越えようのない現実の壁が立ちはだかっている。

「無理か……」弱々しい声だった。

「はい、すでに西村艦隊は敵のど真ん中に進出しています。残念ながら、これから半日もの時間調整は不可能であります」

中沢の紋切り型にも聞こえる説明にも、伊藤が感情をあらわにすることは無かった。

「分かった。引き続き西村艦隊の動静を頼む」

そう言って椅子に座り直すと、再び額を手で覆った。

「栗田の本隊は、サンベルナルジノ海峡を突破できるのか。……私がハルゼーなら海峡出口で待つ」

「はい、海峡通過は深夜になりますので空母の艦載機は使えません。しかし第五艦隊の戦闘艦は、戦艦は全てが新鋭艦で六隻、巡洋艦が十五隻程度、駆逐艦は三十隻を超えると思われます」

伊藤が後ろを振り返ると、黒木が無言でうなずいた。

「我が艦隊は、海峡通過のため縦型の陣形で進みますが、敵は全ての艦艇を横に並べて待ち構えることが可能であります」

「東郷元帥の丁字《ていじ》戦法か」

「はい、単縦陣に近い我が艦隊は前方の砲しか使えず、しかも前にいる味方の艦が邪魔になります。それに対して敵の艦隊は、向きにもよりますが前後と左か右のほぼ全ての砲が使用可能となり、進んでくる先頭の艦に集中砲火を浴びせ、順を追って容易く撃破することができます」

「艦隊の戦力が同じであったとしても、勝敗は明らかと言うことか」

「日本海海戦でロシアが聞いた非報を、今度は我々が聞くことになります」

中沢の言葉は、一瞬会議室をざわつかせたが、異論は出なかった。誰が考えても結果は同じにしかならないのだ。

だがその時、伊藤の脳裏には不思議な情景が浮かんでいた。予期せぬことに困惑したが、敢えて押し殺そうとはしなかった。

そこには、「大和」が疾駆していた。

その「艦《いくさぶね》」は、この状況下で伊藤に対してすら「敵将の首が取れるやも」と誘い、いつまでも心の襞《ひだ》をざわつかせる。

――これが「大和」なのか……。

今なら、これが戦争を始めた時の心情だと理解できる気がする。

だが、始める心情が分かったからと言って、戦争を終わらせる方法を思い付くほど単純ではない。

伊藤は「今夜は、長くなりそうだな」と呟いて目を閉じた。


翌十月二十五日、比島を巡る最終決戦の第一幕を開けたのは、やはり西村率いる第一遊撃隊第三部隊だった。

旗艦の戦艦「山城」の西村は、数時間後には始まるであろう戦闘を前に、ここまで進出できたことに満足していた。

昨日は、空襲も朝の一度だけで済み、命拾いをした。本隊は苦戦していたようだが、栗田から特段の指示は無かった。その代わり十九時過ぎに届いたのは、連合艦隊からの突撃命令だった。

「我が艦隊は、すでに制空圏、制海権の無い海域にまで進出している。ここで本隊の遅れに付き合うことは自殺行為であり、同時突入はもはや不可能とすれば、我々だけで作戦を遂行することになる」

「しかし司令、敵の戦力を考えると、単独で突入することも自殺行為になるやも知れません」

西村は、若い参謀の発言にも怒ることなく持論で答えた。

「君の言う通りなのだが、突入時間を合わせるために待機すれば、夜開けと共に敵艦載機の袋叩きで壊滅することになる。だが、小戦力であっても夜間を利用して砲撃戦を挑み、その結果多少なりとも損傷を与えることができれば、それは遅れて突入する本隊を掩護することに繋がる。さらに、もし損傷を与えられなかったとしても、敵に多くの砲弾を使用させることが、支援に直結することになるのだ」

参謀が姿勢を正すと大きな声で「分かりました」と返事した。

「第二遊撃隊からの連絡は」

「すぐ後を追ってきていると思われますが……。今の所何もありません」別の参謀が答える。

「連合艦隊も第一遊撃隊本隊からも、連携の指示は無しか」

……我々は、どこからも当てにされていないのか……

そんな思いも胸を過ぎったが、今更何を繕《つくろ》っても大勢に変りはあるまいと腹を括った。

――与えられた目的に進む。それが自分流の戦いだ。

西村は決意を固めると、艦長の篠田に「連合艦隊の命を受け、我が艦隊は単独突入を決行する。それでいいな?」と声をかけた。

艦長の答えは「どこへでもお供します」だった。短い言葉だったが、それは死出の旅路の始まりを意味している。西村は一瞬多くの将兵のことを思ったが、次には「にっ」と笑うと「第一遊撃隊本隊に架電、第三部隊は、二十五日〇四：〇〇敵上陸地点へ突入の予定」と声を張った。

この報告が「大和」の第一艦橋に届いたのは、これからサンベルナルジノ海峡へ差し掛かろうとする二十時過ぎのことであった。報告を聞いた栗田が、宇垣に声をかけた。

「西村が一人で行くと言っている」

「こちらとの時間差が大きくなり過ぎたので、修正は難しいでしょう。……全滅も覚悟の上かと」

「全滅か……」栗田が低く唸った。

「元々この作戦は、この本隊の全滅をも容認しており、機動部隊本隊はもちろんのこと第三部隊についても、状況によっては囮となるような建付になっています。西村司令の判断は、そこを踏まえてのことでしょう」

宇垣の話に頷いていた参謀長の小柳が、独り言のように言った。

「私は、ブルネイでの出撃前の寄り合いの時から、西村司令はこの戦いで死ぬつもりではないかと感じておりました」

宇垣が、暗い海から目を離さずに行った。

「この艦隊も数時間後には、海峡の出口で敵の待ち伏せを受けるはずです。我々も西村と同じ状況であると言えます」

「そうだな。皆が明日は我が身と言うことだ。止む得まい……」

栗田は、西村の単独突入を容認し「第一遊撃隊主力は、二十五日一一：〇〇レイテ突入予定。第三部隊は突入後〇九：〇〇スルワン島の北東において主力と合流せよ」と返信した。

西村は、主力と合流せよとの電文に、生き残れと言う意味合いも感じてはいたが、栗田も全滅を賭して最後の一艦まで戦い、その結果として、お互いの墓標をスルワン島にしようと提言してきたのだと思った。

〇一：〇〇「大和」は、サンベルナルジノ海峡を突破した。

本来であれば海峡出口で、待ち伏せのハルゼー艦隊との砲撃戦を交わし、第三部隊に先んじて最終決戦の幕開けをするはずだった。だが、栗田艦隊は何事も無く海峡をくぐり抜けてしまったのだ。

「海峡通過、前方に艦影らしきものなし！」

「電探反応なし！」

「大和」艦橋でハルゼーとの対決を思い描いていた宇垣は、あまりのことに言葉を失った。どんな作戦の天才が考えてもこの場面の迎撃戦は、丁字戦法の待ち伏せしか有り得ないのだが、ここには小型艦艇の姿すら無い。

「ひょっとするとハルゼーは、餌に食いついたのか」

あまりのことに宇垣の声は引きつっていた。森下が答える。

「昨日の反転から、敵の空襲も受けておりませんし、その公算は大かと思われます」

「そうだな、今後の作戦はそこを頭に入れて考えた方が良いのかも知れんな」

そう言うと宇垣は先任参謀に、艦隊司令部との調整を命じた。

「とにかく海峡を抜けられたことは僥倖《ぎょうこう》だ」

宇垣の独り言に、森下が何度もうなずいた。

西村艦隊が、レイテ湾南側に位置するスリガオ海峡の入口に達したのは、ちょうどこの頃であった。

わずか七隻の艦船で、待ち構える敵の強大な艦隊を蹴散らし、目的地に突入するためには、一点突破の単縦陣しかない。西村艦隊は、駆逐艦二隻に戦艦「山城」「扶桑」が続き、殿《しんがり》に重巡「最上」を置いていたが、旗艦を守るため「山城」の左右にも駆逐艦を配した。

一方、ハルゼーに対応を丸投げされた第七艦隊は、その全艦艇を揃えて陣を敷いた。

「敵は単縦陣で突破を図ろうとするに違いありません」

第七艦隊第七十七任務部隊の第二群司令官のオルデンドルフは、第七艦隊司令長官のキンケイドを旗艦の揚陸指揮艦「ワサッチ」に訪ねていた。二十四日昼のことである。

「さて、どう対応するつもりかね。まあ数の上ではこちらが圧倒しているが、君のところの第二群の戦艦群は、上陸作戦の支援射撃だけで敵艦との戦闘は初めてだろう」

「はい、確かに敵地への艦砲射撃が主任務でしたので、艦隊戦は初めてですし、そのための徹甲弾の保有も満足するものではありません」

オルデンドルフの説明は淡々として、興奮する素振りも見せなかったが、迎撃戦の手筈を聞いて、キンケイドは思わず声を上げた。

「これは撃滅戦じゃないか！君は日本艦隊、確か司令官は西村といったかな。西村の艦隊を、東郷元帥のT字戦法で葬るのか……」

オルデンドルフが、落ち着いた口調で付け加えた。

「我が第二群の戦艦六隻の内、五隻は日本軍の真珠湾攻撃で擱坐《かくざ》もしくは大破させられました。特にウエストバージニアは、先月修理を終えたばかりで、このレイテ上陸戦が復帰戦であります。この戦いは、彼らにとっては真珠湾の報復戦なのかも知れません」

キンケイドは、何も言わずにオルデンドルフの計画を承認した。報復戦であれば、存分にやれと激を飛ばし高笑いしても良いところなのだが、なぜか、万に一つの生還も許されぬ戦いに挑む、日本艦隊の提督の胸中に思いを馳せていた。

キンケイドは、オルデンドルフが何時もより静かなのも、自分と同じ思いかも知れないと感じていた。

オルデンドルフが敷いた迎撃陣は、四段階に分かれていた。

第一段には約四十隻の高速魚雷艇が集められ、その後方の第二段には三十隻近い駆逐艦が配置された。進撃してくる日本艦隊に対して、まず十数カ所に分散した魚雷艇による雷撃を仕掛け、さらに駆逐艦群が海峡の左右にから魚雷戦を挑む。深夜の海上で数に物を言わせた雷撃を受ければ、無傷で逃れることは難しい。何らかの損傷を受けるであろう日本艦隊の行く手を、第三段の重巡四隻と軽巡四隻、そして第四段の戦艦六隻が遮《さえぎ》る。巡洋艦と戦艦が横二列で並び待つ、重厚なT字陣形である。

このため十六隻からなる主力艦は、全火力を日本艦隊の先頭艦に集中させることができるし、その主砲の数だけても百五十門を下ることはないのである。

この一斉射撃を受けて浮かんでいられる艦などあるはずもなかった。

〇一：三〇、西村は「スリガオ海峡南口通過、レイテ湾に突入」と報告したが、依然敵情は不明のままで、魚雷艇の雷撃を躱しながらの進撃であった。

〇二：〇〇「山城」艦橋に西村の凛とした声が響く。

「針路を北に向けよ。全艦突撃体制をとれ」

竣工して三十年近くを経た老朽艦たちが、その船体を軋ませながら驀進《ばくしん》する。

戦艦「山城」「扶桑」にとって、全速で突撃する今こそが、その生涯で一番晴がましい場面だったのかも知れない。

見張り員の絶叫と艦長の指令が、艦橋に交錯する。

「右前方、駆逐艦三隻接近中！」

「探照灯照射！」

「主砲射ち方始め！」

「山城」の主砲が、轟音と共に闇を切り裂く。

すでに数度の魚雷艇の攻撃は撃退している。

——魚雷艇の次は駆逐艦か、相手の司令官は冷静な男のようだ。主力艦に行き着くまでに消耗させられてしまうな……。

西村の感じた不安が、現実のものとなる。敵の駆逐艦は、右舷からだけではなく左舷からも接近していたのだ。しかも、発見した時にはすでに魚雷を発射し終わっていた。艦隊の左右から約五十本もの魚雷が、闇の海に紛れて迫っていた。

「扶桑」の右舷中央に巨大な水柱が上がった。

当たり所が悪かったのか、「扶桑」はこの一発で電源を喪失して落伍すると、その後火薬庫の誘爆により二つに折れて沈没した。

「左前方、駆逐艦！」

「右、雷跡近い！」

敵駆逐艦の波状攻撃が続き、艦橋に叫声が絶えることはなかった。右に左に主砲を撃ちまくり、右に左に転舵して魚雷を躱す。

だが、如何せん多勢に無勢である。

先頭の駆逐艦「満潮」と二番手の「朝雲」が魚雷を受けて大破すると、「山城」の右舷を守っていた駆逐艦「山雲」が轟沈した。その直後には「山城」も被雷し、後部火薬庫に注水したが、戦闘を継続する。短い間に、僅か三隻となった艦隊だったが、それでも西村の闘志が衰えることはなかった。

「第一遊撃隊本隊へ報告、スリガオ海峡北出口、両側に敵駆逐艦、魚雷艇あり、味方は雷撃により半減するも、我戦闘航行に問題なし」

「山城」は、右に重巡「最上」、左に駆逐艦「時雨」を従え、ひたすら先頭を突き進む。

しかも敵の主力艦を探る電探は、島々の乱反射により艦影を捉えきれない。

〇三：三〇、西村は闇の先は見えずとも、肌を刺すような闘気を感じ取っていた。

「そろそろ主力艦隊のお出ましかな」と呟くと、「最上」「時雨」に対し「我魚雷を受くるも、各艦は我をかえりみず前進し、敵を攻撃すべし」と命じた。

同時に、艦橋最上部の見張り所からの声が届く。

「敵大型艦らしき航走波、多数確認、距離一万五千から二万」

訓練に訓練を重ねた見張り員の眼は、闇の中から敵の艦船が立てる白波を、掬《すく》い取っていた。

「艦長、走れ、走れ、壊れてもかまわん」

「了解。ぜんしーん、いっぱーい！」

煙突から黒煙が吹き上がり、機関が悲鳴にも似た轟音を響かせる。

老朽艦の最大船速は、いくら頑張っても二十ノットが精一杯だったが、西村には矢のような突撃に見えていた。

――敵の徹甲弾の消耗を考えれば、もうひと頑張りが必要だが、できれば主力艦に一発お見舞いしたい……。

西村の切なる願いであった。

遥か遠くの闇に、夥《おびただ》しい閃光が走った。少し間を置いてさらに大きな閃光が列をなした。

「敵艦、発砲！」

間髪を入れず西村は叫んだ。

「目標、先の閃光、主砲撃て！」

すでに報告により敵との距離を測っていた主砲は、瞬時に轟音を響かせた。

「敵弾がくるぞ」誰かの声に重なるように、艦長の号令が響く。

「とりかーじ、一杯！」

砲弾の速さは音速より早いため、原則的に飛翔音は聞こえないのだが、艦の上空を過ぎてしまうと不気味な音を発する。

百発を越える砲弾の半数が艦を飛び越え、周囲は凄まじい飛翔音に包まれた。思わず首を竦めそうになるが、音が聞えれば直撃ではない。残りの半数が前触れもなく艦の前後左右に着弾し、爆発音と共に林立する水柱が「山城」の船体を覆い隠そうとする。

さらに二射、三射の砲弾が絶え間なく降り注ぐと、遂には艦橋下部に直撃弾を受けて火災が発生、次々に砲弾が命中し被害は次第に拡大していった。

「『最上』、命中弾多数、火災にて戦闘不能！」

「注水により速力低下、現在十二ノット」

「主砲三番以下全滅、一、二番のみで応戦中」

そして、敵主力艦の砲撃の合間を縫うように、駆逐艦群の襲撃が繰り返される。

凄まじい衝撃と共に、艦橋が水柱に飲み込まれる。

「右舷、魚雷命中！」

「左舷、雷跡近い！」

再びの衝撃に、大きく艦が揺れた。

「魚雷、機関室を直撃の模様！　機関停止！」

行き足が止まっても敵の砲撃が止むことはない。飛翔音や爆発音の響く中、西村が艦長に視線を向けた。

「よくぞ、ここまで戦ってくれた。礼を言うぞ」

艦長の篠田が、姿勢を正す。肩口の服が裂けて出血していたが、この艦橋で無傷の者など居るはずもなく、西村も額に血を滲ませている。

「私の方こそ、この戦いに参加できたことに感謝しております。もはや何も申し上げることはありませんが、ただ言えるのは……良い海戦でありました」

艦長が浮かべた笑を見て、西村も笑を返すと「先任参謀、第一遊撃隊本隊へ架電」と声を掛けた。

「我レイテ湾に向け突撃、玉砕す」

その時、「山城」の右の船腹を四本目の魚雷が抉《えぐ》った。「山城」が急速に右側に傾き始める。

……やっと終わるか……

そう思うと、西村は伊藤の顔を思い浮かべた。

――伊藤よ、俺はこれから息子の所へ行けるが、貴様は、まだ楽にはさせてもらえんだろうな。俺はこの戦に満足しているが、こんな戦は俺一人で沢山だ。貴様にはこんな割の悪い戦はさせられない。いいか俺よりは、もう少しましな戦をしてこい……。

西村は親友への思いを、祖国へと繫がる海峡の波に託した。

「山城」が横転して、米艦隊の砲撃が止んだ。

海峡に静寂が戻ると、遠くでラッパの調べが響いた。

その音色は海峡の静寂に寄り添うように、哀愁を湛《たた》えながら水面を渡る。

勇敢な日本艦隊対し、哀悼の吹奏を命じたオルデンドルフは、旗艦「ルイビル」の艦橋から麾下の将兵と共に、何時までも敬礼を続けていた。

島々の山際は何時しか白み始めていたが、「山城」を飲み込んだ海峡の闇は、まだ悲しみから目覚めようとはしなかった。


この海戦で西村の第三部隊は壊滅し、わずかに「時雨」のみが生き残った。

一方、西村が敵に与えた損害は、駆逐艦一隻損傷、魚雷艇一隻沈没だけであったが、敵の戦艦群は約三百発、巡洋艦群は三千発にも及ぶ徹甲弾を撃たされていた。

　西村の玉砕は、栗田のレイテ突入に十分過ぎる掩護を果たしていたのだ。

　軍令部作戦会議室では、栗田艦隊がサンベルナルジノ海峡を突破できたことで安堵感が広がっていた。伊藤は、西村艦隊の海峡突入の報告を聞くと席を立って自室に戻った。大勢の部下の前で、西村の最後を聞く勇気は無かった。

　目を閉じて背もたれに身体を預けていたが、胸の鼓動は収まらない。気持ちの中では、万に一つの可能性も無いと分かっていても、廊下に足音が響く度に背筋が伸びる。

　そんな伊藤の気持ちを察してか、黒木が扉を少し開けて顔半分だけを覗かせた。

「次長……」

　その声色が、全てを物語っていた。

「入れ。……西村が死んだか」

「……はい。志摩艦隊から報告が入りました」

　伊藤は、差し出された電報に目を通すと、思わずはその紙を握り潰した。それを目にした黒木は、何も言わず部屋を出ると静かに扉を閉めた。

　西村のことを聞いて、己の気持ちが制御できる自信は無かった。だが、いざその時になって見ると、一時的な激情で電報を握り潰したものの、思ったよりも冷静でいられることが不思議だった。

　……これまで、あまりにも多くの人の死と向き合って来たからなのだろうか……

　親友の死に直面しても素直に悲しむこともせず、そんな思いを巡らせる自分が、どこか哀れでもあった。

西村にそんな自分を詫びる。

——何もしてやれなかったな。……すまん。

伊藤は、机の上の皺《しわ》くちゃの電報を、何度も手で撫でるように伸ばすと、椅子から立ち上がって姿勢を正した。両の踵《かかと》がカッと音を立てた。

「第一遊撃隊第三部隊、作戦完遂……ご苦労！」

声が潤んでいた。

視界がぼやけると、溢れた雫《しずく》が皺くちゃの電報の上に、小さな染みを作った。


西村艦隊に遅れること二時間、海峡入口に到達した第二遊撃隊の志摩艦隊は、軽巡「阿武隈」が魚雷艇の雷撃で落伍、さらに旗艦「那智」が、大破して微速で撤退中の西村艦隊の重巡「最上」に衝突して、全速航行が不能となる。

元々重巡二隻、軽巡一隻と駆逐艦四隻でしかない志摩艦隊は、二隻の損傷と先行した主力艦隊の壊滅を知り突入を断念、西村艦隊の壊滅と突入作戦中止を打電した。

軍令部内では、西村艦隊の全滅覚悟の突入を無策、無謀と言う者があれば、志摩艦隊の後退を戦闘回避と批判する者もあったが、伊藤は「進むも戦、引くも戦、全ては指揮官の裁量」とその声を封じた。

サマール沖とエンガノ岬沖

午前五時を過ぎたころ、「大和」は西村艦隊壊滅の報を受けた。艦橋に重苦しい空気が漂い、仮眠から覚めたばかりの栗田らは、誰も口を開こうとはしなかった。宇垣は胸の内で遅れたことを西村に詫びたが、それでも艦隊が何の妨害も受けず、前進を続けていることが救いだった。サンベルナルジノ海峡を抜け、レイテ島に接するサマール島の東岸を南下して四時間、突入地点のタクロバンまでは、約百三十浬（約二百四十キロ）を残すのみである。

「昨日の天気よりは、まだマシか」宇垣が森下に、朝の挨拶がわりの声をかけた。

これからレイテ湾迄の間は、夜が明ければ昨日と同じような敵機の空襲を受けることは間違いない。海峡出口の敵は、小沢に食いついたのかも知れないが、ハルゼーの指揮下の機動部隊は少なくとも四群はいるはずである。だが、天気の崩れようによっては、いくら多くの空母がいても、艦載機の飛行そのものが成り立たない可能性もある。

「雲が低くスコールも多いようですが、残念ながら飛ぶのには問題なさそうです」

森下の言葉どおりならば、今日も激闘が続くことになる。しかも今日の相手は、ハルゼーだけではなく、西村艦隊を葬った第七艦隊も待ち構えているのだ。

――やはり今日を、連合艦隊最後の日とするしか活路はないな。

宇垣は、改めて覚悟を決めた。

この日この時、この海域には、相手を全く意識していない日米の二つの艦隊がいた。

日本艦隊は、レイテを目指して南下を続ける栗田の第一遊撃隊であり、米艦隊は第七艦隊の第七十七任務部隊、第四群の第一から第三集団の護衛空母群であった。

この護衛空母群は、西村艦隊のレイテ接近の報を受け、湾外に避難させられていたのだが、その中で一番北に位置していたのが、タフィ三と呼ばれる護衛空母第三集団であった。

栗田艦隊は、敵情を知らぬままにひたすら進撃しており、一方のタフィ三は、南の西村艦隊から逃げ出し、北の小沢艦隊からは遥かに遠く、西の栗田艦隊はハルゼーが上手く料理したものと思い込んでいた。

想定外の遭遇戦は、希に起こりうるものではあるが、小沢艦隊は昨日シブヤン海でハルゼー機動部隊と大激戦を演じたばかりであり、その動静は厳重な監視下に置かれることはあっても、誰も感知しないことなど有りうるはずもない。すなわち、小沢艦隊が米艦隊と遭遇する可能性は、本来ゼロに等しいのである。

だが、日米の指揮官が下した「判断」や「決断」の生み出す些細《ささい》な綻《ほころ》びの連鎖に導かれて、すでに両艦隊は四十キロにまで近づいていた。

最初に相手を見つけたのは、タフィ三だった。

タフィ三の旗艦、護衛空母「ファンショー・ベイ」を早朝一番に飛び立った哨戒機は、高度を上げる間もなく南下して来る多くの艦艇を発見した。初めは西からの日本艦隊を攻撃してきたハルゼーの三四高速戦艦群かと思ったが、戦艦と思しき集団の中に一際巨大な艦が目に付いた。情報は少なかったが、巨大戦艦の存在は知られていた。

……我が国の戦艦で、あれだけ巨大に見える奴はいない。ひょっとするとあれは「ヤマト」なのか？

「ファンショー・ベイ」の艦橋に、哨戒機からの報告が届く。

「こちら哨戒機一、敵と思われる艦隊を発見！戦艦は四隻だが中にどでかいのがいる、その他に巡洋艦八、駆逐艦十一、位置は旗艦の北西方向、距離は二十マイル（三十七キロメートル）しか離れてないぞ！」

気がはやるのか早口でまくし立てる報告を聞いて、指揮官のスプレイグは両の手のひらを上に向け肩をすくめて見せた。

「慌て者め！そんなものハルゼーの三四任務部隊に決まっているだろう。よく見ろと言ってやれ」

それからスプレイグは、参謀らを振り向くと笑を浮かべながら言った。

「いくら上陸支援の護衛空母だからと言って、搭乗員の腕まで三流じゃ先が思いやられる。今度キンケイドに会ったら言っておこう」

だが次の瞬間、哨戒機の搭乗員の罵声で、その笑が凍り付いた。

「ばかやろう！この音が何か分かるか？敵さんの対空砲火だよ。早く逃げないと沈められるぞ！」

さらに見張員の声が降り重なる。

「北西方向に、対空砲火の弾幕らしきもの見ゆ！」

――何が起こっているのだ。まさか日本艦隊は、海の底から現れたのか……。

スプレイグが、頬をひきつらせて呻《うめ》いた。

「敵索敵機、接触の模様、矢矧発砲！」

対空見張員の声で、誰もが想定通りの空襲が始まると心づもりをしたのだが、新たな報告を聞いて「大和」艦橋には戸惑いが広がった。

「マストらしきもの見ゆ！」

「左六十度方向、距離三万七千」

宇垣も双眼鏡を向けたが、像を結ぶには距離が有り過ぎる。参謀の誰かが呟いた。

「……まさか、小沢艦隊では？」

考えられることは限られており、その呟きは可能性の一つではあったが、宇垣は「有り得ない」と頭の中で切り捨てた。

「最大戦速即時待機！」

報告と同時に、何時でも戦闘のための速力を確保するための発令であるが、まだマストの意味することを誰も解釈できていなかった。

宇垣の眉間の皺が深くなった。

最初の報告が〇六：四五、それから五分が経過し、距離は三万五千を切った。

「先ほどのマストは、空母六隻に巡洋艦を含む艦艇、艦載機発艦中」

――空母？

更に混迷が深まる。

日米の戦いが始まって、航空母艦は常にその主役の座にあった。だが、その戦術は、遠く離れた場所からの航空機による攻撃であって、その姿を敵の艦隊に近づける必然性はない。ましてや、数日前から戦艦群の動静を把握しているハルゼーであれば、尚更のことである。

これまで敵の空母を見ることができたのは、艦載機の搭乗員か潜望鏡で覗く潜水艦の艦長ぐらいのものである。

したがって、栗田艦隊の中にも敵の空母を見たことのある者はいない。

見えるはずのないものを見てしまった時、思考は空転する。

――何が起こっているのだ。なぜ、目と鼻の先に空母がいるのだ……。

目の当《ま》たり《あ》にしている事象は、それが日本の空母ではないと否定はできても、それは敵なのだと決めつけるには、あまりにも蓋然性《がいぜんせい》が低いのである。

だが艦内では「マスト発見」の報と同時に、主砲発射のための定常処理が行われていた。十五メートル測距儀が旋回し、目標の方位や距離、速度が測定される。さらに風向や風速に加えて自艦の方向や速力など様々の事項が、射撃盤に入力されて数値化が行われ、砲塔や主砲発射を担当する方位盤室へと送られる。

砲塔では、その数値の指針を合わせることにより、砲塔を旋回させ、砲身に仰角を与えるのである。

砲塔内での処理情報を得た方位盤室の射手は、全ての条件が合致していることを確認し、目盛を合わせて引き金に指を掛ける。

「射ち方用意よし」

方位盤室の指揮を執る砲術長が、「待て」と射手を止めた。まだ「射ち方用意！」の命令も出てはいないのである。

彼方の空母が、敵であるとの認識が醸成《じょうせい》されつつあっても、まだ声を上げる者はいない。

——俺としたことが、何のきっかけが欲しいのか……。

宇垣の額に脂汗が滲んだ。


だが数分後、空母群の動きがこの硬直を解いた。

「ファンショー・ベイ」のスプレイグは、はっきりと日本艦隊の姿を、その目で捉えていた。

それは、パコダ（仏塔）・マストの檣楼《しょうろう》を持つ日本海軍の戦艦に間違いなく、倍ほどもありそうな巨艦の姿も見える。そして、その周りには世界最強水準の巡洋艦が群れていた。

空母が視界の内で戦艦・巡洋艦と戦うことなど、想定外の愚策であり、万に一つの生還も考えられない。

——生きている間に、悪魔どもに出会うことになるとは……。

スプレイグは、狼の群れに囲まれた子羊の気持ちを哀れみながら、神への不敬を詫びると胸の前で十字を切って大声で叫んだ。

「逃げろー、逃げろー、逃げるんだー」

空母が揃って反転を始めると、「大和」艦橋の呪縛《じゅばく》も一気に解ける。

……この艦隊は、やはりハルゼーの機動部隊の一群に間違いない。

宇垣が、栗田に顔を向ける。

「敵を追います」

栗田が頷くのを確認すると、傍らの艦隊参謀へ視線を振った。

「艦隊針路百三十度、第四戦速！」

すかさず参謀の指示が飛ぶと「大和」は旗旒信号を靡《なび》かせ、僚艦と共に猛然と敵を追った。「大和」の主砲の最大射程は四万二千メートルだが、最も命中効率の良い距離は、その七割でおおよそ三万メートルと想定されていた。すでに「大和」はその有効領域に入っている。

「主砲射ち方用意！」

森下の命令に、間髪を入れず砲術長が答える。

「主砲一番、二番、射ち方用意よし！」

艦橋にも伝声管を通じて報告されたが、艦隊司令部からの指示は出ない。宇垣の耳元で焦れた戦隊参謀が「撃ちましょう」と言ったが、首は横に振られた。

宇垣は、この千載一遇の好機を生かすことだけに、全ての思考を集中させていた。

――「大和」は、今日の戦いのために誕生したと言っても良い。この相手が空母や巡洋艦であっても、これは帝国海軍が思い描いていたまぎれもない艦隊決戦なのだ。ここで「大和」の真価を発揮させるためには、指揮権の混乱などあってはならない。

宇垣は砲術の専門家だが、最高指揮官の栗田は水雷屋である。「大和」主砲の有効領域に達しながらも、砲撃を始めようとしない司令部の砲戦運用に苛立ちを募らせたが、不調和音を押し込めようと口を真一文字に結んだ。

「距離三万三千……」

「三万二千……」見張り員の声が続く。

宇垣は左腕の時計に目をやった。マスト発見の報告からすでに十数分が過ぎ、距離は三万に近づきつつあった。次第に空母の姿がはっきりと捉えられ、盛んに艦載機を飛ばしているのが見える。

「距離三万一千！」

さすがにその声が限界だった。宇垣は立ち上がると「参謀長！如何に！」と声を上げた。

小柳が驚いてこちらを見返すと、視線を切ることなく栗田に何事か囁いた。栗田が前を見据えたままで小さくうなずく。

「宇垣くん、第一戦隊の砲撃は、専門家の君がやれ」

ほんの一瞬、艦橋に無言のざわめきが満ちた。

戦闘指揮を移譲するこの一言は、栗田の度量と見えたりもするのだが、実のところは、艦隊司令部を含めてこの巨艦を持て余していたのが本音であった。彼らにとって宇垣の反応は、まさに渡りに船だったのである。

宇垣はそれを聞くと特段の反応も示すことなく、すぐに立ち上がると大きな声で命じた。

「射撃開始！」

「大和」の竣工と参戦から約三年の時を経て、世界最大の巨砲が初めて敵の艦船に向けられたのである。この約二十メートルの砲身から打ち出される一・五トンの徹甲弾は、三万五千トン級の戦艦を僅か十発で廃艦にする威力を有している。

防空指揮所の森下が「射ち方始め」と叫ぶと同時に、甲板に二度目のブザーが短く鳴いた。

次の瞬間、前部の三連装六門の主砲が、目も眩むほどの火焔と共に、艦橋を覆い尽くような砲煙を噴き上げた。砲撃による衝撃波は海面を逆だてて巨大な半円弧を描き、その凄まじい発射音は殷々《いんいん》と洋上に轟《とどろ》き渡り、全速で駆ける全ての僚艦に届いた。

――「大和」が撃った。

誰もがその行方を追い、次に起こるであろう光景を思い描きながら、着弾までの時間を共有したのである。

「弾着まで一分三十秒……」


慌てて方向転換したスプレイグのタフィ三だったが、六隻の護衛空母は何れも商船型空母として建造されたもので、哨戒や上陸支援が主任務であった。このため旗艦の「ファンショー・ベイ」にしても七千八百トンしかなく、搭載機は僅かに二十八機である。当然のことながら速力も遅く最大でも十九ノットがやっとだった。

逃げようと時代遅れのレシプロエンジンを最大にしたが、ピストンの振動は半端ではなく、船体はおこりのように震え、耐え難いほどの騒音が撒き散らされた。

……これではとても逃げ切れない……

と頭を抱えた時、スプレイグはこれまで聞いたことのない音を耳にした。

その音は、どこかに素早さの響きを伴ってはいたが、実際は頭上を戦車が全速で通過するかのように破壊的であった。

スプレイグは、その音が艦橋の天井に沿って飛び越えて行くのを目で追った。

――これは死神が大鎌を振るう時の音だ。間違いなく誰かが死ぬぞ。

そして、隣を併走していた僚艦の護衛空母「ホワイト・プレインズ」が幾つもの山のような水柱に覆われるのを見て、それが巨大戦艦の砲弾の飛翔音だと気が付いた。

艦が大きく横揺れした。スプレイグは羅針儀で身体を支えながら「第七艦隊司令部に、無線電話をつなげ！」と叫んだ。

「大和」の斉射は正確だった。最初の斉射から四十秒後には、着弾修正を加えた二度目の斉射が、「ホワイト・プレインズ」への至近弾となって右舷側の機関室を破壊した。

「敵だ！敵の戦艦だ！今攻撃を受けている。すぐにオルデンドルフをよこしてくれ。いや、リーの三四任務部隊か。……何でもいいから早く来てくれ！　横で『ホワイト・プレインズ』がやられているんだ。……待てよ？　ハルゼーは一体何処に行ったんだ」

その間にも、巨大戦艦に続いて他の戦艦の砲撃も始まり、巡洋艦や駆逐艦が高速で突っ込んでくる。いよいよ狼の襲撃が始まったのだ。

だが「助けてくれ！」と懇願するスプレイグへの司令部の回答は、そっけないものだった。

「オルデンドルフの戦艦部隊は遠い。五時間も六時間もかかるぞ。ハルゼー？　どこにいるか知らんよ。とにかく逃げるんだな。タフィ一、二と連携して凌ぐんだ」

電話を切るとスプレイグは、全てを諦めたように力なく指示を出した。

「自分たちで凌げとよ！　動くやつは全て飛ばせ。魚雷でも爆弾でも、無ければ機銃弾だけでも積んで出せ。……駆逐艦はそれぞれで戦え。煙幕を張れ、早く逃げるんだ！」

「ホワイト・プレインズ」を撃破したと判断した「大和」は、目標を「ファンショー・ベイ」に変更して砲撃を続ける。

洋上は、低く垂れ込めた雲の一部がスコールとなって、暗幕を引いたように薄暗く「大和」の砲口が発する炎が、一際鮮やかに浮かび上がっていた。

——この斉射で、二隻目も沈む。

宇垣はカッと目を見開き、言い知れぬ高揚感に浸っていた。

「二番目標に命中、閃光確認！」

宇垣が思わず「よし！」と小さく声を上げた。

凄まじい轟音が上がり、敵の砲弾が「ファンショー・ベイ」の艦橋前方の右舷側に命中した。

その閃光が見えた時、スプレイグは爆発に備えて首を竦めた。だが、船体内部の崩壊音は聞こえても爆発は起こらなかった。「不発弾か」とスプレイグが胸を撫で下ろしたが、実際は「大和」の砲弾が、「ファンショー・ベイ」のあまりも薄い鋼板に反応しなかったのである。厚さ三十センチの鋼板をも打ち抜く「大和」の徹甲弾は、装甲を貫通して船体内部に達したところで遅動信管が作動して爆発する。商船ほどしかないブリキのような鋼板では、信管を作動させることすらできなかった。舷側に命中した砲弾は、船体内部を破壊しながらひたすら直進し、最後は反対側の舷側を突き抜けて海中に没したのである。

だが、スプレイグは敵戦艦の砲撃の正確さを認識していた。

——次の斉射でこの船は吹き飛ぶ。

そう覚悟は決めたものの、死神の大鎌に首を飛ばされる自分を思い浮かべて、身体を震わせた。

四十秒が過ぎる。もはや出来ることは何もない。

「ファンショー・ベイ」の艦橋は言葉を発する者もなく、エンジンの騒音に身を任せながら、その時を待っていた。

「司令！」参謀の声が響いた。来かと思った瞬間、視界が真っ暗になり艦橋の窓が乳色に染まると、辺りはこれまでとは　明らかに異質な轟音に包まれていた。

スプレイグは、これが地獄への始まりかと胸の前で指を組んだが、遠くの声で思わず艦橋の天井を見上げた。

そこから聞こえてくるのは、鋼板をハンマーで叩き続けるような暴音だったが、それは金属の無機質さではなく、自然界特有の優しさを伴っていた。

また、声が聞こえた。

「スコールだ！スコールに入ったぞ！」

あちこちで歓声が上がったが、すぐに雨音にかき消されて行った。


宇垣は、思わず参謀と顔を見合わせた。

……なぜ、爆発が起こらないのだ……

疑問は解けないが、今は砲撃戦の真最中である。要らぬ憶測をめぐらすよりも、撃つことが優先される。だが、主砲発射予告の一度目のブザーは鳴ったはずなのに、二度目のブザーは鳴らなかった。

先ほどまで、はっきりと見えていたはずの敵空母群の姿が消えていた。

「敵艦、目視不能！」

スコール特有の豪雨と夥しい煙幕のカーテンによって、空と海の境が完全に同化され、全ての視界を遮っていた。そして、そのカーテンは、幾つも群れるかのように繋がっていた。

――昨日の天気は、良く晴れて敵の攻撃を助け、今日は、荒れ模様で敵の遁走を助けている。何時になったら、天は我々の味方をしてくれるのか……。

宇垣が靴で艦橋の床を鳴らした。

断続的だった対空機銃の音が、次第に大きく切れ目なく聞こえるようになる。

「直上、急降下！」

「左舷雷撃機、突っ込んでくる！」

見張員の声に重ねるように、森下の声が響く。

「取舵一杯！黒一〇」

タフィ三の艦載機が、母艦を守ろうと殺到していた。


小沢艦隊は昨夕の敵索敵機の接触で、ハルゼーがこちらを認識したと確信すると、先行して南下させた前衛部隊を呼び戻していた。

そして同時刻、敵機動部隊を主戦場の比島から引き離すために、比島エンガノ岬の東方海上を北へと進んでいた。

――第一遊撃隊が、昨日敵機動部隊の猛攻をうけ、反転せざるを得なかったのは、我々がハルゼーを引き付けられなかったことが原因だ。今日こそは十分に敵を食いつかせ、第一遊撃隊を前に進めねばならない。

旗艦「瑞鶴」の艦橋から小沢が、周りの艦艇に目を遣った。

一群は、空母「瑞鶴」と「瑞鳳」を中心に、戦艦「伊勢」、軽巡「大淀」「多摩」に駆逐艦四隻、もう一群は、空母「千歳」「千代田」に戦艦「日向」軽巡「五十鈴」駆逐艦四隻で、二つの輪形陣を構成していた。

小沢は、栗田が反転したことは知っていたが、再度反転したことは知らなかった。

栗田艦隊は再反転の情報を出さず、連合艦隊が発した再反転を促す二度目の突撃命令は、小沢艦隊では受信されていなかった。もし、栗田艦隊が昨夜何事もなくサンベルナルジノ海峡を突破したことを知れば、その時点でこれだけの艦隊を犠牲にしてまで、ハルゼーと向き合う必要は無かったのかも知れない。小沢の艦隊は、栗田艦隊の攻撃を受けているスプレイグの艦隊と同様、迎撃戦を行うにはあまりにも脆弱な空母群であり、さらに頼みの艦載機はその大方を失っていた。

北進を続けるこの艦隊は、連合艦隊最後の機動部隊と言って良いだろう。小沢はその虎の子の部隊を、単なるハルゼーの餌にする決意を固めていた。

小沢は、後ろに控える参謀たちに、言い含めるかのように念を押した。

「栗田の艦隊がレイテに突入しなければ、全てが無に帰す。今日ハルゼーを再攻撃できぬのは未練と諦め、栗田にマッカーサーの首を取らせるための戦いをしよう」

その想定通り、早朝から敵索敵機の接触が始まった。

小沢は関係方面に「我敵艦上機の接触を受けつつあり」と発信し、ハルゼーがこちらを振り向き始めたことを知らせたが、なぜか栗田艦隊には届かなかった。

「大和」以下の栗田艦隊は、スコールに逃げ込んだ空母群を追い、スコールの切れ目、切れ目を狙って砲弾を送り込んでいた。だが、タフィ三の飛ばした艦載機と窮状を知ったタフィ一、二の救援機、おおよそ百機が栗田艦隊の上空を乱舞していた。

この艦載機の大群は、当然のことながらミッチャーの米第三十八任務部隊の正規空母群の艦載機に比べると技量、戦術、経験共に劣っていた。しかし攻撃を受ける側は、爆撃や雷撃に加え、単なる見せかけだけの牽制に対しても、回避行動を取らざるを得ない。逃げる空母を追いながら、右に左に舵を切れば、その距離が縮まることはない。

自分たちが追っているのが、まさかの護衛空母とも知らず、距離が縮まらないのは敵が正規空母で速力が速いからだと考えてしまう。

そして、艦載機を飛ばしてしまうと逃げ回るしかない護衛空母群を守ったのは、三隻の駆逐艦と四隻の護衛駆逐艦だった。特に四隻の護衛駆逐艦は、排水量はわずか千七百トン、速力も二十四ノットしかなく対空、対潜に特化した軽量駆逐艦である。

小沢艦隊は、この大小二種類の駆逐艦に惑わされ、巡洋艦と通常の駆逐艦に見誤っていた。しかし、これらの貧弱な護衛部隊は空母群の周りで煙幕を張り、スコールの合間にはその身を呈して突撃し、また隙を伺っては魚雷や砲撃を繰り返して、懸命に抵抗していた。

攻撃開始直後には数十分で終わると目論んだ戦闘は、スコールの目隠しと艦載機による空襲、さらには駆逐艦群の思わぬ抵抗により、ズルズルと引き伸ばされていた。

○八：一五、「後方より敵大編隊、近づいてくる」

空母「瑞鶴」の艦橋に緊張が走る。

「対空戦闘！」の号令と同時に戦闘ラッパが鳴り響く。

「敵は、第一波八十機、後方より百機続きます」作戦参謀の声に宇垣が聞いた。

「直掩機は何機だ」

「十八機上げております。残りの攻撃機は陸上基地へ退避済みであります」

それを聞いて小沢は……わずか十八機の戦闘機なら退避させればよかった……と思ったが、一メートルでも一キロでも敵を引き摺って行くには、これらの犠牲もやむを得ないときつく目を閉じた。

すぐに直掩機と敵戦闘機の空中戦が始まる。直掩機の搭乗員は、飛行学校の教官などを召集してきており、米海軍最精鋭のミッチャー機動部隊に引けを取ることはなかった。ゼロ戦が黒煙を噴くとヘルキャットが火達磨になって落ちて行く。勝負は五角でも数の差は圧倒的であり、艦隊上空は次第に星のマークに埋め尽くされて行った。

敵の雷撃機と爆撃機が攻撃を始めると、瞬く間に被害が続出した。

「『瑞鳳』、後部甲板に直撃弾！」「『秋月』轟沈！」「『大淀』に直撃弾！」「『千歳』、航行不能！」

そして旗艦「瑞鶴」にも爆弾と魚雷が命中した。

「左舷後部の魚雷により左機械室浸水、右二軸運転、速力低下」

僅かな直掩機と貧弱な対空機銃しか持たない空母艦隊を、囮として使う作戦であれば、当然過ぎる結末であった。

小沢は、身じろぎもせず前を見つめていたが、その脳裏にマリアナ沖海戦を戦った「大鳳」を思い浮かべていた。

——あの時は最新鋭の空母を失い、ここでは真珠湾から唯一生き残った武勲の空母を失うのか……。

だが、そんな感傷に浸っている間はない。

戦闘の合間には、早朝発艦した索敵機から「敵機動部隊、百四十浬南にあり」の報告も入るが、すでに四隻の空母には一機の攻撃機も残ってはいない。

「索敵機の報告から見ても、この状況はハルゼーが我が艦隊に食らいついたと思って良いだろう」

「十中八九間違いありません。我が艦隊の使命は達成されつつあります……」

先任参謀が言葉を飲み込んだ。

この作戦の使命が、ただ攻撃されるだけで良しとするのであれば、一方では地団駄を踏むほどの無念さもつきまとう。小沢は彼らの胸中を察して小さく何度も頷いた。

「我が艦隊は目的を達したのだ。これから味方が待ちに待っている報告をしてやろう」

先任参謀が電文を書いて、小沢に示す。

「……敵艦載機約八十機と交戦中。百四十浬南に敵機動部隊を確認……これだけで十分に意味は通じます」

小沢は、電文を眺めていたが「いまさら、我が艦隊の使命を隠す意味もあるまい」と参謀の鉛筆を手にとって、一行だけ書き足した。

「はっきり教えてやれば良い、——我、ハルゼーの誘引に成功せり——」

膨大な犠牲を前提にして掴み取ったこの一行の文字は、捷一号作戦の成否を左右する極めて重要な情報であったが、何故かこの電報も虚しく中空を彷徨《さまよ》っただけであった。

軍令部にも……連合艦隊にも……無論「大和」の栗田にも……それは届かなかった。

「敵空母、艦首左、距離二万二千！」

敵の空母がスコールの間から姿を見せたが、また直ぐに隠れる。それの繰り返しを重ねるうちに、間違いなく彼我の距離は縮まっていた。

再び薄闇の中に二隻の空母が浮かぶ。

途端に味方の砲が火を噴くが、それも束の間で、決まってスコールの中からは敵の駆逐艦、護衛駆逐艦が飛び出し、空からは艦載機が降ってくる。特にその速力を活かし敵に肉薄していた重巡群が、これらの反撃の矢面になった。

駆逐艦の捨て身の魚雷攻撃で重巡「熊野」が離脱し、艦載機の至近弾で重巡「鈴鹿」も脱落を余儀なくされた。

「大和」艦橋では、宇垣が歯ぎしりをしながら、海面を見つめていた。

「大和」の両舷には、目標を失って速力の落ちた敵の魚雷が並走していた。しかもご丁寧に左右二本ずつである。方向を変えれば魚雷に接触してしまう。結局「大和」は、その魚雷に導かれるように敵と反対方向に走らざるを得なかった。戦場における「あや」としか言い様がないのだが、魚雷と共にあった十分間は、まさに歯ぎしり物であった。

この間にも敵への砲撃は続き、空母からは黒煙が上がるのも確認され、懸命に抵抗する駆逐艦や護衛駆逐艦も何隻かは力尽きて沈んで行った。だが、まだ空母群に決定的な致命傷を与えた訳ではない。しかも、観測機の報告では、近くに別の空母群も在ると言う。

千載一遇のこの好機を逃がしてなるかと気は急くのだが、艦載機の攻撃がその行く手を阻む。幾ら二流の搭乗員と云っても、やはり数を撃てば当たるのである。

重巡「羽黒」が直撃弾を受け、「鳥海」「筑摩」も魚雷を食らった。

確実に敵に損傷を与えているのは間違いないのだが、その成果を俯瞰的にとらえられない現状には、閉塞感が伴う。追っても追っても、思うほどには近づかず、撃っても撃ってもその結果は見渡せず、さらに少しずつ味方の艦船は削られて行く。

――あのスコールの影に、まだ何隻隠れているのだ……。

宇垣は、戦闘の難しさを骨の髄まで思い知らされたが、敵の空母と相対している幸運だけを支えに戦っていた。

「大和」はすでに百発近くの徹甲弾を放っており、重巡に至っては四～五百発の砲弾を送り込んでいた。


「空母の『ガンビア・ベイ』が沈む。総員退艦だ！　駆逐艦の『ジョンストン』も『ホエール』も我々空母を守って沈んだ。『サミュエル・B・ロバーツ』……そう護衛駆逐艦の『ロバーツ』もだ。わしの艦も穴だらけで、空母の『カリニン・ベイ』も同じ目に遭っている。ほかの船も皆同じだ。一体何時になったら、我々を助けてくれるんだ……」

「ファンショー・ベイ」のスプレイグの悲痛な叫び声を聞きながら、第七艦隊司令部のキンケイドは、レイテを遠く離れたハルゼーを探し回って、狂ったように救助要請の電報を打ち続けてい

た
「時間が無い。暗号でも平文でも構わん。とにかくハルゼーをこちらに向かせるんだ。空母でも戦艦でもいいから、直ぐに来いと打て。……そうだ、平文なら敵も聞いているはずだ。ハルゼーがこちらに向かっているとの偽電を入れろ。敵を混乱させるのだ。この際だ、出来ることは何でもやれ！」

キンケイドが慌てふためくのも無理は無かった。

ハルゼーが、二、三、四の空母群を連れているとすれば、残りの空母群は第三十八任務部隊の第一群だが、北上を続けてはいたものの戦場にはまだ遠い。戦艦群の三四任務部隊もハルゼーと共にある。残りの方策は、自前のオルデンドルフの戦艦群による迎撃しかないが、昨夜のスリガオ海峡の戦闘で、徹甲弾の残りは少ない。巨大な戦艦を有する敵の艦隊に勝てるとは、とても思えなかった。

だが、この救援要請にいち早く反応したのは、ハワイの太平洋艦隊司令長官ニミッツだった。

――ハルゼーが北上したとしても、サンベルナルジノ海峡で日本艦隊を待ち受けるはずだった新鋭戦艦群は、近くにいるはずだが？

ニミッツは参謀長を呼ぶと、すぐに三四任務部隊の所在をハルゼーに問い合わせるよう指示した。

「第三四任務部隊は何処にありや」

このハルゼー宛の電文を、たまたま担当した暗号班の少尉候補生が、次のように組み変えた。

「七面鳥は水辺に急ぐ、第三四任務部隊は何処にありや、何処にありや。全世界はこれを知らんと欲す」

「七面鳥は水辺に急ぐ」は、暗号を解読されにくくするルールとして、本文の前後に挿入される前段の無意味な文書であり、二度繰り返される「何処にありや」が、重要電報の本文であることを意味している。そして「全世界はこれを知らんと欲す」は、意味もなく単に貼り付けただけの後段の文章である。

この電報は、小沢艦隊に第二次攻撃隊を送ったハルゼーの元に届いた。

旗艦「ニュージャージー」の通信士は、この電文の前段「七面鳥は水辺に急ぐ」はルールどおり削除したが、後段の「全世界はこれを知らんと欲す」は、本文との相性があまりにも一致していたため、迂闊《うかつ》にもこれを外すことを怠った。

ハルゼーの手元には「第三四任務部隊は何処にありや、何処にありや。全世界はこれを知らんと欲す」の電文が届けられることになった。

ハルゼーは、キンケイドの狂ったように送られてくる救援要請電報に対して、危機感を全く感じていなかった。敵の戦艦部隊には昨日の攻撃で、尻尾を巻いて逃げ出すほどの損傷を与えてある。この手負いの艦隊ならキンケイドの戦艦部隊でも、あのブリキの空母群であっても、とどめを刺すことは容易であろう。さらに間に合わないかも知れないが、念の為第一群にも北上を命じてある。

「何の問題もない」

ハルゼーの眼は、依然北の小沢機動部隊に向けられていた
しかし、ニミッツからの電文を読んでハルゼーの顔色が変わった。

削られるはずの「全世界はこれを知らんと欲す」の文言は、米国の子供たちに知られた「騎兵旅団突撃の歌」の一節なのだが、それには勇敢であるが無謀と言う意味合いが含まれていた。

ハルゼーは、その文面からミニッツに不興を買い、自分の行動が無謀だと皮肉られたのだと思い込んでしまった。

顔を真っ赤にすると、電文を握り締めた手が震えた。

「クソ！」ハルゼーは、その電文を床に叩きつけると何も言わずに自室にこもった。

――この手で、大日本帝国の最後の機動部隊を葬り、歴史に名を残せたのに……。

「第三八任務部隊第二群及び三四任務部隊は急ぎレイテに向かう。第三群、第四群はミッチャー指揮のもと、敵機動部隊への攻撃を続行せよ」

ハルゼーが一時間後に出した結論である。

だが、レイテは遠い。

到着はこの日の深夜の見込みであって、それは栗田のレイテ突入の後の始末にしかならないことを示していた。

英雄になりそこねたハルゼーは、焦点の定まらぬまま視線を海原に向けていた。

同時刻、ハルゼーの第二次攻撃により小沢艦隊の空母で唯一無傷だった「千代田」が航行不能となり、小沢は通信機能を喪失した「瑞鶴」から重巡「大淀」に旗艦を変更し「『大淀』に移乗し作戦を続行」と打電した。

栗田艦隊は、まだ敵の空母を追い続けていたが、時間が経過した割には、思うような戦果を挙げられていなかった。空母を発見してからすでに二時間が経過して、戦場は広範囲に広がり、艦隊としての運用が難しい状況になっていた。

それでも数隻の空母を沈め巡洋艦、駆逐艦も撃沈しており、少なくともハルゼーの機動部隊の一群は、ほぼ潰せたのではないかとの感触を持っていた。

艦隊司令部の動きが激しくなり、遂に「各艦集結せよ。針路北」の命が発せられた。

追撃中止の決定である。

宇垣の後ろで先任参謀が、「なぜ」と不満を口にした。

「この作戦の最終目的はレイテへの突入、この追撃戦は想定外の出来事だ。そろそろ燃料の残量が気になるだろう。そして、今追っている敵が正規空母ならば、この『大和』でも追いつく事は難しい。さらに、こうもバラバラの陣形では対空戦闘の密度が低下し、各個に撃破される危険性も生じる。どうだ、そう考えればこの命令も妥当と思えぬか」

参謀は何も言わなかったが、その気持ちは良くわかる。

戦艦であるからには、その大口径の主砲により敵の艦船を撃破することが主眼であり、艦載機相手の戦闘は、あくまでも副次的なものでしかない。これまで、もっぱらその亜流の防空戦を強いられていたものが、今日は本来の砲撃戦で敵に迫っているのだ。宇垣さえもこのまま敵を追いたい気持ちはあったが、如何せん、相手の空母は航空機を持っている。

純粋な砲撃戦だけでなく、対空戦闘も交えるとなれば、戦場は複雑化し戦況は混迷の度を深める。

——この作戦の目的は何だ。

宇垣は、目まぐるしく変化する戦場の流れを読もうと腐心していた。

すでに敵機動部隊の一群は叩き潰したが、これは小沢の囮作戦が失敗したことを示している。

次は恐らく第七艦隊の戦艦群のお出迎えだが、それは西村艦隊の弔い合戦として、堂々と受けてやろう。そして最後が上陸部隊への攻撃なのだが、残ったハルゼーの機動部隊の動きを止める術はなく、レイテにたどり着くまでの間は、執拗な空襲を甘んじて受け続けることになる。

まさに弓、鉄砲で待ち構える敵の大群に、白刃片手に一人切り込むようなものである。

成功の確率が極めて低いことが、宇垣の思考おも躊躇させる。

それは、栗田とても同じことである。

小沢の「我、ハルゼーの誘引に成功せり！」の電報は、届いていないのである。

栗田は、各戦隊からこの海戦の戦果を集計し、連合艦隊に空母四、重巡一、軽巡一、駆逐艦四を撃沈、そして空母二、巡洋艦と駆逐艦二～四隻を撃破したと報告した。この戦果もスコールと煙幕に遮られた観測上のものであり、実際撃沈したのは、護衛空母一、駆逐艦二、護衛駆逐艦一隻に過ぎなかった。

そして、北上再結集した艦隊に、栗田は「レイテに向かう。針路南西」と命じた。

砲撃が止んだ。

スプレイグは、竦《すく》めていた首を伸ばすと、驚きの表情で海原に目を遣った。

目前に迫ったかに見えた敵の重巡や駆逐艦が、一斉にUターンを始めたのだ。

「敵が引き返して行く！」艦橋に歓声が湧き上がった。

もう一射浴びればこの船は確実に沈んでいただろう。船体は穴だらけで、浮いているのが不思議なぐらいだった。

――助かった。

スプレイグは、目を閉じると神に感謝の祈りを捧げた。これからは、敬虔なクリスチャンとして生きようと誓った。

目を開けた時、無線からタフィー一の同姓の指揮官T・スプレイグの金切り声が聞こえた。

「日本機の攻撃を受けている！　空母が狙われた。『サンティ』と『スワニー』がやられた。何かがおかしい、とにかく普通とは違う……。我々は東に逃げる」

それを聞いてスプレイグは、敵を凌いだ安堵感もあって、改めて神は公平なのだと笑を浮かべた。

「救援機が少ないと思っていたが、タフィー一もやられていたのだ。彼らは東へ行くと行っているが、もう敵は引き揚げた。……我々は傷ついており、けが人の治療や補給が最優先だ。これよりレイテに向かう」

スプレイグは、神が救いの手を差し伸べてくれたと思っていたが、この海域には死神もまた息を殺して潜んでいたのである。

福留の指揮する二航艦の基地航空隊は、前日ミッチャーの第三群を攻撃したが、軽空母一隻を沈めただけで、敵機動部隊への第一遊撃隊への攻撃を阻止することはできなかった。

福留は、第一遊撃隊のレイテ突入支援のため、この日を総攻撃の日として早朝より索敵機を飛ばし、複数の敵艦隊を発見して攻撃隊を送ったが、敵艦隊を見つけることができなかった。

一方、一航艦の大西が比島防衛のため、自らが「外道の戦法」と評して編成した「神風特別攻撃隊」は、二十一日から連日出撃したが、こちらも敵との遭遇は適わなかった。

しかし、四度目の出撃となったこの日、特別攻撃隊は敵機動部隊を捕捉すると、第一波四機が体当たり攻撃を敢行したのである。

この機動部隊こそがタフィ一の護衛空母群であり、タフィ三が栗田艦隊の砲撃を受けている最中であった。タフィ一には二機が突入に成功し、護衛空母「サンティ」と「スワニー」が大きな被害を被った。

そして今、神風特別攻撃隊の第二波が、眼下に敵の機動部隊を捉えていた。


雲の切れ間から日が差した。レイテ湾口は目前である。

スプレイグは、旗艦「ファンショー・ベイ」の艦橋で眩しげに目を細めながら、虎口を脱した艦隊の強運が祝福されているのだと思った。

「右上空に機影！」の声が聞こえたが、味方機だと気にはならなかった。それよりも敵の戦艦群と戦った勇敢な艦隊を、オルデンドルフの戦艦が栄誉礼で、出迎えてくれるのではないかと胸を躍らせていた。

日が陰り、不意の突風が艦橋の窓を叩いた。

スプレイグは、どこからともなく、言いようのない不安が湧き上がってくるのを感じて聞いた。

「さっきの機影は？」

スプレイグが尋ねた時、すでに五機の特攻機が急降下をかけていた。

「直上、急降下！」　瞬時に対空機銃が唸り声を上げる。

二機が、スプレイグの旗艦「ファンショー・ベイ」を狙ったが、両機とも撃墜された。

しかし、別の一機が空母「キトカン・ベイ」に突入して大爆発を起こした。さらに二機が空母「セントロー」を狙い、一機は撃墜されたが、残る一機は爆撃に最適な位置取りで急降下していた。

スプレイグは、「セントロー」に向かって叫んだ。

「今だ、面舵を一杯回せ。それで爆弾は躱《かわ》せるぞ！」

その声が聞こえたかのように「セントロー」が、すばやく方向を変える。

「よし！これで直撃は免れる」

スプレイグは、してやったりと拳を振り上げた。

だが、なぜか爆弾は投下されなかった。

次の瞬間、スプレイグの身体は、拳を振り上げたまま硬直した。

攻撃機は、「セントロー」の変えた方向に機体を同期させると、そのまま甲板に激突したのだ。

大音響と共に爆発が起こり、さらに格納庫の魚雷を誘発させ「セントロー」は瞬く間に海中に没した。轟沈である。

スプレイグは、その光景を見つめながら呟いた。

――死神だ、死神の逆落としだ。「キトカン・ベイ」も「セントロー」も爆弾を食らったのではない。ゼロが機体ごと飛び込んだのだ。

そう言いながらもスプレイグは、たまたまの偶然が起きたのだと考えようとしていた。

……あの機の操縦士は爆弾の投下寸前に機銃弾を浴びていたのだ。それとも機体の損傷で操縦不能になっていたのか、いや単に爆撃の腕が未熟だっただけかも知れない。

そう考えれば、今起こっている奇妙な出来事も受け入れることができる。スプレイグは気を取り直して、駆逐艦に「セントロー」の生き残りの捜索を命じた。

だが死神は、まだタフィ三を手放してはいなかった。三度目の急降下が、護衛空母「カリニン・ベイ」に襲いかかり、二機が飛行甲板の前後のエレベーター付近に突入して、大火災が発生した。

スプレイグの顔から表情が抜け落ちた。

――これは偶然ではない。あれは体当たりだ。彼らは自からの意思でそれを行っている。彼らが死神なのか、ここは地獄なのか……。

タフィ三は、朝からの砲撃戦と航空戦により、護衛空母六隻の内二隻が沈没し、四隻は大きく損傷していた。駆逐艦も三隻の内二隻が沈没、護衛駆逐艦一隻も沈み、残った艦も全て傷ついていた。

その「ぼろぼろの艦隊」の中でも、スプレイグの「ファンショー・ベイ」は、穴だらけの船体を波が洗うような有様だったが、それでも時代遅れのレシプロエンジンは止まることなく、遅々としながらもレイテを目指していた。

栗田艦隊の砲撃と神風特別攻撃隊の強襲を凌いだスプレイグの思考は、すでに限界を超えていた。焦点の定まらぬ目で、漫然と前を見つめていたスプレイグの耳に、キンケイドとオルデンドルフの無線の会話が飛び込んで来た。

「オルデンドルフくん、栗田の艦隊が再びレイテに向きを変えたようだ。タフィ一もタフィ三も、もう役には立たん。残りは君の戦艦部隊だけだ。私にとっても辛いことだが、出撃を命ぜねばならん」

「お気遣いを感謝いたします。砲弾の許す限り撃ちまくり、我が艦隊の名誉にかけて最善を尽くします。お別れに第七艦隊の武運をお祈りいたします」

日米の戦艦部隊が、その砲撃で雌雄を決する決意を固めて、レイテの東西から進撃を始めたのだ。

スプレイグはこのやり取りで、再び背後に栗田の艦隊の影を感じて、びくりと肩を振るわせた。それから、ゆっくりと膝を折ると頭を抱え込んだ。

——レイテは、死神の住処《すみか》なのか。私はきっと死神に魅入られてしまったのだ。

もはやスプレイグには、呻き声を上げることしかできなかった。


軍令部の作戦会議室は早朝から沸き返っていた。

栗田艦隊は最初の報告で「敵機動部隊らしきもの見ゆ」と言い、続いて「われ敵空母捕捉、まさに天助ならん。これを殲滅せんとす」と攻撃開始を知らせた。

中沢が、会敵の報を受けた連合艦隊からの発信文を披露する。

「第一遊撃部隊は、サマール島東方海上にて敵主力と戦闘中、全軍この機を逃さず敵を猛攻せよ……随分気合が入っとります」

そう言う中沢も珍しく顔を上気させていた。

伊藤は、黙って報告を聞いたが、敵の主力との会敵は、小沢の囮作戦が失敗したことを示すものではないかと憂慮していた。

「小沢機動部隊の状況は？」

「本日、敵索敵機の接触を知らせてきましたが、その後の詳細は不明です」

「やはり栗田艦隊が遭遇したのは、ハルゼーの機動部隊と言うことか」

「まず間違いないと思われます」

伊藤が遠い目のままで言った。

「そうであれば、ハルゼーの一群を叩いても別群からの波状攻撃は免れまい。レイテは遠いな……」

数時間後、新たな情報が入る。

「空母四隻撃沈の大戦果です。栗田艦隊はすでにレイテに向けて進撃を再開いたしました」

さらに別電は「小沢長官、大淀に移乗し作戦を続行中」と言う。

――なぜ小沢は、「瑞鶴」から「大淀」に移乗したのだ？　「瑞鶴」が沈んだのか？　これは小沢艦隊が攻撃を受けていると言うことなのか？　もし、そうであれば小沢艦隊を攻撃できるのは、あの海域ではハルゼーしかいないはずなのだが？

全てが、謎のままで進み続けている。

「次長……」と黒木の声がした。

伊藤が振り返ると耳元に口を寄せた。

「第三課の情報では、第七艦隊はハルゼーに助けを求めています。緊急電が乱れ飛び大混乱の模様です。中には平文もあるとのこと、」

「それで、ハルゼーは？」

「二時間後には来ると艦隊側が言っているようです」

――二時間で戻れるならば、ハルゼーは小沢艦隊に取り付いている訳ではない。では小沢もハルゼーも何をしているのだ。一体あの戦場で何が起こっているのだ……。

「我、ハルゼーの誘引に成功せり」の電報を知らぬ軍令部も、混迷の度を深めていた。

反転

一一：二〇、栗田艦隊はレイテに向けて再進撃を開始したが、昨日、今日の戦闘で失った艦艇は少くはない。二十二日ブルネイを出撃した際には、第一部隊、第二部隊に分かれ戦艦、巡洋艦、駆逐艦合わせて三十数隻を数えていた。

宇垣は、「大和」の第一艦橋から周囲の艦艇を見渡した。当初は二群に分かれた艦隊の全貌を見ることなど不可能であったが、今はその視界の内に捉えることができる。

それだけ艦艇の数が減ってしまったと言うことなのだ。

その主力は「大和」を含めた四隻の戦艦であるが、それに従うのは僅かな重巡と軽巡であり、駆逐艦を含めても十四隻にしかならず、出撃時の半数以下に激減していた。

それは皮肉にも捷一号作戦が、敵ばかりではなく連合艦隊にとっても殲滅戦であることを現していた。

宇垣は、レイテへの再進撃は当然のことと納得していたが、戦いの勢いに乗り切れていないと作戦指導に一抹の不安を抱え続けていた。

――敵空母に対する攻撃手順の不備もあり、集結地点をわざわざレイテから遠ざかる北として、突入時間を更に遅らせるとは、艦隊司令部は混乱しているのではないか……。

そんな折、司令部の動きがまた激しくなる。

「南西方面艦隊から『ヤキ一カ』に敵機動部隊を発見したとの情報への対応が議論されているようです」先任参謀が小声で囁やいた。

「北の空母群のことか？」

「はい、すでに一航艦、二航艦に対して『ヤキ一カ』の敵を攻撃するよう要請したとのことです」

宇垣が、ふーと大きな息を吐いた。

「この周辺の北、東、南に敵の空母群がいる事は、間違いなかろう。今朝追ったのが南であれば、当然北の存在が確認できただけだ。現在の断続的な空襲が東の艦隊であれば、全ての辻褄が合うのではないか。空襲を排除しつつの進撃も当然想定内の事象だろう。何も慌てる必要はない」

宇垣は、これまでの戦いの推移の中で、何度も思い悩み、疑心暗鬼になることもあったが思い起こせば、とうに腹は決まっていた。

それは、リンガ泊地で「捷号作戦要領」の説明を受けた折、伊藤軍令部次長が「この戦で敵の将軍の首を獲れ」と命じたと聞いた時に、すんなりと定まったのである。

レイテを目前にして、改めて自分にはこの単純な目的が一番似合っていると、一人笑を浮かべた。無論、その代償は全滅なのだが……。

栗田艦隊は、時折小規模な空襲を受けていたが、それを排除しつつレイテ湾口のスルアン島まで四十五浬（約八十キロ）を切るところまで進んでいた。

「大和」の主砲の最大射程距離四十二キロを考えると、数時間後には敵の上陸地点タクロバンに砲弾を打ち込める。そこには米陸軍の西南太平洋方面最高司令官マッカーサーがいるのだ。

――その首、この「大和」が貰う。

しかし、レイテへの再進撃を始めて一時間半が経過したころ、艦隊はこれまでの断続的な小規模空襲と違い、約百機にならんとする組織的な大空襲を受けていた。

その対空戦闘の間にも、艦隊司令部の慌ただしさが際立つ。

宇垣は、この動きに苛立ちを露わにすると、栗田の後ろで参謀長を囲んでいた参謀たちを一喝した。

「戦闘中に目障りだ！議論は作戦室でやれ！」

参謀長が目を剥いたが、栗田は何も言わなかった。一団が艦橋から出て行くと栗田が、一人になった。暫くして「射ち方止め！」の号令が聞こえた。

宇垣は、自分の席を離れると栗田の後ろに立った。特段何かをするではなかったが、最終段階を迎える今、栗田の声を聞きたいと思った。

「宇垣くんか……」栗田は前を見つめたままだった。

「はい、やっとここまで来ました。周りが何かと騒がしいようですが」

「そうだな、今の空襲が『ヤキ一カ』の空母群からの攻撃ではないかと言っている。その可能性は大きい……」

　時間の推移とともに雑多な情報がもたらされる。午前中には、ハルゼーが二時間後に到着する情報もあった。それを信じると北の空母群は、ハルゼーの主力部隊と言うことになる。

「今さらの話ではありませんか。あと数時間すれば結果を見ることができます」

「その通りだが、敵の本隊が戻ったのであれば、これから昨日のシブヤン海での空襲に匹敵する攻撃を受けるだろう。果して何隻生き残れるか？　その上で辿りついても、上陸から五日も過ぎたレイテの輸送船は空船かも知れない……」

　栗田の杞憂《きゆう》は、当然のことだった。日本の国と連合艦隊の命運を託されれば、平常心を保つことなど不可能に近い。しかも、これまで基地航空戦力は機能せず、小沢艦隊の囮作戦も失敗し、西村艦隊も全滅した。栗田が背負った作戦は、ことごとく破綻していたのだ。

だが、まだ救いはあると宇垣は思っていた。四面楚歌の中でも、ただ一筋の道筋を見出せば、結果はどうであれ作戦は成功と言える。

　宇垣は、自分の思う道筋を栗田に示そうと思った。

　それは越権行為かも知れないし、怒りを招くかも知れない。しかし、栗田の声を聞きたいと思ったのは、そのためだったのだと確信した。だから自分はいまここに立っているのだ

「長官」と声をかけようとしたが、その前に「宇垣くん」と小さな声が遮った。

「私は戦艦『金剛』に一年乗ったことはあるが、後は巡洋艦ばかりだった。この『大和』はすごい艦だな……。この艦に乗せてもらってからずーと考えていたことがある」

栗田が、ふっと息をつくと誰に語るでもなく淡々と言葉をつないだ。

「――この艦がある限り連合艦隊は滅びない。そうであればこの艦は、輸送船ごときと心中するべきではない」

それは、決意と呼べる程のものではなかったが、栗田が自分を使って自らに言い聞かせているのだと宇垣は受け止めていた。それが単なる一時的な感想であったとしても、この言葉は重い。

なぜなら、突き詰めて行けば、宇垣の思考の奥底にも同じものが潜んでいたからである。

だが、この考えを良しとすれば、レイテ突入は永遠に閉ざされることになる。宇垣は栗田の心情を汲みつつも、敢えて人ごとのように言った。

「作戦中止ですか？」

「それはあるまい」

栗田が、頬を緩めたのが分かった。

栗田のレイテ突入の決意は、五分五分だと感じた。

「大和」への想いは、単なる決断の拠り所を得るためのものかも知れないが、それは一つの真理なのだ。

宇垣は、春先に呉の海軍工廠で聞いた伊藤次長の言葉を、思い出していた。

……もし海軍が「大和」の竣工をもって開戦を決意したとするならば、この艦は、その運命の中に戦争を終わらせる何かを秘めているのかも知れない。

この真理に添うとすれば、それは今なのだろうか。

このままレイテに突入し、「大和」の砲弾をマッカーサーの頭上に浴びせる。

しかし、それで戦局は変わるかも知れないが、終りはしない。それならば、有るか無いかも分からない最終決戦に思いを託すのか。

それは、無限の思考回廊だった。

二人は、堂々巡りの回廊を彷徨ってはいたが、それから脱却する方法も良く知っていた。その唯一の方法が、決断である。

軍の決断は最高責任者が行うものであり、その最高責任者の心情は、第三者の知るところではない。だから宇垣は、栗田の突入の可能性を五分五分と読んだ。

「長官……」

参謀長の声で我に返って振り向くと、艦隊指令部の面々が戻っていた。

宇垣は小さく踵を鳴らすと、自席に戻ろうとした。その耳に、栗田の声が聞こえた。

「宇垣くん、話せて良かった……」

宇垣は、この栗田の言葉を胸に刻んだ。

栗田は、もうすでに決断しているのかも知れないが、命令が出るまでは、はっきりと自分の意見を言うつもりだった。その上で栗田の決断を尊重しようと思った。

そうしなければ、いま話した意味がないのだ。

参謀長の話を聞いていた栗田が、首をこちらに向かって小さく振ふるのが見えた。

参謀長は、戸惑いながらも「司令、北へ行っていただきます」と声を掛けてきた。

「目的は、北の敵か？」

「敵機動部隊を叩くことは、この作戦の主眼の一つであります」

宇垣は、小さな議論を重ねる気はなかった。栗田の本気度が分かれば、それでいいのだ。

「午前中の敵すらも叩き切れなかったのに、そう上手くやれるものなのか？」

そう言うと宇垣は、立ち上がって参謀長に向いた。

「二つだけ聞く。君らには西村艦隊の無念を晴らす気はないのか。もう一つ、伊藤軍令部次長のマッカーサーの首をとれの命令は無視するのか！」

参謀長以下の艦隊司令部からの返答はない。

「どちらもレイテ突入を前提として、成就《じょうじゅ》される」

「大和」の艦橋を沈黙が覆った。

「レイテ湾口、スルアン島まで、あと四十浬（約七十キロ）」

航海長の遠慮がちな声にも、誰もが無言だった。

重苦しい空気の中で、運命の振り子がゆっくりと揺れる。

そこでは、時の流れさえも置き去りにされていた。

誰かが息苦しさに耐え切れず、小さく息を漏らした。

それを潮合いと見たのか、栗田は、おもむろに立ち上がって後ろ手を組んだ。

「宇垣くん、わしは北へ行くと決めた」

その声には、何の気負いも感じられなかったが、強い意思を持って艦橋の隅々まで届いた。

「わしは、この『大和』を艦隊決戦に使いたいと思う。それは、マッカーサーではなくハルゼーの首を狙うと言うことだ。どうだ面白いと思わぬか――」

栗田の言葉は、何のわだかまりもなく宇垣の心腹に落ちた。

「北へ行きましょう」

宇垣の言葉を待っていたかのように、艦隊参謀の声が響いた。

「艦隊針路一〇度！」

この瞬間に、第一遊撃部隊のレイテ突入は、幻となって消えた。

「大和」に従い、一斉に回頭を始めた艦艇が立てる白波が、ゆるやかにUの字を描き始めていた。

レイテへの思いがチクリと、宇垣の胸を刺した。

「第一遊撃部隊は、レイテ突入を止め、敵機動部隊を求め決戦せんとす」

連合艦隊への至急電が、事実上の捷一号作戦の幕引きの合図となった。

なぜなら、「ヤキ一カ」には、ハルゼーやミッチャーはおろか、如何なる艦隊も存在してはいなかったのである。

オルデンドルフは、麾下の戦艦、巡洋艦部隊を率いてレイテ湾口に布陣した。

相手は世界最大の戦艦を有する艦隊である。壮絶な砲撃戦になることは間違いない。今朝方の戦いのようには、上手く行かないだろう。半分も残れば御の字だ。

誰もがそう考えていた艦隊には、悲壮感が漂っていた。

オルデンドルフは、双眼鏡を強く眼に押し付けた。そうすれば一秒でも早く敵のマストを見つけられるような気にさせられていた。

「ファンショー・ベイ」のスプレイグは、やっとの思いで栗田に先んじて、スルアン島まで辿り着いた。常に後ろを振り返りながらここまで来た。見張員にも後ろを見ろと厳命してある。

その見張りからの「マスト発見！」の声に、心臓が跳ね上がった。

──栗田に追いつかれたのか……。

スプレイグは、参謀の指さす方向に双眼鏡を向けると、肩の力を抜いた。

双眼鏡の中には、星条旗が翻っていた。

「オルデンドルフの迎撃艦隊です」

そう言われて間近で見る味方の艦隊だが、なぜか不安を消し去るどころか、かえって増幅させるばかりだった。それは、直前まで死線を彷徨ってきたスプレイグだから、分かったことなのかも知れない。

──この艦隊は、すでに気圧《けお》されている。ここも安住の地ではない……。

スプレイグは、再び栗田の恐怖を全身に浴びて立ち尽くした。

同じ頃、レイテ湾のキンケイドは、栗田艦隊の突入に備えての艦船配置や輸送船団の移動に追いまくられていた。

……もし、オルデンドルフの艦隊が栗田を阻止できなければ、このタクロバンには砲弾の雨が降り注ぐことになる。だが、せめてハルゼーを張り倒すまでは、生きていたい。

絶望的な第七艦隊の中にあって、唯一元気だったのが護衛空母群のタフィ二であった。タフィ一は特攻機、タフィ三は栗田艦隊と特攻機の攻撃を受けて敗走していたが、タフィ二は、栗田艦隊がハルゼー本隊による組織的攻撃と判断した直近の攻撃を担っていた。

攻撃後も上空から栗田艦隊の動静を窺っていたタフィ二の艦載機の無線を、第七艦隊司令部が傍受した。

……敵艦隊が進路を変えた。なぜか北へ向かっている……

参謀長が思わず呟いた。

「まさか、引き上げるのか――」

「そんなはずはない。我々を目の前にして有り得ないことだ。突入のための陣形を組み直しているのだろう。……そんな虫のいい話には、裏があるものだ」

そう言いながらキンケイドは、ハルゼーを殴るなら拳か平手かを思案していた。

……拳で殴れば痛みは強いが、屈辱感を与えるためなら平手打ちの方が効果的かな。

キンケイドが、ハルゼーの殴り方を平手打ちに決め、最後になるかも知れないコーヒーを口にした頃、南から新手の大編隊が姿を現していた。

それは、タフィやキンケイドの悲鳴を聞いて、急遽北上を開始していた第三十八任務部隊第一群からの救援機だった。

レイテ危うしの報を受けて、遮二無二に飛び立った約百機の攻撃隊は、三百三十五浬（約六百二十キロ）の超遠距離飛行に挑戦した。この距離は、先のマリアナ沖海戦で小沢が仕掛けたアウトレンジ戦法の距離に匹敵し、米空母艦載機にとっては最長飛行距離であった。

やっとのことでレイテに辿り着いた攻撃隊が、気合を入れ直して戦闘隊形を組み直したのだが、湾内にも湾口のスルアン島周辺にも敵の艦隊の姿はなかった。敵の進撃が遅れているのだろうか。レイテ湾で繰り広げられているであろう大海戦に、勇躍して切り込む想定は完全に的外れであった。

気を取り直して北上する攻撃隊は、暫くして眼下に敵艦隊を発見したのだが、それは間違いなくレイテと反対方向に向かっていた。

攻撃隊は、肩すかしを食ったかのように沈黙した。

……敵は、Ｕターンして北へ向かっている。敵は逃げ出したのだ。

勢い込んだ気勢も削がれ、遠距離の帰路を残した攻撃隊は、「敵艦隊は、北だ、北へ向かっている」とだけ報告すると、爆弾や魚雷をばら撒くように投下して、さっさと引き上げて行った。

だが、その報告を聴いてもキンケイドは、直ぐには納得しなかった。

……なぜここまで来て、栗田は引き返すのだ。これまでの犠牲を無駄にするのか……

しかし、続けて入ってくる報告は、栗田艦隊の北上を裏付けるものばかりであった。

理由は分からないが、栗田の艦隊がレイテから離れていることは、間違いなかった。

「全艦隊へ通知したまえ。レイテに向かっていた敵艦隊は引き揚げた。我々は自分たちの力でレイテを守りきったのだ。……神に感謝しよう」

キンケイドの通知が届くと湾内の輸送船団から、盛大に汽笛が吹き鳴らされた。

レイテ湾口のオルデンドルフは、すでにその情報を掴んでいたが、正式な通知を聞いて安堵の息を吐いた。そして脱いだ帽子をゆっくりと胸に当てると神に祈った。

――あの艦隊の司令長官が、西村提督でなかったことに感謝いたします。

吹き渡る風が、ふと頬に触れた。オルデンドルフには、それが神の祝福のキスのように思えた。

その頃、レイテ泊地に辿り着いたスプレイグは、「ファンショー・ベイ」に横付けした補給艦に向かって大声で叫んでいた。

「冷たいビールをくれ！」

栗田艦隊が最終目標をレイテ突入から敵機動部隊強襲に変更し、進路を北へ転じた頃、小沢機動部隊は、今もなおミッチャー機動部隊との死闘を繰り広げていた。

小沢は、たとえ麾下の機動部隊が全滅したとしても、囮作戦は必ずやり遂げるとの信念を持ち続けていた。連合艦隊が最後の戦いとして選んだレイテ突入を、可能とさせられるのは、この艦隊の犠牲以外には無かったのである。

その時すでにハルゼーはレイテに向かっていたが、小沢はミッチャーの第三群と第四群をがっちりと繋ぎ止めていた。

午後一時過ぎから始まった第三次空襲により空母「瑞鶴」が、魚雷七本、直撃弾四発を受け沈没、空母「瑞鳳」もすぐに「瑞鶴」の後を追うように沈んだ。四隻の空母全てが沈み、ここに日本海軍最後の機動部隊は壊滅した。

しかし、この奮闘により囮作戦は見事に成功したのだが、これを自軍に知らしめる小沢の戦況通信には、あまりにも未達が多かった。結果、軍令部も連合艦隊も、そして肝心の栗田艦隊も小沢の作戦が、成功していたことに気づかなかった。

このため、何時まで経ってもハルゼーの影に幻惑されることになり、連合艦隊も栗田艦隊の北への転進を容認せざるを得なかった。さらに、ハルゼーの一群を撃破と思わせる過大な戦果報告と特攻の成果報告が、この作戦の評価を高めることになり、最終決戦の覚悟さえも曖昧《あいまい》にしてしまった。

栗田の突入中止を聞いた伊藤は、思わず口を開いた。

「北へ行くほうが危ないのでは」

それは遠くから冷静に戦況を見ていればこその疑義であり、普通に考えれば如何に位置が分かろうとも、ハルゼーの航空艦隊との遭遇戦など望むべくもないことなのである。

伊藤は訝《いぶか》しげに電文を手に取ったが、何かを思いついたかのように眼の奥を光らせた。

……そうか、栗田は「大和」に乗っているのだ。

世界最大で最強のこの戦艦は、以前、伊藤おも困惑させる何かを秘めていた。それが栗田の思考に何らかの影響を与えたことは、想像に難くない。

伊藤は、腕を組むと視線を遠くに移した。

「中沢くん、やはりレイテは遠かったな」

「はい、残念ですが、現場の判断を尊重するしかありません。しかし、敵機動部隊の一群は、撃破いたしました」

「だが、敵上陸部隊を叩けなかったことは、作戦としては失敗だ」

そう総括しながらも、伊藤は栗田の心情に思いを馳せて、唇を強く噛んだ。

――君も、あの艦《ふね》に魅入られたのか。あの艦《ふね》こそは、日本海軍の究極の「艦《いくさぶね》」なのだ。あの艦《ふね》は、君に何を予感させ、レイテを捨てさせたのだ……。

敵機動部隊との決戦を目論んで北上した栗田艦隊だったが、やはり「ヤキ一カ」にその姿を見ることはなく、再びサンベルナルジノ海峡を越えてブルネイに撤退した。

二日後の二十七日、空母を失った小沢の機動部隊本体が、奄美大島にたどり着いた。出迎えの連合艦隊参謀から捷一号作戦の顛末を聞いた小沢は、敗軍の将として多くを語ろうとはしなかったが、この作戦についての私心を述懐した。

「結局、誰もが身勝手に動き、レイテで本当に死力を尽くして戦ったのは、西村だけだったと言うことだ」

連合艦隊は、「捷一号作戦」による比島海域やその後の関連の戦闘において、甚大な損害を被っていた。

正規空母一隻と軽空母三隻に戦艦四隻が沈み、重巡七隻、軽巡四隻、駆逐艦十二隻を失った。さらに、重巡四隻が大破し戦艦三隻が中破するなど、全ての艦艇が何らかの損傷を受けており、その惨状はまぎれもなく連合艦隊の壊滅を思わせるものであった。

一方の米軍は、沈没を軽空母一隻、護衛空母二隻、駆逐艦三隻に留めており、護衛空母七隻も損傷してはいたが、損害のほとんどが補助艦艇でしかなく、主力艦隊はほぼ無傷でこの激闘を乗り切ったのである。

第七章　沖縄特攻作戦

第二艦隊

戦艦「大和」は、昭和十九年十一月二十四日、母港である呉に百日ぶりに帰り着いた。

レイテを巡る海戦に敗れた連合艦隊は、艦隊編成の変更を余儀なくされ、十一月十五日残存艦艇を統合して「第二艦隊」とし、帰還命令を発したのである。

これにより、宇垣は第一戦隊司令官の任を解かれることになったが、その命令の中に「燃料満載の上内地に回航せよ」の文字を見て、戦況の厳しさを痛感させられていた。

——「大和」は、内地に帰ったら二度と動けなくなるやも知れん……。

だが、その「大和」は、翌日に大挙して押し寄せた敵B—二四爆撃機四十機に対し、主砲三式弾の斉射を浴びせ、見事三機を撃墜して宇垣の鬱憤《うっぷん》を晴らして見せたのである。宇垣はこの後、九州を拠点として南西諸島を防備する新設の第五航空艦隊司令長官となる。

その十日前、伊藤は米内海軍大臣に呼ばれていた。

「伊藤くん、比島の戦況も思わしくないな」

「はい、陸軍は台湾沖航空戦と捷一号作戦の成果で、米機動部隊は恐るるにたらんと腹を決め、比島防衛の主戦場をルソン島からレイテ島に変更しており、すでに兵力の移動を始めており、昨日第一師団の上陸が成功しております。しかし……」

　言葉を切った伊藤に、米内が尋ねる。

「しかし？」

「先般の台湾沖航空戦の戦果が過大であったことは、大臣もご承知のとおりでありますが、大本営はこれを修正することもできず今日に至っております。また、今回の捷一号作戦の戦果についても不透明なところがあり、ここでの主戦場変更は輸送そのものに支障をきたすことは間違いありません。レイテの陸上部隊がすでに押されている状況でのこの一策は、さらに局面の混沌を招くものと考えられます。また、特攻が想定以上の戦果を上げたことにより、比島の一航艦、二航艦が合同して特攻作戦を拡大しております……。大西が、特攻の話を出した時点で、何としても止めるべきであったと悔いております」

　米内は「その責任は私にもある」と視線を落としたが、吸いかけの煙草を灰皿に押し付け「ところで……」と話題を変えた。声が小さくなる。

「君の今後については、海軍省に来てもらい戦争終結に力を貸して欲しいと思っていたのだが、やはり、駄目か？」

　伊藤が、姿勢をぴしりと伸ばした。

「前にもお話しいたしましたとおり、戦争の終結は望むところ大でありますが、この大戦の始まりから現在に至るまで、私は帝国海軍の全ての作戦の責任を負う立場にありました。

　今回の捷一号作戦で連合艦隊は壊滅的損害を受け、もはや敵艦隊に対抗する力はありません」

話が海軍の現状に到り、伊藤は少し肩を落とした。

「これまでの結果は、全て私がと思い上がるつもりはありませんが、すでに負いきれぬほどの業《ごう》が山のように積み上がっております。ここに至っての海軍省へのお話しは、その全てを放棄し逃避することに他なりません。もはや私は机上の戦争に敗れております。一人の海軍軍人として、座して終わりを待つよりは戦場にありたいと願っております」

米内が煙草に火を着けると、吐いた煙の行方を追った。

「そうだな。これまで長い間、誰もが君に一番辛いことを押し付けてきたのかも知れん。しばらく海にでも出てみるか……」

米内は、伊藤の話を聞いて、あっさりとそれを肯定して見せた。

端から固辞することは分かっていたし、すでに新しい任地も決めてあった。

――「呉」

そこが伊藤の新しい任地だった。

呉には、帝国海軍の唯一残った艦隊がいる。

そして、その艦隊の旗艦は、「大和」だった。

伊藤が、まるで運命の紡ぐ糸に絡め取られるかのように、第二艦隊司令長官となる。

内示の際、伊藤は米内にこう言った。

「海軍省での和平交渉のお手伝いはできませんが、私は海の上で、『大和』の上で、戦争終結への道を探して行きたいと思います」

その日、伊藤は妻のちとせに、転任を知らせた。

伊藤の心情を知る妻は、「お勤めご苦労さまです」と言って微笑んだ。

ちとせは、再婚の相手だった。最初の妻は、出産で子供と共に亡くなったが、ちとせは一男三女を産んでくれた。

長女はすでに嫁ぎ、次女は女学校、三女は十三才だった。女の子たちは、何時までたっても心配だったが、長男は海軍航空隊の戦闘機乗りになっており、同じ軍人としてすでに覚悟はできていた。

その夜、床の中でまどろんでいた伊藤は、いつもと違う気配を感じて目を開けた。

何の音もしてはいなかったが、指先に微かな震えが伝わってくる。それは隣に敷かれたちとせの夜具から続いていた。ちとせは、伊藤との生活では軍人の妻としての矜持を持って尽くし、子供たちには母親として溢れるほどの愛情を注いで、暖かな家庭を築いていた。

伊藤が軍務に専念できたのも、ちとせの助けがあったればのことである。そんなちとせだからこそ、今回の転任が何をもたらすのかを良くわきまえていた。このご時勢に第一線の艦隊へ行くことは戦死を意味し、また、伊藤がこれまでの職責を全うしようとすれば、そこにも死の影を見ることになる。

ちとせが、その道理を分からぬはずはなく、伊藤が伝えた転任の話は、自からの死を宣言したに等しいことであった。

伊藤が、背を向けていたちとせの布団の上からその肩に手を伸ばした。

ちとせは、ぴくりと身体を震わせると、両手で顔を覆った。その手の隙間から密やかな嗚咽が漏れた。

「ちとせ……」

伊藤が声をかけると、ちとせがゆっくりとこちらを向いた。幾筋もの涙が頬を濡らし、声を殺そうと懸命に手で口を抑えていたが、伊藤が腕を伸ばして抱き寄せると、すぐに嗚咽が号泣へと変っていった。

伊藤は、泣きじゃくるちとせの髪を幾度も撫でながら、思いを込めて強く抱きしめた。

――愛おしい人、思い切り泣きなさい。私のために、そして貴女自身のために。

伊藤の転任の決定が遅れたのは、米内の引きがあったればのことなのだが、決まってからも騒動が続いた。

内示の当日、軍令部に戻った伊藤に、黒木が詰め寄った。

「次長、『大和』へはお一人で行かれるつもりですか？」

一瞬、何を言っているのか理解できずにいたが、要は自分も連れて行けと言うことかと思い至った。

伊藤の転任決定は遅れたが、今回の異動対象者にはすでに内示がなされており、いまさらの話なのだ。

だが、黒木は頑として譲らない。呉海軍工廠で一から「大和」建造に携わり、その「大和」の縁で軍令部次長の副官となった男である。共に「大和」の何なのかに拘り続けてきたのだ。伊藤にとっては得難い人材であったが、何時までも自分の傍に置いておく訳にも行かない。すでに大型艦の艦長や軍令部の課長職でも勤められる階級にあり、大佐での副官も異例のことである。

　だが言われてみると、伊藤が「大和」で指揮を執るのであれば、黒木の言うことも至極当然のことなのである。伊藤は、この人事が難しいことを知りながらも横車を押すことにした。おまけに黒木は、さらにもう一人連れて行けとも言った。軍令部勤務の大尉だが、「大和」との繋がりは濃く、ミッドウェーで戦死した野中にも関係していると言う。黒木が可愛がっている若手の一人でもある。

　伊藤は、無理を承知で連合艦隊参謀長の草加に直接電話をした。

「第二艦隊司令長官として、以下の二名を帯同させたいが如何。副長として現軍令部次長副官の黒木大佐、大和士官として軍令部第二部第三課の宮城大尉」

　草加は、思慮深い伊藤のゴリ押しにも近い要求が、何を意味するのかよく理解していた。

　それは拒絶を許さない、要望と言う名の命令であった。

　伊藤の要望にある副長は、すでに内示されていたので、苦肉の策として黒木を司令長官副官と言う立付にし、宮城は「大和」の意向も聞いて注排水指揮所の指揮官で折り合いを付けた。

　伊藤は、黒木の「大和」転任の内示の際「本当に良いのか」と念を押した。階級に不似合いな職務もそうだが、本音は呉にいる香代子のことに他ならなかった。艦隊に配置されるとなれば、二人の行く末も自ずから変わることになる。一瞬、黒木の顔に迷いの影が過るのを見たが「お供します」の返事に、伊藤は黙ってうなずいた。

　十二月二十五日、伊藤は呉に向かう。自宅には、副官の黒木が向かえに来ていた。家の門には日の丸が掲げられ、今日が出陣の日であることを示している。先に玄関に姿を見せたのはちとせだった。するとちとせは、手招きをして黒木を門の横に呼んだ。

「黒木さん、あなたがお父さんに一緒されると聞いてとても安心しました。でも一方で、私は泣く女のことを思いました。戦場に向かうあなたは、彼女を悲しませまいと、距離を置こうと思われているのでしょう。……黒木さん、今、この国は戦争をしているのです。生き死にで物事を考える時ではありません。このような時こそ、お二人の気持ちこそが大切なのです。私は、今日主人を笑って送り出せますよ。それがこの時代を生きる女たちなのです――」

黒木が驚いて、ちとせを見つめた。

「伊藤が心配してますよ。頑張りなさい、副官どの」

ちとせはそう言うと、おどけて右手で敬礼をしてみせた。黒木が慌てて姿勢を正すと最敬礼を返す。

それからちとせは、玄関口に出てきた伊藤に対して、最後の言葉をかけた。

「お父さん、負けて帰ったら家には入れませんよ……」

その声に伊藤が笑みを浮かべ、ちとせも微笑みを返した。お互いの気持ちを通い合わせた夫婦の別れの儀式だった。

――ちとせ、これまでありがとう。

――お父さん、幸せでした。

伊藤が背を向けると、ちとせはその後ろ姿をしっかりと目に焼き付けてから、頭を下げた。

そして、次第に遠く小さくなって行く伊藤の足音を、何時までも追い続けていた。

寒風が着物の裾を払い……足音が絶えた。

「大和」に着任するため岩国航空基地に到着した伊藤らを出迎えたのは、新たに艦長となった有賀大佐だった。

「長官、ようこそ『大和』へ」

「やっかいになります」

挨拶が終わると、有賀は黒木の顔を見るなり「今回の異動は、長官に無理を言ったのだろう」と冷やかした。有賀は兵学校で、黒木の一期先輩だった。

呉港内では、「大和」が伊藤の到着を待っていた。

この日は、日差しはあるものの、やはり真冬の海は厳しい。

新たに編成された艦隊の司令長官を待つ艦上には、寒さと緊張から凛とした空気が張り詰めていた。

最上甲板では、将兵が総員上甲板で整列し、前艦長の森下が第二艦隊参謀長として伊藤を迎える。伊藤が舷門に達すると号笛とラッパが鳴り響き、将兵が一斉に敬礼した。

そして「大和」の檣楼に、高々と中将旗が翻った。

伊藤が森下に近づくと、目立たぬようにその腹をつついた。

「相変わらず元気そうだな」

「仕事も食欲も目いっぱいであります」

「よかろう」と伊藤が笑みを浮かべた。

長官室に案内された伊藤は、一歩足を踏み入れてその場に立ち尽くした。部屋の空気がとてつもなく重く、息を吸うことさえも拒絶されているように思えた。

——そうか。

と伊藤は納得した。

考えてみると、この部屋の主たちは、海軍がこれまで戦ってきたほぼ全ての作戦に関わり、その実行を決断してきたのである。それには明晰な頭脳と比類なき胆力、そしてゆるぎなき信念を持たねばならず、さらには、それらと正対して生ずる責任の重圧を、運命として受容しなければならなかったのである。

彼らは、ミッドウェー、ガタルカナル、ソロモン群島、サイパン、レイテを戦い、そして「大和」も同じ海を疾駆してきた。

——戦人の深き思いと、この艦の持つ宿命を受け止めねば、この部屋には住めぬ。

そう腹を決めて踏み出すと、なぜか息苦しさが消えた。

……やれやれ、この艦の行く末を決めるのは、骨が折れそうだな……

伊藤は、海軍大臣を始め転任の挨拶に回った先々で、「『大和』を頼む」と言われてきた。

すでに主役の座を譲った戦艦の行く末を考えるのは難題であるし、さらに、戦争を始めるきっかけともなった「大和」が、それを終わらせるための何かを本当に持っているのか、その行き着くところも、また霧の中であった。

すぐに、第二艦隊の現状報告が行われる。

「第二艦隊は、戦艦『大和』を旗艦とし、戦艦『長門』『榛名』さらに第一航空戦隊の『天城』『葛城』『隼鷹』『龍鳳』の空母四隻、そして第二水雷戦隊の軽巡『矢矧』と駆逐艦十二隻であります」

　伊藤が少し驚いた顔をした。

「たったそれだけですか？」

「はい、これで全部です」

「まあ、数は仕方ありませんが、それでも、まだ空母があるんですね。先月、『大和』の姉妹艦である空母『信濃』が、艤装のための回航中に雷撃で沈んだが……」

　今度は森下が、下を向いた。

「今のところ空母とは言っても、まだ載せられる飛行機がありません。燃料不足のため搭乗員の育成が遅れております。現在は艦載機の搭乗員よりも特攻機の乗員養成が優先されており、それも、わずか二十時間足らずの訓練飛行だけで出撃しております。また、同じく燃料の関係で、戦艦『長門』『榛名』は航行できず係留中であります」

「では、第二艦隊の稼働艦艇は、この『大和』と『矢矧』に駆逐艦だけなのですか」

　森下が、その身体を縮めるかのように恐縮した。

「はい、これだけであります……。さらに燃料制限がかかり、『大和』でも単艦訓練で十二ノット五昼夜分の割り当てしかありません」

　伊藤が驚いて参謀たちに視線を送ったが、それを受け止められる者はいなかった
　……これが、世界三大海軍国としてアメリカ、イギリスに肩を並べていた海軍なのか……

　伊藤は、突き付けられた現状を真摯に受け止めようとしたが、その責任の一端が自分にもあるのだと思うと、身体中の力が抜け落ちて行くのを感じた。

――日本は、もう戦ってはいけない。いや、戦えないのだ……。

年が明けて昭和二十年となり、「大和」はレイテ沖海戦で受けた損傷の修理を終え、呉港内で機銃の増設などの整備を行っていた。

伊藤は、久しぶりの海上勤務に馴染んでいた。軍令部次長の仕事と比べれば、日々何かが起こることもなく、静かに時が流れている気がした。だが艦内の将兵たちは、昼夜を分たぬ訓練と機器の保守、整備に明け暮れていた。

「黒木くん、停泊したままの毎日では、兵たちも倦《う》んでいるのでは？」

将兵に要らぬ気を使わせたくないと、滅多に長官室から出ない伊藤が尋ねる。

「私も当初はそう思っておりましたが、流石に『大和』です。将兵も粒より、補充兵なども他の艦とは質が違います。ご心配には及びません」

「それに」と黒木が続ける。

「古参兵が、若手の尻をバットで叩いて気合を入れる海軍伝統の制裁ですが、元々『大和』では少なかったものが、長官が乗船されてから更に減ったそうです」

「私は、何も言っとらんが」

伊藤が不思議そうな顔をして、黒木を見た。

「はっきりとは分かりませんが、どうも前の指揮官の宇垣中将が、あの海軍兵学校で鉄拳制裁を禁じた教官がいたと話して、長官の名前を出されたようです」

「なぜ、宇垣くんがそんな話を？」

「宇垣中将も制裁で残る恨みよりも、特に艦内においては、平素からの連帯意識が大切だと思われていたようです」

「ふ～ん、あの黄金仮面と呼ばれる男がそんなことを……。まあ、単なる慣行として意味のない制裁が減ったのなら、それは結構なことだが……。ところで、スプルーアンスが復帰したようだな」

「はい、軍令部の情報では、ハルゼーとスプルーアンスが交代して、第三艦隊が第五艦隊になったとのことです」

伊藤は、この時期にスプルーアンスと向き合うことに、多少の戸惑いを感じていた。

――スプルーアンスには、ミッドウェーからマリアナ沖まで負け続けてきた。ハルゼーは、レイテでもまんまと裏をかけたが、これからは相手が悪い。小沢さんも苦労するだろう……。

伊藤は、米国の友人スプルーアンスと、軍令部次長の後任となった小沢が演じる戦いの日々に、思いを馳せた。

昭和二十年一月、スプルーアンスは旗艦「インディアナポリス」に将旗を掲げ、ウルシーで待つ艦隊と合流すべくハワイを出港した。

ハワイでは、二ヶ月前のレイテ沖海戦で、ハルゼーの小沢艦隊を追った行動が「ブルの突進」と揶揄《やゆ》され、避難する声もあった。

ある日スプルーアンスは記者団に囲まれて、ハルゼーの行動に対する感想を求められた。

記者たちをぐるりと見回し、そして聞いた。

「ハルゼーは、レイテで負けたのかね？　私は大勝利だと聞いているが、何か問題でも？」

ハルゼーが囮の艦隊に引き付けられたのは事実だが、戦いは勝てば良いのだ。

物事を冷静かつ客観的に判断するスプルーアンスにとって、ブルの散歩などはどうでも良い話だった。そのスプルーアンスが、今一番気になっていたのが、日本軍の新たな戦術とされる特攻であった。

開戦当初の日本海軍の急降下爆撃は、優秀な搭乗員の技量に支えられおおよそ二十パーセント近い命中率を誇っていた。しかし、ミッドウエー海戦以降は多くのベテラン搭乗員を失い、さらには米軍の戦闘機や対空砲火を統合した防空態勢の整備により、マリアナ沖海戦でも見られたとおり、その爆撃や至近弾の命中率は数パーセントにも満たぬ有りさまであった。

ところが、レイテ沖海戦で特攻機による攻撃が始まると、栗田艦隊が引き返してからのひと月の間に、第三十八任務部隊の正規空母四隻、軽空母二隻が中大破し、戦線離脱を余儀なくされていた。

米軍は特攻作戦を狂気の戦術と当惑していたが、スプルーアンスは、戦争が敵を殺すことを原則とするのであれば、特攻の人間性や善悪はさておき、ある意味極めて合理的な戦術と受け止めていた。一機の特攻機が艦船に突入すれば、数十人あるいは数百人の被害を与えることが可能であり、この場合の攻撃側の被害は僅か一～二人で済む。さらに、攻撃側の命中率は飛躍的に増加し、相手艦船への被害は増大してゆくのである。

だがスプルーアンスは、それが単なる理論上の数式でしかなく、そこには敵も味方もこれまでに経験したことのない、おぞましい世界が存在していることを良く理解していたそして予想どおり、次の戦いでその地獄絵を目撃することになる。

次の戦場は、硫黄島だった。

米軍は、比島に続いて台湾の侵攻を考えていたが、比島を制圧すれば台湾の戦略的意義は少ないとして、攻略目標を硫黄島から沖縄と設定していた。

ここで話は遡るが、レイテ沖海戦前の昭和十九年九月十五日、比島攻略作戦の前哨戦として、マッカーサー軍がモロタイ島へ、米海軍主体の中部太平洋軍が、パラオ諸島のペリリュー島に上陸を開始した。

ペリリュー島の日本軍は、これまでの島嶼戦を教訓として全島を要塞化し、約一万の守備隊で五倍の米軍を迎え撃った。当初四日と計画されていた作戦は、日本軍の玉砕戦を封印した持久戦術により一進一退の攻防戦となった。そして、「サクラサクラ」で始まる守備隊最後の電報が発信されたのは十一月二十四日のことであり、上陸を開始してから実に七十日を経過していた。日本軍はほぼ全滅したが、米軍も日本兵一名の戦死ごとに、米兵一名の死傷と一千五百発の重小火器の弾薬を要したのである。

この効果的な防衛戦術は、次の硫黄島そして沖縄に受け継がれることになり、特攻と共にスプルーアンスの心胆を寒からしめることになってゆく。

母《おや》娘《こ》

黒木は、長官副長として「大和」に赴任したが、まだ香代子とは会っていなかった。

去年の三月、伊藤の仲介でお互いの気持ちを確かめ合ったが、マリアナや比島の戦闘が激化すると、軍令部に篭もりっきりの毎日では、会うことも適わなかった。だが、それでも何時もの贈りものは欠かさず、その中に忍ばせた手紙と香代子からの返事で、気持ちを伝え合っていた。

近頃は、香代子の返事と一緒に文子からの手紙も送られて来るようになり、お菓子などのお礼以外に、おじちゃんに会いたいなど書かれたりすると、意外と混乱する自分に呆れたりもする。また、前回橋渡しをしてくれた呉鎮守府の平田が、何かと世話を焼いてくれていることも香代子の手紙で知った。平田には、ただ「よろしく」と言っただけだったが、意外な気遣いに感謝していた。

「大和」に赴任してからも、久々の艦隊勤務にかまけて、香代子に会おうともしなかった。だが、本当のところは、未だに気持ちの整理ができていなかったのである。

第二艦隊は、海軍最後の実戦部隊である。何時どのような作戦命令が出るかも分からず、もし出撃すれば、今の戦況で生きて帰れるとは思えなかった。これから行き合うことで、お互いの気持ちは深めることができても、それは僅かな時間でしかなく、しかもその先に待っているのは、死別と言う結末でしかない。誰かに思われて死ぬ者は良いだろう、だが死する者を思って待つ人の気持ちを考えれば、このまま何もせぬ方が心の傷は浅くて済むのかも知れない。

その煩悩から逃れようと、黒木は毎夜甲板で剣を振った。極寒の中でも素振りを十回もすれば寒さは感じなくなり、遂には汗が滴り落ちる。白刃が月の光りに煌くと、汗が立ち上る湯気となって朧《おぼろ》に身体を覆い、その姿は幽幻《ゆうげん》の絵画となって見る者を立ちすくませた。そんな噂が艦内を駆け巡ると、司令長官の副官という中途半端な役職を疑問視していた士官連中はもちろんのこと、下士官や兵卒に至るまで、すれ違う際の敬礼に緊張の色を漂わせるようになっていった。

そんなある夜、伊藤が甲板に姿を見せた。

「黒木くん、精がでるな」

声の主が伊藤と知り、刀を鞘に収めると振り返って礼をする。

「軍令部ですっかり身体を鈍《なま》らせてしまいました」

月明かりで汗が光っていたが、流石に息の乱れはない。

伊藤が海に視線を向けて静かに呟いた。

「君が如何に剣の達人でも、男と女の情を切る技は持つまい。私は、情は切るものではなく、交わすものだと思っている……」

それだけで、伊藤が背を向ける。

黒木は、額の汗を拭いながら、溜めた息をそっと吐いた。

「確かに、剣で情は切れぬ……」

寒風が背中を叩いたが、その言葉は胸の内を強く叩いた。


呉にいる「大和」では、いきおい鎮守府との行き来が多くなり、平田と会う機会が増える。

何時ものように打ち合せをしていると、「お話しが」と自室に呼び込まれた。

「先日、甘い物を手に入れたので、……香代子さんの宿舎にお届けしました。」

平素は快活な平田が、妙に歯切れが悪い。香代子のことなら何があってもおかしくない自覚がある。黒木は「いつも済まんな」と応じながら、続けて「何があった？」と尋ねた。

平田が香代子を訪ねるのは平日の昼食時だった。香代子が昼食を宿舎で食べると知って、工廠を尋ねることも無くなり、小煩い人の噂も気にせずに済んでいる。平田は、差し入れを届ける名目で、母娘の暮らしぶりを気遣っていた。

この日も菓子を抱えて訪れたのだが、香代子の様子が普段とは違っている。にこやかな応対は影をひそめ、受け答えもどこか素っ気なさが漂う。具合でも悪いのかと尋ねた後の経緯《いきさつ》がこうである。

香代子は、入口の上がり框《がまち》に腰掛けた平田にお茶を出すと、畳みに両手をついて頭を下げた。

「平田さまには、常日頃より御世話になるばかりで、お礼の申しようもありません」

お茶を口元に運ぼうとしていた平田は、突然の紋切り型の口上に驚いて手を止めた。香代子は顔を上げると、ぴしりと背筋を伸ばして微笑んだ。

「それに比べると、あなた様の元上司のお方、随分とお偉くなられたのかも知れませんが、お顔どころかお声かけもなく、……女一人、菓子や文でもやっておけば離れはせぬとでもお思いなのでしょうか？　犬猫と同じとお考えであれば、もはや申し上げる言葉も見つかりません」

平田は、途中で止めた湯呑を盆に戻すと思わず立ち上がった。慌ててこぼしたお茶が框を濡らす。

「あなた様に差し上げる筋の話ではないことは、重々承知しておりますが、お近づきもされぬ方に伝える術も持ちかねております。お二人のご関係を斟酌《しんしゃく》させて頂いた上での、無理を承知の物言いでございます。どうぞお許しください」

息を呑んだ平田の喉が、ごくりと上下した。

「女の私ですら昨今の戦争の厳しさはよく承知しております。恐らく海軍の皆様は、今日の命も無きものと覚悟をされていると思いますが、このお方、このご時勢に先の予見もままならず、己の気持ちすら決め兼ねておられるようです。こんな意気地無しに、どんな戦が出来るのでしょうか？　それでも皆様は――帝国海軍の士官なのですか！　恥を知りなさい！」

香代子の剣幕に圧倒された平田は、そそくさと退散したが、あまりの出来事に帰り際の記憶も飛んでいた。辛うじて敬礼だけはしたような気がすると言う。

黒木が再び「すまん」と頭を下げた。

「私はもうあの家の敷居は跨げませんので、後はお任せいたします。あの方のご実家は武家とは聞いてましたが……いや～本当に参りました」

平田が、その時のことを思い浮かべたのか、ぶるっと肩を震わせて囁《ささや》いた。

「黒木さん、尻に敷かれることは間違いありません。この際逃げ出す方が得策かもしれませんよ……」

そして言った傍から、こうも続けた。

「今回の件で、……実は、私も惚れ直しました」

黒木は、ただ黙ってうなずくしかなかった。

伊藤が、香代子の宿舎を訪れたのは、それから数日後の昼食時であった。

この入口に立つのは、香代子の夫の佐川大介のお通夜以来のことである。あれからもう五年も六年も経っている。黒木は入口でどう声を掛けたものかと迷っていた、確かに香代子との間に明確な関係は何もないが、好き合うていることは間違いない。平田の話のように、ただ菓子や文で繋がっていただけと言われてみれば、そのとおりである。

そして今日の日も、気持ちの中にあるのはただの逡巡《しゅんじゅん》でしかない。

入口で二の足を踏む己の姿は、まさに「意気地なし」そのものであった。

黒木が、進退極まった時、不意に入口の戸が開いた。

そこには、いつもと変わらぬ佇まいの香代子の姿があった。

「いらっしゃると思っておりました。どうぞお入りください」

黒木は、出だしで先手を取られたと思ったが、流れが出来ただけで良しとした。まずは佐川の位牌に手を合わせたが、香代子のことを決め兼ねている自分が笑われているようで、とても場が持ちそうにない。

そんな黒木を見かねてか、お茶を運んできた香代子が切り出した。

「平田さんにお聞きになられたのですね。不作法をお許し下さい……」

そう言って頭を下げた香代子だったが、上げた顔を見て、黒木はまたも先に間合いを詰められたと気後れを感じた。

香代子の両目には、溢れんばかりの涙が光っていた。

「平田さんへの物言いは、最後の賭けと思っておりました。それで何も起こらなければ、それだけのもの……。だから意気地なしと恨み言を口にしてしまいました」

溢れた涙が頬を伝う。大介のお通夜の席でも見た涙である。どちらの涙にも、当たり前ではあるが、悲しみの色が張り付いていた。

――自分は何時まで、この人を泣かせば気が済むのだろう……。

「でも、あなたは後ろを見せる人ではないと思い定めておりましたので、必ずおいでいただけるものと信じておりました。その思いが叶えられただけでも、嬉しゅうございます」

黒木は、香代子の放つ覚悟への対応も、まだできていない。

「香代子さん……」

正座をしたままでやっと声を絞り出した。香代子も不安げに視線を迷わせる。

「香代子さん、私は、あなたが好きだ……。私の上官である伊藤長官は、奥様のことを愛しいと言われた。私もその言葉がよくわかる。だが、愛おしければ愛おしいほど、あなたを一人で悲しませたくないのだ」

黒木は、言ってしまってから自分の言葉に困惑していた。

香代子と顔を合わせているこの現実にあっても、己の曖昧な胸の内を写して、その意味合いを定めることすらもできず、右に左へと揺れ動いている。

額には薄らと汗が滲み、視線が力なくそれる。

だが、一方の香代子は、内心飛び上がるほど驚いた。

夜の盛り場ではあるまいし、真昼間から天下の海軍大佐が、軍服姿で口にする言葉ではない。

そう思いつつも喜びが湧き上がってくるのを抑えられなかった。

そして胸の内で思い定めた。

――この言葉を聞けたからには　例えこの後がどうなろうとも、一人でも暮らして行ける。

ふと気づけば、異様に頬が熱い。

顔が火照ってる？

それだけではない。胸も大きく跳ねている。

香代子は自身の変化に狼狽えたが、辛うじて時計に目を遣るしぐさで、それを取り繕った。

「今日は学校の行事で、もうすぐ文子も帰ってきます。あの子にも会ってやってください。あなたのお気持ちは、それからでも遅くはないでしょう」

黒木は黙ってうなずいたが、さらに混乱が増しそうな気がしていた。

これまで年頃の少女と接したことも無いし、事と次第によっては、その少女が自分の子供になることも有りうるのだ。

文子と、この小さな部屋で会うとなれば、さらに息が詰まりそうな気がして外に出ることにした。反対されるかと思ったが、当の香代子は上気した頬が気恥ずかしく、身を縮めていたところだったので、渡りに船と受け入れた。

文子とは、海軍工廠の正門が見えてきたところで、上手く行き合わすことができた。

この子と最初に会ったのも、大介のお通夜のことだったと思い出す。あの時は、まだ幼子であったが、いま目の前にいるのは、瞳をキラキラと輝かせた少女なのだ。

翌日の葬儀の際には、敬礼をしている自分らに立派な答礼をして見せてくれた。

香代子が「黒木のおじちゃんよ」と紹介すると、文子がしっかりとお辞儀をして「文子です」と言った。黒木は思わず姿勢を正して敬礼をした。子供へのあまりにも真面目な対応に、香代子が口を抑えて笑いをこらえると、黒木もさすがに照笑を浮かべた。

文子が二人の仕草を見て微笑んだ。

「もう中等科です」

香代子の言葉が、時の流れを感じさせる。

大介の事故の後、「大和」が完成し戦争が始まった。戦況も当初の勢いは萎み、今は最終局面となっている。呉を離れてからも香代子とのふれあいは続き、自分はまた呉に戻ってきた。だが、この流れの行き着く先は、まだ見えてはいない。

黒木は、文子との出会いによる展開を測りかねていたが、これまでの素振りには親しみが感じられた。

恐らく、少ししか持ち合わせていない記憶が、剥がれるように薄れてゆく父親よりも、贈りものや手紙、そして母親の気持ちによって日々新たとなる人を、好ましく思っていることは間違いなかった。

まだ、腹を決めたわけではないが、文子が自分を受け入れてくれると言うことは、一歩を踏み出す勇気に繋がるかも知れなかった。

どこかで結論を言わなければならない。その前提条件となるのは、生きて帰ると言う信念である。第二艦隊司令長官の副官として、「大和」配属を無理強いしてきたのだ。長官の伊藤は、家を出るときに死ぬ覚悟をしている。副官として伊藤とある自分が、是が非でも生きて帰ると口にできるのか。

「もし、生きて帰ったら」の一言で全ては収まるのかも知れないが、待つ身の人にとっては、耳ざわりの良いまやかしにしか過ぎない。

黒木は、二人に少し距離をおいて、自分の胸に尋ねる。

──お前は、伊藤長官、そして「大和」と共にと決めたのではないか？

周りの空気の冷たさが、吸う息を通して胸の内までも凍らせ、痛いほど握り締めた拳がわななないた。

──だめだ。

と心が崩れかけた時、黒木の拳に暖かい何かが触れた。

その微《かすか》な暖かさが、黒木の心を引き戻した。

拳には、文子の小さな手が添えられていた。

「おじちゃん……」

文子の口から、言葉がこぼれる。

「昨日、お母さんとお話しをしました。あのね文子は、お母さんがおじちゃんのことを大好きだと知っています。それで文子もおじちゃんのことが好きと言ったの……。お母さんは、おじちゃんのこと知らないでしょうと言うけど、文子は、ずーと前に敬礼をしてくれた工廠の偉い人が、おじちゃんだと思っていました。……そう言ったら、お母さんが私を賢いねと抱いてくれました。お母さんは泣いていました」

黒木は、思わず何度もうなずいた。文子は、黒木を見上げるように小首を傾げながら、言葉を続けている。そこには話が途切れてしまうと、次の言葉を失ってしまいそうな真剣さが滲んでいた。

「お母さんがおじちゃんの話をする時は、いつも笑っています。文子はそんなお母さんが大好きです。おじちゃん、……お母さんをお嫁さんにしてくれませんか？　そうしたらお母さんはいつも笑っていられると思います。もし、そうなったら文子もおじちゃんの子供になります。お勉強もします。お掃除もします。ご飯も、もっともっと上手に炊きます。……本当にいい子になります」

そう言って見つめる文子のひたむきさに、黒木は絶句した。

——まさに何をか言わんや。

黒木は天を仰いで、己が不甲斐なさを恥じた。

この母と娘は、自分とのほんの僅かな触れ合いの中で、それぞれの夢や生き様を育んでいたのだ。それは、懸命に生きる二人とって、当然とも言える覚悟なのかも知れない。

それにひきかえ、自分は死を前提とした戦いばかりを追い求め、覚悟の何たるかも見えてはいなかった。

確かに戦いに死は付き物であるが、戦いを利するためには生きねばならない。

戦は死んだ方が負けなのである。

倒れても倒れても生きて戦い抜く。それが戦人《いくさびと》の原点なのだ。

あの特攻機の搭乗員でさえも、出撃中止や不時着、あるいは撃墜されることによって、再び生を拾う事さえもある。

ならば、ここを生きる拠り所として定め、生死は天の分配に委ねればよい。

単純なことではないか。

愛するものを守るために戦い抜く覚悟こそが、必然の死を超越する唯一の道なのだ。

黒木は大きく息を吸うと、自分の生をつないでくれた小さな手を、しっかりと握り締めた。

後ろから香代子の足音が聞こえてくる。

その音は、二人の会話が全て分かっているかのように、軽やかだった。

文子が後ろを振り返って嬉しそうに微笑んだ。

香代子も笑っているのだろう。

つないだ手から娘の温もりが伝わり、振り向かずとも母の笑みさえも伝わる。

何もせずとも通う気持ち――。黒木の顔にも笑みが浮ぶ。

戦雲

「大和」がレイテから日本に帰還した頃には、戦艦の無用論もあり、大型艦の修理、改修が先延ばしにされようとしていた。確かに制空権も無く燃料も尽きる状況では、大型艦の運用は難しい。しかし伊藤は、戦艦の使い道はその時々に必ずあるとの持論を展開し、「大和」の修理を優先させていた。

伊藤は、具体的な使い道を決めていた訳ではなく、壊滅状態の海軍をこのままにして置くと、艦を持たない海軍として纏まりを失ってしまうことを恐れた。たがの外れた組織では、陸軍の唱える本土決戦、一億総玉砕に対抗することはできない。ならば、日本海軍の象徴とも言うべき「大和」を、実戦部隊として正面に据えるしか手は無かったのである。

「黒木くん、今回の改修で随分と対空装備が増えたようだな。この艦の相手が艦船から航空機と移って行ったことの裏返しだな」

伊藤は黒木と共に、最上甲板の機銃群を見上げていた。

「はい、大和の装備は、完成時からすると僅か三年の間に大きく変わっております。主砲の三連装三基九門はそのままですが、副砲は両舷のものが撤去され、三連装四基が二基となっています。これにより十二・七センチ連装高角砲が両舷に三基ずつ六基増設され、十二基二十四門となっています。ご覧のように、目に見えて増えているのは二十五ミリ三連装機銃と呼ばれる機関砲であります。当初は八基二十四挺でしかなかったものが、マリアナ沖海戦前には二十九基八十七挺、そして今回の改装で五十二基百五十六挺となり、当初のおおよそ七倍にもなっております。この他に十三ミリ連装機銃が二基四挺ありますが、これは当初より艦橋を狙う機銃掃射防御用として艦橋両舷に設置されております。また同様の効果を得るために、二番、三番砲塔の両舷に二十五ミリ単装機銃が四挺設置されております」

「もはや置けるところには、全て置いたということか」

「はい、二番三番主砲の砲塔の天蓋上にも設置しておりますので、まさに針ネズミ状態であります」

片舷を十二門の高角砲と八十挺の対空機銃で覆った姿は、それだけで戦う艦としての機能と雄々しさを見せつけてくる。主砲、副砲を加えれば、それは紛れもなく世界最強の戦闘艦ではあったが、航空機との戦いはまた別ものである。その姿が「艦《いくさぶね》」として勇壮であればあるほど、実際の対空戦における戦闘能力との乖離が身に染みるのである。

「これだけの火器を揃えても、航空機との戦いは苦労させられるのだろうな」

「仰るとおりであります。攻撃してくる敵機を打ち落とせれば、それに越したことはありませんが、そう簡単ではありません。せめて我が方も米軍の近接信管が欲しいところですが、現状における対空砲火の狙いは、敵味方とも雷撃や爆撃の位置取りを阻害することでしかありません。そのためには、一艦沈めるのに百機、二百機の攻撃機が必要となります」

「しかし、それが繰り返されれば、艦側に勝機が訪れることは無いことになるな……」

伊藤は、この艦の行く末を考えたのか、眉間に深い皺を刻んだ。

「兵装が増えるということは、それに関わる兵士も増えることになる。それも私にとっては、辛いことだな……」

黒木も伊藤の憂いの深さを感じて、次の言葉を飲み込んだ。

――当初の「大和」乗員数二千五百、今、長官が憂える命、おおよそ三千三百。


珍しく呉鎮守府の平田が、黒木を訪ねてきた。

開口一番、平田が言う。

「いや～、いつ見てもこの艦は凄い」

「おいおい、この艦は君が造ったんじゃなかったのか？　今更何を驚く」

そう言いながら黒木は、平田が興奮するのも無理はないと思っていた。「大和」のことを一番知っていると自負している自分でさえもが、日々驚きの連続なのだ。その大きさに圧倒されるのは当然のことながら、その造りの緻密さにも舌を巻く。

上甲板から上の構造帯には、多くの外階段が取り付けられており、その階段の鉄製の踏み板には、滑り止めのための細工が施されている。黒木は「大和」に赴任してから、その全ての踏み板の両側に溝が彫られているのに気が付いた。

　黒木は運用科の古参の下士官をつかまえて聞いた。「大和」の艤装にも携わったと言うその兵は、黒木の問いに胸を張って答えた。

「この溝があるのは『大和』だけです。工廠の熟練工員が、据え付けた後でなければ傾斜が読めぬと、竣工直前までこの溝を彫っておりました。この溝があるおかげで雨や海水でも、それが例え血であろうと決して貯まることはありません。だから滑ることも無いのです。それが『大和』であります」

　黒木は話を聞いて、設計の牧野、現場の西島と呼ばれた男たちを思い出していた。彼らは、ただ見上げるほどの巨大なものを造るだけでなく、誰もが気づきもしない足元にまでその思いを刻み込んでいたのだ。

「やはり凄い」と言う相づちを飲み込んで、黒木は平田の顔を見た。

　平田がわざわざ「大和」を訪れることは、普通ではない何かがある。

「何があった？」

　その答えを聞いて黒木は、平田を長官公室へ案内した。

「平田くんが鎮守府司令長官から聞いた話によると、連合艦隊で、またおかしな企てが練られているとのことです」

　伊藤が、それだけで察しがついたように頷いた。

「また、神か……」

「出処はそのようです。平田くん」

「連合艦隊先任参謀の神大佐が、第二艦隊の特攻作戦を考えているとのことであります。神大佐はマリアナ沖海戦の後に、サイパン島奪回として『大和』『武蔵』の突入作戦を考えており、またレイテ沖海戦での戦艦部隊の上陸地点突入も計画されておりました」

伊藤が、昔を思い出すかのようにしばらく考えて言った。

「サイパン島の件は、戦艦が浜にのし上げても電源を喪失すれば、砲を撃つことは出来ぬと軍令部の中沢くんが止めた……。レイテは、小沢さんの囮艦隊がいたので、作戦としてはそれなりの体を成しており、彼が考える闇雲な突入とは違っていた」

「その通りではありますが……」と黒木が小さくため息を洩らした。

「レイテ沖海戦の後、軍令部は航空機支援のない艦隊による作戦を控えるよう、連合艦隊に要請しましたが、神参謀にこれまでの失敗は勇気が欠けていたのだと一蹴されております」

「どこまでもこの思考で作戦を立てる気なのか」

伊藤の言葉に怒気が交じり、平田が少し背筋を伸ばした。

「私は海軍を維持するためには、『大和』を実戦部隊に置く必要があると思った。連合艦隊の考える艦隊の特攻とは、実戦部隊の確保と言う意味で方向性は一致しており、結果的に第二艦隊を実戦部隊として存続させることができた。しかし彼らの言う、単に艦隊のみの特攻は、とても作戦とは言えない。君らとても、そんな作戦に何んの意義も見つけられまい……」

伊藤の言葉は、最後の方で力を失っていた。

理屈の通らない次元の話でありながら、それを話題にしなければならない現状が虚しい。

「連合艦隊は近々新たな艦隊編成を行い、第二艦隊は、第一戦隊が戦艦『大和』空母『天城』『葛城』『隼鷹』『龍鳳』となり、戦艦『長門』や『榛名』は浮き砲台に回されそうです。これに、軽巡『矢矧』を旗艦とした第二水雷戦隊が加わるものと思われます」

「平田くん、戦艦の浮き砲台は分かる。この『大和』も最終的にはそうすべきなのかも知れないが、この空母群は、どう使うのかね。私は空母に載せる飛行機は無いと聞いているが」

「現状では、恐らく『大和』の囮として、空のまま随伴させるのかと……」

平田が言葉を切ったのは、伊藤の呟きが聞こえたからだ。それは黒木にもはっきりと届いた。

——「愚策なり」

伊藤が無言で立ち上がると、長官室に消えた。いつもの礼儀正しい伊藤の振る舞いではない。それが二人に、伊藤の受けた衝撃の大きさを感じさせた。

だが、二月十日連合艦隊は第二艦隊の編成を改訂し、艦隊特攻は依然として燻り続けていた。艦隊特攻、それはすなわち「大和」の特攻を意味するのだが、連合艦隊参謀長の草加も反対であったし、軍令部も疑問を呈していた。だが、戦況を見るに「大和」の効果的な運用を考える時期はすでに逸していたと言って良い。結局のところ誰も妙案を示すこともできず、ただ神参謀の唱える特攻だけが、その実現性と精神性において一歩抜きん出ていることは間違い無かった。ただ、艦隊特攻を戦果や被害なども含めた総合的な作戦として見れば、伊藤の言うように無策としか言い様のないものであるのも事実であった。


この頃の日本軍は、全ての戦線が崩壊しつつあった。

レイテ沖海戦後の比島は、十二月にはレイテ島が制圧され、年明けと共に米軍はルソン島に上陸、すでにマニラ近郊にまで迫っていた。一方、マリアナ沖海戦後のサイパン、グアム、テニアン等のマリアナ諸島には、大型重爆撃機Ｂ－二十九のための飛行場の整備が進められていた。そして、十九年十一月二十四日には、Ｂ－二十九による東京初空襲が行われ、同二十九日には軍事施設の無い市街地が標的となり、これが無差別爆撃の先触れとなった。さらに、大阪や名古屋など主だった都市への空襲も例外なく行われており、国民は初めて戦争を現実のものとして受け止めることになる。

また、欧州戦線でも同盟国独軍の敗走は続き、戦線は本国の国境に迫っていた。

そして太平洋では、第五艦隊司令長官のスプルーアンスが、硫黄島に向けて攻略部隊の進発を命じていた。

上陸部隊十一万を含む総兵力は二十五万を超え、参加艦艇は八百隻に達した。

日本の守備隊は僅か二万であったが、ペリリュー島などのこれまでの島嶼戦の戦術を駆使し、全島を要塞化して待ち構えていた。

硫黄島の攻防戦は、二月十六日の米戦艦の艦砲射撃で幕を開けた。

スプルーアンスは、砲撃と空爆の炎と黒煙を見ながら、戦争の罪深さを考えさせられていた。

「私は何度見てもあの炎の中で、人が生きていられるとは思えないのだが……」

スプルーアンスの呟くような声に参謀長がうなずく。

「ここにいる誰もが、そう思っております。これが戦場であります」

「そうだな……。今見ている現実は、我々がいつも生きている世界とは違う場所なのだ。ここは戦場、別の世界なのだ……」

そしてスプルーアンスは、もう一つの異次元の世界を体験する。

二月二十一日、三十二機の特別攻撃隊が、スプルーアンスの艦隊を襲った。機動部隊を率いるスプルーアンスにとって、敵攻撃機の空襲はいつもの事であったが、この日の攻撃機は、姿を現すと同時に艦隊将兵の心胆を寒からしめた。

これまで如何なる激戦の中にあっても、人は敵味方なく生きる希望にその活路を見出していた。しかし、ここに現れた攻撃機は、すでに生との決別を果たし、人としての理念を超越した異次元の世界に存在していたのだ。その成り立ちは、ある意味神であり悪魔とも言える。それが現れるとまだ豆粒ほどにしか見えないのに、艦隊将兵は恐れ慄き、狂ったように大声で叫んだ。

「カミカゼだ！」

「カミカゼがきた！」

届かぬ距離からでも必死で機銃を乱射し、それを制止する者すらいない。

「来るな！　来るな！　……こちらに来るな！　お願いだ、来ないでくれ～」

恐怖に支配された艦上は、修羅場となる。

多くの者は、機銃にすがって狂ったように撃ち続けたが、ある者は泣きながら両手を組んで神に祈り、またある者は、ただ口を開けたまま機影を凝視していた。

人知を超えたもの、の出現は、ただ人をして混乱へと貶めてゆく。

さらに非運だったのは、この攻撃隊は空母飛行隊として訓練を受けていた精鋭部隊であったことである。直掩機を除く「彗星」十二機と「天山」八機が、極めて高度な連携を保ちながら突入してくる。撃てども撃てども弾が当たらない。実際はいつも通りのことなのだが、相手がカミカゼだと普通のことも、そうとは思えない。次第に大きくなってくる黒い物体は、まさに魔物のようでもあり、白い煙を吐く様は天使の舞とも見まごう。そして次の瞬間、それらは艦の頭上から幾つもの火矢となって落下してくるのだ。

凄まじい轟音と火柱が上がり、巨大な艦船が黒煙に消える。

この日、護衛空母一隻が沈み、大型空母一隻と輸送船一隻が大破し、護衛空母一隻と揚陸艦が損傷を受けた。

スプルーアンスは、その非日常の戦いに心を震わせた。

――人はここまで自分を律することができるのか。これはもはや人のなせる領域ではない。果して、我々はこれを超えるだけの勇気を持つことができるだろうか？　やはり日本を敵にしたことは間違いだったのだ……。

スプルーアンスは、初めて足元から忍び寄る恐怖を感じていた。

地獄は、海上だけでなく陸上にも出現していた。

硫黄島は、その名称のとおりの火山島であり、全島が火山岩に覆われ周囲わずか二十二キロメートル、伊豆諸島の新島ほどしかなく、東京からは、はるかに一千二百五十キロの南に位置していた。この距離は硫黄島から沖縄までの距離に等しく、扇の要として本土防衛の拠点とされていた。

米軍は当初五日で制圧できると考えていたが、小笠原方面陸海軍最高指揮官の栗林中将は、全島を地下要塞化すると、玉砕を禁じ「一人十殺」の組織化された戦術を駆使して反攻したことから、予想外の苦戦を強いられることになった。両軍の兵士たちは、サッカー場の広さごとに一一名の死傷者を出すほどの激闘を繰り広げた。

三月に入ると、比島では三日にマニラが陥落し、硫黄島では激戦が続いていたが、この頃には勝敗の帰趨は定まっていた。一千三百キロ離れた孤島の救援は物理的に不可能であり、援軍も特攻機も送り込むことはできなかった。また、日本の主要都市は、B－二九の無差別爆撃に晒されており、三月十日には東京が罹災者百万人と言われる大空襲を受けて焼け野が原と化した。続く十二日は名古屋、十四日に大阪、十六日には神戸と被害は全国へと広がって行った。

そんな戦況の中で第二艦隊の「大和」は、ひたすら内海に碇を下ろしていた。

各地の戦況や被害の状況は、「大和」の通信室にも入ってくる。黒木は、日に何回かは伊藤に戦況を知らせるのが日課となっていた。そんな時、伊藤はほとんど何も言わなかった。単なる聞きかじりに過ぎない情報への対応が、ただの感想でしかないことを良く分かっていたのだ。

ある時そんな伊藤が、珍しく感想を洩らした。

「色んな戦場で、皆が懸命に戦っているのに、我々はそれを助けるでもなく、ただここに留まっている。戦争さえしていなければ、立派なサイレントネイビーかも知れないのだが……。傍から見ればきっと意気地なしに見えるのだろうな」

そう言った伊藤の目には、寂しげな風情が漂っていた。

伊藤も黒木も、「大和」の使い道を懸命に探し続けていたが、まだ結論を得てはいなかった。

だが、比島や硫黄島での戦闘が続く中、大国の力と数に勝る米軍は、早くも沖縄侵攻作戦に着手していた。

沖縄

　スプルーアンスは、沖縄への上陸作戦が日本本土侵攻のための試金石であると理解していたが、当然のように日本本土に近付くにつれて戦闘は激化する。ましてや沖縄は日本固有の領土であり、多くの一般人が生活をしているのだ。その全てを巻き込んだ総力戦は、それだけで凄惨なものになる条件を全て兼ね備えている。

　だからこそ、この戦いを単なる島嶼戦の一つと考えてはいけないと思い定めていた。

　旗艦「インディアナポリス」の会議室で第五艦隊司令部の打ち合せが始まった。参謀長が沖縄攻略作戦の全貌を説明する。

「沖縄攻略作戦の名は、アイスバーグ作戦。硫黄島では、日本の守備隊二万に対し上陸部隊は十一万であったが、沖縄では守備隊おおよそ六万に対し、上陸部隊は当初十八万、最終的には約二十八万の予定である」

　スプルーアンスは、沖縄の守備隊が六万と言う数字に小首を傾げた。沖縄は日本本土防衛の重要拠点のはずであり、その戦力分析としてはあまりにも少な過ぎる。だが、ここは口を挟むところでは無いと割り切ったが、入口を間違うと取り返しのつかないことになるのとの疑念も広がっていた。

「我々の海軍部隊は、この第五艦隊に空母十五隻を基幹とし戦艦八、重巡五、軽巡十三、駆逐艦六十四からなる第五十八任務部隊を配し、艦砲射撃掩護部隊には戦艦十隻、重巡九隻、軽巡四隻、駆逐艦三十三隻、上陸支援部隊として護衛空母十八隻、護衛駆逐艦三十四隻、さらに西方諸島攻撃群、掃海艇群、海兵隊の北部、南部攻撃隊などで構成されている。また、空母四隻からなる英海軍太平洋艦隊も我が艦隊の麾下として参加する。上陸軍を含む全参加将兵は約四十五万、参加艦艇は約一千三百隻に上り、作戦当初の上陸軍はあのノルマンディー上陸作戦をも上回る、まさに史上最大の大上陸作戦となる」

聞いていた参謀たちから歓声が上がり、床を踏み鳴らす音が響いた。参謀長が両手を揚げて騒ぎを沈めながら言った。

「攻略戦は、おおよそ一ヶ月の予定」

今度は、参謀たちが顔を見合わせた。あの硫黄島でさえ未だに戦闘が続いているのだ。スプルーアンスは、これほど敵情認識や作戦計画がしっくりこないのは、恐らく戦場とは縁のないところで考えられたものだからと思っていた。

そこでは、弾も飛ぶことはなく、爆弾が落ちることもない。ましてや瞬時に数十人、数百人の命が失われることなど、起こり得ないのである。戦いも長くなると色んなところに、ゆるみが生じてくる。この作戦に当たっては、自分を含めて皆にも腹を括らせる必要があった。

スプルーアンスは、これまで滅多に意見を言うことは無かったが、この打ち合わせでは二つの事を要望した。

一つは日本本土侵攻作戦についてである。沖縄戦が終了すれば次は日本本土への侵攻が始まる。九州を制圧し、そこを拠点として最終的には関東へ進む作戦である。

「日本本土への侵攻作戦は、日本の全国民、一億を相手の戦いとなる。それは日本民族の滅亡に繋がるのかも知れない」

　壮絶な戦闘を思い描いてか、参謀たちの顔が強ばる。

「私は、一介の現場の指揮官に過ぎないが、日本本土侵攻作戦はやるべきではないと思っている。この沖縄戦をうまくやれば、外との接触を絶たれた日本は、自然に敗北への道を辿ることになる。もし本土侵攻作戦を実施することになれば、我が軍の犠牲も膨大なものとなる」

　参謀たちが、スプルーアンスが言わんとすることを聞き逃すまいと集中する。

「我が軍の死傷者は、百万を越えるかも知れないが、それは日本人を五百万、いや一千万殺した上での数なのだ」

　言葉の重さにスプルーアンスは、思わず息を継いだ。

「だから、沖縄戦で圧倒的勝利を掴むことが必要なのだ。日本が本土決戦に二の足を踏むほどの勝利を収める。それが沖縄戦の意義であり、それが日本との戦いを終わらせることにつながる」

　そして、二つ目をこう言った。

「沖縄は九州から近い。恐らく想像を越えるカミカゼが襲ってくるだろう。ミッチャーの機動部隊との連携も含めて対応策を至急検討してくれ。これは、決して人ごとではない。諸君が自からの命を守るためのミッションだ」

「小沢さん、海軍は沖縄を最終決戦と考えているが、陸軍はそうじゃなさそうだ。それじゃ一体沖縄はどうなるのですか」

　軍令部次長室で、連合艦隊参謀長の草鹿が声を荒げた。

「我々は、沖縄で特攻機による総力戦を挑めば、敵に相当な打撃を与えられると考えている」

小沢が声を落とす。

「沖縄戦の目的は、敵の損害をできるだけ増やし、少しでも有利な講和の条件になることなのだ……。だが、陸軍には講和の意思もない。沖縄での勝負《かちまけ》よりも本土決戦による決着を望んでいる。陸軍にとって沖縄は本土防衛のための時間稼ぎと、敵を消耗させるだけの捨石でしかない」

「それでも海軍は、沖縄を最終決戦とすると理解していいのですね」

草鹿は、敢えて念押しをした。小沢の言うとおり、陸軍は陸上で敵を迎え撃つことは本務なのだが、海軍はそうは行かない。もともと海上で戦うのを本分としているのだから、陸上での戦力にはなり得ない。それならば、九州各地から沖縄に向かって攻撃を仕掛ける方がまだ得策なのだ。

「もし、沖縄を失えば、そこが強力な前線基地となり、九州の航空部隊が生き残る術は無くなります。そうすれば、もう海軍は何も出来ません……。それにしても陸軍との足並みが揃わねば、厳しい戦いになりますね」

小沢は「悲惨な地上戦になる」としか言わなかったが、草鹿もそれ以上のものを期待していた訳ではなかった。ただ全てが回らなくなっている実感だけが、妙に現実味を帯びていた。

沈黙の時間が息苦しくなった時、小沢がぼそりと切り出した。

「連合艦隊は、『大和』をどうするつもりなのか」

草鹿が驚いたように小沢の顔を見つめた。

「そんなこと、まだ決めてませんよ。それとも次長は何か腹案をお持ちなのですか」

「いや、いろいろと小耳に挟んではいるのだが、沖縄を海軍が最終決戦と位置づければ、そういつまでも放ってはおけまい」

「私は……」と草鹿が言い淀む。小沢が「先を」と目で促した。

「私は、伊藤司令長官が、我々を納得させる案を示されると信じております。長官は昔から『大和』への特別な思いをお持ちですから」

小沢は「そうか」と腕を組んで目を閉じた。

……この戦争が「大和」から始まったのであれば、この戦争は「大和」で終わらせられる……

そのことは、自分も誰からか聞いて知っている。

具体的な方策までは知らぬが、こと「大和」に関しては、伊藤の方が少なくとも自分よりは上手くやりそうではある。

――ならば、「大和」のことは伊藤に任せればよいのだ。

と今になって思いが至る。

ふと肩の荷が軽くなったような気がして、自然と頬が緩んだ。

目を開けると、草鹿が何かを感じたように視線を絡ませてきたが、小沢はもう一度「そうか」と呟くと、腰を上げて話を打ち切った。


三月二十六日、米軍が硫黄島に上陸して一ヶ月を過ぎたこの日の早朝、牛島中将は自から残存部隊を率いて最後の総攻撃を敢行したが、砲弾の破片を受けて負傷し自決した。最後の指令は「予は常に諸子の先頭にあり」と結ばれていた。

ついに硫黄島が落ちた。

この戦闘で、日米双方の死傷者は四万六千人を数え、太平洋の島嶼戦において、米軍の死傷者数が日本軍を上回る唯一の戦いとなった。

スプルーアンスは、妻に宛てた手紙の中で「この作戦の成功の喜びは、ひと欠片も残ってはいない」と自軍兵士の惨状を憂いたほどであった。

しかし、ウルシーでの態勢整備を終えたスプルーアンスは、三月十八日には沖縄に向けて出撃し、先行させたミッチャーの第五十八任務部隊は、沖縄の孤立を狙って九州から瀬戸内地方の艦艇や航空勢力に対し、四日間に渡る事前攻撃を仕掛けていた。

十九日には、呉もミッチャー機動部隊の艦載機による初空襲を受けていた。

当然のように「大和」も攻撃を受けたが、回避しながら徳島沖まで航行したことから、敵の攻撃が散漫となり被害は軽微だった。ただ、艦隊から外されて停泊していた戦艦「榛名」「日向」巡洋艦「大淀」が傷つき、空母「天城」や「龍鳳」も被害を受けていた。

この時の空襲は、呉軍港に停泊中の艦船への攻撃が主体であったことから、呉工廠などの被害は軽微だった。だが、この空襲によって呉市民も戦況の切迫さを実感させられることになった。

ミッチャーは、呉軍港を空襲した戦闘機の搭乗員をつかまえて聞いた。

「呉に『ヤマト』はいたか？」

「『ヤマト』を見たか？」

「ヤマト」の存在を確認したミッチャーは、「『ムサシ』はすでに沈めたが、最後の大物も我々の航空機で仕留める。間違っても時代おくれの戦艦などに得物を横取りされてたまるか。航空艦隊こそが海の王者なのだ」と闘志を燃やしていた。

この頃連合艦隊では、相変わらず艦隊特攻の話がくすぶり続けていたが、作戦参謀の三上は、第二艦隊を東シナ海に遊弋させて、敵機動部隊を九州の陸地近くに釣り上げ、それを陸上基地からの攻撃で叩こうと考えていた。三上は伊藤から第二艦隊の使い道について「艦隊単独では何も出来ぬ。航空機や潜水艦など投入可能な全ての戦力を統合した作戦を考えろ」と言われていた。

しかし、すでに海軍としての戦力を喪失している現状では、陸上基地を不沈空母に見立てるぐらいの策しか思い浮かばない。艦隊からも「『大和』を囮に使うのか」との声が上がり、小細工とのそしりは免れなかったが、さりとて代案があるわけでもなかった。

二十五日、沖縄侵攻近しと判断した連合艦隊は、本土防衛作戦の一環で沖縄方面航空作戦である「天一号作戦」警戒を発令し、二十六日には、米軍が沖縄の慶良間諸島に上陸したことにより、第二艦隊に佐世保回航を準備するよう命じた。この回航は、敵機動部隊を沖縄周辺から遠ざけた隙に、上陸用艦艇を攻撃する意図を持っていた。連合艦隊は、第二艦隊における作戦遂行のための可動艦艇を第一遊撃隊として編成したが、それは戦艦「大和」と軽巡「矢矧」そして駆逐艦六隻のわずか八隻でしかなかった。

開戦時、日本は世界第三位の海軍戦力を有しており、その主要艦艇は、戦艦十隻と空母九隻を中心に巡洋艦四十隻、駆逐艦百隻に潜水艦六十隻など総数は二百三十隻を超え、米太平洋艦隊と英東洋艦隊をも凌駕していたのである。

その日本海軍最後の艦隊である第二艦隊第一遊撃隊に、連合艦隊の昔日の面影を見出すことはできない。ただ、あえて艦隊としての何らかの特性を求めるとすれば、そこには世界最大の戦艦、

「大和」が存在しているだけであった。

別離

呉が空襲を受けてから一週間後、信一は久しぶりの上陸を実家の海軍工廠工員宿舎で過ごしていた。

信一は、昨年志願して入った呉海兵団の訓練を終えると、最初の配置で戦艦「大和」へ配属されていた。日本海軍の象徴とされた「大和」は、海軍の将兵であれば誰もが一度はと憧れる存在であった。信一がそんな「大和」に配置されたのは、一つに「大和」の母港が呉だったことがある。母港の艦船に地元の海兵団が優先されるのは決まりごとであり、さらにその優劣から徴収兵より若手の志願兵が優遇された。当然のことながら海兵団からの推薦も狭き門であった。

「大和」への配属が決まった時に、一番喜んだのは父の隆だった。

自分の造った艦に息子が乗って戦う、戦時中の親子関係からすれば、それは望外の喜びであったろう。近所の人たちに会うと皆に「『大和』配属おめでとう」と声をかけられた。

父親が誰彼なしに吹聴していることは明らかだったが、信一自身もそれを誇らしいと感じていた。

「大和」は、極秘のうちに造られ、その全貌はおろか名前さえも国民には知らされていなかったが、呉の市民にとっては、おらが街の誇りであり、帝国海軍の華として敬愛されていた。

この時期すでに巷では「大和」が出撃するのではとも噂されていた。

確かに今回は、全乗組員を四日に分けての上陸である。出撃近しは誰の目にも明らかだった。

夕方、信一は母の心配りの夕食を父と一緒に堪能する。

さすがに瀬戸内の呉では、魚に苦労することは無く、食卓には鯛の煮つけもあった。それでも統制による米や甘味料の不足は同じだったが、母が苦労して食材を調達し作った料理には、これが家族最後の食卓になると言う想いが込められていた。スエは香代子や文子にも声をかけたが、今回は親子水入らずでと遠慮されてしまった。三人で囲む食卓は、会話も弾まず終わりに近ずいていた。母のスエが重い口を開く。

「もうすぐ出ていくんじゃろ、何処へ行くんかね」

信一が、頭を振りながら、ぶっきらぼうに答える。

「分からん、知っとっても言えるわきゃなかろう」

「沖縄に行くんかね」

「分からんと言うとるじゃろうが」

信一はそう言ったものの、米軍が沖縄に大艦隊を集結し、上陸は間近とも聞いていた。

一方呉市民も軍港に住んでいれば、巨大な戦艦も燃料不足で、身動きできないことも承知していた。先日の空襲でもこれらの艦船は、爆撃から逃げることもできず、ただ機銃で応戦するしかなかった。戦争が最終局面に差し掛かっていることは、誰の目にも明らかだった。

スエが箸を置くと信一を見つめて言った。

「海軍さんには、もう動ける船は無いのかね」

「何言うちょるん」

「そいでも『大和』一隻じゃ、すぐ沈められるやろ」

もっともだと信一は思った。海軍には、現在動ける戦艦は、もう「大和」しかいないのだ。

「母さん、『大和』は不沈戦艦よ、簡単には沈みはせんよ」

そう言って信一は唇を噛んだ。もう何を言っても言い繕いに過ぎないと思った。だが、戦争が続いている以上は、海軍軍人として戦わざるを得ない。

「母さん、これまでだって、日清、日露や先の世界大戦で爺さんや叔父さんたちが、命がけでこの国を守ってきたんじゃないか……。だから今度は、僕らがこの国を守らなきゃならないんだ。父さんや母さんたちに銃を持たせることはできない。だから皆《みんな》のかわりに僕がゆくのです……。僕は例えそれで死ぬことになるとしても少しも怖くはないし、後悔もしない」

それでもスエは何か言いたげに膝をすすめたが、その膝を父が手で制した。

スエはしばらく無言でうつむいていたが、意を決したかのように再び顔をあげた。

涙でくしゃくしゃになった顔は、母親の我が子に対する情念の現れである。

「みんなそう……。お前だって自分の思いだけで、母さんのことなど何も考えてない。だけど信一、お前はまだ子供なのよ。お母さんの大事な子共なのよ。お願いだから死なないでおくれ」

そう言うとスエは、顔を覆い屈みこんで泣いた。

スエがこんなに取り乱す姿を見るのは初めてだった。母の想いが痛いほど伝わってくる。

信一は、思わず縋りつきたくなる気持ちを辛うじて堪えていた。父は何も言わずに唇を噛み締めていた。

しばらくして信一は、スエの肩に手を伸ばすと静かに抱き起した。

スエの濡れたすがるような眼に、気持ちが揺れるのを堪えながら、信一は精一杯の優しさを込めて宣言した。

「母さん……。僕はもう帝国海軍の軍人です。あの戦艦『大和』の乗組員です。生き死にを考えたら戦うことなどできません。どうか笑って見送ってください」

思わず目頭が潤むのを感じながら、信一は母の肩においた手に力を込めた。

それまで黙っていた父が、初めて口を開いた。

「信一もういい。戦え！『大和』とともに戦ってこい！」

悲しいことではあるが、死に向かう者と残る者との心のひだを埋めるには泣き、喚《わめ》き、突き放すことしかない。見てくれの優しさや慰めでは、そのひだの幾ばくも埋めることはできない。

親と子の悲しき別れの道程である。この道程を経てこそ腹も決まる。

今、信一は改めて海軍軍人としての覚悟を決めた。

さらに大きくなったスエの泣声を、灯火管制下の闇が静かに包み込んでいった。


信一は、母親の憔悴した姿に耐えられず家を出てはみたものの、行く宛もなく、何時しか海軍工廠の前まで来てしまっていた。

工廠の正門脇には、大きな桜の木があり、いつも満開になると見事な花を付けていた。

今年も枝が見えぬ程に花を付け、闇の中にそこだけ白く浮かび上がって見える。

その木には、忘れえぬ思い出が詰まっていた。それは幼かった頃の文子との出来事だった。

昼間は遊び仲間とつるんでいたが、夕方になると一人抜け、二人抜け、最後にはいつも文子と二人っきりになってしまう。文子の母親は父親の死後、工廠の事務で働いており帰りはいつも工員たちより遅かった。

幼い二人は母親が出てくるのを正門の前で待っていたが、いつも待ちぼうけである。すると文子は決まって桜の下でままごとを始めるのである。信一は男の子なので、さすがにままごとは、気恥ずかしい。だが、二人っきりの時は、気が向けば葉っぱに乗った泥団子を頬張るまねをしてやった。そんな時文子は、とても嬉しそうに首を傾げて「美味しい?」と尋ねるのが常であった。信一はその少女らしい仕草がとても好きだった。

そんな思いにふけりながら歩を進めていたが、ふと人の気配を感じて足を止めた。目を凝らすと、薄闇の中ではあったが、花灯りの中に人影があった。

「文ちゃん?」

小さなつぶやきが届いたのか、人影が驚いてぴくりと肩をふるわせるのが分かった。それで文子だと確信したものの、信一も偶然の出会いに戸惑っていた。

桜の下に近づいて行くと、そこにいたのは確かに文子だった。だが、信一が近ずいても文子は顔を向けようともしなかった。

二人にとっても久しぶりの出会いである。

成長して行くにつれ、少しずつその距離は離れて行ったが、信一が海兵団に入ってからは、たまの休みの時にしか会う機会はなかった。

信一が休みの時は、スエが香代子と文子を呼んで夕食を一緒にするのが常だったが、文子が十二歳になり、女子勤労挺身隊として海軍工廠で働きだすと、その機会はさらに少なくなっていった。

久ぶりの再会で、文子は随分と背が伸びていたし、おかっぱだった髪型も今は左右に分かれた三つ編みのおさげになっていた。

「文ちゃん、大きくなったな」

信一が、何気なく文子の頭を撫でた。信一にとっては幼いころからの習慣である。何時も文子からはお乳の匂いがしていたはずなのだが、この時、信一の鼻腔を掠《かす》めたのは、頭上に咲く桜の花の香に紛《まご》うほどの忍びやかな香りだった。

不意に胸がドクンど跳ねて、息苦しさが募る。

信一は、幼かった少女が愛らしい娘へと成長したのを感じて、少なからずどぎまぎはしたが、子供の頃からずーと一緒だったし、海兵団に入ってからも文子のことばかり思っていた。

——俺は、文子のことを好いとる。

その気持ちは、文子が幼い頃に「信一兄ちゃんのお嫁さんになる」と言った時から、変わってはいなかった。

一方の文子は、ここで信一と出会ったことにも驚いていたが、自分の気持ちが思い通りにならないことに戸惑っていた。

信一兄ちゃんに会いたい、話したいと思っていても、身体は言うことを聞いてくれない。今も脈拍は速く頭もぼーとして、もやがかかっているような気がする。目の前に信一がいるのに、目を合わせることも口を開くこともできなかった。

「どうした文ちゃん」

信一が文子の顔をしゃがみ込んで覗こうとすると、文子は慌てて後ろに飛び退いた。

「兄ちゃん――」それがやっとの言葉だった。

自分はどうしてしまったのか、話せないことが苦しく、目を合わせられないことが切なかった。

「文ちゃん？」

信一の困惑したような呼びかけに、文子はやっと顔を上げたが、その大きな瞳は自分へのもどかしさに揺れていた。だがその間にも胸の鼓動はさらに高まり、文子は息苦しさに耐えかねて、くるりと後ろを向くと脇目も振らず駆け出していった。

文子が駆けると、道端に散り敷かれていた桜の花びらが舞い上がり、まるで文子の後を追うかのように、宙を舞った。

「兄ちゃん、明日、見送りに行くね……」

遠くから、文子の声が聞こえた。

信一は、こなしきれない気持ちを抱えたまま、巻き上げられた花びらが、再び舞い散る様を眺めていた。


その翌日の朝、岡本夫妻と香代子母娘は、上陸場に近い工廠の外れで信一を見送った。

信一が仲間たちの手前、上陸場での家族の見送りを嫌がったのである。

上陸場が近くなり、足を止めた信一が、皆に向かって「行ってきます」と敬礼をした。岡本が「頑張れよ」と声をかけ、昨夜はあれほど取り乱していたスエも、気丈に「お元気で」と深々と頭を下げた。

別れの涙は見せまいとしてのことであろう、何時までも顔を上げようとはしなかった。香代子はスエの気持ちを思って、ただ「気をつけて」と声をかけた。

信一が「では」と別れを告げた時、やっと顔を上げたスエの目元に、堪えていた涙が盛り上げるのが見えた。

「信一……」

飲み込んだスエの言葉を、香代子も同時に胸の内で叫んでいた。

――死なないで！　帰ってきて！

背を向けて歩き出した信一は、二度と振り返ろうとはしなかった。

何時までも子供と思っていた男の子は、もう立派な「大和」の兵士なのだ。香代子は、思わず背筋をのばして、頭を下げた。

目線が下がった拍子に、信一を見送りに行くはずの文子が、まだ横にいるのに気付いた。

「文ちゃん、どうしたの、お兄ちゃんをお見送りするのでしょう。さ、早く……」

急かしても文子は、一向に動こうとはしない。それでいて気は急くのか、目は信一の背を追いながら、足踏みを繰り返している。これまでの文子なら、信一の後先を跳ね回るか、無邪気にまつわりつくかの何れかであった。香代子は不審に思いつつも、子供の気紛れかと、その背を押した。

文子は、トコトコと歩きだしたもののその足取りは重く、信一を追おうともせず後を付いて行くだけであった。二人が上船場への角を曲がり見えなくなると、岡本夫婦は肩を寄せ合って帰って行った。死も予感させる肉親との別れは、この夫婦を一挙に年寄にしてしまったかに見えた。

香代子は、岡本夫婦も気がかりではあったが、文子の様子にも不安を感じ、しばらくここで待つことにした。

そして、その不安は的中した。

文子が角を曲がって駆け戻ってくると、泣きながら香代子の胸に飛び込んできたのだ。

「文ちゃん、どうしたの、信一兄ちゃんのお見送りはできたの」

訪ねても泣きながら首を振る。

香代子はその時、文子の手の中に、お守りが握り締められていることに気が付いた。

信一に渡すために、何日もかけて縫ったものである。

「まだ、お守りも渡してないの！」

自分で血の気が引くのを感じる。

――これはただのお守りではない。もし、このお守を渡さぬまま信一が戦死でもしたら、この子はその事を自分のせいにして一生悔やむことになる。

「文ちゃん！　どうしたの……」

言い知れぬ不安を感じながらも、両の手で優しく文子の頭を包み込んだ。

ふと無垢な少女の香りを覚えたが、そこには、そこはかと漂う恥じらいの色が交ざっているのを見逃さなかった。

香代子の頬が緩んだ。そして少し屈みながら文子の両肩に手を添えて、ゆっくりと口を開いた。

「文ちゃん、あなたは、信一兄ちゃんに恋をしたのね」

文子が驚いて顔を上げた。

「だから、あなたは恥ずかしくて、信一兄ちゃんに近づくこともお話することもできなくなったの……。お母さんの言うこと分かるでしょう」

文子が、目をしばたたかせる。

「あなたは、お母さんが黒木のおじさんの話をする時、何時も笑っていると言ったでしょう。それと同じよ。人を恋することは、とても不安なこともあるけど、本当は楽しいことなの。……だからお母さんは、何時でも笑えるのよ」

文子は、自分の混乱の原因に思い至ったのか、何度もうなずいて見せた。

「さあ、まだ信一兄ちゃんは、上陸場に居るわ。これから行ってお守を渡しておいで。いいこと、兄ちゃんの前に行ったら、笑うのよ。好きなんでしょう――」

文子の泣き顔に生気が戻り、現金なもので今にも駆け出しそうな素振りを見せる。

香代子は、笑いながら今度は、どんと背中を押した。

「さあ、駆けて行きなさい。大好きな人の所へ……」

恋というには幼すぎるのかも知れない。でも香代子は、こんな時代であるからこそ、その成就《じょうじゅ》を願った。

――あの子が、恋をするなんて。

母親としての感慨を抱きしめながらも、自分の恋の先行きを思いあぐねて、香代子はふーと息を吐いた。

そんな香代子に、黒木からの呼び出しの言伝《ことづて》がとどいたのは、信一を見送った翌日のことだった。場所は鎮守府の先の何時ぞやの海辺である。大方何かの打ち合わせの後なのだろう、時刻も夕方と言う。信一たちの上陸を見ても「大和」の出航は間近である。恐らく時間的な余裕も有りはしないのだろう。

――結局、あの人はこのまま出て行ってしまう。

折角、文子とも心を通わせられたのに、やはり生死を超えての決断は、思う心が強いほど大きな恐れを伴うことに変りはないのだ。軍と言う組織と苛烈さを増す戦争の狭間で、それを怯懦《きょうだ》と呼ぶことはできない。それは良く分かっているのだが、やはり切なさが胸を塞ぐ。

黒木と並んで海を見つめる。香代子は以前会った時も春だったと覚えていた。あの時黒木は初めて自分を抱きしめてくれた。その思い出でだけで、この一年を暮らしてこれたのだ。今日の出来事でまた次の一年を暮らして行けば良い。だから決して無理は言うまいと、香代子は胸に刻んでいた。

「『大和』は、明日呉を離れます」

「戦地へ行かれるのですか？」

「いや、取り敢えずは、九州に行くことになります。」

行き先が戦場でないことだけで、胸のつかえが下りた気がする。

「でも、その先は分かりません……。状況は悪くなる一方です」

だからこそ香代子は、今を大切にしようと思っているのだ。また長い別れが待っていても、それは明日になっての話である。黒木の傍らに立ち言葉を交わすことこそが、今の自分にとって無上の喜びなのだ。この喜びこそが、明日へ踏み出す力になると思っていた。

その時、黒木が小さく息を吐いた。

それに気付いた香代子は、黒木がまだ迷っていることを察した。生きて帰れる保証がなければ迷うのは当然のことであるし、その場しのぎの芸当ができぬことも分かっている。

それは、明日も知れぬままに一緒になるか、好きなままで別れるかと言う男女の心を押し潰すほどの選択なのである。しかもそこには、それぞれに無責任さと不合理さえもが同居しているのだ。

「私……、次にお会いするまで待ってます」

香代子の言葉は、今の自分の決意の現れであり、この先の夢でもあった。

黒木が驚いたように顔を覗いて言った。

「次があるかは分かりません」

「それは誰にも分からないことだから……私は待てるのです。あなたは文子と会った日に、何らかの覚悟を決められました。だから私があなたの覚悟を信じれば、次に会えると思うことはそんなに難しいことではありません」

香代子の胸の内を映すかのように、海から吹く風も春の暖かさを感じさせ、波も穏やかに寄せていた。

「……仰る通り私は覚悟を決めております。あなたが好きだから、私は覚悟することができました。だが、私がもしもの時には、その覚悟は何の意味もなしません。あなたがたった一人でこの海を見つめている姿を、私は考えたくないのです」

——ならば生きて帰って……。

と香代子は思った。

しかし、戦争と言う環境の中では、生と死を頂点にして全ての思考が左右される。しかもその生と死が裏表にあることで、物事の結論は無限の繰り返しを呼んでしまうのである。

だがその時、ふっと黒木が笑みを浮かべた。

「また私は、あなたの待っていると言う言葉に、支えてもらうことになりますね」

結論が出た訳ではなかったが、香代子には黒木の素直な気持ちが嬉しかった。

「私は、そう受け取ってもらえただけで十分です」

佇む二人に、薄墨色の闇が迫る。

黒木の手が、優しく香代子の肩を抱いた。

「黒木さん……」と顔を上げた時には、香代子はすでに黒木の胸に抱かれていた。苦しいほどに抱きしめられて、香代子の胸は早鐘のように高鳴った。内からの熱が登るかのように身体も頬も熱い。息苦しさに少し開けた唇に、黒木の唇が重なる。頭の芯が痺れるような感覚に浸りながらも、香代子は小さく声を洩らした。

——帰って来てね。

黒木がうなずくのを見て、香代子は両手を黒木の首に回すと、灼けるように熱い唇を強く押し付けた。

三月二十八日、第二艦隊は、佐世保への回航のため出航準備を整えていた。

十七時三十分、「大和」艦橋には、伊藤長官、有賀艦長を始め参謀たちも揃っていた。

天候は高曇り、外気温十度、波は無いに等しい。

日没までは時間を残しており、雲を隔てても西の空にはまだ明るさが残っている。

「出航準備完了」と遠くで伝声管からの声が聞こえる。

「長官、出航します」有賀が伊藤に声をかける。

今回の目的は、取りあえず佐世保への回航なので、艦橋にも高揚感や悲壮感は無い。しかし、今の戦況では、これまで母港としてきた呉の港に、再び帰ってくることは無いだろうと誰もが思っていた。それがための寂寥感は、如何《いかん》とも覆《おお》い難い。

伊藤がゆっくりうなずく。

有賀の「両舷前進微速」の指令が順次復唱されて行き、「大和」の巨体が一瞬ぶるっと身震いする。動力がプロペラに伝わった瞬間である。

そして出航を知らせるラッパが夕暮れの軍港に鳴り響いた。

その時見張り員の声が響く。

「右舷前方漁船らしきもの」

艦橋が騒《ざわ》めくが、瀬戸内では小さな漁船の接近は珍しいことではない。しかし、艦隊行動の際は、漁船などの出漁は厳しく規制されている。もちろん警備船などに見つかれば、大事《おおごと》になりかねないのだが、最近では小型艦艇への油の割り当ては皆無《かいむ》となり、今日もその姿を見ることは無い。

「追い払うか」航海長が双眼鏡を覗きながら呟いた。

「この状況で船を出して来るのは、いよいよのことだ。詳細を確認しよう」

有賀の指示で見張り所に指令が飛ぶ。

「漁船乗員の確認、詳細知らせ」

「右舷見張り所より報告、漁船は船頭と女子一名、合計二名乗り組み」

「女子一名？」有賀が首を傾げながら、伊藤に話しかける。

「長官、いかがしますか。相手は小船なので、放っておいても問題はありませんが」

「本艦の出航に合わせて出てきたことは、恐らく乗り組みの家族でしょう。それとも恋人が乗っているのかも知れませんね」

伊藤が微笑《ほほえ》むと艦橋に和やかな空気が流れる。

「何れにしろ有難く見送ってもらったらどうですか」


「大和」がゆっくりと動き出す。それだけで小舟から見ると大きなうねりが起こっているのが分かる。

「あやちゃん、あれがお父さんの造った船、『大和』だ、よく見ておくんだ」

小船から見上げる「大和」の船縁《ふなべり》は、まるで切り立った崖《がけ》である。

「おじちゃん、『大和』って大きいね」文子が目を輝かせて言った。

島と見紛う大きさ、押し出される鋼鉄の質感、天にもと届く艦橋の雄々しさ、そして造形の持つ流れるような美しさ、その全てが圧倒的な迫力となって心を奪う。

夕暮れ間際の西空が、最後の輝きに茜《あかね》に染まり、その色を映して海もまた朱に染まる。

溢れ来る光の色に、「大和」も自らの巨体を赤褐色に変えていた。

「きれいだね、おじちゃん」

出航を告げるラッパの音が、呉の周囲の山々にこだまして幾重にも折り重なって降ってくる。

「おじちゃん、『大和』はどこへ行くの、本当に沖縄へ行くの」

「みんなそう言っとるが、それはおじちゃんにも分らん、でももうここに戻ってくることはないじゃろう」

出航ラッパの響きが消えたまさにその時、呉港内に停泊していた海軍艦艇や商船から一斉に汽笛《きてき》が吹き鳴らされた。「大和」が呉に戻れないことを思いやった惜別《せきべつ》の挨拶《あいさつ》である。

低く太い汽笛、笛を思わせる高い汽笛、大小様々な音が途切れなく吹奏《すいそう》され、別れの寂しさを纏《まと》いながら夕焼けの空に吸い込まれていった。

文子は、岡本の「危ないぞ」と言う言葉にも耳を貸さず、うねりに揺《ゆ》れる小舟の先端に立ち、胸の前で指を組むと一心に大和を見つめながら呟いた。

――お父さん、文子です、お父さんは今も「大和」の中に生きているのですね。今日は会えて本当に嬉しかったです……。でももう遠くに行ってしまうのですね。もう会えないかも知れませんが、今日のことは決して忘れません。文子に会ってくれてありがとう……。

薄い記憶の中の父の顔は、やはりおぼろのままだったが、文子ははっきりと浮かぶ新しい父の面差しに向かい合っていた。

――それから黒木のおじちゃん。今度帰ってきたら、お母さんをお嫁さんにしてくれるのですね。文子は喜んでおじちゃんの子供になります。おじちゃん、もうお父さんと呼んでもいいですか？　少し恥ずかしいけど……お父さん、文子からのお願いがあります。一つはお母さんを悲しませないでください。だからきっと帰ってきてください。もう一つは信一兄ちゃんを守ってください。文子の大切な人なのです。……お父さん、文子の初めてのお願を聞いてください。

何時しか涙が頬を濡らしていた。

「大和」が、今小舟の前に差し掛かる。文子は指を解くと、静かに右腕を上げて敬礼をした。自然に取った行動だったが、幼い日の記憶がそうさせたのかも知れない。

「大和」では、停泊中の艦船から吹き鳴らされる汽笛の音と乗組員が帽子を振る別れの姿を捉《とら》えていた。

そして小舟に近づいた時、航海長が声を上げた。

「小舟の少女が、敬礼をしています」

艦橋の皆が双眼鏡で確認する。

その時黒木が艦橋から走り出る。そして右舷防空指揮所に駆け込むと配置の兵を押しのけ、十二センチ双眼鏡を覗き込んで「文ちゃん」と呟《つぶや》いた。小船の舳先に立つ文子の敬礼姿は、呉工廠の工員であった父親の葬儀の時に、自分に敬礼してくれた幼子の愛らしさを、再び鮮やかに蘇《よみがえ》らせてくれた。

艦橋に戻ると伊藤が黒木を見て尋ねる。

「黒木君、顔見知りか?」

おそらく伊藤は黒木の動きを見て、あれが香代子の娘であり、そして黒木の娘になる少女であることを承知したはずである。

「はい、自分の呉工廠時代に、『大和』の建造に携わっていた工員の娘だと思います。父親を不慮の事故で亡くし、母親と二人、この艦に夫と父親の面影を重ねて生きて来たようです。『大和』と会うのは今日が最後と思い定め、父親の上司の班長が連れてきたものと思われます」

「それに班長の息子が幼馴染《おさななじみ》で本艦に乗船しているようです」

「幼馴染？　その少年の歳は？」

「恐らく十六・七歳と思われます」

「そうか、年少兵か」伊藤が後ろを向いて尋ねる。

「副長、年少兵はどれくらい乗っていますか？」

「おおよそ三百近くは乗っているはずです」

伊藤は、思わずそんなにと口に出しそうになったが、辛うじて堪えた。そんな若者まで戦場に連れて行くのは、忍びない気がしたが、それが今の海軍の現状である。数合わせの徴収兵ならともかく、三百の兵の補充など簡単にできるはずもないし、特攻機にしても年端《としは》もいかない少年兵が乗っているのだ。だが、已む得ないと割り切るには、あまりにもむご過ぎる。伊藤の胸中を察したように、有賀が努めて明るく話しかける。

「『大和』と幼馴染の見送りですか。長官、やはりおっしゃったとおりでしたね」

有賀の言葉にうなずきながら伊藤は、別れの悲しみをまとった少女を、自分の娘の姿に重さね胸の奥に小さな痛みを感じていた。もう一度双眼鏡で少女の姿を追う。「大和」の立てる波に逆らいながら敬礼を続ける少女の姿は、如何にも健気《けなげ》で愛らしく、伊藤は思わず口元を緩《ゆる》めると穏《おだ》やかに命じた。

「艦長、港内の艦艇も別れの挨拶を送っています。ここは我々も挨拶して行きましょう。黒木君の話からも、特にあの女の子にはきちんと答えなければなりません」

「了解しました。直ちに答礼します」

うなずいた副長が命令を下す。

「呉港内の艦船に答礼！　各員、配置にて帽振れ！」

「航海長、長音三声！」

「艦長、我々はあの女の子に答礼しましょう」


「大和」の巨大な艦橋が、小舟に覆い被さるように横を通り過ぎる。

ふと上を見上げた岡本は、その艦橋のガラス越しに白い手袋らしきものが動くのを見た。

「ごらん、『大和』が文ちゃんに敬礼しているよ」そう言われて、文子は顔を上げた。

確かに艦橋には幾つもの白いものが見える。

文子は、真一文字に結んだ唇にさらに力を込めた。

甲板や機銃座の周りでは、兵たちが懸命《けんめい》に帽子を振っている。文子はその中に信一の姿を探したが、同じ服同じ帽子ではとても見分けられるものではない。諦めかけた時、一人の兵士が目に飛び込んできた。間違いない信一兄ちゃんだ、とっさに文子はそう確信した。

両手を口に当て兄ちゃんと叫ぼうとしたその時、「大和」の汽笛が周囲の空気を震わせながら、大きくそして長く、三度鳴いた。その汽笛は、港内のどの船よりも大きく、文子の身体を衝撃波のように震わせた。

文子は思わず声を飲み込み、両手を垂らして茫然《ぼうぜん》と「大和」を見つめた。

「おじちゃん、大和がサヨナラって言ってる。……大和が泣いてるよ」

再び涙が溢《あふ》れてくる。巨大な戦艦の後ろ姿が心なしか寂しげに見えた。

すでに光を失った西空の彼方を目指し、いま「大和」が呉を離れて行く。

船体はすぐに薄闇《うすやみ》に同化していったが、船尾に掲げられた軍艦旗だけが、まるで名残を惜しむかのように、色褪《いろあ》せずはためいていた。

計略

呉を出港した第一遊撃隊であったが、その日南九州や奄美大島が米艦載機の空襲を受けており、米機動部隊が北上しているとの観測から、二十九日より徳山沖での待機となった。

そして四月一日、遂に米軍の沖縄上陸が始まった。

その翌日、「大和」と共に第一遊撃隊を構成する第二水雷戦隊の吉村司令官は、旗艦軽巡「矢矧」に各駆逐艦の艦長を集めると、今後の最善策を検討した。

「方策その一は、何かと話題にされている沖縄突入であり、ここで帝国海軍最後の海戦を実施する。ただし、この案は目的地到着前に壊滅することは必至である」

口を開く者はいなかったが、少数だがうなずく者はいた。それが可否のどちらなのかは分からない。

吉村は構わず先を続けた。

「その二は、今回の回航にも通ずるところはあるが、次の好機が到来するまで日本海朝鮮南部方面に避退して、艦隊の温存を図る」

誰かが失笑を洩らすとそれが広がった。確かに笑いたくもなる。制空圏も制海権もままならぬ現状で、悠々と待機できる場所など無いに等しい。

「その三としては、陸揚可能な兵器、弾薬、人員を陸上防衛兵力として揚陸し、残りを浮き砲台として、敵上陸部隊を迎え撃つ」

うなずく者の数が増えた。

――やはり、これしかないのか。

吉村は、第一遊撃隊としての方向性を示すつもりであったが、結局のところは「大和」をどうするかと言うことなのである。皆の心中は良く分かっている。できれば帝国海軍最後の海戦を挑んで華々しく散るのが理想である。だが今の構図では、それは叶わぬ夢物語であり、精々敵艦載機による嬲《なぶ》り殺しに遭うことにしかならないのである。

そこで戦艦「大和」の持つ特性を考えると、その大きさもあるが、やはり世界最強の主砲、四十六センチ砲なのである。この砲は要塞砲とした時に、凄まじい威力を発揮する。

もしそれが敵の上陸地点であれば、「大和」の火力は地上軍四個師団を並べた火力に匹敵するはずである。

吉村は、議論する意味はないと思った。

「長官には、第三の案を戦隊の総意として具申する」

何処からも異論はなく、吉村は「大和」の伊藤を訪れて説明した。

吉村の意見具申を、第二艦隊司令部と共に聞いた伊藤の結論は、連合艦隊への上申であった。

伊藤は黒木と二人になると深い溜息をついた。

「黒木くん、我々は未だ『大和』の何たるかを理解しきれておらず、戦争終結への関わりも見出していない。戦隊からの策は、連合艦隊も軍令部も反対することは無いだろうが、それでは我々にできることは、ここまでだと諦めることになってしまう」

伊藤の言葉の端々に、悔しさが滲む。

「すでに第五航空艦隊の宇垣くんが、菊水作戦要領を発したのは知っているな」

「はい、沖縄戦に対する海軍の航空総力戦の開始と思われます」

「その通りだが、これに合わせて連合艦隊がどう動くかだ」

「連合艦隊の手の内には、もう艦隊特攻ぐらいしか残ってはいません。私どもに残された駒もそこに尽きるかと思われます」

「そうだな。その駒を最大限生かすとすれば――」

伊藤がそう言って少し姿勢を正した。

黒木にはそれが、伊藤の何かを決意した時の癖だと分かっていた。

「黒木くん、浮き砲台の上申は取り止めよう。連合艦隊が近々艦隊特攻を命じて来ることは問違いない。私は、その命令に対して断固反対の姿勢をとる。すでに第二水雷戦隊も反対の結論に至っていることも踏まえれば、この第二艦隊は大きな餌に成りうる。連合艦隊、軍令部、海軍省が揃って決めた作戦が反対されれば、彼らは何らかの打開策を考えねば示しがつかなくなる」

「一番手っ取り早いのは、誰かに説得させることですが」

「そうだ、まさか連合艦隊司令長官直々のお出ましはあるまいが、参謀長クラスは有りうるだろうな」

――この第二艦隊、いや戦艦『大和』で何を釣るかだ。

伊藤がこれまでの鬱積《うっせき》を忘れたかのように、晴々とした声で言った。

「黒木くん、これからが我々の最後の総力戦だ。知恵を絞ろう……。そして、速やかに動くのだ」

それから数日後、横浜日吉の連合艦隊司令部は、海軍の最終決戦を沖縄における航空戦と位置づけ、これを菊水作戦として四月六日より実施しようとしていた。

連合艦隊司令部の長官室に神先任参謀の姿があった。

神が豊田の前に一冊の書類を置いた。

「これは？」

「第二艦隊第一遊撃隊の沖縄特攻作戦であります」

豊田が思わず「神くん……」と呻いた。

「海軍が沖縄を最終決戦場と決めたからには、当然の作戦であります」

「しかし、連合艦隊でも軍令部でも、この作戦に反対する者は多い。草鹿くんは同意したのか」

「いえ、草鹿参謀長と三上作戦参謀は、鹿屋にて菊水作戦指揮のため昨日より出張中であります」

その言葉を聞いて豊田は、これが神の独断であることを悟ったが、多少なりとも成功の可能性があるのであればと計画を聞いた。

第一遊撃部隊は、菊水作戦による航空特攻と沖縄防衛軍の総攻撃に呼応して、沖縄本島の敵上陸地点へ突入し、海岸へ乗り上げて砲撃戦を行い敵艦及び敵上陸部隊を粉砕する。

それで弾が尽きれば、全員陸戦隊となって戦うのだと言う。

聞いていた豊田は、それができるのならば、まさに勇壮無比な作戦ではあるが、成功はおぼつくまいと感じていた。ただ実際には、「大和」が多くの敵艦載機を引き寄せる間隙を縫って、特攻機の突入を可能とする囮効果が大きいのだとも言う。ともあれ連合艦隊最後の艦隊戦を挑むとなれば、それは沖縄しかないことも確かだった。

豊田は、海軍省や軍令部などの同意を条件に、神の作戦を許可した。

だが、ことは「大和」に関わるものである。そう簡単に同意を採れるとも思えない。

「ところで、海軍省などへの工作の腹案はあるのか？」

その回答を聞いて、豊田は神の「神さん神がかり」と揶揄されている本質を知った。

「まずは、反対を事後承諾で押さえ込めるよう上層部から切り崩します。長官に了承いただければ、草鹿参謀長と言えども反対できないのと同じであります」

次に何を言い出すかと豊田は、ごくりと喉を鳴らした。

「説得の際には、軍令部総長への陛下のご下問を使わせていただきます」

「菊水作戦奏上の時の話か。……確か航空機の総攻撃に対して、航空部隊だけかとのご下問と聞いたが」

「それで十分であります。お言葉の趣旨を考えれば、その後に海軍にはもう艦隊は無いのか、もう戦艦は無いのかとお尋ねになったのと同じであります。現実に海軍には第二艦隊があり、戦艦『大和』があります。それらを加えた攻撃こそが海軍の総攻撃であります。ご下問に対する総長のお答えはご存知ですか？」

「海軍は全力で作戦を行うだったと聞いているが……」

「それだけでは足りません。この際言葉を一つ付け加えます。よろしいですか、海軍は全力を投じて作戦を行うであります。……これより軍令部、海軍省との協議に入ります」

軍令部の第一部長の富岡は、神の案に反対を唱え、敵機動部隊を釣り上げるための陽動作戦を支持した。最初の取っ掛りでつまずいた神は、直ちに上層部からの切り崩しを開始し、及川軍令部総長と小沢次長に面会を求めた。

「神くん、君はこの特攻作戦の勝算をどう見ているのか」

小沢の問いに、神は紋切り型で答えた。

「この作戦は、勝算を度外視しております。戦わずして沈むより戦って沈む道を選ぶべきであります。その捨て身の中で勝機を見出すしかありません」

小沢は、神を睨みつけた。

「君は単なる精神論で七千名もの将兵を見殺しにすると言うのか。あのレイテ沖海戦にしても栗田艦隊の突入成功の確率はあった。そのために私も全滅覚悟で囮を努めたのだ。現在も続行中の航空機による特攻ですら、十数パーセントから二十パーセントの成功率はある。しかるに艦隊特攻のみが勝算度外視の作戦と言われても、簡単に承服できるはずがない」

「必ずの信念があれば、叶うと考えます。今こそ海軍には、戦う勇気が必要なのです」

「艦隊特攻を勇気と言うのか。私にはこの作戦は犬の遠吠えとしか思えん」

小沢と神の議論が噛み合うことはなかったが、小沢は議論しながらも「大和」の扱いを伊藤に託す腹積もりは変えてはいなかった。その一点のみにおいて神の作戦案は命脈をつないでいた。及川は陛下への返答を気にしてか沈黙しており、小沢はやむを得ず伊藤の了解を条件に作戦を許可した。

「連合艦隊が片道燃料でも良いとまで言うのならやむ得まい。しかし伊藤くんの説得は骨が折れるぞ」

だが、すでにこの時神の頭の中には、伊藤の説得を鹿屋にいる草鹿にさせる企てが浮かんでいた。

第一遊撃隊の艦隊特攻を、条件付きと言えども連合艦隊と軍令部が了承したとなれば、海軍省もうなずくしかなかった。海軍大臣の米内は神を送り出すとため息をついて目を閉じた。

——成功すれば奇跡だが。

……伊藤くん、賽《さい》は君の手の内だ、さあどうする……

軍令部と海軍省の根回しを終えた神は、横浜の司令部に戻ると鹿屋の草鹿に電話をかけた。電話口に出たのは草鹿に同行していた三上参謀だった。

「三上、第一遊撃部隊の沖縄特攻が決まったぞ」

開口一番、神の嬉々とした報告に三上は絶句した。作戦参謀の自分も横にいる参謀長もそんな話は聞いていないのだ。

「司令長官も、軍令部も了解したのですか……」

「ああ、海軍大臣の了解も取った。後は参謀長だけだ」

三上は息を整えると、第五航空艦隊の宇垣と打ち合せしていた草鹿に声をかけた。

「参謀長、神さんからですが、大和の沖縄特攻が決まったそうです」

草鹿と宇垣が同時に立ち上がった。草鹿が電話を引ったくって怒鳴った。

「神、どう言うことだ！　わしは事後承認などせんぞ！」

草鹿の受話器を握った手が小刻みに震えていた。だが、すでに大方の了解を取り付けたと聞いたのだろう、草鹿の肩が落ちた。

「神、陛下はそこまでの事を言われてはおられぬ。そして軍令部総長の返答も……みな趣旨が違う！」

だが、全てが決まってからの反論など何の意味もない。それこそ神の思う壺である。草鹿は歯ぎしりをしながら、伊藤の顔を思い浮かべていた。残されたこの作戦の成立要件は、軍令部から出された伊藤の了解であるが、周りの掘りを全て埋められては、それも厳しい。

これでは、さすがに伊藤さんも動きようが無い。

そう思うと、また神への怒りが募る。その時、受話器から神の無神経な声が響いた。

「参謀長、この作戦、場合によっては伊藤長官が反対されるかも知れません」

「当たり前だろう」と言おうとしたが、神の次の言葉が草鹿の口を封じた。

「伊藤長官への作戦の説明と説得を、参謀長にやっていただきたい。これは豊田長官の意向でもあります」

草鹿が叩きつけるように受話器を置いた。

宇垣が、煙草の煙を吹き上げながら言った。

「たかが参謀一人に足元をすくわれるとは、連合艦隊も落ちたもんだ。草鹿、こうなれば後は伊藤さんに任すしかないぞ」

草鹿は宇垣の言葉に先輩・後輩繋がりの優しさを感じていた。草鹿の一級上が宇垣であり、その一級上が伊藤であった。伊藤は兵学校の生徒時代には、面倒見のよい先輩であり、後年教官をしていた時には、生徒隊幹事として訓練と教育の責任者の立場にありながら、あの兵学校で鉄拳制裁を禁止した剛の者でもあった。

——やはり最後の決は、伊藤さんに頼むしかないのか……。

草鹿は、懐かしい先輩に会いに行くだけだと自分を納得させたが、海軍の進退はこの一点に窮まったかに感じられた。

宇垣が、漫然と煙草の煙の行方を追いながら、独り言のように口を開いた。

「開戦以来三年数ヶ月、連合艦隊最後の出撃か……朽ちるよりも散る。それも有りかも知れんな」

準備

四月五日十四時、連合艦隊は第一遊撃隊に対し、沖縄特攻準備を命じた。

「第一遊撃部隊の大和、二水戦（矢矧及び駆逐艦六隻）は海上特攻隊として、八日黎明沖縄突入を目途として、急遽出撃準備を完成すべし」

これは艦隊側にとっては想定内の話であったが、伊藤は、七千名にものぼる犠牲を覚悟してもその成功がおぼつかないこと、「大和」以下わずか七隻でしかない艦隊の戦力不足などを並べ立てて反対したが、十五時には、作戦要領が入電した。

それによると、六日より陸海軍合同の航空総攻撃を決行、翌七日には沖縄防衛の主力である陸軍第三十二軍を主体とした陸上総攻撃が開始され、海上特攻隊はこれらに呼応する形で七日黎明豊後水道を出撃、八日黎明には沖縄西方海面に突入し、敵艦隊、輸送船を撃滅すると言う陸海空合同の大反攻作戦であった。

だが伊藤は、この艦隊特攻作戦が航空総攻撃のための陽動なのか、陸軍総攻撃の援助なのか、それとも単に敵艦隊の撃滅なのかとその目的を問い、さらには出撃日時が指定されたことによる作戦の柔軟性の喪失などを上げて再度不承知を申し立てた。それらは軍の命令に対しては、言いがかりに等しいものであったが、第二艦隊司令部及び第二水雷戦隊司令部の揃っての反論に、連合艦隊司令部も混乱した。

ただその一方で、伊藤は艦長の有賀に出撃準備を指示した。

有賀は、直ちに当直者を除く全乗組員二千五百名を前甲板に集合させ、連合艦隊からの命令を伝えた。

「出撃に対しいまさら言うことはない。全世界が我々に注目していると思え。全力を尽くして期待に答うべし」

副長の能村が、出撃準備を指示する。

本来であれば、特攻の命令、すなわち死の宣告を受けたのであるから、乗組員の動揺は被い難いものがある。だが、比島の敗戦、硫黄島の玉砕と続けば、次が沖縄であることは誰もが認識していたし、最後の艦隊であればこそ、何時かは沖縄に向かうことも想定内であった。そして、その沖縄に向かえば、生還の望みなど持てるはずも無いことも承知していた。すでに将兵らは、出撃命令はその内容の如何にかかわらず、特攻に等しい事と自から見定めており、受けた衝撃を瞬時に飲み込んでいた。

海軍最後の戦闘に臨む者として、死は必然の結果なのである。

呉鎮守府参謀の平田が、電報を机の上に叩きつけた。

「大和に沖縄への特攻を命じておいて、燃料補給は、片道分二千トンまでだと！」

平田はその足で、鎮守府参謀長の部屋へ駆け込んだ。

「如何に特攻作戦としても片道燃料とは、非情の極みであります。徳山のタンクにはポンプで引けぬ重油が相当量あるはずです。参謀長、満タンとは言わずともせめて往復分の燃料を持たせてやれませんか。そうすれば、心おきなく戦ってこいと送り出せます。このままではあまりにも『大和』が不憫であります」

「私も『大和』のことを考えていたところだった。帳簿外の燃料か、それは使えそうだが……。徳山の軍需支部には、こちらから命令を出すとしても、連合艦隊の命令もあるので、すんなりとは行くまい。誰かすぐに徳山に行ってもらおう」

「参謀長、私がまいります。『大和』の建造に携わった者の一人として、私に行かせてください」

「分かった、すぐに行ってくれ。だが、昼間の移動は、連絡艇にしろ自動車も艦載機に狙われるぞ」

平田は、少し思案していたが「側車付の自動二輪を使います。あれなら上空からはあまり目立ちません」と腰を浮かせた。慌てて参謀長が声をかける。

「もし、追加給油中に咎められたらどうするのだ」

平田が腰を浮かせたままで、ふっと口角を上げた。

「間違えて積み過ぎました。吸引して戻しますか？　時間が倍かかりますよ。……ですね」

参謀長も笑みを浮かべると、さっさと行けと手を振りながら言った。

「鎮守府長官には報告するが、君と私だけのことにしておく。相手は連合艦隊だ、抜かるなよ！」

呉と徳山間は百キロを越えるが、急げば夕方には着くはずだ。運転手に腕に自信のある若手の少尉を選び、平田は側車に乗った。少尉が「私は飛ばすのは得意ですが、こいつは跳ねて揺れますよ、舌を噛まぬように」と言うなり、警笛を鳴り響かせながら猛烈なスピードで鎮守府の門を飛び出した。凄まじい揺れの中で、平田は歯を食いしばりながら、空襲の無いことを祈っていた。

幸運にも、徳山の海軍燃料廠《しょう》には日暮れ前に到着できたが、平田は肩を借りなければ歩くことも適わなかった。平田を迎えたのは燃料廠の現場責任者の塩田大尉だった。

塩田は、開口一番「各タンクのバルブは、全て全開しております」と言った。

平田が驚いて「燃料廠は、鎮守府の要請を了解したのか」と尋ねた。

「今回の件は、鎮守府参謀長と平田参謀の一存と聞いております。鎮守府が機関決定をせぬ以上、我々も機関決定はできません。全ては私と現場の将兵、職員の総意であります」

平田はよろけながらも塩田の手を取った。もはや涙が溢れて塩田の顔もおぼろだった。

「すまん、これで『大和』は腹をすかしたまま戦わずに済む」

平田はそう言うと膝から崩れ落ちた。塩田が平田の腰を支えながら言った。

「バルブで汲《く》めぬ油は、手動ポンプで汲み出します。手動ポンプで汲めぬものは、手柄杓で集めます。平田さん、これが我々燃料廠の特攻作戦であります」

平田の耳に、運転してきた少尉の号泣が聞こえた。


三田尻沖に停泊していた「大和」は、出撃準備に大わらわであった。燃料の積み込みと可燃物の陸揚がひと仕事である。今回は生還の見込みの無い作戦である以上、日常の備品は全くの不用品となる。特に木製のベット、テーブルや机、椅子は可燃物として全て陸揚され、書類や儀式用の旗なども同様であった。

これらの作業が一段落し、辺りが薄暗くなって来た頃、舷門当直の兵が声を上げた。

「左舷後方より、駆逐艦近づきます」

当直将校が首を捻った。

「今頃、何事だ。何の予定も入ってないぞ」

そんな思惑をよそに駆逐艦が接舷する。それでも「大和」の最上甲板は、駆逐艦の艦橋よりも上である。当直将校は駆逐艦の艦橋を見下ろしながら「何用か！」と叫んだ。

すると、舷梯から下ろされていた縄梯子を伝って一人の士官が登ってきた。

当直将校は、その姿を見て目を剥いた。腕まくりした上衣も絡《から》げたズボンも油と思《おぼ》しきもので黒くに染まっていた。

「徳山燃料廠の安谷少尉であります。大和に重油を届けに参りました」

「燃料の積み込みはすでに終わったと、引き継ぎを受けているが？」

「はい、日中の積み込み分は、往路分であります。いまお持ちしたのは帰路の分であります」

当直将校が、息を飲むのが分かった。

「この『大和』の帰りの燃料なのか？」

「はい、燃料廠全職員の総意で、タンクの底の一滴まで掬って持ってまいりました。……どうぞ使って下さい」

当直将校が、慌てて機関参謀を呼びに兵を走らせた。

駆けつけた機関参謀が、油まみれの燃料廠の士官を見て息を呑んだ。

「君らが、タンクの底に降りて作業したのか……。ご苦労だったな……」

参謀が、目線を上げて何かを懸命に堪えていた。

「連合艦隊からの指令は、往路分のみだ。君らに迷惑がかかることになるぞ、それでもいいのか？」

安谷と名乗った少尉が、はっきりと答えた。

「処分は覚悟の上であります。燃料廠の塩田大尉には、これが我々の特攻だと言われました。我々も『大和』と共にあります」

機関参謀は何も言えず、ただうなずくのみだった。

続けて安谷が小さな声で呟いた。

「帰りの油もあります。どうか帰ってきて下さい」

そこに居た者全てが、目を赤くして立ち尽くした。

書類の整理を行っていた黒木の部屋に、機関参謀が封筒を届けに来た。

「これは？」

「平田鎮守府参謀からの伝言と聞きました。平田参謀は徳山の燃料廠におられるとのことであります」

その時黒木は、今回の燃料調達に平田が関わっていることを初めて知った。封筒の中には走り書きのメモが入っていた。

……第一遊撃隊の特攻作戦は、極めて遺憾。ましてや片道燃料とは言語道断。よって不肖平田、連合艦隊司令長官に成り代わり、徳山燃料廠にて重油搬出の指揮を執らん。「大和」に栄光あれ！　蛇足ながら、呉にて待つ女《ひと》有りしこと、決して忘れまじ……

特攻作戦の立付は片道燃料であったが、やはり海軍における戦艦「大和」の存在は別物であった。この日「大和」は、当初予定の二千トンに倍する四千トンの給油を受け、軽巡「矢矧」は千二百トン、駆逐艦は全て満載であった。

機関参謀が、部屋を出て行きながら笑顔で言った。

「常時全速航行で、沖縄二往復してもお釣りがきます。……むろん連合艦隊には内緒です」


十八時の「酒保開け」の艦内放送により、三千名の大宴会が開始された。分隊ごとに酒も配られた。伊藤は第二艦隊の司令部や「大和」の幹部らと盃を交わした。

「大和」の有賀艦長や能村副長が、乗組員の酒席へと席を立ったのを機に、伊藤は自室へ向かった。明日は連合艦隊参謀長の草鹿の来艦が決まっている。すでに策は黒木と練り上げてある。今夜はゆっくりと妻への遺書を書こうと思った。

艦内では、そこかしこで飲み会が始まっている。すでにテーブルや椅子などは、可燃物として陸揚げされているので、床に直に座るしかない。だが、どんな格好であれ飲み会に変わりはない。そこには徹底した無礼講があるだけである。時が経てば歌が出る。興が乗れば踊り出す。議論があって喧嘩も起こる。皆が我を忘れて騒いでいた。いくら覚悟が決まっていても、誰もが夜の帳《とばり》の降りた中で、白面《しらふ》のまま死と正対する時を過ごすことなど出来はしないのだ。今日は、酔いつぶれた者が大将なのである。

だが、「大和」の中には、その喧騒から外れた集団もいた。その多くは年少兵たちであった。

信一たちは、最上甲板の手摺に手をかけながら、暗い海面を見つめていた。

呉の海兵団からは、信一の幼馴染の四人組みも「大和」に配属されていた。艦内からは、歌声や笑い声が聞こえてくるが、酒の飲めない信一らには何もすることがない。明日になれば沖縄に向けての出撃であるが、実戦経験の無い彼らは、先のことを想像する術も持ち合わせてはいない。特別な感慨はないが、ただ自分たちの技量と実際の戦闘が結びつかないもどかしさばかりが渦巻いていた。

信一は、身体も大きく兵科の成績が良かったからか、最上甲板に備え付けられた二十五ミリ単装機銃に配置されていた。算盤の上手な昭太は主計科で、浩二と友治は機関科だった。主計科の昭太は、日常は庶務・会計の雑用だが、戦闘中は弾薬搬送員として甲板を駆け回らねばならなかった。戦闘が始まれば信一と昭太は、甲板上で敵と向かい合うことになるが、他の二人は分厚い鋼板に囲まれた機関室なので、直接の脅威を感じることはない。しかし、もし艦が沈むとなれば、脱出の危うさは機関科に大きい。

「機銃掃射って怖そうだな」

「魚雷や爆弾が命中したら、どうなるんだろう」

「機関室から甲板まで遠いな」

他愛のない会話が、だらだらと続く中、浩二が信一の持っていたお守りに目を付けて、ちょっかいを出してきた。

「信一、彼女からのお守りか」

「信一、見せてみろや」

まだ十六、七歳の若者ののりである。

「見せろや」浩二が信一を後ろから羽交い絞めしている間に、友治がお守りを奪い取った。

「やめろや」信一が叫んでも仲間の悪ふざけは収まらない。

「信一、何処の誰からもろたんか、教えてくれたら返えっしちゃる」

「そう言えばこの前の上陸の時、可愛い娘と話してたな。あの時もらったんだろう」

「えー、あん時信一と話しちょったんは、文子やろ」

昭太が言った言葉で、とたんに悪ガキどもの盛り上がりが収まってしまった。

「なんや、文子か」

皆が顔見知りの少女なのだ。

「そう言えば、信一はよく文子の面倒見てたよな」

「いつもお前の後を付いて来てな」

「ああ、よく一緒に遊んだよな」

話題が思わぬ方向に移って、皆がしんみりと昔を懐かしんでいた。

信一は、文子の父親の事故死から文子の面倒を見るよう父に厳命されていた。文子の母親が海軍工廠の事務で働き出したからだ。

友達と遊ぶにしても幼い文子を連れて行かなければならない。男の子の激しい遊びの時も文子は脇でじっと見ていた。少し歳が行くとチャンバラの仲間にも入るようになった。

遠くへ出かける時は手を引いて行ったが、帰りは必ず信一の背中で眠っていた。

でもそれもこれもが今となっては懐かしい。そんな気持ちが皆の胸に広がっていた。

その時友治が「信一、何か入っちょるぞ」とお守りを差し出す。

何、何と皆がのぞき込む。

信一がお守りの口を開くと、そこに一枚の紙切れが入っていた。小さな紙切れを開いたが、暗くてよく読めない。

皆は輪になって、灯りのあるところへ歩いていった。

粗末な紙に書かれた文字を読んでも、誰も何も言わなかった。

……信一兄ちゃん、必ず文子のところへ帰ってきてください……

少女の一途な想いが信一の胸に突き刺さり、別れの前夜、初めて意識した文子の香りが脳裏に蘇った。

文子のお守りを握りしめて、信一は体の中を駆け巡る抑えようのない感情と相対していた。いつもなら、おどけて冷やかす仲間たちも、今は神妙な顔をして信一を見つめている。

自分たちが死に直面し、それを嘆く人がいると言う現実を目の当たりにして、誰も口を開くことができなかった。

死と向き合い戦いの準備を整えたと思っていたのに、この文字は瞬時に少年たちの里心を甦《よみがえ》らしてしまった。


肩を落として甲板に座り込んだ信一たちが、近づいてくる足音に気付く。

薄闇に浮かぶ姿は、士官の装いである。皆瞬間的に立ち上がると気を付けの姿勢をとる。

「岡本信一はおるか」

突然声がかかり、信一は慌てて敬礼をしながら「自分であります」と叫んだ。大和の士官で自分の名を呼ぶ人がいるのか?

「おう、君が岡本か」その声の主は、そう言って近づいてきた。

襟章は海軍大佐、一兵卒の信一らにとっては、雲の上のそのまた上の人である。四人は目を見開いたまま固まった。

「私は黒木だ。信一、暫くぶりで見違えたぞ、いい青年になったたな」

黒木と名乗った大佐は、四人に簡単な答礼をすると、従兵の包みを受け取り「今夜は班に帰って飲め」と一升瓶を渡した。従兵が嬉しそうに酒を抱えて走り去った。

「さあ、皆座ろう」と声を掛けられたが、信一らにとっては至上命令でしかない。

「はっ!」と返事まで揃えて正座する。士官が声を上げて笑った。

「皆、膝を崩せ。酒は飲まなくても今夜は無礼講だ。私は昔、呉海軍工廠でこの『大和』の建造に関わっていた。だから私は、君のお父さんを知っているし、君も知っている。工員の佐川さんが亡くなったことで、奥さんも文子さんも知っている。皆『大和』が結んでくれた仲間だ」

「では、佐川のおじさんの葬儀の時の……」

「ああ、そうだ。よく覚えていたな。私には君が文子さんの用心棒に見えたぞ」

隣りの昭太が、文子の名を聞いて肘で信一をつついた。他の仲間も上目遣いで笑みを浮かべていた。一気に緊張が解《ほぐ》れ、五人が車座になった。

黒木の開けた包みには、菓子やラムネが入っていた。

ラムネは艦内で製造されていたが、「大和」に炭酸ガスの消火装置が据えられていた付録であり、巡洋艦以上の艦には同様の設備がなされていた。ラムネは少し香料を加えた水に炭酸ガスを注入するだけで出来上がるのだ。信一たちでも酒保で買うことはできるのだが、乗船して日の浅い新米水兵には、買い食いができるほど気楽な組織ではない。

「さあ、遠慮するな、食え」と黒木に進められて、皆が最初に手に取ったのはやはりラムネだった。

「ああ、うめー」

お調子者の友治が声を上げたが、他の三人はひたすら喉を鳴らしていた。一通り菓子も頬張ったところで、黒木が尋ねる。

「さっきは、えらく悄気《しょげ》ていたように見えたが、何かあったのか」

信一が黙っていたので友治が言う。

「こいつが文子からの御守を持っていたので、ふざけて中を見たら……生きて帰って欲しいと書いてあったんです」

途端に四人組の肩が落ちた。実戦をくぐり抜けてきた大人の兵でも、酒を浴びねば耐えられぬ世界に、この少年たちは素面で立ち尽くしているのだ。

「そうか、信一、道は一つだな。――それは生きて帰ることだ」

少年たちが、はじかれたように黒木に目を向けた。

軍隊と戦争そして死を、常に叩き込まれてきた彼らにとって、生きると言う言葉は強烈で新鮮であった。そしてそれが語られているのは、死に最も相応しい戦艦の上であり、特攻出撃の前夜のことなのだ。しかもそれを口にしているのは、艦隊の上級将校なのである。

信一が眉を吊り上げて黒木を睨んだ。

「学校でも海兵団でも、戦って死ねと教えられました」

「そうだな。だが戦って死ねと言うことは、単に死ねということではない。死ぬ気で戦えと言うことなのだ――戦いにおいて勇気は生を招き、怯懦《きょうだ》は死を招くのだ――だから死を恐れぬように戦えと教えたのだ」

「では、勇気を持って戦えば、生きても良いんですか？」

「ああ、生きて良いんだ。実は私もつい最近までは、軍人として死なねばならぬと考えていた。だがある事で、その考えを捨てて私も生きることにした」

黒木の言葉に、少年たちの気持ちが敏感に反応する。

「信一、それは何故だと思う」

信一が黒木を見つめたまま、小さく首を振った。

「君と同じだ。私にも好きな人ができた。だからその人のために生きようと決めたのだ。信一、君には待ってくれる人がいる。その人のために生きろ！　皆も両親や弟妹が待ってくれているだろう」

少年たちの瞳に光りが差す。だが次の言葉がその光を遮る。

「――もうすぐ日本は負ける！」

それは誰も言わなかったが誰もが思っていた現実だ。また、肩が落ちる。

「いいか、これは仕方がないことだ。だが、日本という国が無くなる訳ではない。そこでは新しい世界が作られて行く、それを担うのは君ら若い人たちだ。そのためにも君らは死んではいけないのだ。だが、今は戦争だ、戦わなければ生きられない。自分が死なぬために、待っている人を守るために戦うのだ。そして生き残れ……」

少年たちの気持ちの狭間で、生と死が交錯する。昭太が黒木に向かって、おずおずと手を上げた。

「大佐どの、特攻って、死ぬことではないんですか？」

目の前の現実に、皆が固唾を飲んで黒木を見つめた。

「特攻とは死を賭して攻撃をするということだ。これが飛行機の特攻なら体当たりになるが、艦隊特攻は体当たりではない。沖縄に突入して戦うと言うことだ。戦闘においては、近くで爆弾が爆発するか、敵の機銃弾や跳弾が当たらなければ死ぬことはない。君らは呉で育ったのだ、泳ぎは得意だろう。万一艦が沈んだとしても浮いていれば、命は永らえられる。だから特攻と死を一緒くたにすることはない。だが肝に命じておけ。いいか逃げたら死ぬぞ――」

少年たちの顔に生気が戻る。待つ人のために戦うと言う単純な目標と、戦って生きようとする希望が、涼やかな風となって甲板を吹き抜けた。

信一は文子のために精一杯戦おうと思った。皆がまた菓子に手を伸ばす。

黒木は少年たちの様子を見ながら、全員は無理としても何人かは生き延びてくれと願った。

さらに、黒木には信一への特別な思いがある。自分も信一も死ぬかも知れないが、どちらかが生き残れば、死んだ者の思いを待ち人に伝えることができる。それならば、これからのことを、今話しておかなければならないと思った。

「信一、私を待ってくれる人は、文子のお母さんだ」

四人組が目を見開くと、次の瞬間には揃って菓子を吹き出した。信一が何かを思い出したように、黒木を指さして言った。

「もしかして東京のおじさん……。そうだ、文子がいつも言っていた黒木、黒木のおじさん！」

黒木がうなずくと、信一が慌てて正座して背筋を伸ばした。

「いつもお裾分けで、羊羹や万十をいただいておりました」皆の顔が弾ける。

「そうか、それも君との縁だな。今度呉に帰ったら結婚しようと思っている」

友治が、黒木と信一の顔を見比べながら呟いた。

「それってもし、信一と文子が一緒になったら、大佐殿が信一のお父さんになること……」

四人組が「ワー」と大声で叫んで、甲板を走り回った。

誰かが言った。

「信一のお父さんは、『大和』の艦長さんだ」

言われてみれば、確かに階級だけは艦長なのだ。

黒木は思わず苦笑いを浮かべたが、少年たちのはしゃぐ姿に、共に戦って生きてやろうと素直に思っていた。

おぼろの月が、凪ぎの海を少しだけ煌めかせ、春風が涼やかに頬を撫でる。

艦内の喧騒は、まだ続いていた。


長官室の伊藤は、便箋の上に万年筆を置いて目を閉じた。

これまでの戦いを思い返せば、自分には苛烈さが足らなかったのではと思う。

真珠湾攻撃の前に、連合艦隊司令長官の山本を解任すべきであった。ミッドウェー海戦も、山本に押し切られてしまった。ガタルカナル以降の南太平洋の戦いは、小手先だけに終わってしまい、それ以降の作戦は、勝てる要素すら無かった。本来の自分の約割は、連合艦隊の過ぎたるところを留め、躊躇するところを押すことにあったはずなのだ。開戦当初から軍令部次長を任されていたが、そんなメリハリの効いた指導ができたとは思えない。

だが、それをしたとしたら、戦争は回避できたのか？　戦争に勝利してたのか？　結局のところ、それも分かりはしないのだ。満足のいくものではなかったが、精一杯頑張ったことは確かだ。苛烈さの無い分、十分に論は尽くした。誰も褒めてはくれないだろうが、それでも悔いることは無い。

それでも自分には、一人だけ褒めてくれる人が居ると信じている。

その人を思い浮かべると、万年筆のキャップを回した。

遺書は三通書いた。

長男は特攻隊に配属されていたので、覚悟は承知と書かなかった。嫁いだ上の娘には、仲良く幸福な生活を営むよう祈り、次女と三女へは、大きくなったらお母さんのような人になりなさいと諭した。そして、妻には感謝の言葉を綴った。

「……この期に臨み、顧みるとわれら二人の過去は幸福に満ちてるものにて、また私は武人として重大なる覚悟を為さんとするとき、親愛なるお前様に事後を託して何等の憂いなきはこの上もなき仕合せと衷心より感謝致し候。お前様は私の今の心境をよく御了解になるべく、私は最後まで喜んでいたと思われなば、お前様の余生の淋しさを幾分にてもやわらげる事と存じ候。

心からお前様の幸福を祈りつつ

四月五日　　いとしき最愛のちとせどの」

伊藤は特攻作戦を命じられて、この日二つのことを決めた。

一つは候補生、もう一つは病人の退艦である。三日前から海軍兵学校を卒業したばかりの少尉候補生五十三名が乗艦していた。伊藤は未来を託す若者を特攻作戦に連れて行くことは、これからの新たな国にとって大いなる損失と考えていた。その意味からすれば数百人の年少兵も同じなのだが、彼らは無くてはならない「大和」の重要な歯車なのである。

乗艦したばかりで艦内の様子も分からぬ候補生は、単なる手足まといに過ぎなかった。それは病人とて同じことである。だが、彼らは生死を共にした艦を離れるとは言わない。

甲板の手摺りにしがみついて、連れて行ってくれと泣く。その引導を渡すため、伊藤は鎮守府に掛け合って、予め転任命令書まで用意していた。転任先が明示された軍の正式な命令書となれば、いかな猛者連中でも涙を飲まねばならなかった。

そうして艦を降りてゆく者を見送りながら、多くの兵たちが自分も降りたいと思ったに違いない。しかし海軍の兵は陸軍とは違う。特に艦艇においては、全ての兵一人一人に持ち場と役割が定められている。例えば「大和」に五十二基も備え付けられている二十五ミリ三連装機銃は、機銃を旋回させる旋回手、機銃を俯仰させ射撃する射手、各々の機銃に弾倉を装填する給弾員が必要であり、最低でも一基六人、通常九名の人員を必要とした。

その内一人でも欠けると満足な射撃ができなくなるのである。その他の持ち場でもそれは同じことである。自分が信号旗を揚げなければ、艦隊運動ができない。自分が敵との距離を測らなければ、砲撃ができない。自分が油を差さなければ機関が焼き付いてしまう。

そんなこだわりが招く役割は、果てしなく重く思い入れはどこまでも深い。そしてそれらは、強い責任感となって艦内の連帯を保つのである。

死なば諸共の運命共同体は、船の世界に強い。

だからこそ、誰も降りようとはしないし、できないのである。

伊藤は、万年筆のキャップを閉じると、机の引き出しから拳銃を取り出した。ゆっくりと弾倉を引き出し弾丸を確認する。弾倉を再装填すると「カチッ」と冷たい音がした。

拳銃を戻してから、大きく息を吐いた。

やるべきことは、全て終わった。

明日、連合艦隊参謀長を相手に、最後の談判を残すのみである。

――今回こそは、苛烈にやろうと思った。

覇道

翌六日、連合艦隊は伊藤の反論に答えるように、これまでの駆逐艦六隻を八隻に増強し、出撃時期を指揮官の判断に一任するとした。流石に慌てた様子が覗えたが、突入時期についての変更はなされなかった。

さらに、第一遊撃隊に対する連合艦隊司令長官訓示も届いた。

……皇国の興廃はまさに此の一挙にあり、ここに特に海上特攻隊を編成し、壮烈無比の突入作戦を命じたるは、光輝ある帝国海軍海上部隊の伝統を発揚すると共に、その栄光を後世に伝えんとするに外ならず……

それを読んだ伊藤は、この作戦がやはり「伝統と栄光」のためだけに設えられたものであることを確信した。

連合艦隊参謀長の草鹿と作戦参謀の三上が、「大和」を訪れたのは同日午後のことであった。

「大和」上空に飛行音が響き、艦内スピーカーが来客を告げる。

「後方より零式水上機接近」「係留索用意」

長官室を訪れ簡単な挨拶を交わすと、伊藤が「こちらは黒木くんに入ってもらう」と宣言した。草鹿が、ちらりと目を遣った。黒木のことは知っているが直接のやり取りをしたことはない。伊藤が自からの副官として横車を押してまで「大和」に連れて来た男、第二艦隊参謀長や艦長を差し置くからには、信頼は厚いと見るべきだろう。

早速、特攻作戦の概要を説明したが、目新しい話は持っていない。

「草鹿くん、君はこの作戦に絡んでいなかったんだろう」

伊藤の指摘に草鹿が身を縮めた。

「おおかた神あたりの仕掛けだろうが、君は連合艦隊参謀長だ。いくら知らぬところで決められたとしても、全ての作戦に対する責任がある。そんな君に敢えて言わせてもらうが、この作戦は愚策だ。成功の確率はゼロに等しい。特攻機のための囮と割り切れと言うのかも知れんが、そんな作戦に第一遊撃隊十隻、約七千名の命を懸けるわけには行かない」

今日の伊藤は、いつものように声は穏やかだが、舌鋒が鋭い。草加は思わず顎を引いていた。それにしても、元々今日の話は筋が悪い。草鹿自身が納得していないものを、説明して首を振らせろと言うのだ。理屈を積めば積むほど旗色は悪くなるだろう。いっそのこと土下座でもして頼むか、声高に連合艦隊命令として叩きつけるしか道は無いように思えた。

副官の黒木が、伊藤の話を補足する。

「比島における特攻開始から約半年、この間に出撃した海軍の特攻機は、約三百五十機、人的犠牲は約七百名と推定されております。ここで特攻の是非は申し上げませんが、結果的に以前の通常攻撃に比較して、数倍の戦果を上げております。しかるに今回の艦隊特攻は、一挙にこれまでの十倍もの犠牲を見込みながら、その戦果はゼロに等しいものであります。これは、従来の特攻に比べても、はるかに稚拙で未熟な作戦であるとしか言い様がありません」

草加は、自らが精神論ありきの作戦と自嘲しているところに、理詰めの反撃を食らえば、流石に勘に障る。一瞬、黒木の言葉に反応して草鹿の利き腕に圧がこもる。草加は、無刀旒宗家を継いだ剣術の達人であり、「手練の一撃を加えれば残心することなく退くべし」との実戦哲学を持っていた。その　草鹿の僅かな動きに、居合教士の黒木の右手指が反応した。

草鹿が眉をピクリと震わせると、小さく口角を上げてうなずいた。

――陸軍将校が腰を抜かしたと聞いたが、本当のことだったのか。伊藤さんの懐刀は評判どおりか。

草鹿は、ここは黙って聞いておこうと議論の合間を見切った。

さらに、黒木が続ける。

「沖縄への艦隊突入は、不可能ではないと思われます。もし、突入日時を第一遊撃隊にお任せ願えるのであれば、敵艦載機の発着艦が困難な、梅雨前線の活発化する日を狙うことができます。今後の気象予報では、南西諸島は八日、九日が雨天の見込みであります。八日出撃九日突入、あるいは九日出撃十日突入で、雨と夜間を利用すれば、成功の確率は高まります。しかし現状のままであれば、七日の日中をまるまる敵機動部隊に晒さねばならず、可能性は激減します」

「陸軍の総攻撃に呼応するとなれば、八日の突入日は変えられん……」

草鹿が、分かり切った事を言わすなと声を落とす。

「草鹿くん……。沖縄の第三十二軍は、持久戦を主張していると聞いているが、陸軍との調整はできているのか」

伊藤の問いに、草加は気持ちの乱れを悟られぬように奥歯を噛み締めた。

すでにこの時、連合艦隊には第三十二軍の牛島司令官から、出撃中止の要請電報が届いていた。

「……ご厚志は感謝するが、時期尚早と考察するので、海上特攻の出撃は取止められたし……

陸軍ですら海上特攻の理不尽さを感じていたのかも知れない。

伊藤がどこまで情報を持っているかは分からぬが、草鹿はしらを切った。

「あくまでも計画どおりであります」

「そうか、君も今は鹿屋だからな……」背筋に冷たいものを感じたが、表には出さない。

他にも第一遊撃隊の憂いは大きい。

一つ、燃料は片道分のみとは如何なる算段なりや、一つ、航空機の支援体制は如何に、矢継ぎ早の質問を何とか捌いては見たものの、我ながら理にかなった説明とは言い難い。

だが、最も答え難く心情的な問題であるはずの片道燃料については、なぜかは分からぬが「残油が無い」の回答にあっさりとうなずかれてしまい、思わず「よろしいのですか」と口にしてしまった。

しかし、航空支援については、「菊水作戦の発動によって全航空機が特攻化されたため」との紋切り型で納得されるものではなかった。

七千名からなる特攻を命じておきながら、航空機の支援も無く艦隊だけで沖縄行けとは、まさに理外の理である。しかも、航空機の前では、艦艇が無力であることを証明した海軍が、それを言うのである。如何なる説明を加えたとしても、分かりましたと言う人はいないであろう。

もし逆の立場であれば、自分はこの二人のように穏やかに話を聞ける自信はない。

口数が次第に減ってゆき、冷や汗が不快感を増してゆく。隣りの三上は、心なしか顔色が悪い。

その三上が、苦し紛れに口を開く。

「これは……連合艦隊からの命令であります……」

「三上くん、私は君に『大和』を総合的に運用することをお願いしたはずだ。その最終回答がこの作戦なのか」三上が丸まった背をさらに丸めた。

「私も長い間、命令を出す側の人間だったので、その苦しさも理解している。だが、この命令は、いかんのではないか？」

三上に返答ができるはずがない。三上の作戦は佐世保回航であり、特攻作戦には関与していない。さらに伊藤が言う。

「出撃せよと言うのであれば、出撃しよう。だが、作戦に従う気はない。こちらの裁量でやらしてもらう」

もはやこれは、最終宣言である。第一遊撃隊は、連合艦隊から独立した道を行こうとするのか。思考が混乱すると、内には不安が鬱積する。

草鹿が右腕に力を込めると、黒木の指が素早く反応する。

話の潮合が満ちて息苦しさが増し、身体がその緊張に耐え切れず震えた。

脳裏に、ミッドウェーの空母「赤城」の艦橋が蘇る。爆装攻撃か雷装変換か、あの時も苦渋の選択だったが、今回の作戦命令も別の意味で限りなく重たい。

まともに伊藤の顔を見ることができなかったが、連合艦隊参謀長としてこの命令は聞かせなければならない。草鹿は、苦しげに顔を歪めながら言葉を絞り出した。

「長官！」

伊藤の顔が視界の端で滲んだ。

「――日本民族一億総特攻の魁《さきがけ》となっていただきたい」

何も難しい意味はない。それしか思い浮かばなかっただけなのだ。沖縄戦が始まれば次は本土決戦である。だからこそ今、魁として「大和」と共に死んでくれと言っただけである。それは単純であるが故に分かりはよい。

だが草加は、瞬時に自分の誤りに気づいた。伊藤が目を細めて姿勢を正したのである。

草鹿は、兵学校時代から伊藤の怒った姿を見たことがなかった。全身に粟が生じるのを感じて目を閉じた。

「草鹿！　君は軍をなんと心得る！」

伊藤の怒声が耳腔に突き刺さる。反射的に背筋が伸び反射的に声が出た。

「軍は、国を護るためのものであります」

声が裏返ったのが自分でも分かった。横の三上は、目に見えるほど身体を震わしている。

「では聞こう。国は誰のためにある」

「国は……民の……国民のためにあります」

答えながら草鹿は、伊藤の言わんとするところを思いあぐねていた。

頭の中では、国と国民と軍隊の文字が、繰り返し浮かんでは消えた。

「そうだ、軍は国民を護るためにある」

草鹿の心中を察してか、伊藤の口調が諭すようなものに変わった。

「国民を護るためにある軍が、その全ての国民を引き連れて総特攻すると言うのか。……それでは国民を護るための軍隊にはなり得ず、単に国民に犠牲を強いるだけの軍隊でしかない。そしてそれは国そのものを滅ぼすことにつながる。――海軍は決して亡国の軍隊であってはならない」

草鹿は、伊藤の考えはやはりそこかと合点した。

「大和」を以て戦争を終わらせる何かを探していた伊藤である。そのことを十分に承知し、さらに何かを期待していながらの迂闊《うかつ》な物言いであったが、伊藤の本音を引き出すための一手と考えれば、それも良しとせねばならない。

その時、草鹿の頭の中で、全く別の思いが弾けた。

亡国の軍隊ではなく逆を求めるなら、回生の軍隊とでも言うのだろうか。

この二人は、自分たちとは全く別次元のことを考えている気がした。これまでの話は、彼らにとってどうでも良いことなのかも知れない。

「草鹿くん、単刀直入に言おう」

伊藤が、ほんの僅かだが語気を張った。

「ここにいる黒木くんと熟考した結論だ。君らにはぜひ了解して欲しい」

長官室の空気の流れが、瞬時に止まった気がした。緊張が高まり、また嫌な汗を感じる。三上は、もはや口で息をしている。

「連合艦隊の真の目的は、航空特攻の囮として『大和』を使うのだと考えている。それでなければこの作戦の意義がない。そして『大和』が沈めば海軍としての顔が立つのだ」

伊藤の目の奥が、その意思を示すかのように底光りしていた。

「だが、そんなこじつけだけで『大和』を沈める気はない。私は『大和』の海上特攻を以て、帝国海軍の戦闘を終結させる」

頭が真っ白になるほどの衝撃だった。

——戦闘を終わらせる！　そんなことができるのか？

陸軍は本土決戦まっしぐらである。沖縄が落ちても「大和」が沈んでも、彼らは関係ない。

だが伊藤は「亡国の海軍であるなかれ」と言い「帝国海軍の戦闘を終結させる」とも言った。

確かに海軍が戦闘を止めれば、自ずと戦争は終結の方向に向かうのかも知れない。それならば「大和」特攻を以て戦争終結への道が繋がることも考えられぬことではない。

——意味は分かる。だが、断じて可能とは言い難い……。

三上が何かを呟いていたが、急に立ち上がって大声を出した。

「……そんなことできるはずが無い！」

「三上！」黒木の叱声を、伊藤が手で制した。

「三上くん、座りなさい」

草鹿には、三上が我を失う気持ちが良く分かった。自分も何かを叫びたい気持ちを懸命に抑えているのだ。三上がうなだれて椅子に座る。

伊藤が、黒木に目を遣って合図した。黒木が初めて闘気を露にした。

「もし、伊藤長官のお考えが受け入れられない時には、この第一遊撃隊は直ちに出航、豊後水道を抜けて四国沖を東に向かいます」

「沖縄には行かぬのか」草鹿が憤怒の表情を浮かべた。

「沖縄にゆく前にやらねばならぬことがある」

伊藤の言葉に、今度は草鹿が中腰になって迫る。

「長官、何をされるお積もりですか！」

「草鹿くん、ペリーの黒船来航、知っているな。日本が開国するきっかけとなった事件だが、その黒船の役を『大和』にやってもらおうと思っている」

「黒船？」草鹿と三上が顔を見合わせた。

「徳山沖から東京湾口までおおよそ四百五十浬（約八百キロ）、明日の昼には横須賀沖に到着します」

　この人たちは、何を企んでいるのか、思わず草鹿がごくりと息を呑んだ。

「『大和』の主砲であれば最大射程は四十二キロ、東京湾の奥深くまで行く必要はありません。横須賀沖から、一番砲塔を皇居、二番砲塔は海軍省、そして三番主砲を連合艦隊司令部に向けます」

「恐れ多いことではあるが、皇居を人質にして海軍省、軍令部、連合艦隊司令部に海軍の戦闘終了を強要することになる」

「そんなことは無理です……。東京湾口に取り付くまでに味方の航空艦隊が黙っておりません」

　懸命に抗う三上に、伊藤が頬を緩めた。

「三上くん、君がもし艦攻の搭乗員だったら、本当にこの『大和』を雷撃できるかね」

　三上の目が泳ぎ肩が落ちた。

「それが、たとえ連合艦隊司令長官の命令だとしても、誰も『大和』を撃つことはできない。なぜなら、『大和』は単なる海軍の象徴だけではなく、『大和』そのものが海軍だからなのだ。だからこの艦の完成と同時に戦争を始めてしまった。艦《いくさぶね》の『大和』は、戦うために誕生し、本当に戦いを呼んだのだ」

　伊藤の眉間の皺が深くなった。その心中を察した黒木は、あえて淡々と言葉を選んだ。

「戦闘終結の判断ができれば、『大和』は沖縄に向かいます」

肩を落としていた二人が、驚いたように顔を上げた。

「東京湾口から沖縄までおおよそ七百五十浬（約一千四百キロ）、明日七日夜出撃すれば九日未明には突入地点に達します。そしてこの間において、七日は沖縄から遠ざかり、八日、九日は何れも雨天の中の航行となります。したがって、敵艦載機との遭遇を最大限避けられることから、突入成功の可能性は十分であります」

もし黒木の説明どおりのことが起これば、それは陸軍の起こした五一五や二二六事件に匹敵する大事件であり、それが実行されるとはとても思えない。おそらく伊藤らは、自分たちを納得させるために、これほどの大計画を練ったのであろう。第二艦隊司令部や大和艦長らを外したのは、腹を決めさせる時間が無かったのかも知れない。

もはや理は、第一遊撃隊にあると草鹿は思い始めていた。

もしこの計画が実行されれば、自分は快哉を叫ぶのかも知れない。

だが一方で、得体の知れない大きな不安に困惑していた。

三上を見ると、全てが腑に落ちたかのように背筋が伸びている。連合艦隊の作戦参謀にとっては、自分の考えよりも二枚も三枚も上の作戦に見えたのだろう。

伊藤が二人の変化に気づいたのか、何時もの落ち着いた口調になった。

「草鹿君、海軍は沖縄戦を最終決戦としているはずだ。当たり前のことだが、本土決戦に陸戦を知らぬ海軍の出る幕はない。艦はすでに無く、現在唯一の攻撃手段である特攻機にしても、これからはまともな機体など望むべくもない。おまけに搭乗員は未熟、すでに燃料も尽きている。やはり沖縄戦で海軍は終わらざるを得ないのだ――」

伊藤がふと息を継いだ。その合間が皆の肩に乗った重圧を柔らげた。

「君らも知ってのとおり、海軍中枢では停戦交渉も進められている。陛下も海軍大臣も、今は速やかな国民の安寧を願っておられる。沖縄戦後の海軍の戦闘終了は、陸軍の本土決戦の大きな抑止力となり得るし、和平交渉の追い風になることもできる」

草鹿は自分の頭の中で、壮大な歴史の渦が回り始めたのを感じていた。真っ先に連合艦隊司令長官の豊田の顔が浮かび、海軍大臣の米内や軍令部総長の及川、次長の小沢、第五航空艦隊の宇垣らの顔も浮かんだ。草鹿は、この先の話がどうなろうとも、もう逃げることはすまいと腹を決めた。場合によっては、自分と三上が血祭り上げられることも織り込まねばならない。伊藤の話が続く。

「だが、このままでは、挙げた拳の下ろし先が見つからない。その受け皿は、全ての帝国海軍将兵が納得するものでなければならない。それを叶えられるのは、不沈戦艦であり世界最強戦艦である『大和』だけなのだ。その『大和』が、特攻し南の海に沈むことが不可能を可能にするのだ。いいか草鹿君、沖縄を全力で守れ、そして沖縄戦終結後、海軍は手を引け。そのための魁ならば、私は喜んで『大和』特攻の指揮を執る」

――伊藤さんは本気だ。

伊藤の思いが空間を満たし、居る者の身体を包み込んだ。

もしここで自分が拒否すれば、伊藤は「大和」を黒船にして東京湾口に浮かぶことになるのだろう。考えてみれば、どう転んでもこの戦争の先は短い。どこかで幕引きが必要だとすれば、今なのだと五感が感じていた。

　どうせ最後は、伊藤に下駄を預ける積もりで、何の対案もなく出かけてきたのだ。もう黙って頭を下げてもよかろうと思ったが、さてこの話、どうすれば海軍首脳に戦闘終了を納得させられるのかが分からない。

　草鹿は決断の前に、伊藤の言葉を待った。

　束の間の静寂が訪れる。

　緊張の色が消えた訳ではないが、どこか混迷の色の方濃くなる。計画は良く分かるのだが、これからの展開の方が予断を許さないのかも知れない。

　伊藤が、草鹿の懸念を見透かしたように言った。

「草鹿くん、君らの仕事はそう難しいことではない。今日君らが聞いたありのままを海軍に伝えて欲しい。黒木くんの調べによると、海軍大臣や軍令部の小沢さんは、『大和』の生き様を私に預けてくれているようだ。軍令部総長や宇垣くんたちにしても、もう先は読めているよ。皆、私とともにこの戦争を戦って来た人たちだ。私の考えの先読みなど朝飯前だろう」

　そこで伊藤が、視線を遠くにやった。

「この『大和』は、開戦時には私を苛立たせ、レイテ沖ではマッカーサーの首を取ると嘯《うそぶ》き、挙げ句の果てには、栗田の思考までも狂わせてしまった……。『大和』の持つ圧倒的な存在感は、人々に畏怖の念を抱かせたが、それは何時しか敬う気持ちと相和して、ある人には大和の国に咲き誇る櫻花の太樹となり、かの人には燦然と聳え立つ富士の姿と重なった。もはや海軍将兵にとって、『大和』は艦としての領域を超えた、祈りの対象になったと言っても良いだろう。今回私は、その神通力を最大限利用させて貰うことにした。姉妹艦の戦艦『武蔵』、空母『信濃』も今は無く、『大和』がこの世で唯一無比のものとなったことも、この計画の立案を可能とした。さらにこの計画は、誰もが肯《がえ》じうる壮大な悲劇で終わることが運命づけられている。なぜならば、そうでなければさらに大きな戦争と言う悲劇を、終わらせることはできないからだ。海戦の主役から外れてもなお、最強の称号を掲げ続ける悲哀もまた悲劇の道具立てとなる」

そして伊藤は、その決意を噛み締めるように改めて宣言した。

「戦艦『大和』が連合艦隊最後の決戦として、壮絶無比の特攻作戦を敢行すれば、日本海軍が鉾を収める大義名分は立つ。沖縄戦を経た後は、速やかに兵を引くべし」

思わず姿勢を正す。

「お言葉、しかと承りました」

素直に返事ができたことが、なぜか嬉しかった。だが、他に懸念が無いわけではない。

「長官、『大和』が出撃してしまえば、海軍が条件を飲むかどうかの確認がとれません。それで良いのですか？」

誰もが、この戦争の先は見えているとしても、いざその場になれば議論百出し結論がでないことも考えられる。

だが、応じる伊藤の声は、いつもの穏やかさを感じさせるものであった。

「草鹿くん、そして三上くん、私がこの計画を立てるのに最も必要としたものが何か分かるか？」

聞かれた二人が、示し合わせたかのように、小さく揃ってうなずいた。

ここまで聞けば、計画の流れも核心も見誤ることはない。

「私には、黒木くんのような右腕も必要ではあったが、何よりも人を信じることの信念が必要だった。君らが懸念するように、この計画は我々が出撃してしまえば、その先の是非を求める時間はない。それがもし黒船として直談判した結果であったとしても、後で口を拭えばそれまでのことになる。結論から言うと、この計画の特異性は、全てを人に託さねばならないことに尽きる。だから私は、まずこの計画を伝えてもらう君らを信じることから始めた。連合艦隊参謀長を、作戦参謀を信じられるか？　答えは当然『是』だった。では君たちから説明を受ける連合艦隊司令長官は？　その先の軍令部総長は？　その上の海軍大臣は？　彼らも信じることにおいては、全て『是』だった」

伊藤が、今日初めてかすかに笑みを浮かべた。人懐っこい優しい顔だった。

「私は、海軍を信じることができた。それが幸せだった。……以後のことよろしくたのみます」

その言葉が潮合を示したかのように、皆が静かに立ち上がった。

伊藤が背筋を凛と伸ばすと、何の憂いも感じさせぬ声で言った。

「第一遊撃隊は、今夕沖縄に向かい出撃する」

草加と三上が、深々と礼をした。

顔を上げると、もうこれまでの堅苦しさは無かった。

伊藤が時計に目を遣りながら「君の意見を聞きたい」と改めて椅子を勧めた。艦隊指揮官たちとの会合が迫っていた。

「沖縄へ向かう途中、『大和』の作戦続行が不可能だと判断された場合、私はこの作戦の中止を考えていた。この作戦を命じた連合艦隊が、それをどう考えるかだ」

「この艦隊特攻の要点は、『大和』の活用にあります。長官のご指摘のように、航空特攻の囮として の一面も否定するものではありません。しかし、建前では敵上陸地点に突入しその主砲を以て敵艦隊を叩き、余力あれば陸に乗り上げ、要塞砲としてその威力を存分に発揮することになっております。したがって、その目的達成が物理的にできぬとあらば、おっしゃる通り、作戦中止も有りうることと考えます」

　伊藤がそれを聞いて満足そうに頷いた。黒木が問う。

「しかし、連合艦隊が特攻作戦と銘打っているものを、艦隊側が中止にすれば何かと説明に窮するのではありませんか」

「できなくなれば中止するのが本筋であり、作戦の続行が可能か否かの判断は、艦隊側のすることで現場に任されるべきものだ。事後処理については、連合艦隊司令部内部の問題なので、そこは我々に任せてくれ」

　草鹿は、元々艦隊特攻を良しとしていた訳ではない。特攻と言いながらも「大和」が航行不能になれば、作戦続行などやれる訳もなく、ただ海上を彷徨うことになる。その先は、味方の魚雷で葬るぐらいの結末にしかならないのである。それでいて敵から受ける攻撃は、特攻か否かで変ることはない。すなわち沖縄特攻命令は、単なる沖縄への出撃命令と何ら変りはないのである。

要は「死ね」と命ずるのか、「突入せよ」と命ずるのかの違いだけである。

　草鹿が伊藤の考えを認めたのはこの一点にある。それは、これまで語られてきた大義の前においては、取るに足らぬ話なのである。

ここに至って、この特攻作戦はその計画内容における不条理さのみが残り、作戦中止の権限を得た第一遊撃隊には、「死ね」の命令は存在しないことになった。ただ、特攻と言う極めて悲劇性の高い名称だけが、錦の御旗として掲げ続けられたのである。

だが、戦いは理論で語るほど生易しくはない。如何な内容の命令にしても、実際沖縄に出撃すれば、生きて帰れぬ戦場が待つことに変りは無かった。

別室に向かう僅かな間に、伊藤が草鹿の肩に手を置いた。

「草鹿くん、結局私は、君に無理難題を押し付けただけなのかも知れんな」

草鹿は、何も言わずに小さく首を振った。

そして、視界の滲みを押しやるかのように、黒木に顔を向けた。

「黒木くん、今度会ったらぜひ立ち合おう。愉しみに待ってるぞ」

黒木は、草鹿の「待つ」と言う言葉に、この計画が成就する手応えを感じていた。

草鹿や三上にとって、艦隊指揮官たちとのやり取りは、思った以上に激しかった。

「大和」と共に沖縄に向かう駆逐艦の艦長たちは、幾多の修羅場をくぐり抜け、すでに死する場所を定め出撃準備すら完了している猛者ばかりである。もはや怖いものは無い。

ある者は、この作戦を「無為無能」と断じ、またある者は「命は惜しまぬが、犬死はご免！」と吠えた。また「海軍最後の決戦に、なぜ連合艦隊司令長官は陸に上がったカッパのままか」との皮肉には、然しもの草鹿も黙るしかなかった。

だが、草鹿は艦長らの言動が、覚悟を決めた者たちのみにできる諫言であることを、己の経験上からも良く理解していた。

　意見を交わしながらも、大義の戦のために死ぬる者たちへの羨ましさを、打ち払うことはできなかった。

　伊藤は、黙って草鹿の心中を推し量っていたが、頃合を見て口を挟んだ。指揮官たちには、直ぐにでも作戦の新たな目的も伝えなければならない。

「連合艦隊の命令は、一億総特攻の魁《さきがけ》となれである。大和は死に場所を与えられたのだ、皆もこれを以て瞑《めい》すべし……」

　伊藤は、この場を収めるための方便として、敢えて草鹿の台詞《せりふ》を使った。草鹿らに噛み付いていた艦長らが、瞬時に戦人の顔付に変わる。第二水雷戦隊司令官の吉村がゆっくりと立ち上がって姿勢を正した。

「長官、お供いたします」

　伊藤が頷いて、爽やかに言った。

「皆で沖縄に行きましょう」

出　撃

　草鹿と三上は、機上から第一遊撃隊の出撃を見送った。

「大和」の檣楼に、旗旒信号が揚がる。

　昭和二十年四月六日一五：二〇、第一遊撃隊各艦が錨を上げた。

　三上が感極まったのか涙声で言う。

「軽巡『矢矧』を先頭に駆逐艦八隻、殿《しんがり》に『大和』が続きます」

全部でたった十隻、それは帝国海軍最後の艦隊出撃と呼ぶには、あまりにも寂しい陣容であった。だが草鹿には、この小さな艦隊がこれまで見てきたどんな大艦隊よりも、遥かに誇り高く見えていた。あの後、伊藤から作戦の新たな目標を知らされた艦隊の艦長たちは、今、肩をそびやかして艦橋に立っていることだろう。

……戦争を始めたのが「大和」であるのなら、戦争を終わらせるのも「大和」でなければならない……

伊藤の思いが、結実するのは間違いないと思っていても、それには残酷なまでの悲劇が伴うことに胸がふさがる。草加は伝声管を引き寄せると偵察機の操縦士に声をかけた。

「すまんが、燃料ぎりぎりまで飛んでくれるか。俺たちだけでもしっかりと見送ってやりたいんだ……」

後ろから三上の号泣が聞こえる。三上は最後まで一緒に連れて行ってくれと伊藤にせがんだが、残る者の任務の方が重要だと諭されていた。

「はい、一滴も残さぬよう飛んでみせます……」

操縦士の返事もまた涙声だった。


周防灘から豊後水道にかけては、それほど敵潜水艦の脅威を感じることはない。

左舷に九州の山並みが見え始めると、伊藤が艦長席の有賀に声をかけた。

「艦長、少しの間、操艦を変わってはもらえまいか」

艦橋にいた艦隊司令部や「大和」の将兵が、一様に驚いた顔をした。艦隊司令長官が直接艦の舵を取ると言うのだ。もっとも伊藤は、大佐時代に重巡「木曽」「最上」「愛宕」の艦長を務め、最後は戦艦「榛名」にも乗った。

前艦長の森下参謀長が「『榛名』を思い出されましたか」と笑みを浮かべた。

「ああ、ずーとこの艦を動かしてみたかったんだ」

伊藤の言葉に艦橋の空気が和んだが、本当は総員前甲板の掛かる時間帯に合わせて、これが見納めになるであろう本土の風景を、近くで見せてやりたかったのだ。

「長官、どうぞ」と有賀が自分の席を空けた。艦長席には艦長用の羅針盤がある。

伊藤が艦長席に座ると有賀がその横に立った。

「この艦には、新旧の二人の艦長が揃っているんだ。何かの時にはよろしく頼む——では、舵をもらうぞ」

伊藤はそう言うと「面舵十度」を命じた。「おーもかーじ」と復唱の声が繋がり、僅かずつ艦首が右を向く。その先には大分県の国東半島があった。

この日の天候は雲量八の曇り空だったが、雨の心配はなく山並みが間近に見えた。

しばらくして、伊藤は操艦を有賀に返すと、自席から前甲板に集まった将兵を見つめていた。

副長が艦長に代わって、伊藤の訓示を伝える。

……神機将に動かんとす。皇国の隆替《りゅうたい》繋りてこの一挙に存す。各員奮戦激闘会敵を必滅し以て海上特攻隊の本領を発揮せよ。

続いて、皇居遥拝、万歳三唱などが行われ、何時もなら「故郷に向かっての黙祷」で終わるところで、副長が最後に口にしたのは「故郷に向かって泣け」であった。一瞬、将兵の間に哀惜の情が湧いたものの、艦が錨を上げた時点でもう腹は決まっている。

だがその時、誰かが何かを叫びながら指を差した。目を凝らして見ると、山の木々の中にたなびくように白い帯が見える。

再び声が上がった。

「桜だ！　桜が見える！」

ざわめきが波紋のように広がり、誰もが咲き誇る山桜に目を奪われた。

美しき祖国への想いが、胸を熱く満たす。

しかし、この花の持つ二面性は、ある意味残酷でもある。その花に一片二片《ひとひらふたひら》と散る花びらのあることに気づけば、それが生あるものの哀れさを誘うことに思いが至る。物悲しさが募《つの》る夕暮れ時でもあり、明日の我が身に重ねると、さすがに心が冷えて決意が鈍る。

艦橋からその様子を見ていた森下が「薬が効きすぎたかも知れませんね」と伊藤に言った。

「いや、ちょうど良い頃合でしょう。死に急いで戦う者よりも、生き続けようと戦う者の方が強いと誰かに教わりました」

伊藤はそう言ってから、「あれ」と右舷の海面を指差した。

そこには漁をしての帰りなのか一艘の小さな漁舟が見えた。乗っているのは老夫婦のようだ。若者は根こそぎ徴兵されているのだから、若い漁師などいるはずもない。これも今の日本の現状だ。「大和」の立てる波に揉まれながら老夫婦は、船べりを掴んで懸命に手を振っていた。

甲板の将兵たちが、それに応えて手を振る。

「誰もが故郷の父母を思い浮かべたでしょう……。皆の心に守るべきものができました……」

伊藤はゆっくり長官席から立ち上がると、老夫婦の漁舟に向かって小さく礼をした。

祖国との別れの儀式が終わった。

視線を海へと転じると、全てが定まった気がした。

「艦長！針路を戻そう……」

「とーりかーじ」の声と共に「大和」が、少しずつ左へ針路を変えた。

その時、黒木の呟きが伊藤の耳に、はっきりと聞こえた。

――戦艦「大和」、今ここに、戦闘準備を完了す――


大隅半島の鹿屋には海軍の第五航空艦隊・第一機動基地航空部隊があり、第五航空艦隊司令長官となった　宇垣纒中将がその指揮を執っていた。

その長官室に、二人の将校が訪れていた。一人は明日沖縄方面に出撃する特別攻撃隊の隊長小室中尉、もう一人は直掩機を指揮する池田少尉と言う。

「君たちは明日出て行くんだろう。この俺に最後の文句でも言いに来たのか」

宇垣は執務机の椅子に腰を下ろしたまま、煙草の火をつけた。

「長官、我々は明日を限りの命と覚悟しています。最後の文句でなく最後の願いを聞いていただきたいのです」

「ほう、最後の願いか、この宇垣に出来ることなら何でも聞いてやるぞ。まあ座れ」

宇垣が煙草をくわえたまま立ち上がり、応接用のソファに二人を手招きすると、自らも深く腰を沈めた。

　宇垣は、開戦当初から連合艦隊参謀長を務め、司令長官山本五十六の戦死の際には別機に搭乗していたため難を逃れたこともある。ただ、第五航空艦隊長官となってからは、その戦術はひたすら特攻のみと言わざるを得なかった。

「先ほど菊水一号作戦が発動されたよ。君らも知ってのとおり、これからは陸海軍全機特攻化となる。これはもう作戦などとは言えん、ただ、死んで来いと言うだけだからな」

　菊水一号作戦初日のこの日、九州各地から実に海軍だけでも百六十一機の特攻機が沖縄に向けて飛び立っている。それを命じたのもまた宇垣であった。

「さて、その死んで来いと言われた君らの話とは何だ」

　小室が宇垣の目をみつめる。連日特攻機を送り出す宇垣の心中は図りようがないが、心労たるやその極に達しているだろうと思われた。しかしその目力は強く、ただ惰性の中で死んで来いと命令してるのではなく、今まさに戦っている気力を感じさせる。小室はそこに軍人としての覚悟を見たような気がした。

「長官、すでにご存じの通り沖縄の敵艦隊は、百キロも離れたところに、レーダー装備した駆逐艦や掃海艇などを配置し、早期警戒体制を整えています。多くの特攻機はその警戒網に引っかかり、待ち受ける艦載機に叩き落されてしまいます」

「分かっている。だが残念ながら今の海軍はこれ以上の戦略を持ち合わせていない。海軍と言っても船も無ければ燃料もないのだ」

「だから最後に『大和』を海上特攻に使うのですか」

　小室の言葉に、宇垣が顔色を変えたが、すぐに真顔に戻ると吐き出すように呟いた。

「あんなもの作戦ではない。もっとも航空特攻にしても同じかも知れんが、事ここに至っては、全てが已む得ないと言うことだろう」

「しかし長官、『大和』は日本海軍の象徴です。『大和』があるからこそ海軍としての気概も持てます。あえて言えば『大和』が終わる時、海軍も終わってしまいます」

「それは君らの若さゆえの感慨だろう。我々は戦争をしているのだ。戦いに感傷は無用」

　宇垣は小室の言葉を若さゆえと断じたが、それが海軍軍人として誰もが共通に抱く想いであることをよく知っていた。

　そして、小室の言ったことと同じ言葉を、戦死した山本に言ったことを思い出していた。

　結局、あれから「大和」は何も変わっていない、否、変われなかったのだろう。世界最強の戦艦の称号が、そうさせたのかも知れない。持てない国が、敢えて持ってしまった悲劇なのかも知れない。

「どうせ明日死ぬのなら『大和』を守って死にたい、敵艦隊に近づくことも出来ず撃墜される犬死はいやです。長官、この想いは間違いですか」

　死を間近に控えた青年の言葉は、素直に宇垣の心を打った。

「大和」の出撃は、確かに日本海軍の有終の美を飾るためのものでしかない。丸裸の艦隊が沖縄にたどり着けることは万に一つもあり得ず、世界最強を誇る「大和」をしてもそれは同じである。

思い起こせば自分たちは、大鑑巨砲から航空主兵への転換点にいたのだと宇垣は思った。

「大和」ももう少し前の時代に生まれていれば、まさに世界に冠たる戦艦として栄光の生涯を送ったのかも知れない。だが、連合艦隊は今回「大和」に沖縄突入を命じながら、この五航艦には掩護の要請すらもしてこない。

宇垣はレイテ沖海戦で、航空機の援護を持たぬ艦隊が、如何に悲惨なものであるかを実際に体験していた。あれだけの大艦隊を以てしても満足に戦うことすらできないのである。

小艦艇を従えただけの「大和」に、できることは何もない。

ならばと宇垣は、独断で護衛の戦闘機を出すことにし、秘密裏に別の一手も考えていた。

その話に、鹿屋に来ていた連合艦隊の若い参謀が口を出した。

「菊水作戦発動を以て航空機は全特攻となりますので、勝手な航空機の運用は謹んでいただきたい」

「黙れ！」宇垣は、思わずその参謀を一喝した。

怒った訳など口にしたくはないと胸の内に吐き捨てた。

……そんなことは分かっている。この鹿屋にも、もはや大和の艦隊を常時護衛できるほどの戦力も、また技量も無い。ましてや特攻機を突入させるための囮作戦に、護衛はいらないと言いたいのだろう。だがな、君らは知らんだろうが、艦の上から見る日の丸の翼は、それは美しく頼もしいものだ。私は最後に、せめてそれだけでも「大和」に見せてやりたいのだ。

——文句があるか！

そんな宇垣を、池田の声が現実に引き戻した。

「長官が『大和』の護衛機を出されると聞いたので、お願いに来たのです」

「君らの隊の直掩機にしても搭乗員は、半人前だ。特攻機に至っては飛ぶのがやっとだろう。それでどうやって『大和』を護ると言うのだ。……無理な話だ」

宇垣はこれまでもその現実に目をつぶって、特攻の命令を出し続けてきたのだ。ただ「死ね」と命ずることは簡単だが、「護れ」の命令は却って難しい。

池田が真っ直ぐ宇垣の顔を見据えた。

「明日は、我々直掩隊も迎撃戦をする気はありません」

「迎撃せずにどうやって戦うのだ」

「全機、敵の魚雷を狙います。……我々は『大和』を狙う敵の魚雷に特攻します」

一瞬心拍が跳ね上がった。こいつらは何を言っているんだと二人の顔を見る。だが冷静になるとその意味は良く分かる。直掩機と攻撃隊合わせて二十五機、ひたすら魚雷を目標にして雲間に待機する。その間に敵に食われるものを三割とすれば、残りは十七機となるが、高速で走る敵の魚雷を捉えるのも簡単ではない。だが、敢えて特攻機の命中率約二十五パーセントを当ててやると、敵の魚雷を四～五本は破壊できることになる。この数字は艦隊側にとっては大きい。返事を待つ二人が、固唾を飲んで宇垣の口元を見つめる。

「特攻機は戦爆だな」小室が大きくうなずいた。

「それなら全機ゼロ戦なのでやり易いだろう。明日は機体を軽くし、航続時間を稼ぐため、爆装を止めて増槽タンクを付けて行け。後の段取りはこちらでやる」

二人の顔がぱっと輝く。それから飛び上がるように立ち上がって最敬礼をする。

「長官、ありがとうございます。『大和』を精一杯守ってやります」

日々特攻機を送り出している宇垣も、今日はどうしても二人の顔を、まともに見ることができなかった。視線を床に落としたまま、わざと軽々しい口調で言った。

「良いか、明日の出撃はあくまでも命令通りのものだぞ。君らが沖縄に向かう途中で何が起こるのか誰も知らん。ただ、突入信号はきちんと発信しろよ。ちゃんと聞いているからな……」

宇垣は、この若者たちがやろうとしている特攻は、第一遊撃隊の海上特攻に比べれば、まだ意味のある特攻に見えた。それは海軍将兵が最も敬愛するものを守るための戦いであり、成果も見込めるのだ。そのためなら、自分の命令違反もあながち間違いではないと思うことにした。当然、非難されることも織り込み済みだが、今はただ若者の気持ちに寄り添えることを良しとした。

「もう行け」

宇垣は俯いたままで言い、小躍りするような若者の足音を、じっと耳に刻んでいた。

——俺も後からゆくからな。……次の世で待っていろ。


宇垣が「大和」から帰ってきた草鹿に、伊藤の計画を聞いたのはその夜のことである。

宇垣は話を聞き終わるとすぐに、松山の三四三航空隊の源田司令に電話を入れた。

三四三空は、源田が中心となって立ち上げた新鋭戦闘機「紫電改」を擁する精鋭戦闘機隊である。その初陣では「大和」も空襲を受けた三月十九日の空襲で、敵艦載機五十八機撃墜の大戦果を挙げミッチャーの心胆を寒からしめたのである。そして、四月八日からは宇垣の指揮下に入り、鹿屋への移動が決まっていた。

源田は、「大和」特攻の報を聞いて一日早く鹿屋へ進出し、その護衛を申し入れていた。宇垣は、九州各航空隊へ護衛要請を行なったものの、何処もその遣り繰りに難渋するばかりであった。

唯一、戦力となりうるのは源田の三四三空でしかなかった。これが最後の一手だったのだ。

最強戦艦を最強戦闘機隊が護る。帝国海軍最後の艦隊決戦に相応しい役者が揃うはずであった。

宇垣は源田に、伊藤の計画を伝えた。

「『大和』は、大義のためには沈まねばならん。もし沖縄に辿り着いたとしても、そこで終わる。源田くん、すまんがここは手を引いて欲しい……。伊藤さんの思いは、国民のための海軍だ。『大和』を護るよりも、君には戦いが終結するまで防空戦に徹して欲しい。それが一人でも多くの国民を守ることに繋がるのだ」

宇垣は、話をするうちに堪えきれない感情が、湧き上がってくるのを感じていた。「大和」と共にあった日々が脳裏に蘇る。ガタルカナルへも行った。マリアナ沖、レイテ沖でも戦った。そして、ちょうど一年前、入渠中の「大和」で伊藤とも語った。その時一緒した森下や黒木は、今も「大和」にある。

――一番長く「大和」と共に戦ってきた俺が、こんなところで何をしているのだ……。

まだ、自分を納得させるには至っていなかった。

耳元で落胆した源田の声が聞こえた。

「長官、趣旨はよく分かりました。でもそう聞かされると、なおさらに『大和』と一緒に戦いたかったですな」

宇垣は、相手に分かるはずもないのに、ことさら大きくうなずいて言った。

「源田くん、君に前もって命ずる。三四三空は、八日以降本土防空戦に徹すべし。よって特攻出撃を禁ず。……これは伊藤さんの遺訓だよ」

武士道

「右舷、佐賀関の高島かわります」

航海士の声が響き、緊張感が高まる。豊予海峡を抜け豊後水道に入ると日向灘は目と鼻の先である。もはや制海権はないと思わねばならぬ。

警戒を強めつつ二十時過ぎ水道を抜けると、隊形を第一警戒航行序列とする。先頭に駆逐艦「磯風」その左舷側に「朝霜」「霞」右舷側に「浜風」「雪風」を前衛とし、その後方で軽巡「矢矧」と駆逐艦「冬月」「初霜」「涼月」が「大和」を囲み込む。速力は二十ノット。

途端に、軽巡「矢矧」や駆逐艦の電探、水中探信儀が探知音を吐き出し、電波受信機が通信を傍受する。

「敵潜水艦探知！　複数あり」「対潜警戒厳となせ」

艦隊は、一斉に之字を開始した。

そして、極め付きは敵潜水艦の発信電報だった。

「ヤマト発見、戦艦一他駆逐艦らしきもの九、日向灘南下中、速力二十」

報告に来た通信士官は、電文を読み上げてから、こう付け加えると顔をしかめた。

「さらに正確な位置情報も付いております。しかもこの電文は暗号ではなく平文であります」

「名指しで平文だと！」

艦隊参謀がなめられたとでも思ったのか声を荒げたが、伊藤はやはり米軍の合理性には勝てないと思った。米海軍は緊急の際には、迅速性を優先し、平文での発信を認めていた。

暗号に組み替える時間的ロスを嫌っていたのである。

「もう全てが、お見通しと思った方が良いだろう」

今度は伊藤の言葉に、誰も反応しなかった。

伊藤は、元々日本の暗号を不安視していたので、今回の作戦も丸裸にされていると読んでいた。

――しかも相手がスプルーアンスなら、一番堅実な航空戦で対応するはず。万に一つの取りこぼしも望めまい。最後の相手が彼であることだけでも感謝すべきなのだ……。

その頃スプルーアンスは、「ヤマト」が出撃したことを知って、密かに武者震いをこらえていた。若い頃から東郷元帥を敬愛していたこともあって、日本のことは良く知っている。

その国から最後の艦隊が、沖縄を目指してくるのだ。しかも生きて帰らぬ海上特攻と言う。それは暗号を解読した作戦命令や給油の指令からも間違はない。

季節が春の日本は、いま桜が満開のはずである。その桜を日本海軍は徽章に使っている。戦の集団である海軍の徽章が、可憐な花なのはこの国ぐらいのものだ。どこの国でも獰猛な動物か剣や槍が用いられている。このことは攻撃することよりも、守ることに重きをおいた精神の現れである。戦いの相手でなければ、美しく和やかな国なのである。しかもこの花は、散ることの潔《いさぎよ》さや儚《はかな》ささえも併せ持ち、それは武士道につながるのだとも聞いた。

スプルーアンスは、死を覚悟の精神を含めて、この桜の国の艦隊を美しいと思った。

そこには、圧倒的な敵に挑む滅びの美学さえも感じられる。

そして、何よりも伊藤が指揮するのであれば、その艦隊は間違い無く凛冽《りんれつ》たる魂の艦隊なのである。

スプルーアンスは、この艦隊には米海軍も最大限の礼を以て、迎え撃つべきだと思った。二人の最後の戦いによって太平洋は、文字通り平和で穏やかな海に戻るのだとも思う。

スプルーアンスは、参謀長のデイビスに自分の方針を説明した。

「『ヤマト』の艦隊は、砲撃戦で決着を付ける。したがって、ミッチャーの第五十八機動部隊は、索敵と敵航空部隊への対応を主とする。……今日のようなカミカゼの攻撃が続けば、ミッチャーはとても手が回るまい」

航空特攻の菊水作戦は、第一号作戦が四月六日より十一日にわたって行われ、初日の今日だけでも陸海軍合わせて三百機が九州各地から発進した。しかし、機体の不具合や整備不良により、実際攻撃を行なったのは二百機足らずであったが、これほどの大掛かりな特攻は初めてのことであり、米軍の被害も莫大なものになっていた。

「しかし、ミッチャーが簡単に言うことを聞くとは思えませんし、航空攻撃の方が損害は軽微で済むはずですが？」

デイビスが言うことは全て正しかった。たかだか十隻の艦隊だ。これまでの戦いと同じであれば、迷うことなくミッチャーに「やれ！」と言っていただろう。だが、恐らく艦隊同士の砲撃戦はこれが最後なのだ。戦艦は十七世紀にその前身が誕生して以来、永く海を支配し第一次世界大戦を経てその絶頂期を迎えたが、太平洋戦争の開戦劈頭の真珠湾攻撃、そして英東洋艦隊の撃滅によって、航空機にその主役の座を奪われてしまった。いま彼らがこなしているのは、上陸作戦の艦砲射撃しかなく、ただ単に陸上に向けて砲弾を送り込むだけの作業なのである。作業であれば敵と相対するヒリヒリするような緊張感もなく、さらには敵を倒すための戦術すらも放棄している。そこには戦艦としての一片の美学も存在していないのだ。その不条理とも思える時の流れは、どこかで断ち切らねば迷いが消えることはない。

「デイビスくん、『ヤマト』は日本海軍最後の戦艦の誇りをかけて出撃してきたのだ。ならば我々もその誇りに応える戦いをせねばならぬ。あの東郷元帥がロシアバルチック艦隊を迎撃した日本海海戦は、その圧倒的勝利によって歴史に名を残した。今度は我々が戦艦の終焉を告げる最後の艦隊戦を歴史に刻むのだ。我々の勝利と伊藤提督の名誉と共にな――」

それでもでも参謀長は、何か納得いかぬ様子を露にしていた。

「長官自から出撃されるお積もりですか？　もしそうであればミニッツ提督の承認が必要かと……」

「デイビスくん、戦闘は何時も突然だよ。一ヶ月前に旗艦の『インディアナポリス』がカミカゼにやられ、昨日この戦艦『ニューメキシコ』を新たな旗艦にしたばかりだ。これも必然と言う巡り合わせならば、出撃は当然だろう。そして突然の対応は全て事後報告なのさ」

デイビスは、首をかしげたままで何も言わない。スプルーアンスが呆れたように尋ねた。

「まだ、何か？」

「私は、提督にお使えする前から、とても合理的な考えをされる方と聞いておりましたし、実際現場の指揮は、それを裏付けるものでありました。その提督が『ヤマト』に対しては、子供のように感情を露にしておられます。……それが私には新鮮すぎるのかも知れません」

スプルーアンスはデイビスに笑みを浮かべてうなずいた。

「私は、いま軍人になって初めて自から戦いたいと望んでいる。それはこの状況が織りなすロマンゆえのことかも知れないが、実は君の言うとおり、子供のころガキ大将に挑んだ時の感情だと思う。私はこの素直な気持ちを大切にしたい。それが『ヤマト』に対する敬意だと思う」

デイビスが少し姿勢を正す。

「全て了解いたしました。もし提督が、航空戦のみを指示された時は、艦隊決戦を進言する積もりでおりました」

「結局、君も子供か……。この艦隊には、もう少し大人も必要だな」

その時、デイビスが真顔になって聞いた。

「ところでガキ大将との決着は、どうなりましたか？」

スプルーアンスが、顔をしかめた。

「野暮なことを聞くな……」

「やられたのですか」

「……こてんぱんにな」

スプルーアンスの指令が、第五十四任務部隊のデヨ司令官に飛んだ。

「第五十四任務部隊は、全力を持って『ヤマト』を迎撃すべし。旗艦『ニューメキシコ』に合流せよ」

第五十四任務部隊は、レイテ沖海戦で西村艦隊と戦った旧式戦艦群であり、戦艦十隻、重巡九隻、軽巡四隻、駆逐艦二十五隻からなっていた。

「ヤマト」の迎撃命令を受けた艦隊の将兵は、これまでの鬱憤《うっぷん》を爆発させて狂喜乱舞した。

直ちに作戦会議が開かれると、迎撃戦に六隻の戦艦を選び出した。

「第五十四任務部隊の『ヤマト』迎撃艦隊は、旗艦『テネシー』に『コロラド』『メリーランド』『ウエストバージニア』『アイダホ』そして第五艦隊の旗艦『ニューメキシコ』とする」

作戦参謀が発表を続ける。

「戦艦六隻に随行するのは、重巡七隻と駆逐艦二十一隻であり、総数は三十四隻となる」

作戦会議室の熱気が極限まで高まり、皆が足を踏み鳴らした。口笛が鳴らなかったのは、士官ゆえの矜持なのか。

だが、いざ迎え撃つとなれば、課題は多い。

「我が艦隊の戦艦群の主砲は、四十センチと三十六センチでしかなく、『ヤマト』の主砲に比べるとその破壊力と飛距離には大きな差がある」

「さらに旧式戦艦の足は遅い。『ヤマト』の二十七ノットに対して二十一ノットが精一杯である」

「『ヤマト』が主砲の能力とそのスピードを生かしてアウトレンジ戦法を展開すれば、我が艦隊は各個撃破の憂き目に合う」

そんな悲観的な分析のある中で、司令官のデヨは米艦隊の優位性をはっきりと強弁した。

「諸君、『ヤマト』の主砲が九門であるのに対し、我が艦隊は一体何門の主砲を装備していると思っているのだ。そうだ、口径は小さいながら我が艦隊のそれは六十門もあるのだ。主力の戦艦と巡洋艦が、数にものを言わせて撃ちまくれば、敵わぬことはない。ましてや夜間や煙幕で視界を遮れば、我々にはレーダー射撃がある。……多くの駆逐艦を連れて行くのは何のためだ。それは煙幕で闇を作ることができ、魚雷攻撃も極めて効果的だからだ。例え幾らかの損害を出したとしても、勝利は間違いない。この幸運を与えてくれたスプルーアンス提督に、そして神に感謝しよう……」

勝てる戦となれば艦隊には、さらに勢いがつく。まさにお祭り騒ぎであったが、迎撃戦を外された艦からの怨嗟《えんさ》の声も加わり、その騒ぎは日付が変わってからも終わることはなかった。

その頃「大和」は、潜水艦の追尾を振り切り南下を続けていた。もう潜水艦の探知音も聞こえない。連合艦隊からは、昨日六日の菊水一号作戦で、沖縄の米艦隊に大打撃を与えたとの報告も入っていた。今日も航空特攻作戦が続く。それに呼応すれば、あるいは天気が崩れてくれれば、沖縄突入も可能かも知れない。そんな希望的観測も受け入れられそうなほど、海は静かに漆黒の闇に包まれていた。

機銃員の信一たちは、束の間の仮眠を取っていた。すでに可燃物はすべて陸揚されていたので床にごろ寝するしかなかった。

信一の戦闘配置は、特設の二十五ミリ単装機銃座であり、ちょうど一番砲塔と二番砲塔の間の両舷に備えられていた。レイテ沖海戦時は撤去されていたのだが、新たに両舷に二挺ずつ設置されることになっていた。しかし、実際に配置されたのは両舷一挺ずつで、前後の甲板に四挺であった。すでに機銃の調達すらもままならぬ状況なのだ。

レイテ沖海戦後に対空砲火の強化のために設置された特設機銃は、両舷に二十三基増設された三連装機銃が主体であり、単装機銃は、艦中央部の機銃群や艦橋を目標にして、艦の正面や後方から機銃掃射をかけてくる敵戦闘機に、対応するためのものであった。

単装機銃はその名のとおり、砲身は一つであり、旋回や仰角を機械的に操作する三連装とは違い、軽量さと旋回性の良さが利点である。肩で銃架を支え照準を合わせれば、一人でも操作が可能であった。ただ、弾装が三連装と同様で十五発しかなく、常に弾倉を取り替えて給弾しなければならないが、給弾がスムースに行われれば、毎分百三十発を発射することができる。そのための給弾要員が、信一だったのである。

信一の相棒となった射手の神谷水兵長は、ミッドウェー海戦で戦艦「榛名」の機銃射手として空母「飛竜」を守って戦い、自らも負傷していた。その時受けた左大腿部の銃創は、長い間神谷を戦場から遠ざけていた。

「大和」への配置は、信一たちと一緒だったが、今でも障害が残っているのか、たまに足を引く。ただ射撃の腕前は一級品であり、ミッドウエー海戦では敵の雷撃機二機を落したと噂されていた。

本来であれば「大和」の古参兵と同様に、下士官になって機銃座の指揮を執っていたはずなのだ。そのため神谷の立場は微妙であった。古参兵や下士官にとっては、歳も変わらず伝説の名手と言われると、その扱いは難しい。神谷にも俺だけがなんで兵のままだと言う思いもあるだろう。したがって、そこは世の常として自然と距離を置くことになり、それが特設の単装機銃座となって現れたのである。だが、神谷はどこか達観したところがあり、敢えてその疎外感に満足しているようでもあった。

前部甲板の特設三連装機銃は、二番砲塔上に二基、一番副砲から艦橋までの間に六基が設置されており、数基単位で下士官の責任者が指揮をしていた。しかし信一らの単装機銃だけが外れたところにあったために、どこの系統にも属していなかったが、本当のところは、誰もが手出しを避けた結果なのかも知れない。

そのお陰で、神谷は信一に付きっきりで射撃の理論と実技を教えることができた。自からの腕を若い兵士に伝えるための指南は、神谷にとっても心の晴れることだったようだ。

神谷は信一を「坊主」と呼び、二人だけの時には信一に階級名ではなく名前で呼ぶよう命じていた。それは一種の師弟関係の様相を呈しており、たまに召集の掛かる甲板整列と呼ばれる制裁にも「訓練が優先」と班の指示も拒絶することさえあった。

神谷は、戦闘になれば自分の足の踏ん張りが、長くは持たないことを分かっている。いざとなれば信一に射撃を任し、自分が給弾員に徹するつもりの教育であった。与えられた自分の職務に責任を持つ海軍ならではの思いである。

「大和」以下の艦隊は南下を続け、七日未明には佐多岬と種子島に挟まれた大隅海峡に達していた。出撃前の作戦会議では沖縄までの航路が議論となった。

「沖縄へは、日向灘から都井岬沖を真っ直ぐ南進し、屋久島、奄美大島、徳之島の東岸に沿う進路と一旦大隅海峡を抜けて西に向かい、薩摩半島南端から南下し島々の西側に沿って沖縄に向かう進路があります。連合艦隊はこれを第一航路としております。また、さらに西進してから南下する第二航路か、大周りで東シナ海側から突入する第三航路も考えられています」

作戦参謀の発言を継いで森下が言った。

「最短距離を選択するのも手だが、当初の計画にあった佐世保回航に見せかけて、裏をかくこともありかな。連合艦隊が三航路を示したのも、恐らくはそこらを考えてのことだろう」

思案顔の参謀たちを見やりながら、有賀も首を傾げる。

「敵の機動部隊は、沖縄の東海域を遊弋しているようでし、どこを選択するかは当日の気象状況、さらには敵の索敵の出来不出来も、重要な判断材料になります。今の時点で一概にこれと決めつけるのは難しいですね」

「と言うことは……、その要所、要所で決断して行くしかないのか」

森下も腕組みしたままで目を閉じた。

結局この議論の結論は、やはり偽装進路を取って一旦西に向かい、状況を見ながら南下することであった。

この計画に沿って、艦隊は大隅海峡入口で西に転針すると、佐多岬南方海上を進んだ。

針路は二百八十度なので真西から十度北寄りになる。この日の天気は雲量十で、上空はびっしりと低い雲に覆われ、風速十メートル前後の風が、波にうねりを与えていた。

「迎撃側にとっては、最悪の空模様だな。いっそ雨になれば良いのだが……」

森下の呟きのとおり、この雲では敵の攻撃機を目視できるのは、雲の高さと同じ千メートルでしかなく、ろくに照準を合わす間も無く爆撃を受けることになる。ただ、敵の攻撃機も雲に遮られながら目標を見つける煩わしさがあるのだが、圧倒的な制空権下では、攻撃に最適の位置を選ぶのに苦労することはない。雲の切れ間をゆっくりと探せば済むことなのである。また、通常の急降下爆撃としては高度が足らないのだが、降下角度を調整すれば凌げる問題であった。

艦隊は、警戒しつつ西に向かい夜明けには、薩摩半島南端の坊ノ岬沖に達していた。

森下が艦隊司令部としての意見を伊藤に伝える。

「ここで南に転針すれば、想定した第一航路となりますが、まだ索敵にも引っかかっておらず、このまま推移するとすれば、さらに西側から大周りする方が、成功の確率は高くなるものと思います」

伊藤が「それで良いでしょう」と即答した。

「針路二百八十、舵そのまま」

有賀の大きな声が響いた。


第一遊撃隊が大隅海峡を通過した頃、米第五十八任務部隊は、数十機にのぼる戦闘機を索敵機として発進させた。前夜「ヤマト」出撃の報を聞いたミッチャーは、第五十八任務部隊の四つの任務群の中から、第一、第三、第四任務群を引き連れて直ちに北上し、奄美群島近海にいた。

この三群は、空母「バンカーヒル」を旗艦として正規空母七隻を中心に、巡洋艦を改装した軽空母五隻、戦艦六隻、巡洋艦十一隻の戦力を有しており、艦載機総数は約九百機にも達する強大なものであった。

「ヤマト」を猟犬のように追い求めるミッチャーに、任務部隊参謀長が聞いた。

「司令、もしかして『ヤマト』を我が任務部隊で、攻撃するお積もりですか？」

ミッチャーは、覗いていた双眼鏡から目を離そうともしない。その様は、まるで今にでも水平線上にその獲物が姿を現すかのようであった。

「何か、問題でも？」

「スプルーアンス提督は、ご自分で『ヤマト』と対決しようとされております。我が任務部隊への指示は、索敵と敵航空部隊への対応を主とするであります」

それでもミッチャーは、双眼鏡を離そうとはしなかった。

「参謀長、提督は戦艦で、私は航空機で敵艦隊を迎撃しようとしている。いいかね、ここは戦場だ。敵を一番先に見つけた者が戦うのが当たり前だろう」

「しかし、スプルーアンス提督は『ヤマト』艦隊の提督と親交があったと聞いております。ご自分でと言われるのは、そこに想いがあってのことではないでしょうか」

ミッチャーが、やっと双眼鏡から目を離して、振り返った。

「私でも武士道とやらで、友人を砲撃戦で送ってやりたい気持ちはよく分かる。だが、私は航空機で最後の巨大戦艦を仕留めたいのだ。旧式の戦艦群に花を持たせるくらいなら、我が任務部隊の新鋭戦艦を使う方がましだ。だが、様々な状況の変化が私と提督のどちらに味方するかは、誰も分からない。しかし、一つだけはっきりしていることがある。それは戦場にロマンはいらないと言うことだ」


夜が明けきっても天候に変わりはない。相変わらずどんよりと曇ったままで、雲は低い。

「長官、対空戦闘用の第三警戒航行序列に組み替えます」

森下の指示で、「大和」の檣楼に旗旒信号が揚がり、発光信号が点滅すると艦隊の緊張が一気に高まってゆく。

第二水雷戦隊機艦の軽巡「矢矧」が速力を上げて先頭に立ち、他の駆逐艦と「大和」を中心に置いた輪形陣を組む。先頭の「矢矧」から四十度間隔で左舷側に駆逐艦「朝霜」「霞」「初霜」「涼月」、右舷側に「磯風」「濱風」「雪風」「冬月」が、一・五キロの距離を開けて囲む。

駆逐艦は、元々対潜水艦や水雷戦を主たる任務としたため、対空戦闘能力は脆弱であったが、必要に迫られてある程度の機銃増設が行われた。それでも主力となる二十五ミリ三連装機銃が五基程度であり、軽巡の「矢矧」ですら八基でしかない。第一遊撃隊の九隻の護衛艦を全て合わせても、その数は「大和」一艦にも及ばなかった。

輪形陣を組み終えた頃、「矢矧」の左後ろに位置していた駆逐艦「朝霜」が信号を発した。

「我、機関故障、復旧作業中」

続いて「『朝霜』、遅れます」との報告が聞こえるが、艦隊としては打つ手がない。敵が制海権、制空圏を握る海域での機関故障は、正しく狼の群れの中に取り残された子羊に等しい。

急いで直して戻って来いと誰もが唇を噛んだ時、電探が機影を探知する。

「左舷後方、感度あり！」

一瞬、艦橋が色めき立ったが、敵機とすれば方角が違う。数も十機程度と言う。

「どうも味方戦闘機のようですな」

伊藤は、森下の言葉に頷くと視線を遠くにやって、昨日の草鹿の耳打ちを思い起こしていた。

……鹿屋の宇垣さんが、午前中だけでも何らかの直掩機を出したいと言われています。その中には長官の御子息も入れてあるとのことです……

「編隊近づきます」

その声に合わすように、左舷前方の雲の間から次々と銀色の機体が降ってくる。

「友軍機です。ゼロ戦です」

第一艦橋に笑が弾ける。どんよりとした一面の灰色の世界に、翼の日の丸が鮮やかな原色の花を咲かせる。

艦から見る日の丸がこれほど美しく頼もしいものかと思いながら、伊藤は有賀に語りかけた。

「宇垣くんの折角のご好意だ。艦内にも知らせて日の丸を見せてやりましょう。きっと元気が出ますよ」

「分かりました。副長、艦内放送。……味方戦闘機隊、艦隊直上にあり、手空き上甲板、急げ！」

甲板のあちこちで手を振る兵士たちの顔がほころび、たちどころに士気が上がる。

その時、黒木が伊藤に近づいて腰を屈めた。

「防空指揮所に上がれば、お顔が見えるかも知れません」

黒木も草鹿から聞いていたのだ。伊藤は口元に笑みを浮かべると、首を小さく振った。

当然親の心はある。だが、艦隊司令長官の立場はそれを遥かに超えたところにある。

とうに会うことなど諦めていた息子である。空からでも見送られるなら、望外の喜びと言わねばならない。伊藤は、見え隠れしながら追走する戦闘機が、親の後を付いてくる子供のように思えて仕方なかった。

探知

　暫くして、遂にミッチャーのF六Fヘルキャットが「大和」を発見する。少し遅れて別の隊も接触に成功し発見の報を飛ばした。

……「ヤマト」発見。敵は戦艦一、巡洋艦一、駆逐艦八の十隻、速力二十ノット、針路三〇〇、位置は北緯三十一度二十二分、東経百二十……

　そして〇八：四〇には、「大和」も雲の切れ間から数機の索敵機を発見する。

「左舷後方敵機、距離四千」

　艦隊上空には味方直掩機がいるので、索敵機もそれ以上近づこうとはしない。

「やはり見つかりましたか。先ほど連絡のあった奄美群島周辺の敵機動部隊からの偵察機と思われます。報告の通りとすれば、敵機動部隊との距離は約二百五十浬（約四百七十キロ）であり、戦闘機の航続距離ではギリギリのところになります。このまま西進すれば機動部隊の攻撃範囲を抜けられるかも知れません」

　作戦参謀の言葉に、森下が声を上げた。

「敵機動部隊はすでに我が軍が捕捉しているので、恐らく特攻機の攻撃を受けることになるだろう。そこで我々にまで手が回るかだな。後は、これからの気象変化だが？」

「最新の気象図でも、明日にかけては低気圧の北上が見込まれており、これから悪化することも十分あり得ると思われます」

森下は、敵には見つかったものの、まだ多くの事象が有利に振れる可能性は残されていると思った。

「長官、お聞きのとおりであります。北進する素振りなども見せながら、もう暫く西進するのが上策かと」

そこで伊藤が、後方の森下を振り返るように肩を回した。森下が少し屈み込むと伊藤が耳元に呟いた。

「戦力はともかく、生の駆け引きで、彼に負ける訳にはいかぬ……」

森下が口元を引き締めてうなずく、伊藤は正面に向き直って命じた。

「このまま西へ！」


「ヤマト」発見の報を受けたミッチャーは、直ちに攻撃隊の出撃を準備する。

第一次攻撃隊は、旗艦空母「バンカーヒル」の第三任務群と空母「ホーネット」の第一任務群の合同とし、第二次攻撃隊は空母「ヨークタウン」の第四任務群が行うことにした。

第三任務群は、三隻の正規空母と二隻の軽空母において、F六Fヘルキャット三十二機、F四Uコルセア二十機の戦闘機隊とヘルダイバー爆撃機二十二機、アベンジャー雷撃機四十七機の合計百二十一機を用意し、第一任務群では正規空母二隻と軽空母二隻で、戦闘機三十八機、爆撃機二十五機、雷撃機三十八機の合計百一機の準備を整えつつあった。すでに各空母の飛行甲板には、準備を終えた機体が、所狭しと並べられていた。

また、第二次攻撃隊として、第四任務群の二隻の正規空母と一隻の軽空母から、戦闘機四十八機、爆撃機二十七機、雷撃機三十二機の合計百七機が飛び立つ予定であった。

「各艦とも準備でき次第、発艦せよ。今日の獲物は大物だぞ、しくじるなよ」

　ミッチャーの指示に、参謀長が待ったをかけた。

「司令、まさかスプルーアンス提督を無視されるお積もりですか。私は司令のお考えに異を唱えるつもりはありませんが、この戦いを独断で始めることには反対です。一言話を通しさえすれば、何の憂いも残りません。各艦への出撃命令は私が出しておきますので、どうか提督と話をしてください」

　ミッチャーが参謀長の顔をまじまじと見つめた。

「驚いたな。君が私に意見したのは初めてのような気がするよ」

　何時もなら一喝で終わるはずだったが、今回は渡りに舟だったのか、珍しくミッチャーが神妙な面持ちで言った。

「折角のご忠告だ、ありがたく聞くことにしよう。誰かスプルーアンス提督に繋いでくれ」

　待つ間に「攻撃隊、発艦せよ」のアナウンスが流れ、飛行甲板から戦闘機が発艦する轟音が、艦橋の窓を振るわせた。

　時計の針は、ちょうど十時を指していた。

「私だが……」スプルーアンスの声が聞こえた。

「提督、我々は『ヤマト』を見つけました。五十八任務部隊は攻撃準備を完了しております。この獲物は、提督がやられますか、それとも私が……」

　スプルーアンスは、受話器から聞こえて来る音で、すでにミッチャーが攻撃機を飛ばしていることを知った。相変わらず「食えん男」だとは思ったが、索敵機の報告でヤマトが三百度の北寄りに進んでいることが気になっていた。ひょっとすると佐世保回航もあり得るのかも知れない。そうなるとデヨの第五十四任務部隊の旧式戦艦では、とても追いつく事はできなくなり、みすみす九州の港に逃げ込まれるのも癪ではある。

もっとも、ここをミッチャーに任せたとしても、この天候ではヤマトを見失うこともあり、攻撃できない事態も起こりうる。まだ自分にもチャンスがあるようにも見える。スプルーアンスは、自問自答を繰り返した。

——さあ、どうする……。

一瞬、伊藤の顔が浮かんだが、首を振って払いのけた。

第五艦隊司令長官としての職務の重みが、僅かな私情を押し潰した。

「——君がやれ！」

「アイアイサー」

速攻で返ってきた返事に浮き立つような響きを感じて、スプルーアンスは思わず受話器を叩きつけていた。胸の奥で僅かでも味方の失敗を望んだのは、海軍の指揮官になって初めてのことだった。

後日、この戦いの報告を聞いたミニッツは、スプルーアンスの命令を、アメリカ海軍史上「最も短い命令」であると評した。

そのころ、第五航空艦隊の鹿屋基地では、不思議な特攻機が離陸を始めていた。そこには爆弾を抱いた機体はなく、全ての機が直掩戦闘機の装備をしていたのである。その矛盾に気付いた者もいたが、粛々と出撃の行事が行われ、宇垣の激も何時もと何ら変わるところは無かった。ただ宇垣は、第一遊撃隊宛に「一二：〇〇、我が特攻隊、貴艦隊上空に達す」と送信した。これを受けた艦隊は、単に特攻機と艦隊の進路が交わるので、同仕打ちを避けるためのものと解釈していた。

一〇：〇〇、早朝から艦隊上空にあった直掩機が、基地に引き揚げた。翼を上下に振って別れの挨拶をした直掩隊が、東の空に消えると入れ替わるように、敵戦闘機の索敵隊が堂々と姿を現す。暫くすると、二機のマーチン飛行艇も加わる。見えつ隠れつの偵察隊に対して「大和」は、主砲三式弾を二度発射した。

「主砲三式弾、射ち方用意！」

甲板上にブザーが鳴り響く。主砲発射時の衝撃を防ぐ覆いを持たぬ特設機銃の兵たちは、直ぐに艦内へ移動しなければならない。艦内への入口までが遠い信一や神谷にとっては、ある意味ご苦労なことである。ましてや神谷は足が悪い。懸命に駆けながら「主砲など撃っても当たりはせん」と毒づく気持ちも分からぬでもない。入口近くで息を殺していると二度目のブザーが鳴る。次の瞬間、艦内にも関わらず耳を聾する轟音が響き、巨大な艦が揺れる。

これは単なる脅かしに過ぎないので、敵の索敵機が引き上げることはない。少しの間をおいて、再び姿を現し接触を始める。

時刻はすでに十一時近くなり、もはや第一遊撃隊の動向は丸裸である。ここに至り伊藤は、ついに沖縄に向けて転針を命じた。

「もはや偽装は意味がない。第二航路で沖縄に行きましょう」

有賀がうなずいて航海長に指示を出す。

「航海長、第二航路で沖縄に向けよ――」

「とーりかーじ」

そして艦隊は、速力を二十二ノットに上げた。艦首の波が大きく盛り上がり、「大和」はその巨体を振るわせながら、東シナ海を疾駆した。小雨がぱらつく頻度が高くなり天候は確実に悪化しつつあった。空襲から身を隠す好機であり、僅かながらも突入成功を感じさせる。

昼前には戦闘配食が配られた。握り飯とたくあんに少量のおかずだったが、緊張がほぐれる一瞬である。

「午前中はしのげたな」

誰かが思わず零した本音に、伊藤も苦笑した。

暫くすると見張り員の声が響く。

「左舷より、反航する輸送船、駆潜艇見ゆ」

どこの島から出てきたのか僅か数隻の船団が、艦隊を縫うようにすれ違う。船体は薄汚れ、その船足は遅い。本土までの航海の労苦を思わずにはいられない。ただ、マストに翩翻《へんぽん》とひるがえる日の丸の旗だけが、海の男たちの誇りを現していた。

「よくぞ無事でここまで」思わず有賀が驚嘆の声を上げた。

「あんな丸裸のような船団でも、この海を乗り越えてきたのだ。我々も見習わねばなるまい」

森下の声に一同がうなずいた時、輸送船から発光信号が送られてきた。

……御武運の長久と御成功を祈る。

この輸送船が「大和」の目的を知るはずもないのだが、青息吐息の船団からの激励は、何となく面映ゆく艦橋に笑が広がった。

有賀が伊藤に顔を向けると、はっきりとした口調で言った。

「輸送船に返信します」

……ありがとう。我、期待に背かざるべし。

有賀の返信のみの簡略な対応が、忍び寄る戦機を身近に感じさせた。

輸送船を見送った直後、電探室からの報告ブザーが鳴る。

「二群の目標を捕捉、何れも大編隊！」

間髪を入れず有賀が命令を発した。

「総員配置！」

「対空戦闘用意！」けたたましくラッパの音が鳴り響く。

有賀は命令を下すと、伊藤の横に立ち「防空指揮所に上がります」と言った。

伊藤が一呼吸おいて立ち上がると、有賀を見つめた。

「『大和』を頼みます」

もはやここは戦場である。第一艦橋から上階の防空指揮所に移ることが、生と死を分かつことになるやも知れない。

伊藤の言葉は……君は「大和」で精一杯戦いなさい、私は司令長官として艦隊と共に戦います……と言う惜別の意味を含み、互いに交わす敬礼が、今生の別れを示していた。

防空指揮所に上がった有賀は、鉄帽と防弾胴衣を着けると大きく煙草の煙を吹き上げた。

前任の森下も煙草を咥えての操艦が有名だったが、有賀も負けてはいない。部下からは「エントツ男」のあだ名を貰っており、見事な禿頭と豪放磊落な性格、さらには戦上手の定評で上下からの信頼も厚く、冬場の訓練においてもコート、手袋なしで臨む剛の者であった。

戦闘に備えて、第一艦橋の窓ガラスが下ろされ、兵は鉄帽を被ったが、伊藤や森下は戦闘帽のままだった。伊藤は泰然として驟雨に煙る海に目を向けていた。

――この戦いで日本は救われるはずだ。「大和」よ、いざ行かん。

坊ノ岬沖海戦（急降下）

艦橋の静寂が、通信室からの報告で破られる。

「駆逐艦『朝霜』より入電……我、敵機と交戦中……一二：一〇」

「いかんな」

森下の呟きが、全てを物語っていた。機関故障の駆逐艦に逃げる術はない。

この時「大和」の電探は、九州方面から南下してくる編隊も探知していたが、方角、時間からして、鹿屋より連絡のあった沖縄に向かう特攻機と判断された。

続いての電探室からの報告が、甲高いスピーカー音となって戦機の訪れを告げた。

「敵一群、左三十度、距離三万……第二群左九十度、距離四万」

相手は飛行機である。もはや僅かの暇《いとま》もない。今度は対空見張り員の声が響く。

「敵機発見！グラマン二機、左二十五度、距離四千」

「敵は、五機……十機……二十機以上、右に進む！」

「今の目標は、百機以上……」

伊藤と森下が、戦闘帽のあご紐をきつく締めた。

敵の攻撃機は、鳥の群れのように雲間から姿を現したと見ると、直ぐに隠れることを繰り返しながら、徐々に近づいてくる。

この時、雲の上ではすでに第一任務群約百機の攻撃機が到着しており、攻撃の頃合を見図るかのように旋回していた。

この日の天候で、最も戸惑っていたのは、やはり急降下爆撃の隊であった。雲を抜けて視界がひらけると、もう目の前に敵の艦隊がいるのだ。急降下爆撃のヘルダイバーは、通常三千メートルの高度から七十度の角度で急降下し、艦艇の上空四～五百メートルで爆弾を投下する。その降下を始める高度が僅か千メートルしか無く、五百メートルで投下するとなると、もはや急降下爆撃と言うよりも水平爆撃に近い様相になってしまうのである。

だが、獲物はすぐそこにいるのだ。頃合と見た第一任務群のヘルキャット・コルセアの戦闘機隊が雲の切れ間からダイブした。通常戦闘機は爆撃機や雷撃機の護衛が任務なので特別な装備は付けないのだが、偵察機の報告で、この艦隊には少数の直掩戦闘機しかいないことを知ったこの米軍は、第一次攻撃隊のほぼ半数の戦闘機に、爆弾かロケット弾を装備させていた。

「敵機、突っ込んでくる！」

見張り員の絶叫と同時に有賀の「射ち方始め！」の号令が響いた。

左舷側に対応できる副砲六門、高角砲十二門、三十五ミリ機銃など約八十挺が一斉に火を噴いた。艦上を凄まじい轟音と火炎、黒煙が覆う。

「機関全速！」

「大和」が、その戦闘機能の全てを発揮すべく、あらゆる箍《たが》を解き放ったのである。

「大和」の持つ対空砲火は、視界さえ良ければ、二万メートル先でも主砲の三式弾が使え、一万メートルになれば副砲・高角砲が有効となる。敵が急降下を始める三千メートルともなれば、機銃群がその威力を発揮するはずであった。

ところが、敵の攻撃隊が戸惑ったように、艦隊側も困惑を隠せなかった。上空の敵機との距離が千メートルしかないとなれば、主砲の出番は無く、副砲、高角砲にしても遠距離の雷撃機を目標とせざるを得ない。

そうなると一番効果を発揮するのは、機銃群となるのだが、それもバラバラに撃ち上げていては有効が薄い。弾幕の密度を上げて射撃効果を高めるには、複数の機銃座を自動的に集中制御する必要があり、半数程度の機銃座には射撃指揮装置を使った管制射撃が取り入れられていた。しかし、その機能を発揮するには、目標との距離や方位、それに角度や速度などの設定が必要であり、僅か千メートルの距離でこれらを効果的に運用するには時間的にも無理がある。結局は大半の特設機銃と同様、各機銃座毎の個別照準射撃に頼らねばならなかった。

先陣をきった第三任務群の攻撃は、周到に組み立てられた戦術が用いられた。まず戦闘機群が機銃掃射をしながら爆弾をそしてロケット弾を浴びせ、甲板上の対空兵器の鎮圧を狙い、急降下爆撃機は艦尾から、そして左右両舷から雷撃機が襲いかかった。

「大和」は、全ての対空砲の砲門を開き、応戦した。火器の集中する艦の中央部から、絶え間無い砲火と砲煙が吹き上がり、曳光弾が夥しい光の矢となって放たれる。

前甲板の一・二番主砲の間に設置された左舷の単装機銃には、神谷と信一が取り付いた。神谷が肩で銃を支え、身体を上下左右に動かして照準を合わし、引き金を引く。一つの弾倉は僅か十五発であり、空の弾倉を抜き取り実弾の詰まった弾倉をはめ込む給弾を、常に行わなければならなかった。この機銃の実用発射速度は毎分百三十発であり、それを達成するには十秒に一回の給弾が必要とされた。

空襲が始まる前、信一は神谷の横で十六キロもある弾倉を抱えて身構えていたが、緊張のせいなのか足の震えが止まらなかった。

「坊主、怖いのか」神谷が笑いながら聞いた。

「怖いよりも、これから何が起こるのが不安です」

「まあ、最初の実戦だと誰でもそうだ。いざ始まれば震える暇もないさ」

「大和」は、三月十九日呉でミッチャーの艦載機による空襲を受けたが、目標は係留されていた戦艦や空母であり、「大和」は安芸灘まで航行して難を逃れた。このため、信一たち新米水兵にとっては、今回の戦いが初陣と言えるものであった。

副砲の砲撃音が耳をつんざき、二番主砲の砲塔上に設置された三基の三連装機銃も規則正しい射撃音を響かせる。甲板の一番前にある信一らの単装機銃の相手は、戦闘機である。

目標となる戦闘機は、艦橋や艦中央の機銃群を狙って、艦の前後から左舷に沿って急降下し、機銃掃射やロケット弾を発射する。これは艦そのものに対するダメージよりも、対空兵器の破壊とそれを操作する兵士の損耗にあった。したがって、艦の進行方向に艦尾から進入する急降下爆撃や艦の左右から向かって来る雷撃機は、艦尾もしくは左右を向いた機銃群が対応することになる。

信一は、給弾の準備をしながらも前後の敵機の動向を常に把握し、その状況を神谷に逐一知らせなければならない。

「敵機、艦尾より降下！」「艦首より敵機突っ込んでくる！」

神谷は、信一の報告に合わせて機銃と共に身体を回して、状況を見極め艦首からの敵を目標にする。素早く方向を定め角度を合わせると引き金を絞る。銃口が火を噴き射撃音が響くと、その音に同調しながら空の薬莢《やっきょう》が飛び出して足元で跳ね、次から次に弾倉が空になる。信一は給弾作業に追われ、何時の間にか足の震えを忘れていた。

防空指揮所では、艦上のあらゆる見張員からの報告が殺到していた。

「雷撃機三機、左三十度、高度二百、距離三千」

「艦尾急降下二機、高度千」

「右舷三十五度、魚雷二本、距離二千」

これらの攻撃の意図を素早く読み取り、的確な回避指示を出さなければ、艦は立ち所に被弾、被雷の憂き目に合うことになる。この場合は、すでに投下された魚雷の回避が最優先するので、面舵か取舵でこれを躱すのだが、その次の攻撃に対する対応も当然のように組み込まれていなければならない。

「面舵！　一杯！」有賀の押し殺した声が響く。

　だが「大和」は、舵を切って回り始めるまで、約一分半を要する。このため魚雷の到達時間との兼合いが難しいのだが、舵を切ることによって急降下爆撃の目標も変わり、さらには左からの雷撃機との位置取りも変わってくることになる。だが、第一次攻撃隊には約五十機の爆撃機とおよそ八十機の雷撃機がいるのである。単純に数だけで考えても、頭上からは五十発の大型爆弾が降り注ぎ、海中からは八十発の魚雷が走り来ることになる。

　さらに約九十機の戦闘機の半数には、小型爆弾数個かロケット弾数発が積まれている。それが装備装や兵員を狙ったものとしても、爆弾の数は爆撃機と同様であり、ロケット弾も百数十発に達する。

　しかもこのロケット弾は、第一波として攻撃を始めた第一任務群の戦闘機に集中して装備されていたのである。最初に対空火力の制圧を目論んだことは言うまでもない。

「大和」は、その巨体を揺すりながら懸命に魚雷を躱していたが、左右からの挟撃を避けようとして直進していたところを、急降下爆撃機に狙われた。

「後方より急降下！　二機突っ込んでくる」

「クソッ！」思わず有賀が目の前の羅針儀を叩いた。今これを躱すためにどちらかに舵を切れば、右と左から迫る魚雷のどちらかが、必ず命中することになる。艦への損傷の大小を考えれば、魚雷を避けるために直進するしかなかった。

　後は対空射撃に任せることになるのだが、敵機を二十五ミリ機銃で打ち落とすことは、至難の技である。米軍機はゼロ戦などと違い、頑丈な防弾板や防弾燃料タンクを持ち、命中しても殆ど火を噴くことはない。そのためにも機銃群の集中運用が必要であったが、今日の天候はそれさえも許さなかった。

有賀は、爆弾の発する耳障りな風切り音を聞いたような気がした。直ぐに二回の爆発音が届く。

「後部、二番副砲付近爆弾二発命中！」

「後部電探室、後部射撃指揮所全滅」

「後部副砲弾薬庫、温度上昇！」

次々に入る被害の報告に耳を貸している暇などない。後方に目を遣れば、煙突の後ろにあるマスト付近から、黒煙が上がっているのが見えたが、またも左右からの雷撃に晒されていた。右舷の二本の魚雷が近く「取舵」を命じたが、左舷には三本の雷跡があった。

「当たる！」と直感したが、その時見張り員の絶叫が響いた。

「直上、味方戦闘機急降下！」

有賀を含めた防空指揮所の将兵が、その絶叫の意味を理解するには、それなりの時間が必要であった。

雲間から突然姿を現したその戦闘機は、機首を垂直に倒したまま急降下を続けると、左舷の三本の魚雷の前の海面に激突したのである。凄まじい水柱が上がり、さらに数回の爆発が起った。

「左舷魚雷二本消滅！　一本はなおも直進中！」

「坊主！　伏せろ！」

味方戦闘機の突入を唖然と見ていた信一の身体を、神谷が突き飛ばした。

次の瞬間轟音と共に巨大な水柱が上がり、崩れ落ちる海水は滝のように信一らの身体を打った。

信一は機銃座の土台にしがみついたが、神谷は機銃を掴んだままで海水に耐えていた。

この艦首部分への魚雷が、この戦いでの初被雷であったが、「大和」は何の変調も見せず波を蹴立てて前進していた。

すでに回避運動により艦隊の陣形は乱れてはいたが、周りの駆逐艦群も盛んに対空砲火を打ち上げていた。「大和」との距離は、約一・五キロなので魚雷を投下する位置と重なり、その存在そのものが「大和」の盾となるのである。このためこれらの艦艇への攻撃も熾烈を極めた。「大和」の右舷前方に位置していた駆逐艦「濱風」が、「大和」の被雷とほぼ同時に、艦尾に直撃弾を浴びた。

「『濱風』被弾！」

マストに航行不能の旗旒信号が上がると直ぐに、艦中央部に魚雷が命中し、船体は二つに引きちぎられて海中に没した。「大和」ほどの巨艦であれば、魚雷一本ではかすり傷であっても、駆逐艦級の艦船にとっては致命傷となる。すでに船体を飲み込んだ海には、その名残すら残っていなかった。

そして艦隊の先頭にいた軽巡「矢矧」も、「大和」に次ぐ大型艦であったために集中攻撃を受け、右舷後部への被雷により航行不能で脱落してしまった。

雷撃はさらに続く。米機は決して綿密な連携を取っていた訳ではなく、雲を抜けた所が、たまたま目標の右か左といった按配なのだが、それにしても数が多い。第一任務群だけでも雷撃機は約四十機である。これに二十五機の爆撃機と約四十機の戦闘機が同じ空中を乱舞するのである。

直ぐに左右からの挾撃が始まる。

「取舵！急げ！　一杯まわせ！」

誰もが、両方は避けられないと生唾で喉を鳴らした時、再びあの声が響いた。

「味方戦闘機急降下！」

今度の急降下は二機であった。一機は左舷からの魚雷に突っ込み、右舷の一機は三機編隊の先頭の雷撃機に体当たりし、驚いた残りの二機は魚雷を放り投げて離脱した。何時もなら難を逃れて歓声が上がるところなのだが、流石に死と引換の攻防を見せられては、口を開く者もいない。ちぎれた主翼が波間に浮かび、描かれた日の丸の赤が目に刺さる。

思わず有賀が「すまん！」と呻いた。

「これは、まさか魚雷への特攻……」

階下の第一艦橋では、森下が呻いていた。

「あの宇垣くんからの連絡は、この事だったようだな」

伊藤が呟いた時、今度は日の丸を付けたゼロ戦が、黒煙を引いて落ちていった。敵の攻撃隊もこの異変に気がついて、戦闘機が雲下を旋回し始めたのだ。

それでも、続けて数機が突入を試み、数機が撃墜されて波間に消えた。

「これは、宇垣さんが出された命令なのでしょうか」

森下が首をひねった。

「恐らく特攻隊員の発案に、宇垣くんが絆《ほだ》されたのだろう。だが、我々が目撃した以上、彼らの死に目を瞑《つむ》ることはできません。せめて宇垣くんには報告しましょう」

そう言うと伊藤は、黒木を呼んで電文の作成を指示した。

「長官のお考えは分かりますが、連合艦隊に知れると、かえって宇垣さんに迷惑をかけることになりませんか」

　黒木の心配に伊藤は落ち着いて答えた。

「空も海も究極の作戦を遂行しているのだ。文句を言う奴こそ責められるべきだ」

　黒木の原案が出来上がった頃、約三十分続いた第一波の攻撃が止んだ。

　――七日一二：三〇、五航艦所属の特攻隊、我艦隊を攻撃中の敵と遭遇す。やむなく交戦となるも彼らに戦う術はなく、ただただ我らを守らんがために奮闘せり。あるものは走行する魚雷に、あるものは降下中の雷撃機に壮絶なる体当たりを敢行し、全機南国の海に散華《さんげ》せり。ここに至るも特攻隊の本分を貫徹せんとする精神は、まさに帝国海軍将兵の範とすべきものであり、彼らが勇戦も併せて伝えんと一報す。感涙未だ止まず……。

　鹿屋基地の通信室で、宇垣はこの報告を聞いた。「大和」を護ると飛び立った特攻機からは、すでに突入を示す無線の長音が何機からも届いていた。そして、その長音が途切れた時に、彼らの肢体は砕け散っていた。

　宇垣は「大和」からの電報を握り締めて、自室にこもった。

　一方、神奈川県日吉の連合艦隊司令部も、この報告を傍受していた。

「何だ、この報告は！『大和』の位置は、沖縄へ向かう特攻機が通る経路からは大きく外れている。わざと特攻機を『大和』の援護に使ったとしか思えん」

　命令違反だと喚きながら、五航艦に電話を繋げと命ずる参謀の神に、司令長官の豊田が声をかけた。

「神くん、今君が鹿屋の宇垣に電話して見ろ、『大和』をなぜ沖縄にやるのかと怒鳴られるのがおちだ。私は今更、そんなやり取りに首を突っ込む気はない。やりたけりゃ、鹿屋にでも出かけて行ってやってくれ」

神が不服そうに頰を膨らませた。

「私はただ、命令違反を……」

だが神は、豊田の顔色を見て次の言葉を飲み込んだ。

「神くん、もういい！　それくらいにしておけ！　その報告にある通り、誰もが懸命に戦っているのだ。今回の特攻隊も然り、『大和』も然り、宇垣くんにしても戦う気持ちは同じことだ。君は彼らにこれ以上何をさせようと言うのか……」

束の間の静寂を破って、新たな報告が入る。

「『大和』より入電。一二：五〇上空に敵機なし、第一波終了か。我直撃弾二発、魚雷一発を受くるも航行に支障なし。作戦を続行す」

豊田は神を睨みつけながら、胃がキリキリと痛むのを覚えていた。

連合艦隊への報告にあったとおり、「大和」は航行には何の支障もなかったが、対空装備と機銃員への影響は甚大であった。

ヘルキャットの機銃掃射及びロケット弾の攻撃は熾烈を極めた。ヘルキャットは、十二・五ミリ機銃を六挺も備えており、機銃掃射による兵員殺傷には、もってこいの装備だった。機銃弾は口径が大きくなるほど命中率が悪くなるので、ゼロ戦が二十ミリ機銃の重装備をしても、米軍は小口径のままであった。一発必中の技術よりも、広範囲にばら撒いて当てる方を選んだのである。だが、それでも兵員を殺傷するには十分すぎる威力であり、その機銃弾を浴びた対空機銃座の将兵は悉《ことごと》く倒れ伏した。身体に当たれば、頭や手足が吹き飛び、当たらずとも周りの鉄板に当たった跳弾や鉄片が、思いがけぬ方向から肢体を貫き、そして抉《えぐ》った。雷撃機や爆撃機までもが、行き掛けの駄賃とばかりに機銃掃射を加えた。

さらに、艦上には百発を超えるロケット弾が、白煙を引いて降り注いだ。

ロケット弾は、戦艦の分厚い装甲を突き破ることはできなくても、機銃座などの甲板上の装備は兵員もろとも吹き飛ばされる。「大和」の右舷後方を守っていた駆逐艦「冬月」は、二発のロケット弾を受け、一発目は艦橋下の甲板を貫き、二発目は舷側から罐室に飛び込んだ。しかし何れも不発であったために難を逃れたが、駆逐艦にとってはこれも致命傷となりかねない代物であった。

「大和」の左右十二基の二連装高角砲と五十二基の三連装機銃には、約七百名近い将兵が配置されていたが、効果的な防御板も無い露天での戦いを強いられていた。

機銃掃射の弾丸が幾筋もの線となって甲板で弾け、ロケット弾が機銃座で炸裂する。瞬く間に、甲板は鮮血に彩られ、ちぎれた四肢が散乱したが、至近弾の水柱が上がるたびに、これらを洗い流して行った。

高角砲や機銃は当然のごとく損傷したが、マストやアンテナ、空中線への被害も大きく、徐々に通信機能も喪失したため、有賀はやむなく「初霜」に通信代行を命じた。

坊ノ岬沖海戦（注水）

第一波が姿を消して間もない十三時を過ぎた頃、まだ負傷者の収容もままならぬ艦上に、再び戦闘ラッパが鳴り響いた。

「対空戦闘用意！」

第二波の第三任務群の襲来である。

ミッチャーが直卒する第三任務群の攻撃隊は精鋭である。第一波の第一任務群の攻撃を修正して全機が雲の下に降りると、遠巻きに「大和」を取り囲む作戦を取った。目標の位置をしっかりと見定めての攻撃は、それだけで効率的である。まずは、「大和」の盾となる駆逐艦が狙われた。

「大和」の左舷後方に位置していた「涼月」は、艦橋前部に直撃弾を受け大破して落伍し、さらに左舷横の「霞」も直撃弾と至近弾により機関故障となり、航行不能に追い込まれた。

作戦参謀から「涼月」「霞」の脱落の報告を受けて、森下が唸った。

「左舷側の防御陣形が破綻したな」

「はい、先頭の軽巡『矢矧』と四隻の駆逐艦の内、戦闘可能なのは『初霜』一隻のみであります」

「右舷の状況は？」

「現在、『磯風』が『矢矧』に付いておりますが、残りの三隻も今の所健在であります」

「この状況で、陣形を組み直すのは無理だな……。直ちに防空指揮所に連絡、左舷側の対空戦闘要員と見張り員の補充を急ぐべし」

それから森下は、伊藤の耳元に顔を寄せた。

「第一波は、特攻隊の奮闘もあり何とか凌げましたが、ここからが正念場であります」

すでに艦橋は、幾多の至近弾の大水柱を潜っており、皆がびしょ濡れだった。伊藤が戦闘帽のつばから水滴を滴らせながら「そのようだな」と小さくうなずいた。

途端に絶叫が走る。

「左三十五度、雷跡三、距離千五百。その後方より雷撃機三機、距離二千」

「面舵一杯、急げ！　機関前進一杯！」

有賀の命令と同時に、艦全体を振るわせるような機関の咆哮が響き、プロペラの高回転によって生ずる艦尾波が大きく盛り上がると、「大和」は最大出力で海上を駆けた。機関の耐久性を超える「前進一杯」の指示は初めてのことであった。

だが魚雷や爆弾を躱すことを続けても、そこには自ずから限界がある。全ては左右と上空からの攻撃に対して、回避の優先順位を瞬時に定め、適切に艦を動かすことにある。順位の一番を回避しても二番を回避できる保証はない。さらに三番に至っては、運に任すしかないとも思えるほどである。しかし、その三番を回避し終えたとしても、そこにはまた新たな脅威が順をなしているのである。

その意味ではやはり「大和」は、強運なのかも知れない。レイテ沖での激闘を耐え忍び、今日の第一波でさえも凌ぎ切ったのである。

すでに有賀の声は潰れていたが、野太い声はさらに凄みを増して「大和」を操る。

新たな三機、四機編隊の雷撃機が、右からも左からも突っ込んでくる。しかもこの第二波は、米空母艦隊随一の技量と勇猛さを持ち合わせているのだ。魚雷を投下する距離が目に見えて短くなった。それを躱す側にとっては、まことに厄介な話である。距離が短くなれば当然魚雷の到達時間も短くなり、躱すための操船が物理的に不可能となる間が生まれる。

今がその時と有賀は腹を括った。

――右からの四本は躱せるが、左の三本は無理だ。

左舷中央部に一本、二本、三本と巨大な火柱と水柱が吹き上がり、初めて「大和」が身を震わせた。

魚雷の当たった艦中央部の水面下の舷側は、巨大なバルジと最大四百十ミリの甲鉄で覆われていたが、以前被雷して構造上の問題と指摘された外板の支持材は、僅かに補強されただけであった。

当然のように浸水が起る。しかも三発もの被雷はそれを加速させた。

「左舷三発被雷、左傾斜七度」

間髪を入れず有賀の指示が飛ぶ。

「傾斜復旧急げ！」

注排水制御室の直通電話が鳴る。

防御指揮官からの命を受けた宮城は、傾斜角と浸水量を計算すると、右舷のバルジと注水区画へ合わせて三千トンの注水を指示した。「大和」は、傾斜復旧のために艦底の船倉甲板とその上層階の第二船倉甲板に、百五十近い注水区画を持っている。

宮城は、「大和」建造中に聞いた設計の牧野の言葉を思い浮かべていた。

……一発目の魚雷による浸水では反対側に二千二百トンを注水し、二発目の魚雷を受けても千六百トンを注水すれば、十八・三度の傾斜を復元できる。もし傾斜が二十度となれば重油の移動を行い、さらに二十五度となれば最終手段として機関室への注水で復旧出来ぬこともない。ただし、それを使うかどうかは、君たちの判断だ……

一度の注水量の多さが、気持ちをざらつかせる。

最上甲板から三段下の下甲板にある注排水制御室は、外部と完全に遮断されており、戦闘の状況も音や振動で想像するしかなかった。今の音は魚雷だ、いや至近弾だと妄想は膨らむばかりで、状況把握の出来ぬ環境が不安を増幅させていた。

一方最上甲板の上では、敵機との死闘が続いていた。

艦中央部の高角砲や機銃群では、銃機や人的損傷も多く、中には沈黙する銃座も現れていた。艦首に近い信一らの単装機銃は、敵機の攻撃の的からは外れており、今も火を吐き続けていた。しかし銃身は、絶えず撃ち続けることで加熱され、最悪歪んだり弾の暴発を起こしたりする。このため常に冷やす作業が必要とされ、水桶に浸した布が必需品であったのだが、戦闘が始まると水桶はどこかに飛んで行ってしまった。だが、赤くなった銃身は、幸いにも至近弾の水柱や波しぶきによって冷却され、事無きを得ていた。

問題は、機銃弾の補給である。射撃指揮装置に連動している機銃には、自動的に弾装の供給が行われるのだが、特設機銃にはその仕組みはない。事前に用意していた弾を撃ち尽くすと「弾がない」「弾をくれ」の声が響く。信一も大きな声で叫んだ。

「誰か弾をくれ！」

その時、その声に応じた者がいた。

「信一！　待っちょれ、すぐ行くけん」

戦闘中は、弾薬搬送員となる主計科の昭太の声だった。昭太は副砲周辺の特設機銃座に弾装の箱を配ると、搬送車を引いてこちらへ向かってくる。銃弾の飛び交う戦場で、親しい友と出会え、信一は思わず笑みを浮かべて名を呼んだ。

「昭ちゃん！　こっち、こっち」

だが、その声が届く間もなく信一は笑みを凍らせた。

昭太の後方に敵の戦闘機が見えた。すでに艦中央部の機銃群をなぎ払った機銃掃射は、間違い無く昭太を狙っていた。機銃弾が板張りの甲板を穿《うが》って昭太の背後に迫った。

「昭ちゃん、伏せろ！」

信一の叫びも虚しく、機銃弾が昭太の身体を貫く。一瞬照太は、何かに弾かれたかのように体ごと高く跳ね上がって、甲板に叩きつけられた。

だが信一もそれを視界に捉えながら、神谷の「坊主、危ない！」と言う声と共に、甲板に転がっていた。周囲で弾丸の弾ける音が響いた。

戦闘機の爆音が去って目を開けると、覆いかぶさった神谷の身体と甲板の隙間から、倒れた昭太の姿が映った。そして目の前の視界には赤い血の滴《したたり》があった。

「神谷さん！」

信一が叫び声を上げても神谷が動く気配はなかった。

慌てて神谷の身体を押しのけると、それは抗うこともなくごろりと仰向けになった。胸からは夥しい鮮血が流れ出しており、銃弾を受けたのは明らかだった。思わず神谷の胸に手を添えたが、それはただ信一の指を赤く染めただけだった。

「神谷さん……」

急に何かが込み上げて息苦しさが募る。傷口を抑えながら、震える片方の手を神谷の頬に当てた。その頬は思わず手を引くほど冷たかった。

肩を落とし力なく視線を巡らせば、その先には昭太の姿も目に入る。涙が次から次へと溢れて落ちた。

だが、そこは戦場だった。直ぐに急降下の爆音と爆弾の飛翔音が届く。涙に暮れてはいたが、本能的に機銃に掴まって身を屈めた。爆発音と共に水柱が吹き上がり、凄まじい水流が甲板を洗った。水が引くと神谷の身体も昭太の身体も、甲板から消え失せていた。

こめかみの血管が激しく動悸を打ち、全身の血が一気に逆流するのを覚えた。

「ちくしょう！」

信一は、機銃に飛びついて夢中で引き金を引いたが、弾は出なかった。

……そうか弾は昭ちゃんが、届けてくれるはずだったのだ……

悲しい現実に引き戻されて、信一は落ち着きを取り戻した。昭太の運んでいた弾はと、辺りを見回すと弾倉を詰め込んだ木箱が、舷側の手摺りで止まっていた。信一は重たい木箱を引き摺りながら、自分ではっきりと覚悟が定まったのを感じていた。

――昭ちゃん、神谷さん、必ず仇をとってみせます。

身体は興奮で瘧《おこり》のように震えていたが、頭の中は冷静だった。神谷からこの数ヶ月教わった手順をなぞる。給弾員が居ないのでまず弾倉を銃身の上部にはめ込んだ。銃架の支えの肩当てを左肩に添えて、右手で銃身下部の銃把を握って引き金に指を掛ける。後は円環の照準器を敵機に合わせ引き金を引くだけである。

何十回、何百回繰り返した手順である。身体にもすっかり馴染んでいる。だが、敵を墜とす手段は一つだけと教えられた。

神谷が言う。

「敵の飛行機は、防御が固く二十五ミリの銃弾でも滅多に火を噴くことはない。機銃群の集中砲火でも難しいので、単装機銃では尚更のことだ。だが、一つだけやれることがある。それは敵の操縦士を狙うことだ。急降下や雷撃は機銃群に任せ、我々は敵戦闘機と相対する。艦尾から機銃掃射を行う戦闘機は、艦中央の機銃群を狙って降下し、掃射終了後に急上昇して行く。だが、上から下を狙うためには、どうしても機体を立てなければならず、我々の目には、機首を下にしたまま平行移動してくるかのように見えるのだ。その時目標の面積は最大となり、その中央部には操縦席がある。操縦席は風防のガラスで覆われているが、防弾とは言ってもここを直撃されれば、ひとたまりもない」

信一は、艦首からの攻撃を意識から外し、艦尾からの戦闘機に狙いを定めた。すぐに照準器の先にヘルキャットを捉えた。それが降下しながら両翼に三挺ずつの機銃を掃射すると、甲板や機銃座に六条の火矢の道が現れる。それは兵をなぎ倒し、甲板で爆ぜた。その様子が、昭太の血しぶきを上げる姿を思い起こさせたが、信一は冷静に照準を合わせて待った。機首を下げた機体中央の操縦席を捉えると、それは瞬く間に眼前に迫る。信一が操縦士と目が合ったと感じた瞬間、クイッと機首が上がろうとした。

その機を逃さず、信一は静かに引き金を引いた。僅か十五発の弾倉である。打ち尽くすのにひと呼吸もいらない。曳光弾が光の筋となって、操縦席に吸い込まれて行くのが、はっきりと見えた。

風防が吹き飛んで四散し、機体は機首を上げる間もなく艦首前方の海上に墜ちた。

信一は、機銃を支えに立っていたが、暫くすると甲板に膝を折った。

墜とした戦闘機の機銃掃射は、最後に信一の足に大きな傷を負わせていた。激痛に意識が遠のいて行くのを感じながら、信一は自分の戦闘が終わったことに、どこかで安堵していた。


艦橋には、続々と被害の報告が上がってきていたが、特に高角砲や機銃座の人的消耗は著しいものがあった。

「左舷対空戦闘要員の損傷大なり、おおよそ百名死傷、火器は三割機能せず」

機銃等の指揮官である高射長の川崎からの報告に、伊藤が参謀に尋ねた。

「敵は、左舷を執拗に狙っているように見えるが、意図したことなのだろうか」

「敵の編隊が左回りで攻撃を組み立てていることもありますし、左舷の防御艦の損失が大きいことも要因の一つと思われます」

そこで森下が艦隊指令部の戦況分析を報告する。

「現状では『大和』の戦闘及び航行に支障は無いと考えられますが、艦隊全体の被害によっては、突入時期の変更などの作戦見直しの検討もやらねばなりません。駆逐戦隊旗艦の『矢矧』も後方約十キロに離れておりますので、艦隊としての状況把握のためには、一時転針も必要かと思われます」

伊藤は、この意見を聞いて空襲が収まり次第転針することを容認した。

だが、第二波の攻撃も三十分が過ぎ、その密度が粗くなったと思われた十三時四十分、空母「ヨークタウン」を中心とした第四任務群の第二次攻撃隊が、「大和」上空に到達した。

その数は、優に百機を超える。

これまで二波に渡る攻撃を受け、兵は傷つき、艦はその船腹一杯に海水を飲み込んでいる。すでに速力は二十ノットに落ちていた。今度は戦闘ラッパが鳴らなかった。まだ第二波の攻撃も続いていたのだ。

第二次攻撃と言うよりは、第三波と呼ぶのが相応しい新たな攻撃隊は、満身創痍の「大和」に獲物を狙う禿鷹のように襲い掛かった。

だが、まだ「大和」も音を上げた訳ではない。少なくなったとは言え、まだ百挺近い機銃が壮大な弾幕を張る。しかし、第三波の雷撃隊は、「大和」が若干左に傾斜しているのを見てか、明らかに左舷への攻撃を集中させた。左舷を護る駆逐艦は、「初霜」一隻だけで、通信代行担うために「大和」に近接していたのが、太樹の陰となったのか見向きもされなかった。その船底を「大和」を狙った魚雷が通過して行った。

左舷からの雷跡が、三本、四本と立て続けに迫り、見張り員の絶叫が続く。

「左舷四十五度方向、雷跡三、距離千五百」

「雷撃機四機、左三十五度、距離二千」

「直上急降下！」

有賀が右に左にと舵を回すが、第二波の残りと第三波の三十二機の雷撃隊は、ひたすら「大和」の左舷に取り付く。

放射線状に投下された魚雷を躱すのは、そのどれかを身に受けることでしか逃れる術はない。

再び左舷中央部に火柱と水柱が上がった。

「左舷中央部、魚雷二本命中！」

すでに三発の魚雷を受けていた中央部への被雷は、艦内部への浸水を一挙に増大させた。

「副舵故障！速力十八ノットに低下！」

「浸水増大中！傾斜十五度！」

傾斜が十五度を超えるようになると、主砲、副砲はもちろんのこと高角砲も射撃困難となる。機銃座にいても何かの支えがなければ、姿勢を保つことはできない。このまま傾斜を復旧できなければ「大和」とて、ただの鉄の箱に過ぎない。少なくとも戦闘艦としての機能を保持するには、傾斜を戻すしか道は無いのである。

注排水制御室の宮城は、艦の傾斜が増大していくのを深刻に受け止めていた。

これまでの戦闘において、左舷前部に一発、左舷中央部に三発の魚雷を受け、右舷の注水区画は順次満水となってきた。今の傾斜が十五度であれば、残る手段は重油の移動と注水区画以外へ水を入れるしかないが、配管の損傷で重油の移動も出来そうもない。

そう考えていた時、制御室の呼び出し音が鳴った。

「左傾斜十五度、右舷注水！　急げ！」

艦橋からの命令の声が耳に痛い。

「もう、左舷側のバルジ、そして注水区画も満水であります」

「まだ、残った空間があるだろう」

宮城が息を呑んだ。

「……右舷、機関室ですか？」

「そうだ、右機関室、直ちに注水せよ！」

右舷外側に位置する第三、第十一缶室及び機械室への注水命令が出たが、宮城は機関科員を退避させるにはあと七分いや五分欲しいと言う。

今注水すれば、瞬時に数百の命が砕ける。

「まだ、全員退避できておりません」宮城の叫びが聞こえた。

「あと五分、時間が欲しいと言ってます」と受話器を持った参謀が言った。

艦橋も戦場である。すでにほとんどの者が傷つき、床には血を流しながら呻いている者もいる。艦内のあらゆる場所からの報告、要請が伝声管や艦内電話を通して送られてくる。

更には操艦や射撃の指揮に関する命令もあり、艦隊としての僚艦への指示や報告も受けなければならない。艦隊司令部と「大和」の幕僚も詰めているが、もはや人手が足らず誰もが担当外の対応に駆り出されていた。

だが今、最優先すべきは傾斜復旧である。

黒木は、参謀から艦内電話を奪い取って宮城と相対した。黒木には宮城を「大和」に連れて来たのは、自分との思いがある。

「宮城！　副官の黒木だ。左機関室への注水急げ！」

「黒木さん！　機関室にはまだ数百の兵士が残っております。彼らを無駄に死なせる訳にはゆきません！」

「貴様！　この『大和』の何たるかを忘れたか。――『大和』は『艦《いくさぶね》』だ――戦闘艦だ。本艦における全ての事柄は、戦闘に資するを持って最優先となる！　これ以上傾斜が増せば、対空砲火は沈黙する。大和をただの鉄の箱にしてはいかん。宮城！　分かるか、注水だ！」

宮城は受話器からの声を聞きながら、設計担当の牧野の言葉を、再度噛み締めていた。

……最終手段は、機関室への注水しかない。だが、そこには多くの兵士がいる。彼らは機関が動いている間は、そこを離れようとはしないだろう。『大和』を不沈戦艦にするためには、それを超える覚悟が必要です。あなたにその覚悟できますか……

その時も宮城は、それは非道だと非難したが、艦を守るためには如何なる犠牲も払うのが軍艦だと牧野も言い切った。

ほんの一瞬だけだが間が空いた。

その時間が、宮城を兵士から戦士へと変えた。

その変化を黒木は受話器から感じ取っていた。

――私の言葉は、人を鬼にしてしまった。戦争とは残酷なものだ……。

受話器から宮城の命令が聞こえた。

「右第三、第十一缶室及び機械室、注水！」

黒木は、数百の命の重みに耐え切れず思わず目をきつく閉じた。

「ドン」と船体の奥からの衝撃が伝わる。これが注水によるものなのかは不明だが、傾斜がゆっくりと戻るのが分かる
黒木は、気を取り直して受話器に言った。

「もはや全ての注水区画は満水となった。注排水制御室の任務を終了する」

宮城の返事は無かったが、黒木は宮城に対する指示を続けた。

「指揮官は直ちに第一艦橋へ上がれ、注排水制御室兵員は、工作長の命を受けよ」

「了解しました。直ちに第一艦橋へ向かいます」

すでに心の整理を付けたのか、宮城が落ち着いた口調で復唱した。

坊ノ岬沖海戦（終焉《しゅうえん》）

伊藤は、艦橋に飛び込んでくる機銃弾や砲煙、さらには至近弾の水柱にも泰然とした構えを崩すことはなかった。参謀長の森下が後ろに、副官の黒木は伊藤の盾になるかのように長官席の真横に控える。

新手の攻撃により、左右の機銃座が次々に沈黙してゆく。

「左舷機銃群に直撃弾二発！　左十一、十二、十五番機銃座壊滅！」

「艦中央部、直撃弾！　右十四番機銃座壊滅！　火災発生、延焼中！」

「『初霜』より信号、『矢矧』救助中の『磯風』至近弾により航行不能！」

艦橋に装備されたあらゆる警報器が、一つ残らず悲鳴を上げていた。すでに被害の全貌を把握

することすら困難であった。

　艦は左へ左へと回りながら雷撃を避けている。その動きは左舷を狙う雷撃機にはお誂え向きであったが、実際には左へ傾いた状況で右へ舵を切ると、艦はさらに左への傾斜を深めることを考慮してのことであった。被雷箇所からの海水奔入を止めることもままならず、時として甲板を洗うようになった波までもが、歪んだ開口部や爆弾の破孔から艦内に流入する。さらに左舷中央部に集中した魚雷は、四百十ミリの甲鉄の鎧をも断ち割り、竜骨が悲鳴を上げ、世界最強を誇る中央の防御区画さえもが、歪み傾《かし》ぎながら捻じれようとしていた。

「大和」を知り尽くしている森下が「わざと右舷で魚雷を受けるしかないか」と口にするほどであった。

　皆がその現実を噛み締めた時、伝声管から金切り声が響いた。

「有賀艦長、右大腿部負傷！　止血し指揮を継続するも、援助乞う！」

　直ぐに森下が「長官、私が……」と声を上げたが、伊藤は横に首を振った。

「君は艦隊の参謀長だ。『大和』ではなくこの戦の大局を見てもらわねばならぬ」

　伊藤はそう言って周りを見渡した。しかし、『大和』の首脳部は副長が指令塔、砲術長は主砲射撃指揮所へと、それぞれの持ち場に散っており艦橋には航海長しか見当たらない。

「さて」と伊藤が思案顔を見せた時、頭上から静かな声が降ってきた。

「私が、参りましょう」

　副官の黒木の声だった。その声を聞いて伊藤は、どこかで自分がそれを待っていたことに気付いた。だからこそ、返事に一瞬の躊躇《ためら》いを見せた。その間に「おお、君なら良い！」と森下が声を上げた。

　伊藤は、それでもまだ迷っていた。黒木を呼び寄せ小声で聞いた。

「黒木くん、上に行けば命はないぞ……。あの人はいいのか？」

「長官、私は先ほどの注水命令で数百人の命を奪いました。そんな畜生を受け入れてくれるところなど、もうこの世にはありません」

「そうか、それなら私もあの世から謝ることにしよう。黒木くん、次に生まれ変われるもなら、平和な時代でありたいものだな」

「はい、またご一緒できればと思っております。お世話になりました……」

　黒木が、両踵を鳴らして敬礼をすると、「たのみます」と伊藤が答礼をした。

　その時、宮城が艦橋に飛び込んできた。

「宮城くん、私はこれから防空指揮所に上がる。私の代わりに長官をお守りしろ。それとあれを頼む……」

　宮城が直立して「必ず」と答えた。


　防空指揮所に上がると、有賀が高射長の川崎に支えられてやっと立っていた。有賀は黒木を見ると「君がきてくれたのか。ありがたい」と安堵の表情を浮かべた。すでに周りの見張員や伝令も銃弾に倒れ、動ける者はわずかだった。

　黒木は、有賀を川崎から引き取ると羅針儀に掴まらせた。川崎には高角砲や機銃群の指揮がある。

有賀は、黒木に指揮を譲ると言ったが、黒木は受け入れなかった。

「命がある限りは、あなたが『大和』の艦長です。これからは私が命令を出しますが、その前に独り言を言います。違う時だけ左手を動かしてください」

黒木は、そう言って自分の右手を有賀の左手に重ねた。

「左舷四十五度、雷跡二……距離一千……」

すぐ横にいた見張り員が、そう叫びながらゆっくりと崩れ落ちた。負傷しながらも命を削った報告に、黒木は奥歯を噛み締めた。

「取舵！」有賀の手は動かない。

「とーりかーじ、いっぱーい」

黒木の声が艦橋に響き、伊藤はふと頬を緩めた。剣の達人の操船で「大和」が、新たな動きを見せるかのように思えた。だが、浸水により喫水が下がり、機関室注水で速力の落ちた艦の動きは、目に見えて緩慢となった。さらに左舷船体中央部の崩壊により、その傾斜は再び増大しつつあったが、これを止める手段はもう誰も持ち合わせていなかった。

その時「大和」に付き添うように併走する「初霜」からの発光信号が届く。

「駆逐戦隊旗艦『矢矧』沈没！」

有賀が無言で首を振った。

黒木は、最初の雷撃を辛うじて躱したが、次の攻撃は逆からだった。

「右舷、雷撃機三、魚雷投下！」

すでに左舷への傾きによって、右舷は吃水から下の艦腹が露になっていた。「大和」の舷側の甲鉄は、下部へ行くほど薄くなっている。そこを狙っての雷撃は、当たる箇所によっては致命傷になりかねない。まだ艦は左舷向へ回り続けている。咄嗟に魚雷の進行方向と艦の到達位置を交差させる。

「一発は回避不可。傾斜復旧を前提に、これを甘んじて受く……」

黒木の独り言に、有賀は手を動かさずにうなずいた。

「舵！そのまま！」

鮮やかな赤色の艦腹に、雷跡が吸い込まれるように消えた。

全長二百六十三メートル、満載排水量七万三千トンの「大和」が、明らかにその巨体全体を震わせるほどの衝撃だった。左舷中央部の水面下の構造物が崩壊しつつあったところに、右舷からの錐をねじ込まれたような一撃は、艦底部分を両側から破壊し浸水を一気に加速させた。艦底から二層目の第二船倉甲板にある舵取機械室にも海水が、奔流となって押し寄せた。

「舵取機室水没！　交信途絶！」

「操舵室より報告！　舵故障！　舵故障！」

檣楼に「われ舵故障」の旗が上がり、「大和」は爆撃や雷撃から身を守る術を失った。

だが、上空では敵の攻撃隊が、舌なめずりしながらゆっくりと降下を始めていた。

一方、ミッチャーの第五十八任務部隊は「大和」への攻撃隊を発進させた直後に、特攻機の強襲を受け、第三任務群の正規空母「ハンコック」が大破し、「大和」迎撃を目論んでいたデヨの第五十四任務部隊の戦艦や巡洋艦も、終日攻撃を受け防戦に明け暮れていた。

スプルーアンスは、「大和」の動静を気にしていたが、ミッチャーからは一向に連絡が無かった。だがそれは、まだ「大和」が沈んでいないことを意味していたが、あのミッチャーが、簡単に獲物を逃がすことはないことも良く承知していた。「大和」迎撃を夢見ているデヨは、特攻機の攻撃に右往左往しながらも、ミッチャーに悪態をつき続けていた。


第一艦橋の森下が、舵故障の報を受けて伊藤の横に立った。

「長官、もはや最終局面かと……」

舵も効かず対空砲火もその多くが沈黙する中での雷撃は、ほぼ間違い無く全てが命中し、その一発一発が致命傷となる。すでに「大和」の精密に組み上げられた躯体は、至るところでその限界を迎えていた。計算し尽くされたその重量や特殊な剛性の組み合わせの均衡が破られ、自からが崩壊への道を辿り始めている。

水圧に隔壁がたわみ、歪みに鋲が爆ぜる。艦底からの崩落の音は、竜骨の軋みや時折響く爆発音と共に幾重にも反響しあいながら増幅され、さながら生き物の咆哮のように艦を覆った。

艦橋の宮城は、足元から上がってくる響きに、強く目を閉じた。

それは、宮城にとって「大和」の哭《な》き声《こえ》そのものであった。

――「大和」よ、痛いか、辛いか……。だが、お前は「艦《いくさぶね》」だ、最後まで戦わねばならぬ。もう少しの辛抱だ、じきに楽になる……。そうしたら、お前はゆっくり海に帰れ、俺も一緒に行ってやる。二人で海に抱かれて静かに眠ろう……。

思わず目頭が熱くなった。

　じっと前を見つめていた伊藤が立ち上がり、森下に顔を向けた。

「残った者が、命令を実行できるよう前もって言っておく」

　艦隊参謀たちが注目する。

「この『大和』が沈む時をもって、この作戦を終結する」

　伊藤の言葉に、若い参謀が声を荒げた。

「本作戦は、海上特攻作戦であります。第一遊撃部隊の全滅以外に終わりはありません」

　伊藤が、穏やかな視線を参謀に向けた。この発言が、参謀の若さゆえの一途さにあることは明白であった。

「この作戦は、『大和』あっての作戦だ。沖縄に突入し最後は陸上砲台として敵を撃滅せんとする戦は、駆逐艦ではできまい。だからこの作戦は『大和』が終焉を向かえたところで終わりとなる。……特攻の名にこだわることはない。いいな！」

　若い参謀が、唇を噛んで俯いた。

「残存艦艇は生存者を救助後、帰投せよ。……以上」

　そう言って伊藤は、再び長官席に腰を下ろしたが、艦に合わせて身体を傾《かし》がせねばならなかった。

「左右より雷撃機突っ込んでくる！」

　見張り員の絶叫を受けても、なすべきことは何も無かった。

　舵が切れなければ、突っ走るしかない。黒木は、伝声管に「機関一杯！」を指示した。本来なら煙突からは黒煙が吹き上がり、プロペラの高回転が甲板を洗う程の波を作り出すはずなのだが、

「機関一杯！」の号令だけが虚しく復唱されて行っただけであった。

そして左舷からの魚雷が、船体中央部と後部に続けて命中し、四軸のプロペラは二軸がその回転を止めた。

「推力低下！　現在十ノット」

「傾斜十度近し、なお増大中！」

羅針儀に掴まっていた有賀の手が、力を失って外れた。有賀は顔を歪めながらも、ゆっくりと床に腰をおろして「ここまでか……」と息をついた。黒木が「下へ降りられますか」と訪ねたが、有賀はポケットからくしゃくしゃの煙草を取り出して咥える。

「ここがおれの死に場所だ」

火を着けて美味そうに煙を吐いた。

「左舷、雷跡近い！」

見張り員の叫ぶ声が、なぜか遠くに聞こえる。

周りで起こる全ての物事が、最後の一点に向かって絞り込まれて行くのを感じる。

突然、背後で汽笛が鳴り、黒木が驚いて有賀の顔を見た。

「この状況では特段の意味はない」

有賀が煙を吐きながら、高い目を空に向けた。

「恐らく機関室が自分たちの最後を悟って鳴らしたのだろう。連絡が途絶した中での別れの合図だ」

そう言われると、残響もどこか寂しげに聞こえた。

だが、その汽笛は「大和」にとっても、終焉の合図だったのだ。

そして、今日何本目かの魚雷が、すでに幾度も被雷した左舷中央部の破孔に吸い込まれ、さらに深部を抉《えぐ》った。

爆発音と共に、船体の前部が左舷に、後部は右舷に向かって捩《よじ》れた。

――竜骨が、折れた――

傾斜が急激に増すと、甲板上の物が滑り落ち始めた。それは、死者の身体であり、踏ん張りの効かぬ負傷者やちぎれた四肢さえも交ざる。さらには、土台を破壊された機銃座が、周囲の兵を巻き込んで落ちた。

黒木が、羅針儀に掴まりながら有賀に向かって言う。

「艦長！　総員退艦を……『大和』が沈みます！」

有賀がうなずいて、指を二つ立てた。

「君から総員退艦を進言してくれ、そしてもう一つ、私の最後の命令だ。艦を北に向けよ！」

黒木は、伝声管に向かうと大声で叫んだ。

「総員退艦の許可と周知を！」

伝声管からの声に、森下が伊藤に言った。

「長官、もうここらでよろしいかと」

伊藤は、椅子に手をかけながら立ち上がると、名残惜しそうに海に目を遣ってから、森下に向いた。

「これで終りで……良いですね」

「はい、終りであります」

森下が、従羅針儀に手を添えながらも、姿勢を正して言った。伊藤がうなずくと背筋を伸ばした。

「では、只今を以て本作戦を終了する！」

作戦終了は「大和」終焉の時であり、それは「大和」の総員退艦があっての話である。

森下が隣の宮城にうなずきかけた。宮城がすぐさま艦内放送で「総員最上甲板！」を命じ、それは伝声管や伝令の声によっても、様々の部署に伝播して行った。だが、その声の届かぬ場所や聞こえても逃げる術の無い部署の方が、はるかにまさっていた。ある者は首まで浸かった海水の中で、ある者は灼熱の炎の迫る中でその報を聞き、出口を閉ざされた者たちは、助けを求めて扉を叩き続けていた。

「皆、ご苦労でした……。後をよろしく……」

伊藤が傾きに身を合わせながら、艦橋の将兵に声をかけた。

森下が「ご期待に応えられず残念です」と声を振るわせると、伊藤は「十分でした」とうなずいた。

幕僚の敬礼に見送られた伊藤が、宮城の前で立ち止まった。

「宮城くん、憧れの『大和』だったのに、この戦では辛い思いをさせたようだな」

宮城は、傾きの中でしっかりと直立し、その口元には微かに笑も浮かべていた。

「お心遣いを感謝いたします。しかし、この『大和』に乗り組んだ者は、一人残らず修羅の道を歩いております。ご懸念には及びません」

伊藤はそれを聞いて、何かを思ったように立ち止まった。そして、振り返ると強い口調で言った。

「修羅の道は、戦の道です。――私はこの戦いの終わりを命じました――今からは、皆生きることを考えなさい……」

伊藤は、階下の長官私室に向かって、ゆっくりと階段を降りて行った。

「大和」の行き脚が止まり傾斜が増すと、敵は攻撃を止めて旋回を始めていた。

対空指揮所の黒木は、伝声管に向かって最後の命令を発した。

「操舵室、艦を北に向けよ！」

その命に応える声は聞こえたが、艦が動きを変えることは無かった。

森下が、短くなった煙草を指で弾いた。煙草が細い煙を引きながら風に煽られて後方に飛んだ。

黒木にはそれが有賀の最後の儀式に見えた。

「黒木くん、世話になった。ここはもういい。君は長官の副官だ。早く下へ降りろ」

その声で黒木は、ここは有賀の死に場所で、自分の場所ではないことに気付いた。

階段を駆け下り艦橋に戻ったが、そこに伊藤の姿はなく、参謀長の森下と副長それに航海長がいるだけだった。森下が黒木に気付くと無言で階下を示した。

階段を駆け下り、長官私室の前に立って息を整えては見たものの、黒木は声を掛けるべきか迷っていた。今更無粋な気もしたが、これまでのことを思えば、もう一度伊藤の「はいれ」の声も聞きたかった。覚悟を決めて足を踏み出そうとした時、周りの崩壊の騒音に混じって明らかに異なる音を聞いた。

それは、銃声だった。そしてその音は、長官私室からのものに間違いなかった。

黒木は堪えきれず廊下に膝を付いた。そして全てが終わったことを悟った。

ここが自分の死に場所ならばそれもお似合いと、床に座って戦闘帽を脱いだ。

長官私室の固く閉ざされた扉を見つめながら、伊藤に呼びかけた。

――「大和」は貴方のお陰で、この戦争を終わらせる魁《さきがけ》となりました。結局は多くの犠牲を必要としましたが、これで一億の国民を玉砕から救うことができるはずです。「大和」で戦いを始め「大和」で戦いを終わる、それこそが「艦《いくさぶね》」の大義でした。その大義の道に係われたことに感謝します……。

これまでの伊藤との日々が蘇る。

――もうそれも幕引きですが、貴方はきっと最後の時も、天下国家を横に置いて、奥様と思いを交わされていたのでしょう。でも、私はあの人を、また待つだけの人にしてしまいました。ただ謝ることしかできない自分を、悔いております……。

その時、大きな音と共に艦橋が傾いだ。


同じ頃信一は、誰かの呼び声で意識を取り戻していた。

「信一！　しっかりしろ！　目をさませ！」頬を叩かれる刺激で、瞼が開いた。

見知らぬ戦闘帽を被った士官の顔が見えた。

「よーし、気が付いたか、生きてて良かった」

士官はそう言って、信一の首に巻いた手ぬぐいを取ると、足の傷を縛った。触られた時には激痛が走ったが、あまり後は引かなかった。

「貴方は？」

状況が飲み込めぬまま、足元にかがみこんだ士官に声をかけた。士官が振り向くと「ニッ」と笑った。

「俺か？俺は宮城だ。君の許嫁のお父さんになる黒木さんと一緒に『大和』に乗った」

信一は、ここでも黒木の名が出てきたことに驚いたが、許嫁と言われて思わず頭に血が上った。

「おう、顔が赤いな、元気な証拠だ」と笑う宮城が憎たらしい。

宮城は、足の傷は踵骨腱《しょうこつけん》がやられただけと言ったが、歩くには数ヶ月かかるとも言った。

それから、「これを着ろ」と飛行機乗りの救命胴衣を差し出した。

「昨日基地に帰した搭載機の搭乗員が、黒木さんに残していったものだ。きっと黒木さんに生きて帰ってきて欲しいと思ったのだろう」

信一が躊躇すると、宮城は強引に信一の腕を通した。

「その搭乗員の思いを、黒木さんは万一の時には君に託すことにしたのだ。ありがたく思って生きろ。それがお父さんになるはずだった人の願いだ」

涙が溢れ、宮城の顔が滲んだ。

「黒木さんは、今防空指揮所にいる。生きて帰ると心に決められていたが、恐らくあそこに上がろうとされた時点で、覚悟されたのだと思う。いいか信一、このことを残された人たちにきちんと伝えるんだ。それであの人も救われる」

宮城は、信一を引き摺って海に入れた。

「さあ急いで艦から離れろ。ここからは、手を使って死ぬ気で泳げ」

「宮城さんは、行かないんですか？」

「俺は黒木さんから、『大和』はこの戦争を終わらすために沈むのだと聞いた。そんな艦を放っておけるか？　これはこの艦を造り出した海軍の責任だ。だから海軍で『大和』に一番憧れた俺が、一緒してやるのさ」

すでに「大和」の傾斜は二十度近くに達し、砲塔が三連装の主砲の自重に耐え切れず、ギシギシと音を立てながら、左舷へ向かって旋回を始めようとしていた。

海上に浮きながら信一は、もう一度宮城に声を掛けた。

「宮城さん！一緒に逃げてください！」

宮城は、その声に一瞬反応したが、何も言わず艦橋に向かって行った。最後にひらひらと手を振った仕草が、別れを告げていた。

宮城の姿が甲板から消えると、さらにその角度は急峻となった。艦上のあらゆる可動物が落下を始め、手摺りや突起物に掴まっていた兵たちも力尽きて落ちた。

そして、遂に二基の砲塔が急旋回すると、六門の主砲が海水を叩いて巨大な波を作った。救命胴衣を着けて浮いていた信一は、その波に煽られて遠くへと押しやられた。

「大和」は最後の時を迎えていた。

右舷の艦腹が次第に競り上がり、横転の限界に達したが、まだ転覆はしなかった。左舷側に飲み込んだ夥しい海水が、舷側を底にした際の重心を深くしていたのである。海上の信一からも全ての甲板が見える頃になって、「大和」はやっとそのあがきを止めた。

艦橋が海に突っ込み船体がくるりと回転すると、赤い船腹を見せながら瞬く間に海中に没した。すでにその浮力は悉《ことごと》く失われていたのである。

巨大な渦巻きが起こり多くの将兵を海中に引きずり込んだが、それでも波間には難を逃れた者たちが浮き沈みしていた。だが彼らは、艦と言う依って立つ存在が消えた喪失感を味わう間もなく、今度は海中からの衝撃波に襲われた。横転直後に主砲の弾薬庫が大爆発を起したのである。その爆発に巻き込まれた者、水中爆圧に潰される者も数知れず、それらは二つに分断された船体と共に暗黒の海へと沈んで行った。

爆発によって、海中から吹き上がった巨大な炎と黒煙は、凄まじい勢いで海と空の間を繋ぎ、瞬く間に雲を突き抜けた。

そして、噴煙と共に吹き上げられた無数の金属の破片が、空中でぶつかり合うと、雲間からは夥しい閃光が煌めき、灰色の空を艶やかな金色に染めたのである。

その光景を信一は、呆然と見上げていた。

――「大和」が空に昇った。「大和」は龍になったんだ！

戦艦「大和」は、昭和二十年四月七日十四時二十三分、海中に没した。

場所は、鹿児島県枕崎市の西南西約二百キロ、北緯三十度四十三分、東経百二十八度四分の東シナ海である。

「大和」の乗員三千三百三十二名中、生存者は僅か二百七十六名に過ぎなかった。戦死者は、爆撃や銃弾掃射などの戦闘によるものや艦内に閉じ込められたものも多く、運良く艦を離れた者も沈没や爆発に巻き込まれ、さらには舞い上がった鉄片の直撃を受けた者も少なく無かった。

「大和」と共に戦った第二水雷戦隊九隻の内、未だ命脈を保ちたるものは六隻を数えたが、駆逐艦「磯風」「霞」は航行不能のため味方によって処分され、大破した「涼月」は後進でしか進むことができず、僅か三ノットで戦線離脱を試みていた。

結局、動ける艦は「冬月」「初霜」「雪風」の三隻でしかなく、「初霜」以外は何れも損傷していた。

このため第二水雷戦隊の戦死者数も一千名を超え、第一遊撃隊の戦死者総数は、約四千百名に上った。

この時、水雷戦隊指揮官の吉村は、「矢矧」沈没によって漂流していたため、「冬月」の吉田駆逐隊指令が残存艦艇の指揮を執り、生存者の救助を命じた。さらに連合艦隊に対しては、「大和」の沈没と艦隊の現状を報告し、再起を計ることを打電した。

終《しゅう》熄《そく》

同じ頃、連合艦隊参謀長の草鹿と作戦参謀の三上は、連合艦隊司令部に帰っていた。「大和」を見送って鹿屋に帰り、翌日の昼には輸送機で厚木に降りたのだ。

玄関に着くなり草鹿は、迎えの参謀に尋ねた。

「『大和』は、どうなった?」

「現在までのところ、第一波、第二波はしのいだようですが、後はまだ」

「まだ頑張っていると言うことか……」

「三上、長官室へ行こう」

草加は、参謀の「長官室には、神参謀が」という言葉を無視して、足を早めた。

……伊藤さんが、生きている内に、海軍の考えを統一しておきたいが、もう時間がない。

草加は、長官室にノックもせずに飛び込んだ。

「参謀長！」豊田と打ち合わせをしていた神が、驚いて立ち上がった。

草加は、神を一瞥して手で追いやると、豊田の前に座った。

「長官、第二艦隊伊藤長官のお考えをお伝えにまいりました」

これは真剣の立会だ。草加は心を無にして豊田に対した。

もし、この人が伊藤さんの考えを拒否するようであれば、ここで全てが終わる。第一遊撃隊は、本当の無駄死となる。――それはさせぬ。

草鹿の気迫のこもった一語一句に、豊田はただうなずくだけだった。

その時、部屋の扉を開けて先ほどの参謀が飛び込んできた。

「……『大和』が、沈みました……」

手に握り締めた電文を震わせながら、参謀が膝を折って泣く。

草加が、ゆっくりと立ち上がると参謀の前に立って言った。

「顔を上げろ！　君も軍人なら、最後まで報告せよ。彼らは命を削りながら戦ったんだぞ！」

だが、その参謀はそれすらもできず、俯いたままで声を絞った。

「稼働可能な艦艇は、駆逐艦三隻のみ……。生存者救助を行い、再起を計るとのことであります……」

参謀の声が嗚咽に変わる。

草鹿は、突き上げてくる感情を押し殺しながら、豊田に向いた。

「連合艦隊司令部の選り抜きの参謀ですら、この現実に我を忘れる。このことこそが、伊藤さんの言われた『大和』なら、自からの終焉を海軍の終焉に変えられると言われた証しであります」

豊田が深くうなずいた時、神参謀の声が響いた。

「第一遊撃隊は、特攻艦隊だ。さすれば全滅あるのみ、再起を計ることなどありえん。残存艦艇を沖縄に向ける」

この言葉に、三上が噛み付いた。

「神さん、傷ついた三隻の駆逐艦に何ができますか？　第一遊撃隊はもう十分戦いましたよ」

だが神は「出来ぬと思うことが、これまでも成果を出せなかった原因だ。ただ攻撃あるのみ」と喚きたてた。

あまりのことに、三上が一歩足を進めた時、二人の合間に身を滑らせた草鹿が、手刀で神の首筋を打った。

「伊藤さんの作戦に比べれば、君のは下策だ」

神は、草鹿の言葉が終わる前に、その場に崩れ落ちていた。

「第一遊撃隊に返電！　三上くん！」

「はい、一つ、第一遊撃部隊の突入作戦を中止す。一つ、第一遊撃部隊指揮官は乗員を救助し、佐世保に帰投すべし、以上であります」

草鹿が頷くと、豊田に「これで、よろしいですね」と圧をかけた。

豊田が、目を逸らしながら「司令部としての意見をまとめねば」と言ったが、草鹿の言葉に首を縦に振った。

「『大和』特攻作戦は、先任参謀の神が独断で長官の決済を頂いたと聞いております。この返電は、参謀長である私からのものでありますれば、当然ご決済いただけるかと」

草加は、神を救護所に運ぶよう参謀に指示すると、再び豊田に向いた。

「これより、伊藤長官の思いを伝えるために、軍令部と海軍省を回ります」


スプルーアンスは、旗艦「ニューメキシコ」の艦橋から小雨のぱらつく海を見つめていた。ミッチャーからの報告はない。痺れを切らした第五十四任務部隊のデヨが、艦隊の北上を命じた。だがスプルーアンスは、ミッチャーに攻撃命令を出した時から、「ヤマト」迎撃のチャンスは少ないだろうと思っていた。

――彼はこれまでに「ヤマト」を沈められる戦場を、四度《よたび》経験している。最初がマリアナ沖で、二度目が「ムサシ」を沈めたシブヤン海、三度目はハルゼーの暴走で護衛空母が「ヤマト」の砲撃を浴びたサマール沖、そして四度目が三月の呉軍港の空襲だ。何れの場面も、もう少し状況が整えば、仕留めることは可能だった。だからこそ、今回の五度目のチャンスを逃すはずがない。彼は、自分の航空艦隊の力を誇示できるなら、例え私に嫌われてもこの獲物を手放すことはないだろう……。

艦隊の船足が遅く感じられるのは、単に旧式戦艦だからだけではなかった。

案の定、直ぐにミッチャーから今度は至急電で報告が届いた。

と……言うことは敵を追って相当北上したことになる。

……『ヤマト』他軽巡一、駆逐艦二を撃沈。我が方の損害十数機と極めて軽微。神は我に微笑みたり……

戦果は想定内のことであったが、スプルーアンスは「ヤマト」と共に沈んだであろう古い友人に思いを馳せていた。参謀長が気を利かせて一人にして置いてくれたが、「ヤマト」撃沈の報を聞いたデヨは、艦隊を止めてランチで「ニューメキシコ」に乗りつけた。

「ミッチャーは命令違反であります。閣下の承諾を得る前に攻撃隊を発進させております。これは軍法会議ものであります」

激昂して悔しがるデヨに、スプルーアンスが言った。

「私も『ヤマト』を迎撃できなかったことを、残念に思っている。だが、ここは戦場だ。戦場の評価は勝つか負けるかの二つだけだ。デヨくん、我々は勝ったのだ。――それで終わりだ」

それから、スプルーアンスは視線を遠くへ遣った。

「やはりロマンとは、夢に見るだけのものらしい……」

デヨは、スプルーアンスの呟きに、悲しみの色を感じて首を振った。

だが、そんな感傷に浸る暇もなく、艦橋に警報が鳴り響く。

「カミカゼの編隊、警戒網を突破して接近中！」

草鹿と三上は軍令部を訪れると、総長の及川と次長の小沢に面会したが、「大和」沈没を受けての会話は、砂を噛むような苦いものであった。この時も及川は多くを語らなかったが、小沢は伊藤の考えを聞いて絶句した。

「あの伊藤くんが『大和』の最後をどうするのか、私にも興味があって神の作戦を聞いたのだが、それをまさか黒船にまで飛躍させ、『大和』を以て海軍を制するとは……」

それは、日本海軍きっての名将と言われた小沢にしても、考え及ばぬ妙手であった。

「そう言えば、伊藤くんはレイテで死んだ西村くんと同期だったな。……残念ながら私は、二人ほどの剛毅果断さを、持ち合わせていなかったようだ」

そう言って小沢は、どこか寂しげな目をした。そこには戦場で戦い、先に逝った者への羨望が混じっていた。

大臣室に夕暮れの影が落ち始めた頃、米内は少し赤い目をして草鹿らを向かえた。

応接の椅子に深く腰を下ろし、目を閉じて草鹿の話を聞いた米内が、重い口を開いたのは、暫く経ってからのことであった。

「草鹿くん、海軍は惜しい男を失ったな……。神の特攻作戦を止めていれば救えたであろうが、伊藤くんもそれが有ったからこそ、逆転の妙策に行き着いたのやも知れん。本来なら連合艦隊の責任を問うところだが、『大和』が大義の下に戦えたことを良しとせねばならんな……」

それから身体を起こし、顔を近づけると声を落とした。

「海軍の幕引きを考える君らだから話すが、今夜新たな内閣が組閣される。戦争終結のための内閣だ。だから総理は海軍から出さねばならん。……新たな総理は、枢密院議長の鈴木貫太郎海軍大将だ。鈴木さんは侍従長もされているので陛下にも近い。恐らく伊藤くんの戦略は鈴木さんの力になるはずだ。後は陸軍と海軍の跳ねっ返りどもをいかに抑えるかに懸かっている」

だが胸の思いは、過去と未来を勝手に行き来している。それがまたも伊藤に巡り着くと、今度は思わず溜息混じりの息となる。

「伊藤くんは、第二艦隊に赴任の挨拶にきた時、私に『大和』の終わらせ方と現場ならではの戦争終結を考えると言って去ったのだが、その二つを共に叶えて戻るとは……」

米内は再び目を閉じると、密かに胸の内で泣いた。

――伊藤くん、これからの道にこそ、私には君が必要だったのだ。だが、もう言うまい、日本海軍は「大和」と共に終わった。後は沖縄戦を戦い、そして本土決戦を阻止する。そうすれば、君の言うように戦争も終わるやも知れん……。


その夜、皇居で行われた新任式に出席した鈴木は、米内から「大和」の特攻と伊藤の思いを聞かされた。

「米内さん、伊藤くんに酷い戦いをさせてしまいましたな。日本は海の国です。その国の海軍が斯くも無謀な作戦を行うようでは、国を守ることはできません。私はいま『大和』の沈没を聞いて、我が国の降伏を実感しました。米内さん、まさか『大和』は、私の使命を再認識させるために、新任式の日を選んで沈んだのではないでしょうね……」

真夜中の東シナ海である。

その闇の中を駆逐艦「雪風」は、僚艦の「初霜」「冬月」と共に佐世保に向かって北上していた。

甲板には「大和」や「矢矧」の救助者が溢れており、そこには足首を固定された信一の姿もあった。信一は、気を失って浮いていたところを「雪風」の内火艇に拾い上げられた。

「雪風」の士官は年少兵が飛行機乗りの救命胴衣を着けていたのに驚いたが、何も言わずに治療に回してくれたのだ。信一は濡れて油にまみれになった救命胴衣を、治療中も決して離そうとはせず、今もその胸にしっかりと抱きしめていた。


それから二週間が経ち、桜の花も散った頃、平田は呉海軍工廠の宿舎を訪ねていた。もう夕餉の支度なのだろう、小さな煙突からは薄い煙があがっていた。

何度も通った道のはずなのだが、今日はやけに足が重い。宿舎の前まで来ると自然に足が止まる。辛い話ばかりではないのだが、やはりそちらが重たい。奥歯を噛み締め、両手で頬を叩いて気合を入れた。

「呉鎮守府の平田です」

大きな声で呼びかける。この声も気合の内だった。

すぐに戸が開いて、香代子が顔を覗かせた。

「平田さん……」

その顔に、戸惑いと落胆の色が映る。

当たり前の話である。戦場に行くと出て行った人の代わりに、昔の部下が立っているのだ。厳しい戦争の昨今を考えれば、それが何を意味するのか子供にだって分かる。

香代子が、ふっと小さく息を吐いた。それだけで気を取り直せたのか、ぴしりと背筋を伸ばした。

「ご苦労さまです……」

頭を下げた拍子に、後ろに束ねた髪の解《ほつ》れ毛が糸筋となって頰に落ち、夕暮れの日差しの中で揺れた。平田は思わず自分の役目を呪った。

香代子は、上がり框の座布団を勧めたが、平田は固辞した。

「本日は、幾つかのご報告をするために参上いたしております。このご報告を終えるまではこのままにさせてください。まず一つ目であります……」

平田が踵を鳴らして姿勢を整え、香代子は正座のまま正対した。

「帝国海軍第二艦隊副官、黒木匡《ただし》大佐は、去る四月七日、東シナ海方面にて作戦行動中の戦艦『大和』において戦死されたとのことであります」

香代子の眉が、ピクリと動いたかのように見えたが、声色は静かなままであった。

「私どもの経緯《いきさつ》をご存知のあなた様から、あのお方の生死をお聞きできたことを感謝いたします」

平田は自分が戦死と言ったことを、香代子が生死と言い換えた心情の切なさを思った。

香代子の目はしっかりと平田に向けられていたが、そこには何の像も結ばれてはいなかった。息を吸うことも憚《はばか》られるほどの静寂の中に時は過ぎ、香代子が吐息と共に肩を落した。

「やはりあの人は、ここへ帰るつもりはなかったんですね……」

思わず漏れた恨み言に、突然平田の顔が崩れた。

懸命に歯を食いしばるのだが、その隙間から嗚咽が漏れる。崩れようとする両膝を手で抑えながら、平田は声を絞り出した。

「大佐どのは、あなた様との婚姻届けを出すように、……私に命じられました」

平田が堪え切れずに、両膝をついた。

香代子は、平田が何を言っているのか、すぐには理解できなかった。

――婚姻届？　そう言われて見れば、確かに黒木から押印された婚姻届けを預かり、名を入れ印を押して返したことはある。だがそれを何時、どうするのかは聞かなかった。

訝しげな視線を受けて平田が口を開いた。

「大佐どのは、最後まで悩んでおいででした。無論それは、生死の分からぬ者が本当に人を幸せにできるのかと言う命題に、真剣に向き合われていた為のことであります。大佐どのの気持ちが最終的に固まったのは、出撃の前日、私が『大和』の給油の件で徳山に行った時であります。『大和』に最後の給油をする駆逐艦に乗っていた徳山燃料廠の士官が、大佐どのの手紙を持ち帰ってくれました」

平田は立ち上がると、胸のポケットから一枚の便箋を取り出して広げ、それを香代子に渡した。

……私の胸の内にある理を記す。一つは「大和」特攻の大義をもって海軍の終焉となす策、極めたり。よって最終局面を見極めんがため、生き抜く決意を固む。もう一つは、ただ君が語るごとく、一人の男として待ち女《びと》のあることを思い、生きて帰るための戦いに臨まんとす。何れも軍人の重き理なれど、今胸にあるものの証として伝う。願わくば預け置いた婚姻届を、速やかに届け出られんことを望む……

それは、愛しき人の筆の跡であり、思いもよらぬ言葉だった。何度も何度も繰り返して読む。

「あの人が、私をお嫁さんにしてくれたのですか？」

思わず口にした言葉で、息も出来ぬ程に心は乱れ、手紙を両の手でしっかとかき抱いた。

「大佐どのからの手紙を受けたのが五日の夜でしたので、翌六日呉市役所経由で東京世田谷区役所に送付致しました。後日区役所に確認してもらったところ、このようなご時勢でもあることから、呉に届出のあった六日付で受理されているとのことであります」

香代子の青白かった頬に赤みが差したのは、西に傾いた陽のせいだけではない。平田の言葉が続く。

「すでに街中で噂されているとおり、『大和』が沈んだのは七日のことでありますが、お二人の婚姻届はその前日に受理されておりますので、大佐どのはあなた様のご主人として出撃されたことになります。無論大佐どのが、私に届出を命じられた時点で、あなた様を妻として生き抜こうと決意されたことに、疑う余地はありません」

平田の声を遠くに聞くのは、戦死の報に魂を凍り付かせた自分であり、近くに聞くのは、紙の上とは言え二人が結ばれた現実に、胸を高鳴らせるもう一人の自分であった。そんな混沌の中にあっても、次第に大きくなってくる割り切れないある思いを、どうしても抑えることができなかった。

香代子は、手紙を畳むと髪の解れを直して、居住まいを正した。

「それでは黒木の妻としてお尋ねいたします……」

平田の背筋が伸びる。

「生きて帰ると決めた黒木が、なぜ？」

そう口にした時、香代子は「生きて」と「帰る」が、別々に意味を持つことに気が付いた。

――「生きて」に重きを置けば、それは「生きて・帰る」となるのだが、「帰る」に重きをおけば、その前の言葉は一様ではない。あの人は本当に生きて帰ろうとしたのだろうか？　もしかすると、あの人は、生き死にを超えて、ただひたすら帰りたいと思っていたのかも知れない……。

その思いは海軍将校としては、許されることではないかも知れないが、もし「死んでからでも帰りたい」と本当に思ってくれたのであれば、それは凍り付いた魂をも溶かしてしまうほどに熱い。

平田は、この戦闘で生き残った第二艦隊森下参謀長や「大和」能村副長から、すでに黒木戦死の詳細な経緯を入手していた。

「大和」特攻作戦や戦闘中の状況、そして「大和」の最後などを順を追って話し、終わりにこう付け加えた。

「間違い無く、大佐どのは生きてお帰りになるつもりでした。それはある意味伊藤長官の意向でもあったようです。しかし、戦闘が激しさを増し『大和』の傾斜復旧のために機関室に海水注入を命じ、多くの機関科員を死なせたことが生きることの枷になったようです。そして、防空指揮所に上がられることで死ぬ覚悟をなされ、伊藤長官にも別れを告げられたと聞き及んでおります」

香代子は、凄まじい男たちの戦いを目の当たりにした気がした。ちなみに「大和」が沈む時に、黒木と一緒にいたであろう有賀艦長も戦死したのだと言う。

平田の説明のように「大和」の戦闘が絶望的なものなのであれば、黒木はやはり「生きる」ではなく「帰る」に重きを置かざるを得なかったに違いない。平田の背後に「大和」の姿が浮かぶ。しかしそれは、すでに炎と黒煙に包まれていた。兵士たちが銃弾や爆風に次々と倒れ、硝煙と血しぶきの中で懸命に指揮をとる黒木が見える。それは如何に大義のための戦いであったとしても、生身の人間にとって惨《むご》すぎる戦いであった。

その渦中の黒木の心情からすれば、香代子は魂を凍らしたまま、失意の中に生きねばならなかったかも知れない。

だが黒木は、最後に婚姻届と言う紙を「生きようとした」ことの証として使った。

例え肉体は潰えたとしても、そのことによって、思いだけでも香代子のもとに帰そうとしたのである。

ならば「なぜもっと前に」との悔しさは残る。だが香代子は、それが黒木の一途さゆえのことであることを、誰よりもよく分かっていた。

――そんなあなただから私を抱こうともせず、ただ紙の上だけで妻にするしかなかったのね。

その不器用さがこそが愛しい。明日は出撃と言う間際になっても、残した女のことを思い惑う姿を想像するだけで、胸の内を舞う風を感じる。

「平田さん、黒木はきっと私たちのために生きようとしたのだと思います。だからもうなぜは言いません。私は黒木を、良く帰ってきたと褒めてやりたいと思います……」

そう言って微《かす》かに微笑んだ香代子の頬を、初めての涙が伝った。

「最後のご報告であります」平田がそう言った時には、もうすっかり日も傾いていた。

「信一くんは僚艦に救助され、現在佐世保の病院に入院しております」

それから平田は、佐世保鎮守府が聞いた信一の救助までのあらましを語った。

「信一くんは、足を負傷しておりましたので、大佐どのの救命胴衣がなければ、生存はおぼつかなかったものと思われます」

「あの人が信一を救ってくれたのですね……」

「はい、信一くんは出撃前夜に、親子の話をしたと言っているようです」

——随分と仲の良いこと
との思いが、やはりどこか暖かい。

「それは、あの人の文子への思いですね。きっと文子のために信一を守ろうとしたのでしょう。気の早いお父さんぶりですね」

信一の消息報告で、平田もやっと肩の荷を降ろしたのか、框に腰を下ろすと持ってきていた手荷物を解いた。

そこには、薄汚れた救命胴衣があった。

「これは？」

「大佐どのが、信一くんに生きよと託された救命胴衣であります。信一くんは大佐どのの思いを受け止め、救助後も誰にも触れさせず手元に置いていたようです。信一くんが自分が持つよりもと昨日佐世保より送ってまいりました」

平田から渡された救命胴衣を手にした時、香代子は溢れ出る思いを抑えることが出来なかった。その胴衣には黒木の感情が息づき、思いを寄せる香代子の心と重なる。そして信一の黒木への思いは、黒木の文子への思いと交わる。

——お馬鹿さんね。だから好きです……。

香代子は、その胴衣を抱きしめて大声で泣いた。

帰り際に平田が言う。

「黒木匡大佐は四月七日に遡り海軍少将に特進されますので、あなた様は海軍少将閣下の令夫人となられます」

その夜、信一の消息を聞いた文子は頬を輝かせたが、黒木の戦死を聞いて顔を覆った。

「私が信一兄ちゃんを守って欲しいとお願いしたから、黒木のおじちゃんが身代わりになったの？」

香代子は、泣きじゃくる文子を膝に抱き、髪を撫でながらゆっくりと言葉を紡いだ。

「黒木のおじちゃんはね、若いあなたたちのことを大切に思って、信一兄ちゃんを助けてくれたの。あなたも信一兄ちゃんも自分の子供だと思っていたのよ。黒木のおじちゃんが死んだのは、誰のせいでもないのよ。それは戦争だからなの……」

胸が潰れ言葉に詰まったが、香代子は辛うじて耐えた。

「文ちゃんは、お母さんの笑う顔がいつも見たいから、黒木のおじちゃんにお嫁さんにして欲しいとお願いしてくれたわね。黒木のおじさんはもう帰ってこないけど、文ちゃんの頼みを聞いて、お母さんをお嫁さんにしてくれました。そう今は、黒木のおじさんがお母さんの旦那様で、あなたのお父様です。だから、ほら、お母さんは今も笑ってますよ……」

文子が顔を上げて母を見たが、無理して作ったその笑顔はすぐに崩れてしまった。

香代子は文子の背に顔を埋めると、こみ上げてくる悲しみに身を任せた。

「文ちゃん、ごめんね。今日だけはお母さんを思い切り泣かせて……」

翌朝、香代子は岡本の家に行き、信一の無事を伝えた。スエは畳みに打ち伏し、岡本は涙を拭った。

「『大和』を造る時には、香代さんの前のご亭主に世話になり、今度のご主人には『大和』の最後を見届けてもらった。その上に信一の命までも助けてもらったのに……。もう誰も生きてねえとは、この世の中あまりにも理不尽過ぎるんじゃねえか！」

終章

沖縄では、それからも悲惨な地上戦が続いた。米軍が当初五～六万と考えた日本軍は凡そ倍の戦力を有していたこともあり、戦闘は長期化の様相を呈した。このため海軍の策定した特攻機による菊水作戦は、沖縄戦の組織的戦闘の終わる六月二十二日まで、陸軍との共同により十次に渡って継続された。

この間の海軍特攻機は、九百四十機に上り戦死者は二千名を超えたが、陸軍機も八百機を数え戦死者は一千人に達した。しかし米軍に与えた損害もまた甚大なものであった。これにより三十六隻の艦艇が沈没し、三百六十八隻が損傷、航空機も七百機以上を失った。

人的被害は死者が約五千人で、負傷者もほぼ同数であった。これは米海軍が第二次世界大戦で被った人的被害の二十パーセントに達するものであり、しかも僅か三ヶ月間の出来ごとであった。これらの航空特攻に比べると、四千百名の犠牲を強いられた「大和」を中心とした海上特攻が、如何に戦術的にも不合理な作戦であったのかが分かる。しかし海軍は「大和」特攻を、その終焉を知らしめる墓標としたことから、沖縄戦の終息に伴い組織的な特攻は終わりを告げた。表面上は本土決戦に備えるための戦力温存と取り繕いつつも、海軍は米内を中心として講和へと舵を切った。すでに独国は五月初めに無条件降伏しており、日本は全世界を相手に戦争を続けていたのである。

その沖縄戦の最中の五月十一日、ミッチャーの指揮する第五十八任務部隊の旗艦空母「バンカーヒル」に二機の特攻機が突入して大破した。このためミッチャーは旗艦を空母「エンタープライズ」に変更したが、十四日には再び特攻機が突入し、戦線離脱を余儀なくされた。この厄難は、ミッチャーのみならずスプルーアンスも例外ではなかった。第五艦隊旗艦の重巡「インディアナポリス」は、沖縄戦が開始された三月三十一日特攻機の突入により大破し本国に回航されたことから、戦艦「ニューメキシコ」が臨時の旗艦となっていたが、五月十二日これも特攻機により大破させられた。

米艦隊は、約四十日に渡る特攻機の波状攻撃により、常に緊張と恐怖に晒され続けていた。数千人の兵士が精神的障害を発症したが、指揮官の心労はさらに大きく、極限に達していた。このため太平洋艦隊司令長官のニミッツは、五月二十八日沖縄戦の途中にも関わらず第五艦隊を第三艦隊とし、スプルーアンスの交代にハルゼーを送り、ミッチャーも五十八任務部隊を三十八任務部隊に変更して交代させた。この時ハルゼーは、艦隊幕僚の憔悴ぶりに驚いたが、ミッチャーの体重を聞いて愕然とした。

――彼の身長は五・七フィート（百七十五センチ）はあるはずだが、体重はわずか百ポンド（四十五キロ）だと？

その翌日、日本海軍でも首脳陣の交代があった。

小沢が海軍最後の連合艦隊司令長官となったのである。小沢は海も見えぬ日吉の地下司令部に入ると、一人ため息を吐いた。

――伊藤くん、君は第二艦隊司令長官として「大和」の第一遊撃部隊を指揮して戦ったが、動ける艦隊を持たぬ連合艦隊司令長官は、何をすれば良いのかね。私には君との約束どおり、沖縄は全力で支援することしかない。……もうそれだけで良いな。それで海軍も連合艦隊も終わる。


その一ヶ月後、呉海軍工廠は操業を始めて間もない時間帯なのに、空襲警報のサイレンの音に包まれていた。

香代子は防空頭巾を被り他の職員と一緒に防空壕へと走ったが、工廠では文子も女子挺身隊として働いていた。文子のことは気になったが、今はただ防空壕で身を縮めるしかなかった。

マリアナ諸島を未明に出撃した米戦略爆撃機B―二九の編隊、百六十数機は、六月二十二日午前九時三十分から工廠の爆撃を開始し、一時間に渡って約一千三百発、八百トンの爆弾を投下した。

空襲警報発令と同時に、工廠の関係者は裏山に掘られた膨大な防空壕に避難したが、工場内で避難の指揮を執っていた岡本は、逃げ遅れた女子挺身隊員を平地の防空壕に誘導したところで、直撃弾を受けて殉職した。文子は裏山に逃げて無事だったが、岡本の妻のスエは目標を外れた爆弾により、自宅の工員宿舎で爆死した。

この空襲で、工員や動員学徒・女子挺身隊の約四百人が犠牲となった。

親戚同然に暮らしてきた岡本夫妻の死は、香代子と文子に大きな衝撃を与えた。そして両親を失った信一の身を案じた。信一は命に別状はないのだが、踵骨腱の手術までに時間がかかったために、繋がりが悪く治りが遅いのだという。

香代子は、文子と二人きりの生活になったことで、黒木が信一を残してくれたのだという思いを、強く持つようになっていた。

――信一が帰ってきたらここに家族として迎えます。平田さんが家を用意すると言ってくれてますが、工員仲間でこさえたバラックのここから新しい生活を始めます。あなたが帰る家を間違えぬよう何時までもここで待ってます……。

そんな思いを抱きながら、二人はひたすら信一の帰りを願っていた。

しかし、戦況はさらに悪化の一途をたどり、日本の各都市は連日の空襲に晒されていた。それは呉とても同様であり、七月一日、二日の大空襲を受け、市街地は灰塵に帰した。

この頃日本政府は鈴木や米内を中心に、日ソ不可侵条約を締結しているソ連に米英との講和の仲介を再度依頼していたが、ソ連がすでに二月の段階で米英に満州国、千島、樺太に侵攻を明言していたことを知らなかった。そして七月二十六日、米英支による降伏勧告であるポツダム宣言が発せられたのである。

だがこの提案も陸軍の強硬な反対に遭ったため、鈴木がこれに特段の意見は出さない意味で「ノーコメント」と言ったことが「黙殺」と表現されてしまい、混迷は深くなるばかりであった。

そしてそれは、結果的に傷ついた国民に更なる犠牲を強いることになって行くのである。

ただ、海軍が陸軍と対峙する構造が、一億総特攻へと雪崩を打つ最後の一線を持ち堪えさせていた。その意味で「大和」特攻が果たした約割は、計り知れないものがあった。

そんなある日、香代子と文子に待望の知らせが届いた。

信一が広島に帰って来ると言う。平田の話では、佐世保海軍病院の軍医が、自分の先輩のいる広島の陸軍病院に転移させて、踵骨腱の再手術をしてくれると言うのだ。話を聞いて文子が飛び跳ねた。

「広島なら近いから、何時でも会えるね」

確かに広島は近いのだが、連日警戒警報や空襲警報の鳴る中で列車の運行は制限され、私用の切符を買うことも難しい。平田に頼めば何とかしてくれるだろうが、何かと気にかけてもらっている身としては、腰が引ける。そう思いながらも信一に会いたい気持ちは、日々高まるばかりであった。

信一は、あの人と同じ艦に乗り、そこで共に戦い、そしてその最後の時にも同じ空気を吸っていた。それに信一は、自分を助けてくれたあの人の心情を誰よりも知っている。あの人の言葉を聞きたい。出撃前夜に語ったであろうあの人の思いを聞かせて欲しい。そしてその思いを連れ帰ってくれた信一を、この胸で抱きしめたい。

——だから信一に会いたかった。

その祈りにも似た願いが通じたのか、信一が広島に着く数日前に、平田からの連絡があった。呉鎮守府が広島の宇品港に荷物を届けるため、民間のトラックを使うので、それに便乗できると言うのである。そのトラックで広島へ行き、広島城に隣接した陸軍病院で降ろしてもらい、帰りにまた拾ってもらう段取りだった。

軍の車に抵抗を覚えたが、軍は運送を頼んだだけで、トラックは民間業者なので気にすることはないのだそうだ。

香代子は、平田の申し入れありがたく受け入れた。その前夜、香代子と文子は苦労して集めた食材で、ご馳走を作った。定番のおはぎに、茄子と南瓜の煮物、それから魚も焼いた。明日のことを語りながら作る料理に、二人は久しぶりの喜びを感じていた。警戒警報も鳴らず、ささやかな賑わいは夜遅くまで続いた。

トラックは、海軍工廠の前で二人を乗せると、広島に向かって走り出した。まだ、夜も明けぬ朝六時の出発である。爆撃機や艦載機の空襲を考えると、出来るだけ日中を避ける必要があった。トラックは年配の運転手が一人だったので、運転席に二人掛けることができた。朝食用に握った小さなお握りを二個ずつ配ると、それまで無口だった運転手は、白米のおにぎりは久しぶりだと笑った。

やはり広島に向かう国道は、空襲によりあちらこちらで寸断され、迂回しなければならなかった。

「この調子じゃ、八時に着ければ御の字だな」

「私たちは、病院横の護国神社で待ち合わせていますので、あまり時間はお気にされないでください」

香代子の言葉に運転手が聞く。

「ご主人でも悪いのか？」

一瞬、胸の内がキリキリと痛んだ。息を整えてはっきりと答える。

「いいえ、息子が……」

文子が驚いたように目を向けてから、小さくうなずいた。

「そうかい、まあこのご時勢だ、命があるだけでも良しとせにゃ」

そう言うと運転手は、少し立ち入り過ぎたと思ったのか口をつぐんだ。

夜が明けると瀬戸内の海が青く輝く。

空は雲一つない快晴である。暑さは厳しくなるだろうが、新しい家族の始まりにふさわしい日だと、香代子は汐風を胸一杯に吸い込んだ。

七時を過ぎて市街地に差し掛かったところで警戒警報が鳴ったが、三十分後には解除された。

しばらく経つと、文子が大きな声を上げた。

「お母さん、お城、お城が見えるよ。もうすぐだね」

どこかで八時を知らせる鐘の音が鳴っていた。

高度一万メートルを飛ぶB―二九の操縦席からは、広島の街並みが良く見えた。一時間ほど前、先行していた観測機からの天気は快晴の連絡を受けて、爆撃目標が広島に決まった。すでに機は爆撃コースに乗って自動操縦に切り替わり、爆撃手が照準器への諸データーの入力と投下目標をセットした。もう操縦士の仕事はない。目標上空に達すれば、あの爆弾が自動的に投下されるだけである。
その頃、広島城址にある陸軍の中国軍管区は、進入するB―二九を捕捉し警戒警報発令を指示した。

広島中央放送局には「午前八時十三分、中国管区情報、敵大型機西條上空を西進しつつあり、厳重な警戒を要す」との原稿が届いた。

香代子たちのトラックは、広島駅からの電車通りを商店街の中を走っている。右手に広島城の天守閣が見え隠れするようになり、商店街の切れ目にある赤い鳥居が現れると、トラックはその向かいで停車した。

運転手は「帰りは午後の一時、ただし空襲警報がなければな」と言って走り去った。

道路を横断して鳥居をくぐると緑に囲まれた参道があり、右手には陸軍病院の大きな建物が見えた。

文子の足が早くなり、足元の玉砂利がサクサクと鳴った。

左手に二つ目の鳥居が見えてくると、文子は駆け足になる。

その鳥居の下に人影が見えた。

「信一！」

思わず香代子は名を呼んだ。

文子は、もう随分と先に行っていた。

灯し続けた恋心を抱きしめて駆ける少女の背には、喜びと希望が満ち溢れていた。三つ編みにしたおさげ髪が、両肩の上で小気味よく跳ねる。

香代子は若い二人の再会を、離れて見守ろうと足を止めた。

――あなた見えますか。あなたが叶えてくれた文子の願いが、そしてあなたが「大和」に託した思いが実れば、もうすぐ戦争も終わります。この二人の未来は、新しい日本と共に輝くほどの幸せに満ち溢れています。

――あなた、ありがとう……。


すでに投下地点のT字型をした相生橋が目視できた。

四国上空で機長から、この「エノラ・ゲイ」が搭載している「リトルボーイ」と呼ばれる爆弾が、世界初の原子爆弾であることを聞かされた。

誰かが機長に尋ねた。

「そんなことをする我々を、神はお許しになるのでしょうか」

機長の返事はなく、機内はしばらくの間、重苦しい沈黙に包まれていた。

一瞬機が軽くなる感覚があり、爆撃手の「投下！」の声が聞こえた。一分足らずで爆発が起こる。急旋回するために手動に戻した操縦桿を、操縦士が慌ただしく回した。


香代子は、信一と文子の距離が縮まって行くのを、笑みを浮かべて見つめていた。耳元に羽音に似た異音を感じて顔を上げたが、警報も鳴らず空は青く澄み渡っていた。

文子が信一に向かって大きく手を広げる。

「信一兄ちゃん！」

信一も松葉杖を持たぬ片方の手を高く挙げた。笑い顔が弾け文子が信一の胸に飛び込んだ。

香代子は、文子の思いが叶う瞬間を眩しげに見守っていた。二人は神々しいほどの光りに包まれ、その姿も見えぬほどに輝く。

香代子は、ふと身体が熱くなるのを感じた。それは黒木と最後に会った夕まぐれの感覚に似ていた。唇の熱さが胸を大きく弾ませる。

香代子は、思わず何かを求めるかのように、両の手を中空にさし伸ばした。

――あなたも、帰ってきてくれたのですか……。


昭和二十年八月六日、午前八時十五分広島市上空で爆発した原子爆弾により、広島市は瞬時に廃墟と化した。爆心地から護国神社までの距離は、僅か数百メートルでしかなかった。


八月八日には、講和の仲介を頼んでいたソ連が宣戦を布告し、翌九日には長崎にも原爆が投下された。

それでも十日の御前会議では本土決戦の声が上がったが、陛下は戦争の継続を望まれなかった。

これによりポッダム宣言の無条件受諾が決まり、十五日の玉音放送を以て戦争は集結へと向かった。


玉音放送の日の早朝、連合艦隊司令部の小沢の元に、一通の電報が届けられた。

「大分基地に移転した第五航空艦隊の作戦命令であります」

電報を手にした小沢は、参謀を帰すと一人遠いところに目を向けた。

「また、先を越されたか……」

……七〇一空大分派遣隊は、艦爆五機を以て沖縄敵艦隊を攻撃すべし、本職これを直卒す。
第五航空艦隊司令長官　海軍中将宇垣纏……

日本海軍最後の特攻であった。

一方、比島戦で神風特攻隊を組織した大西は、軍令部次長になっていたが、これは米内が陸軍を欺くための人事であり、案の定大西は最後まで徹底抗戦を叫んだ。だが大西は十六日深夜「お前らだけを死なせはせぬ」と言っていたとおり、官舎で割腹自決した。しかし中々絶命せず半日以上も苦しんだが、死んで行った若者のことを思えば長く苦しむのは当たり前と、治療も介錯も拒み血の海をのたうった。

……わが声価は、棺を覆っても定まらず、百年ののち、また知己はないであろう……


あの日、香代子も文子も呉に帰っては来なかった。

陸軍病院も被災し、入院患者の死亡者は千二百名に達したと言う。

玉音放送から三日後の夕方、平田は終戦処理でごった返す鎮守府を抜け出して、一人呉軍工廠の造船船渠を訪れていた。呉海軍工廠は六月二十二日の空襲で壊滅したが、すでに勝利を確信していた米軍は、その後の利用も考えて造船部だけは、爆撃から除外されていたのである。

戦艦「大和」を建造した船渠に立つ。

日はすでに向かいの江田島の山の端にかかっていた。

平田は、その夕日に向かって頭を下げた。

「黒木さん、私はあなたからお預かりしたお二人も、あなたが最後に助けられた信一くんも、結局死なせてしまいました。私が要らぬお節介をしなければ、誰も死ぬことはなかったのです……」

思いもよらぬ不幸の連続と突き付けられた敗戦の現実は、自らを不甲斐ないとののしることしかできない。

「そして、私だけがここに生き恥を晒しております。……申し訳ありません」

そう言って再び頭を下げる平田を、残照を映した波の煌きが静かに包んでいた。

感慨に身を委ねていた平田が、ふと何かを感じて頭をあげた。その耳には、微かだが規則正しい響きが届いていた。周りを見渡すが、敗戦直後の軍港に動くものなどあるはずもない。だが平田の耳奥で、その音は確実に大きくなり次第に近づいてくる。

「これは艦《ふね》の音だ！　しかも大型艦だ」

目が湾口にある島影に釘付けとなる。そしてその島影から姿を現すものと言えば、ただ一つしかなかった。

――「大和」が呉に帰ってくる！

途轍もないことが起こる予感に、喉がごくりと鳴った。

「ミャーオ」

突然、空の船渠に響く鳴声に我に返る。

目を遣れば、船渠の先にはウミネコが群れていた。

何時しか握りしめていた拳には汗をかいていた。呼吸を整えるために、大きく息を吐いて、頭に浮かんだことを反芻する。

――今、私は「大和」の現れることを期待していた。それは、もし「大和」がここに存在すれば、私は迷うことなく戦いを選ぶことを指している。「大和」が「艦《いくさぶね》」と呼ばれる所以と言えばそれまでだが、それでは「大和」のある限り戦いは終わらないことになってしまう……。

ふと、平田は不気味な悪寒を感じて、身体を震わせた。

――だから、戦争を終わらすためには「大和」は、邪魔だったのだ。あの沖縄特攻作戦も邪魔な「大和」を葬るために、仕組まれたものなのかも知れない。

考えてみれば、あまりにもずさんな作戦であった。

事前計画もなく、佐世保回航を取り消しての突然の出撃、成功の可能性さえ否定する硬直した日程、片道分の燃料、さらには直掩機なしでの出撃、それらは平田の考えに面白いように合致する。

湧き上がった疑念は胸の中で大きく膨らみ、息を吸うことさえも妨げる。

「伊藤長官、黒木さん！　ひょっとするとあなた方は……」

そうなのだ。

伊藤や黒木は、特攻作戦を海軍の幕引きにと知恵を絞ったのではなかった。

彼らは、ただ「大和」を沈めるだけのために、誰にも見破られぬ細密な筋書きを考えたのである。しかし、これだけ壮大な筋書きを実施するには、二人だけで出来るはずもなく、仲間も必要である。今思えば一番の適役は、連合艦隊の神参謀だろう。確か黒木は兵学校の二級先輩のはずである。神を火付け役に回したのは二人の慧眼である。

誰もが「また、神が……」と疑うことすらしなかった。

ただ沈めるだけならば、大きな犠牲を払うこともなく、戦艦「長門」のように原因不明の爆沈でも良かったはずだが、やはり世界一の戦艦の散り際は、この筋書きしか無かったのであろう。

平田は何度も大きく頭を振った。

――そんなことは有り得ない。

だが何度否定しても、一度染み付いた疑念が晴れることはない。

何時しか夕闇がせまり、鳥たちも姿を消した。

平田は「嗚呼！」と天を仰いだ。

「大和」の沖縄特攻が、海軍の終焉を知らしめるための作戦だったのか、それとも単に「大和」を沈めるための壮大な目論みだったのか、今となっては知る者はいない。

どちらであったにせよ、その最終目的が戦争の終結にあったことは間違いなく、今「大和」は海に眠り、そして日本は戦いを終えたのだ。それが全てだと思った。

そして、記憶の辿《たど》れぬ過去は、忘却の淵に置こうと心に決めた。

平田は、帽子を取ると姿勢を正して瞑目した。

――伊藤長官、黒木さん、結局海軍は、あなた方の仰っていたとおりになりました。この戦争は「大和」に始まり「大和」に終わりました……。

それから平田は、手に持っていた軍帽を暗くなった船渠へと、大きく放った。

「これが、帝国海軍の終わりであります」

夜の帳《とばり》の中で、寄せる波の音だけが空の船渠に木霊していた。


それから四年後、米カリフォルニア州サンフランシスコの公会堂に、スプルーアンスの姿があった。戦争が終わるとスプルーアンスは、ミニッツの後任である太平洋艦隊司令長官や海軍大学長を、三年勤めて退役していた。

その日は、講演会で話をするために約百二十マイル（約二百キロ）離れたペブルビーチの自宅からやって来たのだ。何事にも控えめなスプルーアンスは、人前で話すことは苦手だったが、社交的な妻を喜ばせるために、全米各地を飛び回っていた。

したがって、講演の内容は実にあっさりしたものではあったが、あのミッドウェー海戦やマリアナ沖海戦を指揮した名提督の話を聞けると、会場はどこも聴衆で溢れかえっていた。そして淡々と進んだ話の最後に、スプルーアンスはどこの講演会でも、必ず声を張って聴衆に訴えかけた。

それは、戦勝国である自国の若者に対する戒めでもあったが、自らが死闘を繰り広げて知った日本と言う国の、若き戦士たちに捧げるエールでもあった。

「アメリカの青年たちよ。東洋には素晴らしい国がある。……それは日本だ。日本には君達が想像もつかない立派な青年がいる。ああいう青年がいたら、やがて日本は世界の盟主になるに違いない。奮起せよ！」

スプルーアンスは、鳴り止まぬ聴衆の拍手の中に、特攻機の爆音を聴いていた。


それから僅か六年後の昭和三十一年、日本は造船世界一の座に躍り出た。

無論、戦艦「大和」建造の手法が生かされた結果であり、空襲を免れた呉の船渠からも、巨大なタンカーが続々と世界の海へ船出して行ったのである。

そして今も、「大和」建造を見守った船渠の大屋根は、あの激動の時代と変わることなく、人々の生業《なりわい》を静かに見守っている。

（完）

あとがき

私がこの物語を書こうと思い立ったのは、七十三歳で医療関係の仕事に区切りを付けた時だった。

仕事を辞めても、すでにやることは決まっていた。十五年も前に買っていた「戦艦大和」の大型模型と、息子が還暦のお祝いにと贈ってくれた「宇宙戦艦ヤマト」の限定模型が、手付かずで残っていたのである。

これだけでもお分かりのように、私は無類の「大和」好きなのである。

これには父が海軍であったことが、一番大きく影響している。

その昔、父の本棚には沢山の戦記本が並んでいた。その中で最初に読んだのが、あの吉田満著の「戦艦大和ノ最期」だったと記憶している。中学校に入りたての頃の話である。

すでに記憶はあやふやだが、確かカタカナ表記であったような気がしている。したがって、それは極めて難解であったのだが、それゆえに印象は強烈であった。

終戦後すぐに生を受け、少年期を復興半ばの敗戦国に生きた私らの年代にとって、戦艦「大和」と「零戦」は、日本が世界に誇れる唯一のヒーローであった。「ゴジラ」が出現するのはもう少し後のことである。

この本で「大和」の壮絶な生き様を知らされ、私の中でそれは永遠になった。

だからと言って、本を書こうとは誰も思わない。

元々私は、本を読むのが好きだったので、老後は自分の書斎で音楽を聞き本に囲まれて過ごすのが夢であり、それに模型作りが花を添えるだけだと考えていた。

しかし、それが現実のものとなる時が来ても、一向に腰が上がらない。

最後の最後にやるべきことは、もっと違うものなのではないか。

そう思った時に閃いたのは、まだ現役時代にカラオケ店で交わした若者との会話だった。

誰かがアニメの「宇宙戦艦ヤマト」の主題歌を歌ったので、横にいた若者に「戦艦『大和』を知っているか」と聞いたのだが、その返事は「ノー」だったのである。

それは「大和」好きの昭和のおじさんにとって、受け入れ難い衝撃的な一言であった。

ならば教えてやろう。――若者よ「大和」とは――。

だが、それだけがきっかけでもないし、そこまで大上段に振りかぶる気もない。

ただ、自分なりの「大和」を誕生させて見たかっただけなのである。

それにしても戦艦「大和」は、私の生きた期間とほぼ同じ、わずか八十年にも足らぬ前の史実なのである。それを踏まえながら、途方も無い虚構の悲劇を書こうとした心意気だけは、褒めてやらねばなるまい。

だが、七十を幾つか過ぎてからの執筆は、流石に辛かった。

丁度高齢の母の介護とも重なり、日常の生活は激変した。しかし介護の辛さを追いやろうとすれば、僅かな時間でも机に逃げることしかなく、何時しかそれは日常となった。

これまでも、前に勤めていた医療施設を題材に、完成までのドキュメンタリーを書いたことはあるのだが、小説への兆戦は初めてである。

全ての出来ごとをチェックし、それに自分なりの色をつけて、物語を組み立てる作業の手間暇は、想像を絶するものであった。

さらに海軍と言う見知らぬ世界の風習も、艦内で使われる言葉や名称もまた難解である。何度途中で投げ出そうとしたか分からない。そのため昔の上司や友人、知人に、なりふり構わず小説を書いていると公言して、自から逃げ道を塞いた。

さらに問題だったのは、物語の中に「大和」の建造に関する領域を、多く取り込んだことである。これまで「大和」を題材にした小説の殆どは、完成してからの物語が主体であったのだが、これを入れたことによって、その用語や話の構成はさらに難解さを増すことになってしまった。

しかも、艦を造る過程の話は、かなり地味な色合いとなってしまう。

だが、躊躇しながらもある時点まで書き進めた時、物語の分かりやすさを主体とすべきことに思いが至った。単語独自の意味や些細な組織の習慣などに囚われていては、先へは進まない。そこで、作中の物事や言い回し、専門用語に至るまで、自分の理解できる範囲で、分かりやすい表現にしてしまおうと腹を決めたのである。

海軍や艦船の専門知識をお持ちの方が読まれれば、お叱りを受けるかも知れないが、馴染みのない文言は物語の流れを妨げてしまう。全てはそれを防ぐための窮余の一策とご容赦願いたい。

また、これまで目にした戦記本や戦争映画は数知れず、脳裏に浮かんでは消える印象深い文言や台詞を、形を変えながらも収まるべきところに収め、それらを生かすのも先人への敬意と、都合よく自分を納得させた。

どうせ書くのなら、最初から最後までと欲を出した結果は、結局三年を要し、思いもよらぬ長編となり、その間には母親も天寿を全うした。

この物語は、「大和」好きの後期高齢者が、思いを込めて書き上げたある意味「冥土の土産」でもあるのだが、如何せん筆の拙さ、構成の稚拙さは覆い難く、本書を手にされた方には、ひたすらご容赦をと願うばかりである。

しかし、筆を置いた今だから思うこともある。

——この物語は、私が戦争を知らぬ世代であることの意味を、問いかけているのかも知れない……。


最後に、この本の題字を書いてくれた友人の佐藤泰範君、表紙の切り絵を提供いただいた佐賀市の小粋な料理屋（唐人やかた）の店主でもある藤井敏彦さん、そして何かと励ましてくれた大勢の方々に、心より感謝申し上げます。

二〇二三年春

北村　信

主な参考文献

「連合艦隊の最期」伊藤正徳著・文藝春秋新社
「戦艦大和」児島襄著・文藝春秋社
「連合艦隊　参謀長の回想」草鹿龍之介著・中央公論新社
「戦艦大和誕生」前間孝則著・草思社文庫
「提督たちの大和」今野敏著・ハルキ文庫
「男たちの大和」辺見じゅん著・ハルキ文庫
「特攻戦艦　大和」吉田俊雄著・光文社ＮＦ文庫
「戦艦大和ノ最期」吉田満著・講談社文藝文庫
「米内光政」阿川弘之著・新潮社
「軍艦武蔵」手塚正己著・新潮文庫
「大海軍惜別記」実松譲著・光文社
「太平洋の提督」ジョーン・Ｄ・ポッター著・恒文社
「特攻　戦艦大和　高射長川崎勝己」佛坂泰治・指山満治著・ゆるり書房
「雪風からみた大和の最期」佛坂泰治・佐賀新聞社
「海軍野郎よもやま話」小林孝裕著・光文社
「戦艦大和大全」雑誌・普遊舎

ウエブサイト
「世界の銘鑑ヒストリア」日本海軍戦艦大和　白石光
「なにわ会」大和艦橋から見たレイテ海戦　都竹卓郎
「日米の情報戦にかんする事例研究ー太平洋戦争におけるマリアナ沖海戦」
三宅光一　つくば国際大学　研究紀要№二一／二〇一五
「軍事選書堂」特集　戦艦大和の最期

著者プロフィール

北村　信（きたむら　まこと）

一九四七年生まれ。駒沢大学文学部歴史学科卒。佐賀大学、岐阜大学、東京大学、宮崎大学等の病院管理部門の部課長を歴任。定年後、専務理事として佐賀県鳥栖市の「九州国際重粒子線がん治療センター」の開設に携わる。在任中にセンター開設に至るドキュメンタリー「地の塩」を発刊。二〇二〇年から宮崎市在住。

櫻《はな》の艦《いくさぶね》　下

二〇二三年九月一日　初版第一刷発行

著　者　北村信
発行者　谷村勇輔
発行所　ブイツーソリューション
〒四六六・〇八四八
名古屋市昭和区長戸町四・四〇
電　話　〇五二・七九九・七三九一
FAX　〇五二・七九九・七九八四
発売元　星雲社（共同出版社・流通責任出版社）
〒一一二・〇〇〇五
東京都文京区水道一・三・三〇
電　話　〇三・三八六八・三二七五
FAX　〇三・三八六八・六五八八
印刷所　藤原印刷

ISBN978-4-434-32601-1
